红樓夢

脂評匯校本

典藏版

叁

曹雪芹 著

脂硯齋 評

吴銘恩 匯校

上海古籍出版社

第四十四回　變生不測鳳姐潑醋　喜出望外平兒理妝

戚　雲雨誰家院，飄來花自奇。鶯鶯燕燕鬬芳菲，枝枝因風滴玉露，正春時。

話説衆人看演《荆釵記》，寶玉和姐妹一處坐着。林黛玉因看到《男祭》這一齣上，便和寶釵説道：「這王十朋也不通的很，不管在那裏祭一祭罷了，必定跑到江邊子上來作什麽！俗語説『睹物思人』，天下的水總歸一源，不拘那裏的水舀一碗看着哭去，也就盡情了。」寶釵不答。寶玉回頭要熱酒敬鳳姐兒。

原來賈母説今日不比往日，定要叫鳳姐痛樂一日。本來自己懶待坐席，只在裏間屋裏榻上歪着和薛姨媽看戲，隨心愛吃的揀幾樣放在小几上，隨意吃着説話兒；將自己兩桌席面賞那沒有席面的大小丫頭並那應差聽差的婦人等，命他們在窗外廊檐下也只管坐着隨意吃喝，不必拘禮。王夫人和邢夫人在地下高桌上坐着，外面幾席是他姊妹們坐。

賈母不時吩咐尤氏等：「讓鳳丫頭坐在上面，你們好生替我待東，難爲他一年到頭辛苦。」尤氏答應了，又笑回説道：「他坐不慣首席，坐在上頭橫不是竪不是的，酒也不肯吃。」賈母聽了，笑道：「你不會，等我親自讓他去。」鳳姐兒忙也進來笑説：「老祖宗别信他們的話，我吃了好幾鍾了。」賈母笑着，命尤氏：「快拉他出去，按在椅子上，你們都輪流敬他。他再不吃，我當真的就親自去了。」尤氏聽説，忙笑着又拉他出來坐下，命人拿了臺盞斟了酒，笑道：「一年到頭難爲你孝順老太太、太太和我。我今兒沒什麼疼你的，親自斟杯酒，乖乖兒的在我手裏喝一口。」鳳姐兒笑道：「你要安心孝敬我，跪下我就喝。」尤氏笑道：「説的你不知是誰！我告訴你説，好容易今兒這一遭，過了後兒，知道還得像今兒這樣不得了？趁着盡力灌喪兩鍾罷。」〔庚〕閒閒一戲語，伏下後文，令人可傷。所謂「盛筵難再」。鳳姐兒見推不過，只得喝了兩鍾。

接着衆姊妹也來，鳳姐也只得每人的喝一口。賴大媽媽見賈母尚這等高興，也少不得來湊趣兒，領着些嬤嬤們也來敬酒。鳳姐兒也難推脱，只得喝了兩口。鴛鴦等也來敬，鳳姐兒真不能了，忙央告道：「好姐姐們，饒了我罷，我明兒再喝罷。」鴛鴦笑道：「真個的，我們是没臉的了？就是我們在太太跟前，太太還賞個臉兒呢。往常倒有些體面，今兒當着這些人，倒拿起主子的款兒來了。我原不該來。不喝，我們就走。」説着真個回去了。鳳姐兒忙趕上拉住，笑道：「好姐姐，我喝就是了。」説着拿過酒來，滿滿的斟了一杯喝乾。鴛鴦方笑了散去，然後又入席。

鳳姐兒自覺酒沉了，心裏突突的似往上撞，要往家去歇歇，只見那耍百戲的上來，便和尤氏説：「預備賞錢，我要洗洗臉去。」尤氏點頭。鳳姐兒瞅人不防，便出了席，往房門後檐下走來。平兒留心，也忙跟了來，鳳姐兒便扶着他。纔至穿廊下，只見他房裏的一個小丫頭正在那裏站着，見他兩個來了，回身就跑。鳳姐兒便疑心忙叫。那丫頭先只裝聽不見，無奈後面連平兒也叫，只得回來。

鳳姐兒越發起了疑心，忙和平兒進了穿堂，叫那小丫頭子也進來，把槅扇關了。鳳姐兒坐在小院子的臺磯上，命那丫頭子跪了，喝命平兒：「叫兩個二門上的小厮來，拿繩子鞭子，把那眼睛裏没主子的小蹄子打爛了！」那小丫頭子已經唬的魂飛魄散，哭着只管碰頭求饒。鳳姐兒問道：「我又不是鬼，你見了我，不説規規矩矩站住，怎麽倒往前跑？」小丫頭子哭道：「我原没看見奶奶來。我又記掛着房裏無人，所以跑了。」鳳姐兒道：「房裏既没人，誰叫你來的？你便没看見我，我和平兒在後頭扯着脖子叫了你十來聲，越叫越跑。離的又不遠，你聾了不成？你還和我强嘴！」説着便揚手一掌打在臉上，打的那小丫頭一栽；這邊臉上又一下，登時小丫頭子兩腮紫脹起來。平兒忙勸：「奶奶仔細手疼。」鳳姐便説：「你再打着問他跑什麽。他再不説，把嘴撕爛了他的！」那小丫頭子先還强嘴，後來聽見鳳姐兒要燒了紅烙鐵來烙嘴，方哭道：「二爺在家裏，打發我來這裏瞧着奶奶的，若見奶奶散了，先叫我送信兒去的。不承望奶奶這會子就來了。」

鳳姐兒見話中有文章，便又問道：「叫你瞧着我作什麼？難道怕我家去不成？必有別的原故，快告訴我，我從此以後疼你。你若不細說，立刻拿刀子來割你的肉。」說着，回頭向頭上拔下一根簪子來，向那丫頭嘴上亂戳，唬的那丫頭一行躲，一行哭求道：「我告訴奶奶，可別說我說的。」平兒一旁勸，一面催他，叫他快說。丫頭便說道：「二爺也是纔來房裏的，睡了一會醒了，打發人來瞧瞧奶奶，說纔坐席，還得好一會纔來呢。二爺就開了箱子，拿了兩塊銀子，還有兩根簪子，兩匹緞子，叫我悄悄的送與鮑二的老婆去，叫他進來。他收了東西就往咱們屋裏來了。二爺叫我來瞧着奶奶，底下的事我就不知道了。」

鳳姐聽了，已氣的渾身發軟，忙立起來一逕來家。剛至院門，只見又有一個小丫頭在門前探頭兒，一見了鳳姐，也縮頭就跑。【庚】如見其形。鳳姐兒提着名字喝住。那丫頭本來伶俐，見躲不過了，越性跑了出來，笑道：「我正要告訴奶奶去呢，可巧奶奶來了。」鳳姐兒道：「告訴我什麼？」那小丫頭便說二爺在家這般如此如此，將方纔的話也說了一遍。鳳姐啐道：「你早作什麼了？這會子我看見你了，你來推乾净兒！」說着也揚手一下打的那丫頭一個趔趄，便躡手躡脚的走至窗前，往裏聽時，只聽裏頭説笑。那婦人笑道：「多早晚你那閻王老婆死了就好了。」賈璉道：「他死了，再娶一個也是這樣，又怎麽樣呢？」那婦人道：「他死了，你倒是把平兒扶了正，只怕還好些。」賈璉道：「如今連平兒他也不叫我沾一沾了。平兒也是一肚子委曲不敢説。我命裏怎麽就該犯了『夜叉星』。」

鳳姐聽了，氣的渾身亂戰，又聽他倆都讚平兒，便疑平兒素日背地裏自然也有憤怨語了，那酒越發湧了上來，也並不忖度，回身把平兒先打了兩下，【庚】奇極！先打平兒，可是世人想得着的？一脚踢開門進去，也不容分説，抓着鮑二家的撕打一頓。又怕賈璉走出去，便堵着門站着罵道：「好淫婦！你偷主子漢子，還要治死主子老婆！平兒過來！你們淫婦忘八一條藤兒，多嫌着我，外面兒你哄我！」説着又把平兒打幾下，打的平兒有冤無處訴，只氣得乾哭，罵道：「你們做這些没臉的事，好好的又拉上我做什麽！」説着也把鮑二家的撕打起來。

賈璉也因吃多了酒，進來高興，未曾作的機密，一見鳳姐來了，已没了主意，又見平兒也鬧起來，把酒也氣上來了。鳳姐兒打鮑二家的，他已又氣又愧，只不好説的，今見平兒也打，便上來踢罵道：「好娼婦！你也動手打人！」平兒氣怯，忙住了手，哭道：「你們背地裏說話，爲什麼拉我呢？」鳳姐見平兒怕賈璉，越發氣了，又趕上來打着平兒，偏叫打鮑二家的。平兒急了，便跑出來找刀子要尋死。外面衆婆子丫頭忙攔住解勸。這裏鳳姐見平兒尋死去，便一頭撞在賈璉懷裏，叫道：「你們一條藤兒害我，被我聽見了，倒都唬起我來。你也勒死我！」賈璉氣的墻上拔出劍來，說道：「不用尋死，我也急了，一齊殺了，我償了命，大家乾净。」正鬧的不開交，只見尤氏等一群人來了，說：「這是怎麼說，纔好好的，就鬧起來。」賈璉見了人，越發「倚酒三分醉」，逞起威風來，〔庚〕天下小人大都如是。故意要殺鳳姐兒。鳳姐兒見人來了，便不似先前那般潑了，〔庚〕天下奸雄、妒婦、惡婦大都如是，只是恨無阿鳳之才耳。丢下衆人，便哭着往賈母那邊跑。

此時戲已散出，鳳姐跑到賈母跟前，爬在賈母懷裏，只說：「老祖宗救我！璉二爺要殺我呢！」〔庚〕瞧他稱呼。賈母、邢夫人、王夫人等忙問怎麼了。鳳姐兒哭道：「我纔家去換衣裳，不防璉二爺在家和人說話，我只當是有客來了，唬得我不敢進去。在窗户外頭聽了一聽，原來是和鮑二家的媳婦商議，説我利害，要拿毒藥給我吃了治死我，把平兒扶了正。我原氣了，又不敢和他吵，原打了平兒兩下，問他爲什麽要害我。他臊了，就要殺我。」賈母等聽了，都信以爲真，説：「這還了得！快拿了那下流種子來！」一語未完，只見賈璉拿着劍趕來，後面許多人跟着。賈璉明仗着賈母素昔疼他們，連母親嬸母也無礙，故逞强鬧了來。邢夫人王夫人見了，氣的忙攔住駡道：「這下流種子！你越發反了，老太太在這裏呢！」賈璉乜斜着眼，道：「都是老太太慣的他，他纔這樣，連我也駡起來了！」邢夫人氣的奪下劍來，只管喝他：「快出去！」那賈璉撒嬌撒痴，涎言涎語的還只亂説。賈母氣的説道：「我知道你也不把我們放在眼裏，叫人把他老子叫來！」賈璉聽見這話，方趔趄着脚兒出去了，賭氣也不往家去，便往外書房來。

這裏邢夫人王夫人也説鳳姐兒。賈母笑道：「什麽要緊的事！小孩子們年輕，饞嘴猫兒似的，那裏保得住不這麽着。從小兒世人都打這麽過的。都是我的不是，他多吃了兩口酒，又吃起醋來。」説的衆人都笑了。賈母又道：「你放心，等明兒我叫他來替你賠不是。你今兒別要過去臊着他。」因又罵：「平兒那蹄子，素日我倒看他好，怎麽暗地裏這麽壞。」尤氏等笑道：「平兒沒有不是，是鳳丫頭拿着人家出氣。兩口子不好對打，都拿着平兒煞性子。平兒委曲的什麽似的呢，老太太還罵人家。」賈母道：「原來這樣，我說那孩子倒不像那狐媚魘道的。既這麽着，可憐見的，白受他們的氣。」因叫琥珀來：「你出去告訴平兒，就說我的話：我知道他受了委曲，明兒我叫鳳姐兒替他賠不是。今兒是他主子的好日子，不許他胡鬧。」

原來平兒早被李紈拉入大觀園去了。（庚：可知吃蟹一回非閑文也。）平兒哭得哽咽難（抬）［抑］〔一〕。寶釵勸道：「你是個明白人，（庚：必用寶釵評出，方是身分。）素日鳳丫頭何等待你，今兒不過他多吃一口酒。他可不拿你出氣，難道倒拿別人出氣不成？別人又笑話他吃醉了。你只管這會子委曲，素日你的好處，豈不都是假的了？」正說着，只見琥珀走來，說了賈母的話。平兒自覺面上有了光輝，方纔漸漸的好了，也不往前頭來。寶釵等歇息了一回，方來看賈母鳳姐。

寶玉便讓平兒到怡紅院中來。襲人忙接着，笑道：「我先原要讓你的，只因大奶奶和姑娘們都讓你，我就不好讓的了。」平兒也陪笑説：「多謝。」因又説道：「好好兒的從那裏説起，無緣無故白受了一場氣。」襲人笑道：「二奶奶素日待你好，這不過是一時氣急了。」平兒道：「二奶奶倒没説的，只是那淫婦治的我，他又偏拿我凑趣，况還有我們那糊塗爺倒打我。」説着便又委曲，禁不住落淚。寶玉忙勸道：「好姐姐，别傷心，我替他兩個賠不是罷。」平兒笑道：「與你什麽相干？」寶玉笑道：「我們弟兄姊妹都一樣。他們得罪了人，我替他賠個不是也是應該的。」又道：「可惜這新衣裳也沾了，這裏有你花妹妹的衣裳，何不換了下來，拿些燒酒噴了熨一熨。把頭也另梳一梳，洗洗臉。」一面説，一面便吩咐了小丫頭子們舀洗臉水，燒熨斗來。

平兒素習只聞人説寶玉專能和女孩兒們接交；寶玉素日因平兒是賈璉的愛妾，又是鳳姐兒的心腹，故不肯和他厮近，因不能盡心，也常爲恨事。平兒今見他這般，心中也暗暗的敁敠：果然話不虚傳，色色想的週到。又見襲人特特的開了箱子，拿出兩件不大穿的衣裳來與他換，便趕忙的脱下自己的衣服，忙去洗了臉。寶玉一旁笑勸道：「姐姐還該擦上些脂粉，不然倒像是和鳳姐姐賭氣子〔二〕似的。况且又是他的好日子，而且老太太又打發了人來安慰你。」平兒聽了有理，便去找粉，只不見粉。寶玉忙走至妝臺前，將一個宣窑磁盒揭開，裏面盛着一排十根玉簪花棒，拈了一根遞與平兒。又笑向他道：「這不是鉛粉，這是紫茉莉花種，研碎了兑上香料製的。」平兒倒在掌上看時，果見輕白紅香，四樣俱美，攤在面上也容易匀净，且能潤澤肌膚，不似别的粉青重澀滯。然後看見胭脂也不是成張的，却是一個小小的白玉盒子，裏面盛着一盒，如玫瑰膏子一樣。寶玉笑道：「那市賣的胭脂都不乾净，顔色也薄。這是上好的胭脂擰出汁子來，淘澄净了渣滓，配了花露蒸叠成的。只用細簪子挑一點兒抹在手心裏，用一點水化開抹在唇上；手心裏就够打頰腮了。」平兒依言妝飾，果見鮮艷異常，且又甜香滿頰。寶玉又將盆内的一枝並蒂秋蕙用竹剪刀擷了下來，與他簪在鬢上。忽見李紈打發丫頭來喚他，方忙忙的去了。〔庚〕忽使平兒在絳芸軒中梳妝，非世人想不到，寶玉亦想不到者也。作者費盡心機了。◇寫寶玉最善閨閣中事，諸如脂粉等類，不寫成别致文章，則寶玉不成寶玉矣。然要寫又不便特爲此費一番筆墨，故思及借人發端。然借人又無人，若襲人輩則逐日皆如此，又何必揀一日細寫，似覺無味。若寶釵等又係姊妹，更不便來細搜襲人之妝奩，况也是自幼知道的了。因左想右想，須得一個又甚親、又甚踈，又可唐突、又不可唐突，又和襲人等極親、又和襲人等不大常處，又得襲人輩之美、又不得襲人輩之修飾一人來，方可發端。故思及平兒一人方如此，故放手細寫絳芸閨中之什物也。

寶玉因自來從未在平兒前盡過心——且平兒又是個極聰明極清俊的上等女孩兒，比不得那起俗蠢拙物——深爲恨怨。今日是金釧兒的生日，故一日不樂。〔庚〕原來爲此！寶玉之私祭，玉釧之潛哀，俱針對矣。然於此刻補明，又一法也。真千變萬化之文，萬法俱備，毫無脱漏，真好書也。不想落後鬧出這件事來，竟得在平兒前稍盡片心，亦今生意中不想之樂也。因歪在床上，心内怡然自得。忽又思及賈璉惟知以淫樂悦己，並不知作養脂粉。又思平兒並無父母、兄弟姊妹，獨自一人，供應賈璉夫婦二人。賈璉之俗，鳳姐之威，他竟能週全妥貼，今兒還遭塗毒，想來此人薄命，比黛玉猶甚。想到此間，便又傷感起來，不覺洒然[三]淚下。因見襲人等不在房内，盡力落了幾點痛淚。復起身，又見方纔的衣裳上噴的酒已半乾，便拿熨斗熨了叠好；見他的手帕子忘去，上面猶有淚漬，又拿至臉盆中洗了晾上。又喜又悲，悶了一回，也往稻香村來，説一回閒話，掌燈後方散。

平兒就在李紈處歇了一夜，鳳姐兒只跟着賈母。賈璉晚間歸房，冷清清的，又不好去叫，只得胡亂睡了一夜。次日醒了，想昨日之事，大没意思，後悔不來。邢夫人記掛着昨日賈璉醉了，忙一早過來，叫了賈璉過賈母這邊來。賈璉只得忍愧前來，在賈母面前跪下。賈母問他：「怎麼了？」賈璉忙陪笑説：「昨兒原是吃了酒，驚了老太太的駕了，今兒來領罪。」賈母啐道：「下流東西，灌了黄湯，不説安分守己的挺屍去，倒打起老婆來了！鳳丫頭成日家説嘴，霸王似的一個人，昨兒唬得可憐。要不是我，你要傷了他的命，這會子怎麼樣？」賈璉一肚子的委屈，不敢分辯，只認不是。賈母又道：「那鳳丫頭和平兒還不是個美人胎子？你還不足！成日家偷鷄摸狗，髒的臭的，都拉了你屋裏去。爲這起淫婦打老婆，又打屋裏的人，你還虧是大家子的公子出身，活打了嘴了。若你眼睛裏有我，你起來，我饒了你，乖乖的替你媳婦賠個不是，拉了他家去，我就喜歡了。要不然，你只管出去，我也不敢受你的跪。」賈璉聽如此説，又見鳳姐兒站在那邊，也不盛妝，哭的眼睛腫着，也不施脂粉，黄黄臉兒，【庚】大妙大奇之文，此一句便伏下病根了，草草看去，便可惜了作者行文苦心。比往常更覺可憐可愛。想着：「不如賠了不是，彼此也好了，又討老太太的喜歡了。」想畢，便笑道：「老太太的話，我不敢不依，只是越發縱了他了。」賈母笑道：「胡説！我知道他最有禮的，再不會衝撞人。他日後得罪了你，我自然也作主，叫你降伏就是了。」

賈璉聽説，爬起來，便與鳳姐兒作了一個揖，笑道：「原來是我的不是，二奶奶饒過我罷。」滿屋裏的人都笑了。賈母笑道：「鳳丫頭，不許惱了，再惱我就惱了。」説着，又命人去叫了平兒來，命鳳姐兒和賈璉兩個安慰平兒。賈璉見了平兒，越發顧不得了，[庚]所謂「妻不如妾，妾不如偷」。〔四〕聽賈母一説，便趕上來説道：「姑娘昨日受了屈了，都是我的不是。奶奶得罪了你，也是因我而起。我賠了不是不算外，還替你奶奶賠個不是。」説着，也作了一個揖，引的賈母笑了，鳳姐兒也笑了。賈母又命鳳姐兒來安慰他。平兒忙走上來給鳳姐兒磕頭，説：「奶奶的千秋，我惹了奶奶生氣，是我該死。」鳳姐兒正自愧悔昨日酒吃多了，不念素日之情，浮躁起來，爲聽了旁人的話，無故給平兒没臉。今反見他如此，又是慚愧，又是心酸，忙一把拉起來，落下淚來。平兒道：「我伏侍了奶奶這麽幾年，也没彈我一指甲。就是昨兒打我，我也不怨奶奶，都是那淫婦治的，怨不得奶奶生氣。」説着，也滴下淚來了。[庚]婦人女子之情畢肖，但世之大英雄羽翼偶摧，尚按劍生悲，况阿鳳與平兒哉？所謂此書真是哭成的。賈母便命人：「將他三人送回房去。有一個再提此事，即刻來回我，我不管是誰，拿拐棍子給他一頓。」

三個人從新給賈母、邢王二位夫人磕了頭。老嬤嬤答應了，送他三人回去。至房中，鳳姐兒見無人，方説道：「我怎麽像個閻王，又像夜叉？那淫婦咒我死，你也幫着咒。我千日不好，也有一日好。可憐我熬的連個淫婦也不如了，我還有什麽臉來過這日子？」説着又哭了。〔庚〕轄治丈夫，此是首計，懦夫來看此句。賈璉道：「你還不足？你細想想，昨兒誰的不是多？〔庚〕妙！不敢自説没不是，只論多少，懦夫來看。今兒當着人還是我跪了一跪，又賠不是，你也争足了光了。這會子還叨叨，難道還叫我替你跪下纔罷？太要足了强也不是好事。」説的鳳姐兒無言可對，平兒「嗤」的一聲又笑了。賈璉也笑道：「又好了！真真我也没法了。」

正説着，只見一個媳婦來回説：「鮑二媳婦吊死了。」〔庚〕倒也有氣性，只是又是情累一個，可憐！賈璉鳳姐兒都吃了一驚。鳳姐忙收了怯色，反喝道：「死了罷了，有什麽大驚小怪的！」〔庚〕寫阿鳳如此。一時，只見林之孝家的進來悄回鳳姐道：「鮑二媳婦吊死了，他娘家的親戚要告呢。」鳳姐兒笑道：〔庚〕偏於此處寫阿鳳笑。壞哉阿鳳！「這倒好了，我正想要打官司呢！」林之孝家的道：「我纔和衆人勸了他們，又威嚇了一陣，又許了他幾個錢，也就依了。」鳳姐兒道：「我没一個錢！有錢也不給，只管叫他告去。也不許勸他，也不用震嚇他，只管讓他告去。告不成倒問他個『以屍訛詐』！」林之孝家的正在爲難，見賈璉和他使眼色兒，心下明白，便出來等着。賈璉道：「我出去瞧瞧，看是怎麽樣。」鳳姐兒道：「不許給他錢。」賈璉一逕出來，和林之孝來商議，着人去作好作歹，許了二百兩發送纔罷。賈璉生恐有變，又命人去和王子騰説，將番役仵作人等叫了幾名來，幫着辦喪事。那些人見了如此，縱要復辨亦不敢辨，只得忍氣吞聲罷了。賈璉又命林之孝將那二百銀子入在流年賬上，分别添補開銷過去。〔庚：大弊小弊，無一不到。〕又梯己給鮑二些銀兩，安慰他説：「另日再挑個好媳婦給你。」鮑二又有體面，又有銀子，有何不依，便仍然奉承賈璉，〔庚：爲天下夫妻一哭。〕不在話下。

〔庚：寫阿鳳如此。〕

裏面鳳姐心中雖不安，面上只管佯不理論，因房中無人，便拉平兒笑道：「我昨兒灌喪了酒了，你别憤怨，打了那裏，讓我瞧瞧。」平兒道：「也没打重。」只聽得説，奶奶姑娘都進來了。要知端的，下回分解。

戚 總評：富貴少年多好色，那如寶玉會風流。閻王夜叉誰曾説，死到臨頭身不由。

〔一〕原文「抬」字，除甲辰本作「鳴」，餘本均同。按：「抬」字用在此處顯然欠通，故程本改爲「言」，今校本則或校改爲「止」「移」等。從文義和字形雙重考慮，校爲「抑」字或更近是。「難抑」和「難止」同樣形容平兒的委屈之哭一時難以平息，而「抑」和「抬」形近，如原稿此字處有褶皺或蛀洞，過録者誤認的可能性較大。

〔二〕「賭氣子」，諸本作「賭氣了」。按：「賭氣子」，意即賭氣。前文第三十六回：「這會子大毒日頭地下，你賭氣子去請了來我也不瞧。」

〔三〕「洒然」，諸本均同，底本旁改爲「淒然」。按：「洒然」是個多義詞，在小説筆記中多用來形容清醒、清晰或清爽的樣子，也可形容淚水撒落的樣子。《水滸全傳》第一一九回：「且説先鋒使宋江思念亡過衆將，洒然淚下。」今人或校改爲「潸然」，不必。

〔四〕「所謂『妻不如妾，妾不如偷』」，此語僅底本和甲辰本有，當是批語混入正文。

平儿

第四十五回　金蘭契互剖金蘭語　風雨夕悶製風雨詞

㊀戚 富貴榮華春暖，夢破黄（糧）［粱］愁晚。金玉作樓臺，也是戲場妝點。莫緩，莫緩，遺却靈光不遠。

話説鳳姐兒正撫恤平兒，忽見衆姊妹進來，忙讓坐了，平兒斟上茶來。鳳姐兒笑道：「今兒來的這麽齊，倒像下帖子請了來的。」探春笑道：「我們有兩件事：一件是我的，一件是四妹妹的，還夾着老太太的話。」鳳姐兒笑道：「有什麽事，這麽要緊？」探春笑道：「我們起了個詩社，頭一社就不齊全，衆人臉軟，所以就亂了。我想必得你去作個監社御史，鐵面無私纔好。再四妹妹爲畫園子，用的東西這般那般不全，回了老太太，老太太說：『只怕後頭樓底下還有當年剩下的，找一找，若有呢拿出來，若没有，叫人買去。』」鳳姐笑道：「我又不會作什麽濕的乾的，要我吃東西去不成？」探春道：「你雖不會作，也不要你作。你只監察着我們裏頭有偷安怠惰的，該怎麽樣罰他就是了。」鳳姐兒笑道：「你們别哄我，我猜着了，那裏是請我作監社御史！分明是叫我作個進錢的銅商。你們弄什麽社，必是要輪流作東道的。你們的月錢不够花了，想出這個法子來拗了我去，好和我要錢。可是這個主意？」一席話説的衆人都笑起來了。李紈笑道：「真真你是個水晶心肝玻璃人。」鳳姐兒笑道：「虧你是個大嫂子呢！把姑娘們原交給你帶着念書學規矩針綫的，他們不好，你要勸。這會子他們起詩社，能用幾個錢，你就不管了？老太太、太太罷了，原是老封君。你一個月十兩銀子的月錢，比我們多兩倍銀子。老太太、太太還説你寡婦失業的，可憐，不够用，又有個小子，足的又添了十兩，和老太太、太太平等。又給你園子地，各人取租子。年終分年例，你又是上上分兒。你娘兒們，主子奴才共總没十個人，吃的穿的仍舊是官中的。一年通共算起來，也有四五百銀子。這會子你就每年拿出一二百兩銀子來陪他們頑頑，能幾年的限？他們各人出了閣，難道還要你賠不成？這會子你怕花錢，調唆他們來鬧我，我樂得去吃一個河涸海乾，我還通不知道呢！」

李紈笑道：「你們聽聽，我說了一句，他就瘋了，說了兩車的無賴泥腿市俗專會打細算盤、分斤撥兩的話出來。〔庚〕心直口拙之人急了，恨不得將萬句話來併成一句，說死那人，畢肖！這東西虧他託生在詩書大宦名門之家做小姐，出了嫁又是這樣，他還是這麼着；若是生在貧寒小户人家，作個小子，還不知怎麼下作貧嘴惡舌的呢！天下人都被你算計了去！昨兒還打平兒呢，虧你伸的出手來！那黄湯難道灌喪了狗肚子裏去了？氣的我只要給平兒打抱不平兒。忖奪了半日，好容易『狗長尾巴尖兒』的好日子，又怕老太太心裏不受用，因此没來，究竟氣還未平。你今兒又招我來了。給平兒拾鞋也不要，你們兩個只該換一個過子纔是。」說的衆人都笑了。鳳姐兒忙笑道：「竟不是爲詩爲畫來找我，這臉子竟是爲平兒來報仇的。竟不承望平兒有你這一位仗腰子的人。早知道，便有鬼拉着我的手打他，我也不打了。平姑娘，過來！我當着大奶奶姑娘們替你賠個不是，擔待我酒後無德罷。」説着，衆人又都笑起來了。李紈笑問平兒道：「如何？我説必定要給你争争氣纔罷。」平兒笑道：「雖如此，奶奶們取笑，我禁不起。」李紈道：「什麽禁不起，有我呢。快拿了鑰匙，叫你主子開了樓房找東西去。」

鳳姐兒笑道：「好嫂子，你且同他們回園子裏去。纔要把這米賬合算一算，那邊大太太又打發人來叫，又不知有什麽話説，須得過去走一趟。還有年下你們添補的衣服，還没打點給他們做去。」李紈笑道：「這些事情我都不管，你只把我的事完了我好歇着去，省得這些姑娘小姐鬧我。」鳳姐忙笑道：「好嫂子，賞我一點空兒。你是最疼我的，怎麽今兒爲平兒就不疼我了？往常你還勸我説，事情雖多，也該保養身子，撿點着偷空兒歇歇，你今兒反倒逼我的命了。况且誤了别人的年下衣裳無礙，他姊妹們的若誤了，却是你的責任，老太太豈不怪你不管閒事，這一句現成的話也不説？我寧可自己落不是，豈敢帶累你呢。」李紈笑道：「你們聽聽，説的好不好？把他會説話的！我且問你：這詩社你到底管不管？」鳳姐兒笑道：「這是什麽話，我不入社花幾個錢，不成了大觀園的反叛了，還想在這裏吃飯不成？明兒一早就到任，下馬拜了印，先放下五十兩銀子給你們慢慢作會社東道。過後幾天，我又不作詩作文，只不過是個俗人罷了。『監察』也罷，不『監察』也罷，有了錢了，你們還攆出我來！」說的衆人又都笑起來。鳳姐兒道：「過會子我開了樓房，凡有這些東西都叫人搬出來你們看，若使得，留着使，若少什麼，照你們單子，我叫人替你們買去就是了。畫絹我就裁出來。那圖樣没有在太太跟前，還在那邊珍大爺那裏呢。説給你們，别碰釘子去。我打發人取了來，一併叫人連絹交給相公們礬去。如何？」李紈點首笑道：「這難爲你，果然這樣還罷了。既如此，咱們家去罷，等着他不送了去再來鬧他。」説着，便帶了他姊妹就走。鳳姐兒道：「這些事再没兩個人，都是寶玉生出來的。」李紈聽了，忙回身笑道：「正是爲寶玉來，反忘了他。頭一社是他誤了。我們臉軟，你説該怎麼罰他？」鳳姐想了一想，説道：「没有别的法子，只叫他把你們各人屋子裏的地罰他掃一遍纔好。」衆人都笑道：「這話不差。」

説着纔要回去，只見一個小丫頭扶了賴嬤嬤進來。鳳姐兒等忙站起來，笑道：「大娘坐。」又都向他道喜。賴嬤嬤向炕沿上坐了，笑道：「我也喜，主子們也喜。若不是主子們的恩典，我們這喜從何來？昨兒奶奶又打發彩哥兒賞東西，我孫子在門上朝上磕了頭了。」李紈笑道：「多早晚上任去？」賴嬷嬷嘆道：「我那裏管他們，由他們去罷！前兒在家裏給我磕頭，我没好話，我説：『哥哥兒，你别説你是官兒了，横行霸道的！你今年活了三十歲，雖然是人家的奴才，一落娘胎胞，主子恩典，放你出來，上託着主子的洪福，下託着你老子娘，也是公子哥兒似的讀書認字，也是丫頭、老婆、奶子捧鳳凰似的，長了這麽大。你那裏知道那「奴才」兩字是怎麽寫的！只知道享福，也不知道你爺爺和你老子受的那苦惱，熬了兩三輩子，好容易掙出你這麽個東西來。從小兒三災八難，花的銀子也照樣打出你這麽個銀人兒來了。到二十歲上，又蒙主子的恩典，許你捐個前程在身上。你看那正根正苗的忍飢挨餓的要多少？你一個奴才秧子，仔細折了福！如今樂了十年，不知怎麽弄神弄鬼的，求了主子，又選了出來。州縣官兒雖小，事情却大，爲那一州的州官，就是那一方的父母。你不安分守己，盡忠報國，孝敬主子，只怕天也不容你。』」李紈鳳姐兒都笑道：「你也多慮。我們看他也就好了。先那幾年還進來了兩次，這有好幾年没來了，年下生日，只見他的名字就罷了。

前兒給老太太、太太磕頭來，在老太太那院裏，見他又穿着新官的服色，倒發的威武了，比先時也胖了。他這一得了官，正該你樂呢，反倒愁起這些來！他不好，還有他父親呢，你只受用你的就完了。閒了坐個轎子進來，和老太太鬭一日牌，説一天話兒，誰好意思的委屈了你。家去一般也是樓房廈廳，誰不敬你，自然也是老封君似的了。」

平兒斟上茶來，賴嬤嬤忙站起來接了，笑道：「姑娘不管叫那個孩子倒來罷了，又折受我。」説着，一面吃茶，一面又道：「奶奶不知道。這些小孩子們全要管的嚴。饒這麼嚴，他們還偷空兒鬧個亂子來叫大人操心。知道的説小孩子們淘氣；不知道的，人家就説仗着財勢欺人，連主子名聲也不好。恨的我没法兒，常把他老子叫來罵一頓，纔好些。」因又指寶玉道：「不怕你嫌我，如今老爺不過這麼管你一管，老太太護在頭裏。當日老爺小時挨你爺爺的打，誰没看見的。老爺小時，何曾像你這麼天不怕地不怕的了。還有那大老爺，雖然淘氣，也没像你這扎窩子的樣兒，也是天天打。還有東府裏你珍哥兒的爺爺，那纔是火上澆油的性子，説聲惱了，什麼兒子，竟是審賊！如今我眼裏看着，耳朵裏聽着，那珍大爺管兒子倒也像當日老祖宗的規矩，只是管的到三不着兩的。他自己也不管一管自己，這些兄弟侄兒怎麽怨的不怕他？你心裏明白，喜歡我説，不明白，嘴裏不好意思，心裏不知怎麽駡我呢！」

正説着，只見賴大家的來了，接着周瑞家的張材家的都進來回事情。鳳姐兒笑道：「媳婦來接婆婆來了。」賴大家的笑道：「不是接他老人家，倒是打聽打聽奶奶姑娘們賞臉不賞臉？」賴嬷嬷聽了，笑道：「可是我糊塗了，正緊説的話且不説，且説陳穀子爛芝麻的混搗熟。因爲我們小子選了出來，衆親友要給他賀喜，少不得家裏擺個酒。我想，擺一日酒，請這個也不是，請那個也不是。又想了一想，託主子洪福，想不到的這樣榮耀，就傾了家，我也是願意的。因此吩咐他老子連擺三日酒：頭一日，在我們破花園子裏擺幾席酒，一臺戲，請老太太、太太們、奶奶姑娘們去散一日悶；外頭大廳上一臺戲，擺幾席酒，請老爺們、爺們去增增光。第二日再請親友。第三日再把我們兩府裏的伴兒請一請。熱鬧三天，也是託着主子的洪福一場，光輝光輝。」李紈鳳姐兒都笑道：「多早晚的日子？我們必去，只怕老太太高興要去也定不得。」賴大家的忙道：「擇了十四的日子，只看我們奶奶的老臉罷了。」鳳姐笑道：「別人我不知道，我是一定去的。先說下，我是沒有賀禮的，也不知道放賞，吃完了一走，可別笑話。」賴大家的笑道：「奶奶說那裏話〔一〕？奶奶要賞，賞我們三二萬銀子就有了。」

賴嬤嬤笑道：「我纔去請老太太，老太太也說去，可算我這臉還好。」說畢又叮嚀了一回，方起身要走，因看見周瑞家的，便想起一事來，因說道：「可是還有一句話問奶奶，這周嫂子的兒子犯了什麼不是，攆了他不用？」鳳姐兒聽了，笑道：「正是我要告訴你媳婦，事情多也忘了。賴嫂子回去說給你老頭子，兩府裏不許收留他小子，叫他各人去罷。」賴大家的只得答應着。周瑞家的忙跪下央求。賴嬤嬤忙道：「什麼事？說給我評評。」鳳姐兒道：「前日我生日，裏頭還沒吃酒，他小子先醉了。老娘那邊送了禮來，他不說在外頭張羅，他倒坐着罵人，禮也不送進來。兩個女人進來了，他纔帶着小幺們往裏抬。小幺們倒好，他拿的一盒子倒失了手，撒了一院子饅頭。人去了，打發彩明去說他，他倒罵了彩明一頓。這樣無法無天的忘八羔子，不攆了作什麼！」賴嬤嬤笑道：「我當什麼事情，原來爲這個。奶奶聽我說：他有不是，打他罵他，使他改過，攆了去斷乎使不得。他又比不得是咱們家的家生子兒，他現是太太的陪房。奶奶只顧攆了他，太太臉上不好看。依我說，奶奶教導他幾板子，以戒下次，仍舊留着纔是。不看他娘，也看太太。」鳳姐兒聽說，便向賴大家的說道：「既這樣，打他四十棍，以後不許他吃酒。」賴大家的答應了。周瑞家的磕頭起來，又要與賴嬤嬤磕頭，賴大家的拉着方罷。然後他三人去了，李紈等也就回園中來。

至晚，果然鳳姐命人找了許多舊收的畫具出來，送至園中。寶釵等選了一回，各色東西可用的只有一半，將那一半又開了單子，與鳳姐兒去照樣置買，不必細說。

一日，外面礬了絹，起了稿子進來。寶玉每日便在惜春這裏幫忙。〔庚〕自忙不暇，又加上一「幫」字，可笑可笑。所謂《春秋》筆法。探春、李紈、迎春、寶釵等也多往那裏閒坐，一則觀畫，二則便於會面。寶釵因見天氣涼爽，夜復漸長，〔庚〕「復」字妙，補出寶釵每年夜長之事，皆《春秋》字法也。遂至母親房中商議打點些針綫來。日間至賈母處王夫人處省候兩次，不免又承色陪坐半時，園中姊妹處也要度時閒話一回，故日間不大得閒，每夜燈下女工必至三更方寢。【庚】(代)〔伏〕下（收夕）〔後文〕。◇寫「針綫」下。「商議」二字，直將寡母訓女多少温存活現在紙上。不寫阿獃兄，已見阿獃兄終日醉飽優遊，怒則吼，喜則躍，家務一概無聞之形景畢露矣。《春秋》筆法。

黛玉每歲至春分秋分之後，必犯嗽疾；今秋又遇賈母高興，多遊玩了兩次，未免過勞了神，近日又復嗽起來，覺得比往常又重，所以總不出門，只在自己房中將養。有時悶了，又盼個姊妹來説些閒話排遣；及至寶釵等來望候他，説不得三五句話又厭煩了。衆人都體諒他病中，且素日形體嬌弱，禁不得一些委屈，所以他接待不週，禮數粗忽，也都不苛責。

這日寶釵來望他，因説起這病症來。寶釵道：「這裏走的幾個太醫雖都還好，只是你吃他們的藥總不見效，不如再請一個高明的人來瞧一瞧，治好了豈不好？每年間鬧一春一夏，又不老又不小，成什麽？不是個常法。」黛玉道：「不中用。我知道我這樣病是不能好的了。且別説病，只論好的日子我是怎麽形景，就可知了。」寶釵點頭道：「可正是這話。古人説：『食穀者生。』你素日吃的竟不能添養精神氣血，也不是好事。」黛玉嘆道：「『死生有命，富貴在天』，也不是人力可强的。今年比往年反覺又重了些似的。」説話之間，已咳嗽了兩三次。

寶釵道：「昨兒我看你那藥方上，人參肉桂覺得太多了。雖説益氣補神，也不宜太熱。依我説，先以平肝健胃爲要，肝火一平，不能尅土，胃氣無病，飲食就可以養人了。每日早起拿上等燕窩一兩，冰糖五錢，用銀銚子熬出粥來，若吃慣了，比藥還强，最是滋陰補氣的。」

黛玉嘆道：「你素日待人，固然是極好的，然我最是個多心的人，只當你心裏藏奸。從前日你説看雜書不好，又勸我那些好話，竟大感激你。往日竟是我錯了，實在誤到如今。細細算來，我母親去世的早，又無姊妹兄弟，我長了今年十五歲，【庚】黛玉纔十五歲，記清。竟没一個人像你前日的話教導我。怨不得雲丫頭説你好，我往日見他讚你，我還不受用，昨兒我親自經過，纔知道了。比如若是你説了那個，我再不輕放過你的；你竟不介意，反勸我那些話，可知我竟自誤了。若不是從前日看出來，今日這話，再不對你説。你方纔説叫我吃燕窩粥的話，雖然燕窩易得，但只我因身上不好了，每年犯這個病，也没什麽要緊的去處。請大夫，熬藥，人參肉桂，已經鬧了個天翻地覆，這會子我又興出新文來熬什麽燕窩粥，老太太、太太、鳳姐姐這三個人便没話説，那些底下的婆子丫頭們，未免不嫌我太多事了。你看這裏這些人，因見老太太多疼了寶玉和鳳丫頭兩個，他們尚虎視眈眈，背地裏言三語四的，何況於我？況我又不是他們這裏正緊主子，原是無依無靠投奔了來的，他們已經多嫌着我了。如今我還不知進退，何苦叫他們咒我？」

寶釵道：「這樣說，我也是和你一樣。」黛玉道：「你如何比我？你又有母親，又有哥哥，這裏又有買賣地土，家裏又仍舊有房有地。你不過是親戚的情分，白住了這裏，一應大小事情，又不沾他們一文半個，要走就走了。我是一無所有，吃穿用度，一草一紙，皆是和他們家的姑娘一樣，那起小人豈有不多嫌的。」寶釵笑道：「將來也不過多費得一副嫁妝罷了，如今也愁不到這裏。」庚 寶釵此一戲，直抵過通部黛玉之戲寶釵矣，又懇切，又真情，又平和，又雅致，又不穿鑿，又不牽强。黛玉因識得寶釵後方吐真情，寶釵亦識得黛玉後方肯戲也。此是大關節大章法，非細心看不出。◇細思二人此時好看之極，真是兒女小窗中喁喁也。黛玉聽了，不覺紅了臉，笑道：「人家纔拿你當個正經人，把心裏的煩難告訴你聽，你反拿我取笑兒。」寶釵笑道：「雖是取笑兒，却也是真話。你放心，我在這裏一日，我與你消遣一日。你有什麼委屈煩難，只管告訴我，我能解的，自然替你解一日。我雖有個哥哥，你也是知道的，只有個母親比你略强些。咱們也算同病相憐。你也是個明白人，何必作『司馬牛之嘆』？庚通部衆人必從寶釵之評方定，然寶釵亦必從顰兒之評始可，何妙之至！你纔說的也是，多一事不如省一事。我明日家去和媽媽說了，只怕我們家裏還有，與你送幾兩，每日叫丫頭們就熬了，又便宜，又不驚師動衆的。」黛玉忙笑道：「東西事小，難得你多情如此。」寶釵道：「這有什麼放在口裏的！只愁我人人跟前失於應候罷了。只怕你煩了，我且去了。」黛玉道：「晚上再來和我說句話兒。」寶釵答應着便去了，不在話下。

這裏黛玉喝了兩口稀粥，仍歪在床上，不想日未落時天就變了，淅淅瀝瀝下起雨來。秋霖脉脉，陰晴不定，那天漸漸的黄昏，且陰的沉黑，兼着那雨滴竹梢，更覺淒凉。知寶釵不能來，便在燈下隨便拿了一本書，却是《樂府雜稿》，有《秋閨怨》《别離怨》等詞。黛玉不覺心有所感，亦不禁發於章句，遂成《代别離》一首，擬《春江花月夜》之格，乃名其詞曰《秋窗風雨夕》。其詞曰：

秋花慘淡秋草黄，耿耿秋燈秋夜長。
已覺秋窗秋不盡，那堪風雨助淒凉！

助秋風雨來何速！驚破秋窗秋夢緑。
抱得秋情不忍眠，自向秋屏移淚燭。
淚燭摇摇爇短檠，牽愁照恨動離情。
誰家秋院無風入？何處秋窗無雨聲？
羅衾不奈秋風力，殘漏聲催秋雨急。
連宵脉脉復颼颼，燈前似伴離人泣。
寒煙小院轉蕭條，踈竹虚窗時滴瀝。
不知風雨幾時休，已教淚洒窗紗濕。

吟罷擱筆，方要安寢，丫鬟報説：「寶二爺來了。」一語未完，只見寶玉頭上戴着大箬笠，身上披着蓑衣。黛玉不覺笑了：「那裏來的漁翁！」寶玉忙問：「今兒好些？庚一句。吃了藥没有？庚兩句。今兒一日吃了多少飯？」庚三句。一面説，一面摘了笠，脱了蓑衣，忙一手舉起燈來，一手遮住燈光，向黛玉臉上照了一照，覷着眼細瞧了一瞧，笑道：「今兒氣色好了些。」

黛玉看脱了蓑衣，裏面只穿半舊紅綾短襖，繫着緑汗巾子，膝下露出油緑綢撒花褲子，底下是掐金滿繡的綿紗襪子，靸着蝴蝶落花鞋。黛玉問道：「上頭怕雨，底下這鞋襪子是不怕雨的？也倒乾净。」寶玉笑道：「我這一套是全的。有一雙棠木屐，纔穿了來，脱在廊檐上了。」黛玉又看那蓑衣斗笠不是尋常市賣的，十分細緻輕巧，因説道：「是什麽草編的？怪道穿上不像那刺猬似的。」寶玉道：「這三樣都是北静王送的。他閒了下雨時在家裏也是這樣。你喜歡這個，我也弄一套來送你。别的都罷了，惟有這斗笠有趣，竟是活的。上頭的這頂兒是活的，冬天下雪，戴上帽子，就把竹信子抽了，去下頂子來，只剩了這圈子。下雪時男女都戴得，我送你一頂，冬天下雪戴。」黛玉笑道：「我不要他。戴上那個，成個畫兒上畫的和戲上扮的漁婆了。」及説了出來，方想起話未忖奪，與方纔説寶玉的話相連，後悔不及，羞的臉飛紅，便伏在桌上嗽個不住。〔庚〕妙極之文。使黛玉自己直説出夫妻來，却又云「畫的」「扮的」，本是閒談，却是暗隱不吉之兆。所謂「畫兒中愛寵」是也，誰曰不然？

寶玉却不留心，〔庚〕必云「不留心」方好，方是寶玉。若着心則又有何文字？且直是一時時獵色一賊矣。因見案上有詩，遂拿起來看了一遍，又不禁叫好。黛玉聽了，忙起來奪在手内，向燈上燒了。寶玉笑道：「我已背熟了，燒也無礙。」黛玉道：「我也好了些，多謝你一天來幾次瞧我，下雨還來。這會子夜深了，我也要歇着，你且請回去，明兒再來。」寶玉聽説，回手向懷中掏出一個核桃大小的一個金錶來，瞧了一瞧，那針已指到戌末亥初之間，忙又揣了，説道：「原該歇了，又擾的你勞了半日神。」説着，披蓑戴笠出去了，又翻身進來問道：「你想什麽吃，告訴我，我明兒一早回老太太，豈不比老婆子們説的明白？」〔庚〕直與後部寶釵之文遥遥針對。◇想彼姊妹房中婆子丫鬟皆有，隨便皆可遣使，今寶玉獨云「婆子」而不云「丫鬟」者，心内已度定丫鬟之爲人，一言一事，無論大小，是方無錯謬者也，一何可笑！黛玉笑道：「等我夜裏想着了，明兒早起告訴你。你聽雨越發緊了，快去罷。可有人跟着没有？」有兩個婆子答應：「有人，外面拿着傘點着燈籠呢。」黛玉笑道：「這個天點燈籠？」寶玉道：「不相干，是明瓦的，不怕雨。」黛玉聽了，回手向書架上把個玻璃繡球燈拿了下來，命點一支小蠟來，遞與寶玉，道：「這個又比那個亮，正是雨裏點的。」寶玉道：「我也有這麽一個，怕他們失脚滑倒了打破了，所以没點來。」黛玉道：「跌了燈值錢，跌了人值錢？你又穿不慣木屐子。那燈籠命他們前頭點着。這個又輕巧又亮，原是雨裏自己拿着的，你自己手裏拿着這個，豈不好？明兒再送來。就失了手也有限的，怎麼忽然又變出這『剖腹藏珠』的脾氣來！」寶玉聽說，連忙接了過來，前頭兩個婆子打着傘提着明瓦燈，後頭還有兩個小丫鬟打着傘。寶玉便將這個燈遞與一個小丫頭捧着，寶玉扶着他的肩，一逕去了。

就有蘅蕪苑的一個婆子，也打着傘提着燈，送了一大包上等燕窩來，還有一包子潔粉梅片雪花洋糖。說：「這比買的强。姑娘說了：姑娘先吃着，完了再送來。」黛玉回說「費心」，命他外頭坐了吃茶。婆子笑道：「不吃茶了，我還有事呢。」黛玉笑道：「我也知道你們忙。如今天又涼，夜又長，越發該會個夜局，痛賭兩場了。」婆子笑道：「不瞞姑娘說，今年我大沾光兒了。橫豎每夜各處有幾個上夜的人，誤了更也不好，不如會個夜局，又坐了更，又解悶兒。今兒又是我的頭家，如今園門關了，就該上場了。」〔庚〕幾句閒話，將潭潭大宅夜間所有之事描寫一畫。雖偌大一園，且值秋冬之夜，豈不寥落哉？今用老嫗數語，更寫得每夜深人定之後，各處［燈］光燦爛、人煙簇集，柳陌（之）［小］巷之中，或提燈同酒，或寒月烹茶者，竟仍有絡繹人跡不絕，不但不見寥落，且覺更勝於日間繁華矣。此是大宅妙景，不可不寫出。又伏下後文，且又襯出後文之冷落。此閒話中寫出，正是不寫之寫也。脂硯齋評。黛玉聽說笑道：「難爲你。誤了你發財，冒雨送來。」命人給他幾百錢打些酒吃，避避雨氣。那婆子笑道：「又破費姑娘賞酒吃。」說着，磕了一個頭，外面接了錢，打傘去了。

紫鵑收起燕窩，然後移燈下簾，伏侍黛玉睡下。黛玉自在枕上感念寶釵，一時又羨他有母兄；一面又想寶玉雖素習和睦，終有嫌疑。又聽見窗外竹梢蕉葉之上，雨聲淅瀝，清寒透幕，不覺又滴下淚來。直到四更將闌，方漸漸的睡了。暫且無話。要知端的——

戚 總評：請看賴大，則知貴家奴婢身分，而本主毫不以爲過分，習慣自然，故是有之。見者當自度是否可也。

〔一〕「禮的……說那裏話」二十九字原缺，諸本皆有，文字略異，據戚、列、甲辰本補。

鸳鸯

第四十六回　尷尬人難免尷尬事　鴛鴦女誓絶鴛鴦偶

[庚]此回亦有本而筆，非泛泛之筆也。

只看他題綱用「尷尬」二字於邢夫人，可知包藏含蓄文字之中，莫能量也。

[戚]裹脚與纏頭，欲覓終身伴。顧影自爲憐，静住深深院。好事不稱心，惡語將人慢。誓死守香閨，遠却楊花片。

話説林黛玉直到四更將闌，方漸漸的睡去，暫且無話。如今且説鳳姐兒因見邢夫人叫他，不知何事，忙另穿戴了一番，坐車過來。邢夫人將房内人遣出，悄向鳳姐兒道：「叫你來不爲別事，有一件爲難的事，老爺託我，我不得主意，先和你商議。老爺因看上了老太太的鴛鴦，要他在房裏，叫我和老太太討去。我想這倒平常有的事，只是怕老太太不給，你可有法子？」鳳姐兒聽了，忙道：「依我説，竟别碰這個釘子去。老太太離了鴛鴦，飯也吃不下去的，那裏就捨得了？況且平日説起閒話來，老太太常説，老爺如今上了年紀，作什麼左一個小老婆右一個小老婆放在屋裏，没的耽誤了人家。放着身子不保養，官兒也不好生作去，成日家和小老婆喝酒。太太聽這話，很喜歡老爺呢？這會子迴避還恐迴避不及，倒拿草棍兒戳老虎的鼻子眼兒去了！太太别惱，我是不敢去的。明放着不中用，而且反招出没意思來。老爺如今上了年紀，行事不妥，太太該勸纔是。比不得年輕，作這些事無礙。如今兄弟、侄兒、兒子、孫子一大群，還這麽鬧起來，怎樣見人呢？」邢夫人冷笑道：「大家子三房四妾的也多，偏咱們就使不得？我勸了也未必依。就是老太太心愛的丫頭，這麽鬍子蒼白了又作了官的一個大兒子，要了作房裏人，也未必好駁回的。我叫了你來，不過商議商議，你先派上了一篇不是。也有叫你去的理？自然是我説去。你倒説我不勸，你還不知道那性子的，勸不成，先和我惱了。」

鳳姐兒知道邢夫人稟性愚强，只知承順賈赦以自保，次則婪聚財貨爲自得，家下一應大小事務，俱由賈赦擺佈。凡出入銀錢事務，一經他手，便尅嗇異常，以賈赦浪費爲名，「須得我就中儉省，方可償補」，兒女奴僕，一人不靠，一言不聽的。如今又聽邢夫人如此的話，便知他又弄左性，勸了不中用，連忙陪笑説道：「太太這話説的極是。我能活了多大，知道什麽輕重？想來父母跟前，别説一個丫頭，就是那麽大的活寶貝，不給老爺給誰？背地裏的話那裏信得？我竟是個獃子。璉二爺或有日得了不是，老爺太太恨的那樣，恨不得立刻拿來一下子打死；及至見了面，也罷了，依舊拿着老爺太太心愛的東西賞他。如今老太太待老爺，自然也是那樣了。依我説，老太太今兒喜歡，要討今兒就討去。我先過去哄着老太太發笑，等太太過去了，我搭訕着走開，把屋子裏的人我也帶開，太太好和老太太説的。給了更好，不給也没妨礙，衆人也不知道。」邢夫人見他這般説，便又喜歡起來，又告訴他道：「我的主意先不和老太太要。老太太要説不給，這事便死了。我心裏想着先悄悄的和鴛鴦説。他雖害臊，我細細的告訴了他，他自然不言語，就妥了。那時再和老太太説，老太太雖不依，擱不住他願意，常言『人去不中留』，自然這就妥了。」鳳兒姐笑道：「到底是太太有智謀，這是千妥萬妥的。别説是鴛鴦，憑他是誰，那一個不想巴高望上，不想出頭的？這半個主子不做，倒願意做個丫頭，將來配個小子就完了。」邢夫人笑道：「正是這個話了。别説鴛鴦，就是那些執事的大丫頭，誰不願意這樣呢。你先過去，别露一點風聲，我吃了晚飯就過來。」

鳳姐兒暗想：「鴛鴦素習是個可惡的，雖如此説，保不嚴他就願意。我先過去了，太太後過去，若他依了便没話説；倘或不依，太太是多疑的人，只怕就疑我走了風聲，使他拿腔作勢的。那時太太又見了應了我的話，羞惱變成怒，拿我出起氣來，倒没意思。不如同着一齊過去了，他依也罷，不依也罷，就疑不到我身上了。」想畢，因笑道：「方纔臨來，舅母那邊送了兩籠子鵪鶉，我吩咐他們炸了，原要趕太太晚飯上送過來的。我纔進大門時，見小子們抬車，説太太的車拔了縫，拿去收拾去了。不如這會子坐了我的車一齊過去倒好。」邢夫人聽了，便命人來換衣服。鳳姐忙着伏侍了一回，娘兒兩個坐車過來。鳳姐兒又説道：「太太過老太太那裏去，我若跟了去，老太太若問起我過去作什麼的，倒不好。不如太太先去，我脱了衣裳再來。」

邢夫人聽了有理，便自往賈母處，和賈母説了一回閒話，便出來假託往王夫人房裏去，從後門出去，打鴛鴦的卧房前過。只見鴛鴦正然〔二〕坐在那裏做針綫，見了邢夫人，忙站起來。邢夫人笑道：「做什麼呢？我瞧瞧，你紮的花兒越發好了。」一面説，一面便接他手内的針綫瞧了一瞧，只管讚好。放下針綫，又渾身打量。只見他穿着半新的藕合色的綾襖，青緞掐牙背心，下面水緑裙子。蜂腰削背，鴨蛋臉面，烏油頭髮，高高的鼻子，兩邊腮上微微的幾點雀斑。鴛鴦見這般看他，自己倒不好意思起來，心裏便覺詫異，因笑問道：「太太，這會子不早不晚的，過來做什麼？」邢夫人使個眼色兒，跟的人退出。邢夫人便坐下，拉着鴛鴦的手笑道：「我特來給你道喜來了。」鴛鴦聽了，心中已猜着三分，不覺紅了臉，低了頭不發一言。聽邢夫人道：「你知道你老爺跟前竟没有個可靠的人，〔庚〕説得得體。我正想開口一句不知如何説，如此則妙極是極，如聞如見。心裏再要買一個，又怕那些人牙子家出來的不乾不净，也不知道毛病兒，買了來家，三日兩日，又要肏鬼吊猴的。因滿府裏要挑一個家生女兒收了，又没個好的：不是模樣兒不好，就是性子不好，有了這個好處，没了那個好處。因此冷眼選了半年，這些女孩子裏頭，就只你是個尖兒，模樣兒，行事作人，温柔可靠，一概是齊全的。意思要和老太太討了你去，收在屋裏。你比不得外頭新買的，你這一進去了，進門就開了臉，就封你姨娘，又體面，又尊貴。你又是個要强的人，俗語説的，『金子終得金子换』，誰知竟被老爺看重了你。如今這一來，你可遂了素日志大心高的願了，也堵一堵那些嫌你的人的嘴。跟了我回老太太去！」説着拉了他的手就要走。鴛鴦紅了臉，奪手不行。邢夫人知他害臊，因又説道：「這有什麽臊處？你又不用説話，只跟着我就是了。」鴛鴦只低了頭不動身。邢夫人見他這般，便又説道：「難道你不願意不成？若果然不願意，可真是個傻丫頭了。放着主子奶奶不作，倒願意作丫頭！三年二年，不過配上個小子，還是奴才。你跟了我們去，你知道我的性子又好，又不是那不容人的人。老爺待你們又好。過一年半載，生下個一男半女，你就和我並肩了。家裏的人你要使喚誰，誰還不動？現成主子不做去，錯過這個機會，後悔就遲了。」鴛鴦只管低了頭，仍是不語。邢夫人又道：「你這麼個響快人，怎麼又這樣積黏起來？有什麼不稱心之處，只管説與我，我管你遂心如意就是了。」鴛鴦仍不語。邢夫人又笑道：「想必你有老子娘，你自己不肯説話，怕臊。你等他們問你，這也是理。讓我問他們去，叫他們來問你，有話只管告訴他們。」説畢，便往鳳姐兒房中來。

鳳姐兒早換了衣服，因房内無人，便將此話告訴了平兒。平兒也摇頭笑道：「據我看，此事未必妥。平常我們背着人説起話來，聽他那主意，未必是肯的。也只説着瞧罷了。」鳳姐兒道：「太太必來這屋裏商議。依了還可，若不依，白討個臊，當着你們，豈不臉上不好看。你説給他們炸鵪鶉，再有什麼配幾樣，預備吃飯。你且别處逛逛去，估量着去了再來。」平兒聽説，照樣傳給婆子們，便逍遥自在的往園子裏來。

這裏鴛鴦見邢夫人去了，必在鳳姐兒房裏商議去了，必定有人來問他的，不如躲了這裏，〔庚〕終不免女兒氣，不知躲在那裏方無人來囉唣，寫得可憐可愛。因找了琥珀說道：「老太太要問我，只說我病了，没吃早飯，往園子裏逛逛就來。」琥珀答應了。鴛鴦也往園子裏來，各處遊玩，不想正遇見平兒。平兒因見無人，便笑道：「新姨娘來了！」鴛鴦聽了，便紅了臉，說道：「怪道你們串通一氣來算計我！等着我和你主子鬧去就是了。」平兒聽了，自悔失言，便拉他到楓樹底下，坐在一塊石上，越性把方纔鳳姐過去回來所有的形景言〔庚〕隨筆帶出妙景。正愁園中草木黄落，不想看此一句，便恍如置身於千霞萬錦、絳雪紅霜之中矣。詞，始末原由告訴與他。鴛鴦紅了臉，向平兒冷笑道：「這是咱們好，比如襲人、琥珀、素雲、紫鵑、彩霞、玉釧兒、麝月、翠墨，跟了史姑娘去的翠縷，死了的可人和金釧，去了的茜雪，〔庚〕余按此一算，亦是十二釵，真鏡中花，水中月，雲中豹，林中之鳥，穴中之鼠，無數可考，無人可指，有跡可追，有形可據，九曲八折，遠響近影，迷離煙灼，縱横隱現，千奇百怪，眩目移神，現千手千眼大遊戲法也。脂硯齋。連上你我，這十來個人，從小兒什麼話兒不說？什麼事兒不作？這如今因都大了，各自幹各自的去了，〔庚〕此語已可傷，猶未「各自幹各自去」，後日更有各自之處也，知之乎！然我心裏仍是照舊，有話有事，並不瞞你們。這話我且放在你心裏，且别和二奶奶說：别說大老爺要我做小老婆，就是太太這會子死了，他三媒六聘的娶我去作大老婆，我也不能去。」

平兒方欲笑答，只聽山石背後哈哈的笑道：「好個没臉的丫頭，虧你不怕牙磣。」二人聽了不免吃了一驚，忙起身向山石背後找尋，不是别個，却是襲人笑着走了出來問：「什麽事情？告訴我。」説着，三人坐在石上，平兒又把方纔的話説與襲人聽。襲人道：「真真這話論理不該我們説，這個大老爺太好色了，略平頭正臉的，他就不放手了。」平兒道：「你既不願意，我教你個法子，不用費事就完了。」鴛鴦道：「什麽法子？你説來我聽。」平兒笑道：「你只和老太太説，就説已經給了璉二爺了，大老爺就不好要了。」鴛鴦啐道：「什麽東西！你還説呢！前兒你主子不是這麽混説的？誰知應到今兒了！」襲人笑道：「他們兩個都不願意，我就和老太太説，叫老太太説把你已經許了寶玉了，大老爺也就死了心了。」鴛鴦又是氣，又是臊，又是急，因駡道：「兩個蹄子不得好死的！人家有爲難的事，拿着你們當正經人，告訴你們與我排解排解，你們倒替换着取笑兒。你們自爲都有了結果了，將來都是做姨娘的。據我看，天下的事未必都遂心如意。你們且收着些兒，别忒樂過了頭兒！」二人見他急了，忙陪笑央告道：「好姐姐，别多心，咱們從小兒都是親姊妹一般，不過無人處偶然取個笑兒。你的主意告訴我們知道，也好放心。」鴛鴦道：「什麽主意！我只不去就完了。」平兒摇頭道：「你不去未必得干休。大老爺的性子你是知道的。雖然你是老太太房裏的人，此刻不敢把你怎麽樣，將來難道你跟老太太一輩子不成？也要出去的。那時落了他的手，倒不好了。」鴛鴦冷笑道：「老太太在一日，我一日不離這裏；若是老太太歸西去了，他横竪還有三年的孝呢，没個娘纔死了他先納小老婆的！等過三年，知道又是怎麽個光景，那時再説。縱到了至急爲難，我剪了頭髮作姑子去；不然，還有一死。一輩子不嫁男人，又怎麽樣？樂得乾净呢！」平兒襲人笑道：「真這蹄子没了臉，越發信口兒都説出來了。」鴛鴦道：「事到如此，臊一會怎麽樣！你們不信，慢慢的看着就是了。太太纔説了，找我老子娘去。我看他南京找去！」平兒道：「你的父母都在南京看房子，没上來，終久也尋的着。現在還有你哥哥嫂子在這裏。可惜你是這裏的家生女兒，不如我們兩個人是單在這裏。」鴛鴦道：「家生女兒怎麽樣？『牛不吃水强按頭』？我不願意，難道殺我的老子娘不成？」

正説着，只見他嫂子從那邊走來。襲人道：「當時找不着你的爹娘，一定和你嫂子説了。」鴛鴦道：「這個娼婦專管是個『九國販駱駝的』，聽了這話，他有個不奉承去的！」説話之間，已來到跟前。他嫂子笑道：「那裏没找到，姑娘跑了這裏來！你跟了我來，我和你説話。」平兒襲人都忙讓坐。他嫂子説：「姑娘們請坐，我找我們姑娘説句話。」襲人平兒都裝不知道，笑道：「什麽話這樣忙？我們這裏猜謎兒贏手批子打呢，等猜了這個再去。」鴛鴦道：「什麽話？你説罷。」他嫂子笑道：「你跟我來，到那裏我告訴你，横竪有好話兒。」鴛鴦道：「可是大太太和你説的那話？」他嫂子笑道：「姑娘既知道，還奈何我！快來，我細細的告訴你，可是天大的喜事。」鴛鴦聽説，立起身來，照他嫂子臉上下死勁啐了一口，指着他罵道：「你快夾着屄嘴離了這裏，好多着呢！什麽『好話』！『宋徽宗的鷹，趙子昂的馬，都是好畫兒。』什麽『喜事』！『狀元痘兒灌的漿又滿，是喜事。』怪道成日家羨慕人家女兒作了小老婆了，一家子都仗着他横行霸道的，一家子都成了小老婆了！看的眼熱了，也把我送在火坑裏去。我若得臉呢，你們外頭横行霸道，自己就封自己是舅爺了。我若不得臉敗了時，你們把忘八脖子一縮，生死由我。」一面説，一面哭，平兒襲人攔着勸。

他嫂子臉上下不來，因説道：「願意不願意，你也好説，不犯着牽三掛四的。俗語説，『當着矮人，别説短話』。姑奶奶駡我，我不敢還言；這二位姑娘並没惹着你，小老婆長小老婆短，大家臉上怎麽過得去？」襲人平兒忙道：「你倒别這麽説，他也並不是説我們，你倒别牽三掛四的。你聽見那位太太、太爺們封我們做小老婆？况且我們兩個也没有爹娘、哥哥兄弟在這門子裏仗着我們横行霸道的。他駡的人自有他駡的，我們犯不着多心。」鴛鴦道：「他見我駡了他，他臊了，没的蓋臉，又拿話挑唆你們兩個，幸虧你們兩個明白。原是我急了，也没分别出來，他就挑出這個空兒來。」他嫂子自覺没趣，賭氣去了。鴛鴦氣得還駡，平兒襲人勸他一回，方纔罷了。

平兒因問襲人道：「你在那裏藏着做甚麽的？我們竟没看見你。」襲人道：「我因爲往四姑娘房裏瞧我們寶二爺去的，誰知遲了一步，説是來家裏來了。我疑惑怎麽不遇見呢，想要往林姑娘家裏找去，又遇見他的人説也没去。我這裏正疑惑是出園子去了，可巧你從那裏來了，我一閃，你也没看見。後來他又來了。我從這樹後頭走到山子石後，我却見你兩個説話來了，誰知你們四個眼睛没見我。」

一語未了，又聽身後笑道：「四個眼睛没見你？你們六個眼睛竟没見我！」三人唬了一跳，回身一看，不是别個，正是寶玉走來。［庚］通部情案，皆必從石兄掛號，然各有各稿，穿插神妙。襲人先笑道：「叫我好找，你那裏來？」寶玉笑道：「我從四妹妹那裏出來，迎頭看見你來了，我就知道是找我去的，我就藏了起來哄你。看你趟着頭過去了，進了院子就出來了，逢人就問。我在那裏好笑，只等你到了跟前唬你一跳的，後來見你也藏藏躲躲的，我就知道也是要哄人了。我探頭往前看了一看，却是他兩個，所以我就繞到你身後。你出去，我就躲在你躲的那裏了。」平兒笑道：「咱們再往後找找去，只怕還找出兩個人來也未可知。」寶玉笑道：「這可再没了。」鴛鴦已知話俱被寶玉聽了，只伏在石頭上裝睡。寶玉推他笑道：「這石頭上冷，咱們回房裏去睡，豈不好？」説着拉起鴛鴦來，又忙讓平兒來家坐吃茶。平兒和襲人都勸鴛鴦走，鴛鴦方立起身來，四人竟往怡紅院來。寶玉將方纔的話俱已聽見，心中自然不快，只默默的歪在床上，任他三人在外間説笑。

外邊邢夫人因問鳳姐兒鴛鴦的父母，鳳姐因回說：「他爹的名字叫金彩，【庚】姓金名彩，由「鴛鴦」二字化出，因文而生文也。兩口子都在南京看房子，從不大上京。他哥哥金文翔，【庚】更妙！現在是老太太那邊的買辦。他嫂子也是老太太那邊漿洗的頭兒。」【庚】只鴛鴦一家，寫的榮府中人各有各職，如目已睹。邢夫人便令人叫了他嫂子金文翔媳婦來，細細說與他。金家媳婦自是喜歡，興興頭頭找鴛鴦，只望一說必妥，不想被鴛鴦搶白一頓，又被襲人平兒說了幾句，羞惱回來，便對邢夫人說：「不中用，他倒罵了我一場。」因鳳姐兒在旁，不敢提平兒，只說：「襲人也幫着他搶白我，也說了許多不知好歹的話，回不得主子的。太太和老爺商議再買罷。諒那小蹄子也沒有這麼大福，我們也沒有這麼大造化。」邢夫人聽了，因說道：「又與襲人什麼相干？他們如何知道的？」又問：「還有誰在跟前？」金家的道：「還有平姑娘。」鳳姐兒忙道：「你不該拿嘴巴子打他回來？我一出了門，他就逛去了；回家來連一個影兒也摸不着他！他必定也幫着說什麼呢！」金家的道：「平姑娘沒在跟前，遠遠的看着倒像是他，可也不真切，不過是我白忖度。」鳳姐便命人去：「快打了他來，告訴他我來家了，太太也在這裏，請他來幫個忙兒。」豐兒忙上來回道：「林姑娘打發了人下請字請了三四次，他纔去了。奶奶一進門我就叫他去的。林姑娘說：『告訴你奶奶，我煩他有事呢。』」鳳姐兒聽了方罷，故意的還說：「天天煩他，有些什麽事！」

邢夫人無計，吃了飯回家，晚間告訴了賈赦。賈赦想了一想，即刻叫賈璉來說：「南京的房子還有人看着，不止一家，即刻叫上金彩來。」賈璉回道：「上次南京信來，金彩已經得了痰迷心竅，那邊連棺材銀子都賞了，不知如今是死是活，便是活着，人事不知，叫來也無用。他老婆子又是個聾子。」賈赦聽了，喝了一聲，又駡：「下流囚攮的，偏你這麽知道，還不離了我這裏！」唬得賈璉退出，一時又叫傳金文翔。賈璉在外書房伺候着，又不敢家去，又不敢見他父親，只得聽着。一時金文翔來了，小幺兒們直帶入二門裏去，隔了五六頓飯的工夫纔出來去了。賈璉暫且不敢打聽，隔了一會，又打聽賈赦睡了，方纔過來。至晚間鳳姐兒告訴他，方纔明白。

鴛鴦一夜没睡，至次日，他哥哥回賈母接他家去逛逛，賈母允了，命他出去。鴛鴦意欲不去，只怕賈母疑心，只得勉强出來。他哥哥只得將賈赦的話説與他，又許他怎麼體面，又怎麼當家作姨娘。鴛鴦只咬定牙不願意。他哥哥無法，少不得去回覆了賈赦。賈赦怒起來，因説道：「我這話告訴你，叫你女人向他説去，就説我的話：『自古嫦娥愛少年』，他必定嫌我老了，大約他戀着少爺們，多半是看上了寶玉，只怕也有賈璉。果有此心，叫他早早歇了心，我要他不來，此後誰還敢收？此是一件。第二件，想着老太太疼他，將來自然往外聘作正頭夫妻去。叫他細想，憑他嫁到誰家去，也難出我的手心。除非他死了，或是終身不嫁男人，我就伏了他！若不然時，叫他趁早回心轉意，有多少好處。」賈赦説一句，金文翔應一聲「是」。賈赦道：「你别哄我，我明兒還打發你太太過去問鴛鴦，你們説了，他不依，便没你們的不是。若問他，他再依了，仔細你的腦袋！」

金文翔忙應了又應，退出回家，也不等得告訴他女人轉説，竟自己對面説了這話。把個鴛鴦氣的無話可回，想了一想，便説道：「便願意去，也須得你們帶了我回聲老太太去。」他哥嫂聽了，只當回想過來，都喜之不勝。他嫂子即刻帶了他上來見賈母。

可巧王夫人、薛姨媽、李紈、鳳姐兒、寶釵等姊妹並外頭的幾個執事有頭臉的媳婦，都在賈母跟前湊趣兒呢。鴛鴦喜之不盡，拉了他嫂子，到賈母跟前跪下，一行哭，一行說，把邢夫人怎麽來說，園子裏他嫂子又如何說，今兒他哥哥又如何說，「因爲不依，方纔大老爺越性說我戀着寶玉，不然要等着往外聘，我到天上，這一輩子也跳不出他的手心去，終久要報仇。我是横了心的，當着衆人在這裏，我這一輩子莫説是『寶玉』，便是『寶金』『寶銀』『寶天王』『寶皇帝』，横竪不嫁人就完了！就是老太太逼着我，我一刀子抹死了，也不能從命！若有造化，我死在老太太之先；若没造化，該討吃的命，伏侍老太太歸了西，我也不跟着我老子娘哥哥去，我或是尋死，或是剪了頭髮當尼姑去！若説我不是真心，暫且拿話來支吾，日後再圖，天地鬼神，日頭月亮照着嗓子，從嗓子裏頭長疔爛了出來，爛化成醬在這裏！」

原來他一進來時，便袖了一把剪子，一面説着，一面左手打開頭髮，右手便鉸。衆婆娘丫鬟忙來拉住，已剪下半綹來了。衆人看時，幸而他的頭髮極多，鉸的不透，連忙替他挽上。

賈母聽了，氣的渾身亂戰，口内只説：「我通共剩了這麽一個可靠的人，他們還要來算計！」因見王夫人在旁，便向王夫人道：「你們原來都是哄我的！外頭孝敬，暗地裏盤算我。有好東西也來要，有好人也要，剩了這麽個毛丫頭，見我待他好了，你們自然氣不過，弄開了他，好擺弄我！」王夫人忙站起來，不敢還一言。【庚】千奇百怪，王夫人亦有罪乎？老人家遷怒之言必應如此。薛姨媽見連王夫人怪上，反不好勸的了。李紈一聽見鴛鴦的話，早帶了姊妹們出去。

探春有心的人，想王夫人雖有委曲，如何敢辯；薛姨媽也是親姊妹，自然也不好辯的；寶釵也不便爲姨母辯；李紈、鳳姐、寶玉一概不敢辯；這正用着女孩兒之時，迎春老實，惜春小，因此窗外聽了一聽，便走進來陪笑向賈母道：「這事與太太什麽相干？老太太想一想，也有大伯子要收屋裏的人，小嬸子如何知道？便知道，也推不知道。」猶未説完，賈母笑道：「可是我老糊塗了！姨太太别笑話我。你這個姐姐他極孝順我，不像我那大太太一味怕老爺，婆婆跟前不過應景兒。可是委屈了他。」薛姨媽只答應「是」，又説：「老太太偏心，多疼小兒子媳婦，也是有的。」賈母道：「不偏心！」因又説道：「寶玉，我錯怪了你娘，你怎麽也不提我，看着你娘受委屈？」寶玉笑道：「我偏着娘說大爺大娘不成？通共一個不是，我娘在這裏不認，却推誰去？我倒要認是我的不是，老太太又不信。」賈母笑道：「這也有理。你快給你娘跪下，你說太太別委屈了，老太太有年紀了，看着寶玉罷。」寶玉聽了，忙走過去，便跪下要說；王夫人忙笑着拉他起來，說：「快起來，快起來，斷乎使不得。終不成你替老太太給我賠不是不成？」寶玉聽說，忙站起來。〔庚〕寶玉亦有罪了。

賈母又笑道：「鳳姐兒也不提我。」〔庚〕阿鳳也有了罪。◇奇奇怪怪之文，所謂《石頭記》不是作出來的。鳳姐兒笑道：「我倒不派老太太的不是，老太太倒尋上我了？」賈母聽了，與衆人都笑道：「這可奇了！倒要聽聽這不是。」鳳姐兒道：「誰教老太太會調理人，調理的水葱兒似的，怎麽怨得人要？我幸虧是孫子媳婦，若是孫子，我早要了，還等到這會子呢。」賈母笑道：「這倒是我的不是了？」鳳姐兒笑道：「自然是老太太的不是了。」賈母笑道：「這樣，我也不要了，你帶了去罷！」鳳姐兒道：「等着修了這輩子，來生託生男人，我再要罷。」賈母笑道：「你帶了去，給璉兒放在屋裏，看你那没臉的公公還要不要了！」鳳姐兒道：「璉兒不配，就只配我和平兒這一對燒糊了的捲子和他混罷。」說的衆人都笑起來了。

丫鬟回説：「大太太來了。」王夫人忙迎了出去。要知端的——

戚 總評：鴛鴦女從熱鬧中別具一副腸胃，「不輕許人」一事，是宦途中藥石仙方。

〔一〕「正然」，諸本無「然」字。按：「正然」，表示動作正在進行中。《西遊記》第二十五回：「只見那和尚挑包策馬，正然走路。」《姑妄言》第三回：「一日，在房中正然胡思亂想。」

柳湘蓮

第四十七回　獃霸王調情遭苦打　冷郎君懼禍走他鄉

戚 不是同人，且莫浪作知心語。似假如真，事事應難許。着緊温存，白雪陽春曲。誰堪比？船上要離，未解奸俠起。

話説王夫人聽見邢夫人來了，連忙迎了出去。邢夫人猶不知賈母已知鴛鴦之事，正還要來打聽信息，進了院門，早有幾個婆子悄悄的回了他，他方知道。待要回去，裏面已知，又見王夫人接了出來，少不得進來，先與賈母請安，賈母一聲兒不言語，自己也覺得愧悔。鳳姐兒早指一事迴避了。鴛鴦也自回房去生氣。薛姨媽王夫人等恐礙着邢夫人的臉面，也都漸漸的退了。邢夫人且不敢出去。

賈母見無人，方説道：「我聽見你替你老爺説媒來了。你倒也三從四德，只是這賢慧也太過了！你們如今也是孫子兒子滿眼了，你還怕他，勸兩句都使不得，還由着你老爺性兒鬧。」邢夫人滿面通紅，回道：「我勸過幾次不依。老太太還有什麽不知道呢，我也是不得已兒。」賈母道：「他逼着你殺人，你也殺去？如今你也想想，你兄弟媳婦本來老實，又生得多病多痛，上上下下那不是他操心？你一個媳婦雖然幫着，也是天天丢下笆兒弄掃帚。凡百事情，我如今都自己減了。他們兩個就有一些不到的去處，有鴛鴦，那孩子還心細些，我的事情他還想着一點子，該要去的，他就要了來，該添什麽，他就度空兒告訴他們添了。鴛鴦再不這樣，他娘兒兩個，裏頭外頭，大的小的，那裏不忽略一件半件，我如今反倒自己操心去不成？還是天天盤算和你們要東西去？我這屋裏有的没的，剩了他一個，年紀也大些，我凡百的脾氣性格兒他還知道些。二則他還投主子們的緣法，也並不指着我和這位太太要衣裳去，又和那位奶奶要銀子去。所以這幾年一應事情，他説什麽，從你小嬸和你媳婦起，以至家下大大小小，没有不信的。所以不單我得靠，連你小嬸媳婦也都省心。我有了這麼個人，便是媳婦和孫子媳婦有想不到的，我也不得缺了，也没氣可生了。這會子他去了，你們弄個什麼人來我使？你們就弄他那麼一個真珠的人來，不會説話也無用。我正要打發人和你老爺説去，他要什麼人，我這裏有錢，叫他只管一萬八千的買，就只這個丫頭不能。留下他伏侍我幾年，就比他日夜伏侍我盡了孝的一般。你來的也巧，你就去説，更妥當了。」

説畢，命人來：「請了姨太太、你姑娘們來説個話兒。纔高興，怎麼又都散了？」丫頭們忙答應着去了。衆人忙趕的又來。只有薛姨媽向丫鬟道：「我纔來了，又作什麼去？你就説我睡了覺了。」那丫頭道：「好親親的姨太太，姨祖宗！我們老太太生氣呢，你老人家不去，没個開交了，只當疼我們罷。你老人家嫌乏，我背了你老人家去。」薛姨媽道：「小鬼頭兒，你怕些什麼？不過駡幾句完了。」説着，只得和這小丫頭子走來。賈母忙讓坐，又笑道：「咱們鬭牌罷。姨太太的牌也生，咱們一處坐着，别叫鳳姐兒混了我們去。」薛姨媽笑道：「正是呢，老太太替我看着些兒。就是咱們娘兒四個鬭呢，還是再添個呢？」王夫人笑道：

「可不只四個。」庚 老實人言語。鳳姐兒道：「再添一個人熱鬧些。」賈母道：「叫鴛鴦來，叫他在這下手裏坐着。姨太太眼花了，咱們兩個的牌都叫他瞧着些兒。」鳳姐兒嘆了一聲，向探春道：「你們知書識字的，倒不學算命！」探春道：「這又奇了。這會子你倒不打點精神贏老太太幾個錢，又想算命。」鳳姐兒道：「我正要算算今兒該輸多少呢，我還想贏呢！你瞧瞧，場子没上，左右都埋伏下了。」説的賈母薛姨媽都笑起來。

一時，鴛鴦來了，便坐在賈母下手，鴛鴦之下便是鳳姐兒。鋪下紅毡，洗牌告幺，五人起牌。鬭了一回，鴛鴦見賈母的牌已十嚴，只等一張二餅，便遞了暗號與鳳姐兒。鳳姐兒正該發牌，便故意躊躇了半晌，笑道：「我這一張牌定在姨媽手裏扣着呢。我若不發這一張，再頂不下來的。」薛姨媽道：「我手裏並没有你的牌。」鳳姐兒道：「我回來是要查的。」薛姨媽道：「你只管查。你且發下來，我瞧瞧是張什麼。」鳳姐兒便送在薛姨媽跟前。薛姨媽一看是個二餅，便笑道：「我倒不希罕他，只怕老太太滿了。」鳳姐兒聽了，忙笑道：「我發錯了。」賈母笑的已擲下牌來，説：「你敢拿回去！誰叫你錯的不成？」鳳姐兒道：「可是我要算一算命呢。這是自己發的，也怨埋伏！」賈母笑道：「可是呢，你自己該打着你那嘴，問着你自己纔是。」又向薛姨媽笑道：「我不是小器愛贏錢，原是個彩頭兒。」薛姨媽笑道：「可不是這樣，那裏有那樣糊塗人說老太太愛錢呢？」鳳姐兒正數着錢，聽了這話，忙又把錢穿上了，向衆人笑道：「够了我的了。竟不爲贏錢，單爲贏彩頭兒。我到底小器，輸了就數錢，快收起來罷。」賈母規矩是鴛鴦代洗牌，因和薛姨媽說笑，不見鴛鴦動手，賈母道：「你怎麽惱了，連牌也不替我洗。」鴛鴦拿起牌來，笑道：「二奶奶不給錢。」賈母道：「他不給錢，那是他交運了。」便命小丫頭子：「把他那一吊錢都拿過來。」小丫頭子真就拿了，擱在賈母旁邊。鳳姐兒笑道：「賞我罷，我照數兒給就是了。」薛姨媽笑道：「果然是鳳丫頭小器，不過是頑兒罷了。」鳳姐聽說，便站起來，拉着薛姨媽，回頭指着賈母素日放錢的一個木匣子笑道：「姨媽瞧瞧，那個裏頭不知頑了我多少去了。這一吊錢頑不了半個時辰，那裏頭的錢就招手兒叫他了。只等把這一吊也叫進去了，牌也不用鬬了，老祖宗的氣也平了，又有正經事差我辦去了。」話說未完，引的賈母衆人笑個不住。偏有平兒怕錢不够，又送了一吊來。鳳姐兒道：「不用放在我跟前，也放在老太太的那一處罷。一齊叫進去倒省事，不用做兩次，叫箱子裏的錢費事。」賈母笑的手裏的牌撒了一桌子，推着鴛鴦，叫：「快撕他的嘴！」

平兒依言放下錢，也笑了一回，方回來。至院門前遇見賈璉，問他：「太太在那裏呢？老爺叫我請過去呢。」平兒忙笑道：「在老太太跟前呢，站了這半日還沒動呢。趁早兒丢開手罷。老太太生了半日氣，這會子虧二奶奶湊了半日趣兒，纔略好了些。」賈璉道：「我過去只説討老太太的示下，十四往賴大家去不去，好預備轎子的。又請了太太，又湊了趣兒，豈不好？」平兒笑道：「依我説，你竟不去罷。合家子連太太寶玉都有了不是，這會子你又填限去了。」賈璉道：「已經完了，難道還找補不成？況且與我又無干。二則老爺親自吩咐我請太太的，這會子我打發了人去，倘或知道了，正没好氣呢，指着這個拿我出氣罷。」説着就走。平兒見他説得有理，也便跟了過來。

賈璉到了堂屋裏，便把脚步放輕了，往裏間探頭，只見邢夫人站在那裏。鳳姐兒眼尖，先瞧見了，使眼色兒不命他進來，又使眼色與邢夫人。邢夫人不便就走，只得倒了一碗茶來，放在賈母跟前。賈母一回身，賈璉不防，便沒躲伶俐。賈母便問：「外頭是誰？倒像個小子一伸頭。」鳳姐兒忙起身說：「我也恍惚看見一個人影兒，讓我瞧瞧去。」一面說，一面起身出來。賈璉忙進去，陪笑道：「打聽老太太十四可出門？好預備轎子。」賈母道：「既這麼樣，怎麼不進來？又作鬼作神的。」賈璉陪笑道：「見老太太玩牌，不敢驚動，不過叫媳婦出來問問。」賈母道：「就忙到這一時，等他家去，你問多少問不得？那一遭兒你這麼小心來着！又不知是來作耳報神的，也不知是來作探子的，鬼鬼祟祟的，倒唬了我一跳。什麼好下流種子！你媳婦和我頑牌呢，還有半日的空兒，你家去再和那趙二家的商量治你媳婦去罷！」說着，衆人都笑了。鴛鴦笑道：「鮑二家的，老祖宗又拉上趙二家的。」賈母也笑道：「可是，我那裏記得什麼抱着背着的，提起這些事來，不由我不生氣！我進了這門子作重孫子媳婦起，到如今我也有了重孫子媳婦了，連頭帶尾五十四年，憑着大驚大險千奇百怪的事，也經了些，從沒經過這些事。還不離了我這裏呢！」

賈璉一聲兒不敢説，忙退了出來。平兒站在窗外悄悄的笑道：「我説着你不聽，到底碰在網裏了。」正説着，只見邢夫人也出來，賈璉道：「都是老爺鬧的，如今都搬在我和太太身上。」邢夫人道：「我把你没孝心雷打的下流種子！人家還替老子死呢，白説了幾句，你就抱怨了。你還不好好的呢，這幾日生氣，仔細他捶你。」賈璉道：「太太快過去罷，叫我來請了好半日了。」説着，送他母親出來過那邊去。

邢夫人將方纔的話只略説了幾句，賈赦無法，又含愧，自此便告病，且不敢見賈母，只打發邢夫人及賈璉每日過去請安。只得又各處遣人購求尋覓，終究費了八百兩銀子買了一個十七歲的女孩子來，名喚嫣紅，收在屋内。不在話下。

這裏鬭了半日牌，吃晚飯纔罷。此一二日間無話。

展眼到了十四日，黑早，賴大的媳婦又進來請。賈母高興，便帶了王夫人薛姨媽及寶玉姊妹等，到賴大花園中坐了半日。那花園雖不及大觀園，却也十分齊整寬闊，泉石林木，樓閣亭軒，也有好幾處驚人駭目的。外面廳上，薛蟠、賈珍、賈璉、賈蓉並幾個近族的，很遠的也沒來，賈赦也沒來。賴大家內也請了幾個現任的官長並幾個世家子弟作陪。因其中有柳湘蓮，薛蟠自上次會過一次，已念念不忘。又打聽他最喜串戲，且串的都是生旦風月戲文，不免錯會了意，誤認他作了風月子弟，正要與他相交，恨沒有個引進，這日可巧遇見，竟覺無可不可。且賈珍等也慕他的名，酒蓋住了臉，就求他串了兩齣戲。下來，移席和他一處坐着，問長問短，說此說彼。

那柳湘蓮原是世家子弟，讀書不成，父母早喪，素性爽俠，不拘細事，酷好耍槍舞劍，賭博吃酒，以至眠花卧柳，吹笛彈箏，無所不爲。因他年紀又輕，生得又美，不知他身分的人，却誤認作優伶一類。那賴大之子賴尚榮與他素習交好，故他今日請來作陪。不想酒後別人猶可，獨薛蟠又犯了舊病。他心中早已不快，得便意欲走開完事，無奈賴尚榮死也不放。賴尚榮又說：「方纔寶二爺又囑咐我，纔一進門雖見了，只是人多不好說話，叫我囑咐你散的時候別走，他還有話說呢。你既一定要去，等我叫出他來，你兩個見了再走，與我無干。」

説着，便命小廝們到裏頭找一個老婆子，悄悄告訴「請出寶二爺來。」那小廝去了没一盞茶時，果見寶玉出來了。賴尚榮向寶玉笑道：「好叔叔，把他交給你，我張羅人去了。」説着，一逕去了。

寶玉便拉了柳湘蓮到廳側小書房中坐下，問他這幾日可到秦鍾的墳上去了。〔庚〕忽提此人，使我墮淚。近幾回不見提此人，自謂不表矣。乃忽於此處柳湘蓮提及，所謂「方以類聚，物以群分」也。湘蓮道：「怎麼不去？前日我們幾個人放鷹去，離他墳上還有二里，我想今年夏天的雨水勤，恐怕他的墳站不住。我背着衆人，走去瞧了一瞧，果然又動了一點子。回家來就便弄了幾百錢，第三日一早出去，僱了兩個人收拾好了。」寶玉道：「怪道呢，上月我們大觀園的池子裏頭結了蓮蓬，我摘了十個，叫茗煙出去到墳上供他去，回來我也問他可被雨沖壞了没有。他説不但不沖，且比上回又新了些。我想着，不過是這幾個朋友新築了。我只恨我天天圈在家裏，一點兒做不得主，行動就有人知道，不是這個攔就是那個勸的，能説不能行。雖然有錢，又不由我使。」湘蓮道：「這個事也用不着你操心，外頭有我，你只心裏有了就是。眼前十月一[一]，我已經打點下上墳的花消。你知道我一貧如洗，家裏是没的積聚，縱有幾個錢來，隨手就光的，不如趁空兒留下這一分，省得到了跟前扎煞手。」寶玉道：「我也正爲這個要打發茗煙找你，你又不大在家，知道你天天萍踪浪跡，没個一定的去處。」湘蓮道：「這也不用找我。這個事不過各盡其道。眼前我還要出門去走走，外頭逛個三年五載再回來。」寶玉聽了，忙問道：「這是爲何？」柳湘蓮冷笑道：「你不知道我的心事，等到跟前你自然知道。我如今要别過了。」寶玉道：「好容易會着，晚上同散豈不好？」湘蓮道：「你那令姨表兄還是那樣，再坐着未免有事，不如我迴避了倒好。」寶玉想了一想，道：「既是這樣，倒是迴避他爲是。只是你要果真遠行，必須先告訴我一聲，千萬别悄悄的去了。」説着便滴下淚來。柳湘蓮道：「自然要辭的。你只别和别人説就是。」説着便站起來要走，又道：「你們進去，不必送我。」一面説，一面出了書房。

剛至大門前，早遇見薛蟠在那裏亂嚷亂叫説：「誰放了小柳兒走了！」柳湘蓮聽了，火星亂迸，恨不得一拳打死，復思酒後揮拳，又礙着賴尚榮的臉面，只得忍了又忍。薛蟠忽見他走出來，如得了珍寶，忙趔趄着上來一把拉住，笑道：「我的兄弟，你往那裏去了？」湘蓮道：「走走就來。」薛蟠笑道：「好兄弟，你一去都没興了，好歹坐一坐，你就疼我了。憑你有什麽要緊的事，交給哥，你只别忙，有你這個哥，你要做官發財都容易。」湘蓮見他如此不堪，心中又恨又愧，早生一計，便拉他到避人之處，笑道：「你真心和我好，假心和我好呢？」薛蟠聽這話，喜的心癢難撓，乜斜着眼忙笑道：「好兄弟，你怎麽問起我這話來？我要是假心，立刻死在眼前！」湘蓮道：「既如此，這裏不便。等坐一坐，我先走，你隨後出來，跟到我下處，咱們替另[二]喝一夜酒。我那裏還有兩個絶好的孩子，從没出門。你可連一個跟的人也不用帶，到了那裏，伏侍的人都是現成的。」薛蟠聽如此説，喜得酒醒了一半，説：「果然如此？」湘蓮道：「如何！人拿真心待你，你倒不信了！」薛蟠忙笑道：「我又不是獃子，怎麽有個不信的呢！既如此，我又不認得，你先去了，我在那裏找你？」湘蓮道：「我這下處在北門外頭，你可捨得家，城外住一夜去？」薛蟠笑道：「有了你，我還要家做什麽！」湘蓮道：「既如此，我在北門外頭橋上等你。咱們席上且吃酒去。你看我走了之後你再走，他們就不留心了。」薛蟠聽了，連忙答應。於是二人復又入席，飲了一回。那薛蟠難熬，只拿眼看湘蓮，心內越想越樂，左一壺右一壺，並不用人讓，自己便吃了又吃，不覺酒已八九分了。

湘蓮便起身出來，瞅人不防去了，至門外，命小廝杏奴：「先家去罷，我到城外就來。」說畢，已跨馬直出北門，橋上等候薛蟠。没頓飯時工夫，只見薛蟠騎着一匹大馬，遠遠的趕了來，張着嘴，瞪着眼，頭似撥浪鼓一般不住左右亂瞧。及至從湘蓮馬前過去，只顧望遠處瞧，不曾留心近處，反踩過去了。湘蓮又是笑，又是恨，便也撒馬隨後趕來。薛蟠往前看時，漸漸人煙稀少，便又圈馬回來再找，不想一回頭見了湘蓮，如獲奇珍，忙笑道：「我說你是個再不失信的。」湘蓮笑道：「快往前走，仔細人看見跟了來，就不便了。」說着，先就撒馬前去，薛蟠也緊緊跟來。

湘蓮見前面人跡已稀，且有一帶葦塘，便下馬，將馬拴在樹上，向薛蟠笑道：「你下來，咱們先設個誓，日後要變了心，告訴人去的，便應了誓。」薛蟠笑道：「這話有理。」連忙下了馬，也拴在樹上，便跪下說道：「我要日久變心，告訴人去的，天誅地滅！」一語未了，只聽「噔」的一聲，頸後好似鐵錘砸下來，只覺得一陣黑，滿眼金星亂迸，身不由己，便倒下來。湘蓮走上來瞧瞧，知道他是個笨家，不慣捱打，只使了三分氣力，向他臉上拍了幾下，登時便開了果子舖。薛蟠先還要掙挫起來，又被湘蓮用脚尖點了兩點，仍舊跌倒，口内説道：「原是兩家情願，你不依，只好説，爲什麽哄出我來打我？」一面説，一面亂罵。湘蓮道：「我把你瞎了眼的，你認認柳大爺是誰！你不説哀求，你還傷我！我打死你也無益，只給你個利害罷。」説着，便取了馬鞭過來，從背至脛，打了三四十下。薛蟠酒已醒了大半，覺得疼痛難禁，不禁有「噯喲」之聲。湘蓮冷笑道：「也只如此！我只當你是不怕打的。」一面説，一面又把薛蟠的左腿拉起來，朝葦中濘泥處拉了幾步，滚的滿身泥水，又問道：「你可認得我了？」薛蟠不應，只伏着哼哼。湘蓮又擲下鞭子，用拳頭向他身上擂了幾下。薛蟠便亂滚亂叫，説：「肋條折了。我知道你是正緊人，因爲我錯聽了旁人的話了。」湘蓮道：「不用拉别人，你只説現在的。」薛蟠道：「現在没什麽説的。不過你是個正緊人，我錯了。」湘蓮道：「還要説軟些纔饒你。」薛蟠哼哼着道：「好兄弟。」湘蓮便又一拳。薛蟠「噯喲」了一聲道：「好哥哥。」湘蓮又連兩拳。薛蟠忙「噯喲」叫道：「好老爺，饒了我這没眼睛的瞎子罷！從今以後我敬你怕你了。」湘蓮道：「你把那水喝兩口！」薛蟠一面聽了，一面皺眉道：「那水髒得很，怎麼喝得下去！」湘蓮舉拳就打。薛蟠忙道：「我喝，喝。」説着，只得俯頭向葦根下喝了一口，猶未咽下去，只聽「哇」的一聲，把方纔吃的東西都吐了出來。湘蓮道：「好髒東西，你快吃盡了饒你。」薛蟠聽了，叩頭不迭道：「好歹積陰功饒我罷！這至死不能吃的。」湘蓮道：「這樣氣息，倒熏壞了我。」説着丢了薛蟠，便牽馬認鐙去了。這裏薛蟠見他已去，方放下心來，後悔自己不該誤認了人。待要掙挫起來，無奈遍身疼痛難禁。

誰知賈珍等席上忽然不見了他兩個，各處尋找不見。有人説：「恍惚出北門去了。」薛蟠的小斯們素日是懼他的，他吩咐不許跟去，誰還敢找去？庚 亦如秦法自誤。後來還是賈珍不放心，命賈蓉帶着小斯們尋踪問跡的直找出北門，下橋二里多路，忽見葦坑邊薛蟠的馬拴在那裏。衆人都道：「可好了！有馬必有人。」一齊來至馬前，只聽葦中有人呻吟。大家忙走來一看，只見薛蟠衣衫零碎，面目腫破，没頭没臉，遍身内外，滚的似個泥猪一般。賈蓉心内已猜着九分了，忙下馬令人攙了出來，笑道：「薛大叔天天調情，今兒調到葦子坑裏來了。必定是龍王爺也愛上你風流，要你招駙馬去，你就碰到龍犄角上了。」薛蟠羞的恨没地縫兒鑽不進去，那裏爬的上馬去？賈蓉只得命人趕到關厢裏僱了一乘小轎子，薛蟠坐了，一齊進城。賈蓉還要抬往賴家去赴席，薛蟠百般央告，又命他不要告訴人，賈蓉方依允了，讓他各自回家。賈蓉仍往賴家回復賈珍，並説方纔形景。賈珍也知爲湘蓮所打，也笑道：「他須得吃個虧纔好。」至晚散了，便來問候。薛蟠自在卧房將養，推病不見。

賈母等回來各自歸家時，薛姨媽與寶釵見香菱哭得眼睛腫了。問其原故，忙趕來瞧薛蟠時，臉上身上雖有傷痕，並未傷筋動骨。薛姨媽又是心疼，又是發恨，駡一回薛蟠，又駡一回柳湘蓮，意欲告訴王夫人，遣人尋拿柳湘蓮。寶釵忙勸道：「這不是什麽大事，不過他們一處吃酒，酒後反臉常情。誰醉了，多挨幾下子打，也是有的。况且咱們家無法無天，也是人所共知的。媽不過是心疼的緣故。要出氣也容易，等三五天哥哥養好了出的去時，那邊珍大爺璉二爺這干人也未必白丢開了，自然備個東道，叫了那個人來，當着衆人替哥哥賠不是認罪就是了。如今媽先當件大事告訴衆人，倒顯得媽偏心溺愛，縱容他生事招人，今兒偶然吃了一次虧，媽就這樣興師動衆，倚着親戚之勢欺壓常人。」薛姨媽聽了道：「我的兒，到底是你想的到，我一時氣糊塗了。」寶釵笑道：「這纔好呢。他又不怕媽，又不聽人勸，一天縱似一天，吃過兩三個虧，他倒罷了。」

薛蟠睡在炕上，痛罵柳湘蓮，又命小厮們去拆他的房子，打死他，和他打官司。薛姨媽禁住小厮們，只説柳湘蓮一時酒後放肆，如今酒醒，後悔不及，懼罪逃走了。薛蟠聽見如此説了，要知端的——

戚 總評：自鬭牌一節，寫貴家長上之尊重，卑幼之侍奉；遭打一節，寫薛蟠之獃，湘蓮之豪，薛母、寶釵之言，無不逼真。

〔一〕「十月一」，即十月初一，是傳統的祭祀節日「寒衣節」。俗諺：「十月一，燒（送）寒衣。」

〔二〕「替另」，甲辰本同，列本圈去，蒙、戚諸本則作「提另」。按：「替另」係北京方言，「另外、重新」的意思。

第四十八回　濫情人情誤思遊藝　慕雅女雅集苦吟詩

庚 題曰「柳湘蓮走他鄉」，必謂寫湘蓮如何走，今却不寫，反細寫阿獃兄之遊藝（了心却）［之心切］；柳湘蓮之分内走者而不細寫其走，反寫阿獃不應走而寫其走。文牽岐路，令人不識者如此。〔一〕

至「情小妹」回中，方寫湘蓮文字，真神化之筆。

戚 心地聰明性自靈，喜同雅品講詩經，姣柔倍覺可憐形。皓齒朱唇真裊裊，痴情專意更娉娉，宜人解語小星星。

且説薛蟠聽見如此説了，氣方漸平。三五日後，疼痛雖愈，傷痕未平，只裝病在家，愧見親友。

展眼已到十月，因有各舖面夥計内有算年賬要回家的，少不得家内治酒餞行。内有一個張德輝，年過六十，自幼在薛家當舖内攬總，家内也有二三千金的過活，今歲也要回家，明春方來。因説起「今年紙札香料短少，明年必是貴的。明年先打發大小兒上來當舖内照管，趕端陽前我順路販些紙札香扇來賣。除去關税花銷，亦可以剩得幾倍利息。」薛蟠聽了，心中忖度：「我如今捱了打，正難見人，想着要躲個一年半載，又没處去躲。天天裝病，也不是事。况且我長了這麽大，文又不文，武又不武，雖説做買賣，究竟戥子算盤從没拿過，地土風俗遠近道路又不知道，不如也打點幾個本錢，和張德輝逛一年來。賺錢也罷，不賺錢也罷，且躲躲羞去。二則逛逛山水也是好的。」心内主意已定，至酒席散後，便和張德輝説知，命他等一二日一同前往。

晚間薛蟠告訴了他母親。薛姨媽聽了雖是歡喜，但又恐他在外生事，花了本錢倒是末事，因此不命他去，只說：「好歹你守着我，我還能放心些。況且也不用做這買賣，也不等着這幾百銀子來用。你在家裏安分守己的，就强似這幾百銀子了。」薛蟠主意已定，那裏肯依，只說：「天天又說我不知世事，這個也不知，那個也不學。如今我發狠把那些没要緊的都斷了，如今要成人立事，學習着做買賣，又不准我了，叫我怎麼樣呢？我又不是個丫頭，把我關在家裏，何日是個了日？況且那張德輝又是個年高有德的，咱們和他世交，我同他去，怎麼得有舛錯？我就一時半刻有不好的去處，他自然說我勸我。就是東西貴賤行情，他是知道的，自然色色問他，何等順利，倒不叫我去。過兩日我不告訴家裏，私自打點了一走，明年發了財回家，那時纔知道我呢。」說畢，賭氣睡覺去了。

薛姨媽聽他如此說，因和寶釵商議。寶釵笑道：「哥哥果然要經歷正事，正是好的了。只是他在家時説着好聽，到了外頭舊病復犯，越發難拘束他了。但也愁不得許多。他若是真改了，是他一生的福。若不改，媽也不能又有别的法子。一半盡人力，一半聽天命罷了。這麽大人了，若只管怕他不知世路，出不得門，幹不得事，今年關在家裏，明年還是這個樣兒。

他既說的名正言順，媽就打量着丢了八百一千銀子，竟交與他試一試。横竪有夥計們幫着，也未必好意思哄騙他的。二則他出去了，左右没有助興的人，又没了倚仗的人，到了外頭，誰還怕誰，有了的吃，没了的餓着，舉眼無靠，他見這樣，只怕比在家裏省了事也未可知。」

庚 作書者曾吃此虧，批書者亦曾吃此虧，故特於此註明，使後人深思默戒。脂硯齋。

薛姨媽聽了，思忖半晌説道：「倒是你説的是。花兩個錢，叫他學些乖來也值了。」商議已定，一宿無話。

至次日，薛姨媽命人請了張德輝來，在書房中命薛蟠款待酒飯，自己在後廊下，隔着窗子，向裏千言萬語囑託張德輝照管薛蟠。張德輝滿口應承，吃過飯告辭，又回説：「十四日是上好出行日期，大世兄即刻打點行李，僱下騾子，十四一早就長行了。」薛蟠喜之不盡，將此話告訴了薛姨媽。薛姨媽便和寶釵香菱並兩個老年的嬷嬷連日打點行裝，派下薛蟠之乳父老蒼頭一名，當年諳事舊僕二名，外有薛蟠隨身常使小厮二人，主僕一共六人，僱了三輛大車，單拉行李使物，又僱了四個長行騾子。薛蟠自騎一匹家内養的鐵青大走騾，外備一匹坐馬。諸事完畢，薛姨媽寶釵等連夜勸戒之言，自不必備説。

至十三日，薛蟠先去辭了他舅舅，然後過來辭了賈宅諸人。賈珍等未免又有餞行之説，也不必細述。至十四日一早，薛姨媽寶釵等直同薛蟠出了儀門，母女兩個四隻淚眼看他去了，方回來。

薛姨媽上京帶來的家人不過四五房，並兩三個老嬷嬷小丫頭，今跟了薛蟠一去，外面只剩了一兩個男子。因此薛姨媽即日到書房，將一應陳設玩器並簾幔等物盡行搬了進來收貯，命那兩個跟去的男子之妻一併也進來睡覺。又命香菱將他屋裏也收拾嚴緊，「將門鎖了，晚間和我去睡。」寶釵道：「媽既有這些人作伴，不如叫菱姐姐和我作伴去。我們園裏又空，夜長了，我每夜作活，越多一個人豈不越好。」薛姨媽聽了，笑道：「正是我忘了，原該叫他同你去纔是。我前日還同你哥哥說，文杏又小，道三不着兩，鶯兒一個人不够伏侍的，還要買一個丫頭來你使。」寶釵道：「買的不知底裏，倘或走了眼，花了錢小事，沒的淘氣。倒是慢慢的打聽着，有知道來歷的，買個還罷了。」〔庚〕閒言過耳無跡，然已伏下一事矣。一面說，一面命香菱收拾了衾褥妝奩，命一個老嬷嬷並臻兒送至蘅蕪苑去，然後寶釵和香菱纔同回園中來。【庚】細想香菱之爲人也，根基不讓迎、探，容貌不讓鳳、秦，端雅不讓紈、釵，風流不讓湘、黛，賢惠不讓襲、平，所惜者青年罹禍，命運乖蹇，至爲側室，且雖曾讀書，不能與林、湘輩並馳於海棠之社耳。然此一人豈可不入園哉？故欲令入園，終無可入之隙，籌劃再四，欲令入園必獃兄遠行後方可。然阿獃兄又如何方可遠行？曰名不可，利不可，正事不可，必得萬人想不到，自己忽一發機之事方可。因此思及「情」之一字乃獃素所誤者，故借「情誤」二字生出一事，使阿獃遊藝之志已堅，則菱卿入園之隙方妥。回思因欲香菱入園，是寫阿獃情誤，因欲阿獃情誤，先寫一賴尚榮，實委婉嚴密之甚也。脂硯齋評。

香菱道：「我久要和奶奶説的，等大爺去了，我和姑娘作伴兒去。又恐怕奶奶多心，説我貪着園裏來頑；誰知你竟説了。」寶釵笑道：「我知道你心裏羡慕這園子不是一日兩日了，只是没個空兒。就每日來一趟，慌慌張張的，也没趣兒。所以趁着機會，越性住上一年，我也多個作伴的，你也遂了心。」香菱笑道：「好姑娘，你趁着這個工夫，教給我作詩罷。」【庚】寫得何其有趣，今忽見菱卿此句，合卷從紙上另走出一姣小美人來，並不是湘、林、探、鳳等一樣口氣聲色。真神駿之技，雖馳驅萬里而不見有倦怠之色。寶釵笑道：「我説你『得隴望蜀』呢。我勸你今兒頭一日進來，先出園東角門，從老太太起，各處各人你都瞧瞧，問候一聲兒，也不必特意告訴他們説搬進園來。若有提起因由，你只帶口説我帶了你進來作伴兒就完了。回來進了園，再到各姑娘房裏走走。」

香菱應着纔要走時，只見平兒忙忙的走來。〔庚：「忙忙」二字奇，不知有何妙文。〕香菱忙問了好，平兒只得陪笑相問。寶釵因向平兒笑道：「我今兒帶了他來作伴兒，正要去回你奶奶一聲兒。」平兒笑道：「姑娘説的是那裏話？我竟没話答言了。」寶釵道：「這纔是正理。店房也有個主人，廟裏也有個住持。雖不是大事，到底告訴一聲，便是園裏坐更上夜的人知道添了他兩個，也好關門候户的了。你回去告訴一聲罷，我不打發人去了。」平兒答應着，因又向香菱笑道：「你既來了，也不拜一拜街坊鄰舍去？」〔庚：是極，恰是戲言，實欲支出香菱去也。〕寶釵笑道：「我正叫他去呢。」平兒道：「你且不必往我們家去，二爺病了在家裏呢。」香菱答應着去了，先從賈母處來，不在話下。

且説平兒見香菱去了，便拉寶釵忙説道：「姑娘可聽見我們的新聞了？」寶釵道：「我没聽見新聞。因連日打發我哥哥出門，所以你們這裏的事，一概也不知道，連姊妹們這兩日也没見。」平兒笑道：「老爺把二爺打了個動不得，難道姑娘就没聽見？」寶釵道：「早起恍惚聽見了一句，也信不真。我也正要瞧你奶奶去呢，不想你來了。又是爲了什麼打他？」平兒咬牙駡道：「都是那賈雨村什麼風村，半路途中那裏來的餓不死的野雜種！認了不到十年，生了多少事出來！今年春天，老爺不知在那個地方看見了幾把舊扇子，回家看家裏所有收着的這些好扇子都不中用了，立刻叫人各處搜求。誰知就有一個不知死的冤家，混號兒世人叫他作石獃子，窮的連飯也没的吃，偏他家就有二十把舊扇子，死也不肯拿出大門來。二爺好容易煩了多少情，見了這個人，説之再三，把二爺請到他家裏坐着，拿出這扇子略瞧了一瞧。據二爺説，原是不能再有的，全是湘妃、棕竹、麋鹿、玉竹的，皆是古人寫畫真跡，因來告訴了老爺。老爺便叫買他的，要多少銀子給他多少。偏那石獃子説：『我餓死凍死，一千兩銀子一把我也不賣！』老爺没法子，天天駡二爺没能爲。已經許了他五百兩，先兑銀子後拿扇子。他只是不賣，只説：『要扇子，先要我的命！』姑娘想想，這有什麽法子？誰知雨村那没天理的聽見了，便設了個法子，訛他拖欠了官銀，拿他到衙門裏去，説所欠官銀，變賣家産賠補，把這扇子抄了來，作了官價送了來。那石獃子如今不知是死是活。老爺拿着扇子問着二爺説：『人家怎麽弄了來？』二爺只説了一句：『爲這點子小事，弄得人坑家敗業，也不算什麽能爲！』老爺聽了就生了氣，説二爺拿話堵老爺，因此這是第一件大的。這幾日還有幾件小的，我也記不清，所以都湊在一處，就打起來了。也沒拉倒用板子棍子，就站着，不知拿什麽混打一頓，臉上打破了兩處。我們聽見姨太太這裏有一種丸藥，上棒瘡的，姑娘快尋一丸子給我。」寶釵聽了，忙命鶯兒去要了一丸來與平兒。寶釵道：「既這樣，替我問候罷，我就不去了。」平兒答應着去了，不在話下。

且說香菱見過衆人之後，吃過晚飯，寶釵等都往賈母處去了，自己便往瀟湘館中來。此時黛玉已好了大半，見香菱也進園來住，自是歡喜。香菱因笑道：「我這一進來了，也得了空兒，好歹教給我作詩，就是我的造化了！」黛玉笑道：「既要作詩，你就拜我作師。我雖不通，大略也還教得起你。」香菱笑道：「果然這樣，我就拜你作師。你可不許膩煩的。」黛玉道：「什麽難事，也值得去學！不過是起承轉合，當中承轉是兩副對子，平聲對仄聲，虛的對實的，實的對虛的〔二〕，若是果有了奇句，連平仄虛實不對都使得的。」香菱笑道：「怪道我常弄一本舊詩偷空兒看一兩首，又有對的極工的，又有不對的，又聽見說『一三五不論，二四六分明』。看古人的詩上亦有順的，亦有二四六上錯了的，所以天天疑惑。如今聽你一説，原來這些格調規矩竟是末事，只要詞句新奇爲上。」黛玉道：「正是這個道理。詞句究竟還是末事，第一立意要緊。若意趣真了，連詞句不用修飾，自是好的，這叫做『不以詞害意』。」

香菱笑道：「我只愛陸放翁的詩『重簾不捲留香久，古硯微凹聚墨多』，説的真有趣！」黛玉道：「斷不可學這樣的詩。你們因不知詩，所以見了這淺近的就愛，一入了這個格局，再學不出來的。你只聽我説，你若真心要學，我這裏有《王摩詰全集》，你且把他的五言律讀一百首，細心揣摩透熟了，然後再讀一二百首老杜的七言律，次再李青蓮的七言絶句讀一二百首。肚子裏先有了這三個人作了底子，然後再把陶淵明、應瑒、謝、阮、庾、鮑等人的一看。你又是一個極聰敏伶俐的人，不用一年的工夫，不愁不是詩翁了！」香菱聽了，笑道：「既這樣，好姑娘，你就把這書給我拿出來，我帶回去夜裏念幾首也是好的。」黛玉聽説，便命紫鵑將王右丞的五言律拿來，遞與香菱，又道：「你只看有紅圈的都是我選的，有一首念一首。不明白的問你姑娘，或者遇見我，我講與你就是了。」香菱拿了詩，回至蘅蕪苑中，諸事不顧，只向燈下一首一首的讀起來。寶釵連催他數次睡覺，他也不睡。寶釵見他這般苦心，只得隨他去了。

一日，黛玉方梳洗完了，只見香菱笑吟吟的送了書來，又要换杜律。黛玉笑道：「共記得多少首？」香菱笑道：「凡紅圈選的我盡讀了。」黛玉道：「可領略了些滋味没有？」香菱笑道：「領略了些滋味，不知可是不是，説與你聽聽。」黛玉笑道：「正要講究討論，方能長進。你且説來我聽。」香菱笑道：「據我看來，詩的好處，有口裹説不出來的意思，想去却是逼真的。有似乎無理的，想去竟是有理有情的。」黛玉笑道：「這話有了些意思，但不知你從何處見得？」香菱笑道：「我看他《塞上》一首，那一聯云：『大漠孤煙直，長河落日圓。』想來煙如何直？日自然是圓的：這『直』字似無理，『圓』字似太俗。合上書一想，倒像是見了這景的。若説再找兩個字换這兩個，竟再找不出兩個字來。再還有『日落江湖白，潮來天地青』，這『白』『青』兩個字也似無理。想來，必得這兩個字纔形容得盡，念在嘴裹倒像有幾千斤重的一個橄欖。還有『渡頭餘落日，墟里上孤煙』，這『餘』字和『上』字，難爲他怎麽想來！我們那年上京來，那日下晚便灣住船，岸上又没有人，只有幾棵樹，遠遠的幾家人家作晚飯，那個煙竟是碧青，連雲直上。誰知我昨日晚上讀了這兩句，倒像我又到了那個地方去了。」

正説着，寶玉和探春也來了，也都入坐聽他講詩。寶玉笑道：「既是這樣，也不用看詩。會心處不在多，聽你説了這兩句，可知三昧你已得了。」黛玉笑道：「你説他這『上孤煙』好，你還不知他這一句還是套了前人的來。我給你這一句瞧瞧，更比這個淡而現成。」説着便把陶淵明的「曖曖遠人村，依依墟里煙」翻了出來，遞與香菱。香菱瞧了，點頭歎賞，笑道：「原來『上』字是從『依依』兩個字上化出來的。」寶玉大笑道：「你已得了，不用再講，越發倒學雜了。你就作起來，必是好的。」探春笑道：「明兒我補一個柬來，請你入社。」香菱笑道：「姑娘何苦打趣我，我不過是心裏羡慕，纔學着頑罷了。」探春黛玉都笑道：「誰不是頑？難道我們是認真作詩呢！若説我們認真成了詩，出了這園子，把人的牙還笑倒了呢。」寶玉道：「這也算自暴自棄了。前日我在外頭和相公們商議畫兒，他們聽見咱們起詩社，求我把稿子給他們瞧瞧。我就寫了幾首給他們看看，誰不真心歎服。他們都抄了刻去了。」探春黛玉忙問道：「這是真話麼？」寶玉笑道：「說謊的是那架上的鸚哥。」黛玉探春聽說，都道：「你真真胡鬧！且別說那不成詩，便是成詩，我們的筆墨也不該傳到外頭去。」寶玉道：「這怕什麼！古來閨閣中的筆墨不要傳出去，如今也沒有人知道了。」說着，只見惜春打發了入畫來請寶玉，寶玉方去了。香菱又逼着黛玉換出杜律來，又央黛玉探春二人：「出個題目，讓我謅去，謅了來，替我改正。」黛玉道：「昨夜的月最好，我正要謅一首，竟未謅成，你竟作一首來。『十四寒』的韻，由你愛用那幾個字去。」

香菱聽了，喜的拿回詩來，又苦思一回作兩句詩，又捨不得杜詩，又讀兩首。如此茶飯無心，坐臥不定。寶釵道：「何苦自尋煩惱。都是顰兒引的你，我和他算賬去。你本來獃頭獃腦的，再添上這個，越發弄成個獃子了。」〔庚〕「獃頭獃腦的」，有趣之至！最恨野史，有一百個女子，皆曰「聰敏伶俐」，究竟看來，他行爲也只平平。今以「獃」字爲香菱定評，何等嫵媚之至也。香菱笑道：「好姑娘，別混我。」〔庚〕如聞如見。一面說，一面作了一首，先與寶釵看。寶釵看了笑道：「這個不好，不是這個作法。你別怕臊，只管拿了給他瞧去，看他是怎麼說。」香菱聽了，便拿了詩找黛玉。黛玉看時，只見寫道是：

月掛中天夜色寒，清光皎皎影團團。
詩人助興常思玩，野客添愁不忍觀。
翡翠樓邊懸玉鏡，珍珠簾外掛冰盤。
良宵何用燒銀燭，晴彩輝煌映畫欄。

黛玉笑道：「意思却有，只是措詞不雅。皆因你看的詩少，被他縛住了。把這首丟開，再作一首。只管放開膽子去作。」

香菱聽了，默默的回來，越性連房也不入，只在池邊樹下，或坐在山石上出神，或蹲在地下摳土，來往的人都詫異。李紈、寶釵、探春、寶玉等聽得此信，都遠遠的站在山坡上瞧着他。只見他皺一回眉，又自己含笑一回。寶釵笑道：「這個人定要瘋了！昨夜嘟嘟噥噥直鬧到五更天纔睡下，沒一頓飯的工夫天就亮了。我就聽見他起來了，忙忙碌碌梳了頭就找顰兒去。一回來了，默了一日，作了一首又不好，這會子自然另作呢。」寶玉笑道：「這正是『地靈人傑』，老天生人再不虛賦情性的。我們成日嘆説可惜他這麼個人竟俗了，誰知到底有今日。可見天地至公。」寶釵笑道：「你能够像他這苦心就好了，學什麼有個不成的。」寶玉不答。

只見香菱興興頭頭的又往黛玉那邊去了。探春笑道：「咱們跟了去，看他有些意思没有。」説着，一齊都往瀟湘舘來。只見黛玉正拿着詩和他講究。衆人因問黛玉作的如何。黛玉道：「自然算難爲他了，只是還不好。這一首過於穿鑿了，還得另作。」衆人因要詩看時，只見作道：

非銀非水映窗寒，試看晴空護玉盤。
淡淡梅花香欲染，絲絲柳帶露初乾。
只疑殘粉塗金砌，恍若輕霜抹玉欄。
夢醒西樓人跡絶，餘容猶可隔簾看。

寶釵笑道：「不像吟月了，月字底下添一個『色』字倒還使得，你看句句倒是月色。這也罷了，原來詩從胡説來，再遲幾天就好了。」香菱自爲這首妙絶，聽如此説，自己掃了興，不肯丢開手，便要思索起來。因見他姊妹們説笑，便自己走至堦前竹下閒步，挖心搜膽，耳不旁聽，目不别視。一時探春隔窗笑説道：「菱姑娘，你閒閒罷。」香菱怔怔答道：「『閒』字是『十五删』的，你錯了韻了。」衆人聽了，不覺大笑起來。寶釵道：「可真是詩魔了。都是顰兒引的他！」黛玉笑道：「聖人説：『誨人不倦。』他又來問我，我豈有不説之理。」李紈笑道：「咱們拉了他往四姑娘房裹去，引他瞧瞧畫兒，叫他醒一醒纔好。」

説着，真個出來拉了他過藕香榭，至暖香塢中。惜春正乏倦，在床上歪着睡午覺，畫繒立在壁間，用紗罩着。衆人喚醒了惜春，揭紗看時，十停方有了三停。香菱見畫上有幾個美人，因指着笑道：「這一個是我們姑娘，那一個是林姑娘。」探春笑道：「凡會作詩的都畫在上頭，快學罷。」説着，頑笑了一回。

各自散後，香菱滿心中還是想詩。至晚間對燈出了一回神，至三更以後上床卧下，兩眼鰥鰥，直到五更方纔朦朧睡去了。一時天亮，寶釵醒了，聽了一聽，他安穩睡了，心下想：「他翻騰了一夜，不知可作成了？這會子乏了，且別叫他。」正想着，只聽香菱從夢中笑道：「可是有了，難道這一首還不好？」寶釵聽了，又是可嘆，又是可笑，連忙喚醒了他，問他：「得了什麽？你這誠心都通了仙了。學不成詩，還弄出病來呢。」一面說，一面梳洗了，會同姊妹往賈母處來。原來香菱苦志學詩，精血誠聚，日間做不出，忽於夢中得了八句。梳洗已畢，便忙録出來，自己並不知好歹，便拿來又找黛玉。剛到沁芳亭，只見李紈與衆姊妹方從王夫人處回來，寶釵正告訴他們說他夢中作詩說夢話。[庚]一部大書，起是夢，寶玉情是夢，賈瑞淫又是夢，秦「氏」之家計長策又是夢，今作詩也是夢，一併「風月鑑」亦從夢中所有，故「曰」「紅樓夢」也。余今批評亦在夢中，特爲夢中之人特作此一大夢也。脂硯齋。衆人正笑，抬頭見他來了，便都争着要詩看。

且聽下回分解。

[戚]總評：一扇之微，而害人如此其毒。藏之者故是無味，構求者更覺可笑。多少没天理處，全不自覺。可見好愛之端，斷不可生。求古董於古墳，争盆景而蕩産，勢所必至，可不慎諸。

〔一〕此批存在錯訛，歷來整理者均未能完美解決。按：此批主要問題出在「了心却」三字，試以形訛校「了」爲「之」，以音訛校「却」爲「切」。看下文薛蟠與母親的對話，其遊藝之心是很熱切的。除此之外，其他文字雖仍有個別不太順暢，意思已經比較清楚了。謹慎起見，不再改動。

另，庚辰本此兩條批語原抄於單頁上，置於上回與本回中間，批語内容也涉及兩回書情節，所以，其應算上回回後評還是本回回前評，有不同看法。

〔二〕「虚的對實的，實的對虚的」，諸本皆同。一些現代校本認爲，詩詞中對句要按詞性的虚實區分，虚詞對虚詞，實詞對實詞，此處原文或有訛誤。按：「虚實」固然可指字詞屬性，但在古代詩歌批評理論中更多是指情景，即抒情爲「虚」，寫景叙事爲「實」。不少批評家認爲律詩中間（承轉）二聯以虚實相對爲佳，因爲這樣顯得有變化，不呆板。如清沈德潛《説詩晬語》卷上：「中聯以虚實對、流水對爲上。」又，仇兆鼇《杜詩詳注》卷一《鄭駙馬宅宴洞中》詩注：「律詩中二聯，須用虚實相生，方見變化。」據此，則黛玉所言，並無不妥。

薛蟠

第四十九回　琉璃世界白雪紅梅　脂粉香娃割腥啖膻

庚此回係大觀園集十二正釵之文。

戚此回原爲起社，而起社却在下回。然起社之地、起社之人、起社之景、起社之題、起社之酒餚，色色皆備。真令人躍然起舞。

話説香菱見衆人正説笑，他便迎上去笑道：「你們看這一首。若使得，我便還學；若還不好，我就死了這作詩的心了。」蒙説「死了心不學」，方是才人「語不驚人死不休」本懷！説着，把詩遞與黛玉及衆人看時，只見寫道是：

精華欲掩料應難，影自娟娟魄自寒。

一片砧敲千里白，半輪鷄唱五更殘。
緑蓑江上秋聞笛，紅袖樓頭夜倚欄。
博得嫦娥應借問，緣何不使永團圓！

衆人看了笑道：「這首不但好，而且新巧有意趣。可知俗語説『天下無難事，只怕有心人』，社裏一定請你了。」蒙聽了不信，方是才人虚心。香菱可愛。香菱聽了心下不信，料着是他們瞞哄自己的話，還只管問黛玉、寶釵等。

正説之間，只見幾個小丫頭並老婆子忙忙的走來，都笑道：「來了好些姑娘奶奶們，我們都不認得，奶奶姑娘們快認親去。」李紈笑道：「這是那裏的話？你到底説明白了是誰的親戚？」那婆子丫頭都笑道：「奶奶的兩位妹子都來了。還有一位姑娘，説是薛大姑娘的妹妹，還有一位爺，説是薛大爺的兄弟。我這會子請姨太太去呢，奶奶和姑娘們先上去罷。」説着，一逕去了。寶釵笑道：「我們薛蝌和他妹妹來了不成？」李紈也笑道：「我們嬸子又上京來了不成？他們也不能凑在一處，這可是奇事。」大家納悶，來至王夫人上房，只見烏壓壓一地的人。

原來邢夫人之兄嫂帶了女兒岫煙進京來投邢夫人的，可巧鳳姐之兄王仁也正進京，兩親家一處打幫來了。走至半路泊船時，正遇見李紈之寡嬸帶着兩個女兒——大名李紋，次名李綺——也上京。大家叙起來又是親戚，因此三家一路同行。後有薛蟠之從弟薛蝌，因當年父親在京時已將胞妹薛寶琴許配都中梅翰林之子爲婚，正欲進京發嫁，聞得王仁進京，他也帶

蒙 寶琴許配梅門，於叙事内先逗一筆，後方不突（實）［然］。此等法脉，識者着眼。

了妹子隨後趕來。所以今日會齊了來訪投各人親戚。

於是大家見禮叙過，賈母王夫人都歡喜非常。賈母因笑道：「怪道昨日晚上燈花爆了又

蒙「燈花」二語何等扯淡，何等包括有趣。着俗筆則語（喇喇）［剌剌］而不休矣。

爆，結了又結，原來應到今日。」一面叙些家常，一面收看帶來的禮物，一面命留酒飯。鳳姐兒自不必説，忙上加忙。李紈寶釵自然和嬸母姊妹叙離别之情。黛玉見了，先是歡喜，次後

蒙 黛玉先喜後悲，不悲非情，不喜又非情。作……

想起衆人皆有親眷，獨自己孤單，無個親眷，不免又去垂淚。寶玉深知其情，十分勸慰了一番方罷。

然後寶玉忙忙來至怡紅院中，向襲人、麝月、晴雯等笑道：「你們還不快看人去！誰知寶姐姐的親哥哥是那個樣子，他這叔伯兄弟形容舉止另是一樣了，倒像是寶姐姐的同胞弟兄

似的。更奇在你們成日家只説寶姐姐是絶色的人物，你們如今瞧瞧他這妹子，更有大嫂嫂這兩個妹子，我竟形容不出了。老天，老天，你有多少精華靈秀，生出這些人上之人來！可知我井底之蛙，成日家自説現在的這幾個人是有一無二的，誰知不必遠尋，就是本地風光，一個賽似一個，如今我又長了一層學問了。除了這幾個，難道還有幾個不成？」一面説，一面自笑自嘆。襲人見他又有了魔意，便不肯去瞧。晴雯等早去瞧了一遍回來，（坎坎）［欸欸］笑向襲人道：「你快瞧瞧去！大太太的一個侄女兒，寶姑娘一個妹妹，大奶奶兩個妹妹，倒像一把子四根水葱兒。」

一語未了，只見探春也笑着進來找寶玉，因説道：「咱們的詩社可興旺了。」寶玉笑道：「正是呢。這是你一高興起詩社，所以鬼使神差來了這些人。但只一件，不知他們可學過作詩不曾？」探春道：「我纔都問了問他們，雖是他們自謙，看其光景，没有不會的。便是不會也没難處，你看香菱就知道了。」襲人笑道：「他們説薛大姑娘的妹妹更好，三姑娘看着怎麽樣？」探春道：「果然的話。據我看，連他姐姐並這些人總不及他。」襲人聽了，又是詫異，又笑道：「這也奇了，還從那裏再好的去呢？我倒要瞧瞧去。」探春道：「老太太一見了，喜歡的無可不可，已經逼着太太認了乾女兒了。老太太要養活，纔剛已經定了。」寶玉喜的忙問：「這果然的？」探春道：「我幾時說過謊！」又笑道：「有了這個好孫女兒，就忘了這孫子了。」寶玉笑道：「這倒不妨，原該多疼女兒些纔是正理。明兒十六，咱們可該起社了。」探春道：「林丫頭剛起來了，二姐姐又病了，終是七上八下的。」寶玉道：「二姐姐又不大作詩，没有他又何妨。」探春道：「越性等幾天，他們新來的混熟了，咱們邀上他們豈不好？這會子大嫂子寶姐姐心裏自然没有詩興的，况且湘雲没來，顰兒剛好了，人人不合式。不如等着雲丫頭來了，這幾個新的也熟了，顰兒也大好了，大嫂子和寶姐姐心也閒了，香菱詩也長進了，如此邀一滿社豈不好？咱們兩個如今且往老太太那裏去聽聽，除寶姐姐的妹妹不算外，他一定是在咱們家住定了的。倘或那三個要不在咱們這裏住，咱們央告着老太太留下他們在園子裏住下，咱們豈不多添幾個人，越發有趣了。」寶玉聽了，喜的眉開眼笑，忙說道：（蒙）觀寶玉「到底是你」數語，胸中純是一團活潑潑天機。「倒是你明白。我終久是個糊塗心腸，空喜歡一會子，却想不到這上頭來。」

說着，兄妹兩個一齊往賈母處來。果然王夫人已認了寶琴作乾女兒，賈母歡喜非常，連園中也不命住，晚上跟着賈母一處安寢。薛蝌自向薛蟠書房中住下。賈母便和邢夫人說：「你侄女兒也不必家去了，園裏住幾天，逛逛再去。」邢夫人兄嫂家中原艱難，這一上京，原仗的是邢夫人與他們治房舍，幫盤纏，聽如此說，豈不願意。邢夫人便將岫煙交與鳳姐兒。（蒙）鳳姐一番籌算，總爲與自己無干。奸雄每每如此。我愛之，我惡之。鳳姐兒籌算得園中姊妹多，性情不一，且又不便另設一處，莫若送到迎春一處去，倘日後邢岫煙有些不遂意的事，縱然邢夫人知道了，與自己無干。從此後若邢岫煙家去住的日期不算，若在大觀園住到一個月上，鳳姐兒亦照迎春的分例送一分與岫煙。鳳姐兒冷眼敁敪（庚）音「顛奪」，心內忖度也。（蒙）先叙岫煙，次叙李紈，又叙李紋李綺，亦何精緻可玩。岫煙心性爲人，竟不像邢夫人及他的父母一樣，却是温厚可疼的人。因此鳳姐兒又憐他家貧命苦，比別的姊妹多疼他些，邢夫人倒不大理論了。

賈母王夫人因素喜李紈賢惠，且年輕守節，令人敬伏，今見他寡嬸來了，便不肯令他外頭去住。那李嬸雖十分不肯，無奈賈母執意不從，只得帶着李紋李綺在稻香村住下來。

〔蒙〕史鼐未必左遷，但欲湘雲赴社，故作此一折耳，莫被他混過。

當下安插既定，誰知保齡侯史鼐又遷委了外省大員，不日要帶家眷去上任。賈母因捨不得湘雲，便留下他了，接到家中，原要命鳳姐兒另設一處與他住。史湘雲執意不肯，只要與寶釵一處住，因此就罷了。

〔蒙〕「此時大觀園」數行收拾，是大手筆。

此時大觀園中比先更熱鬧了多少。李紈爲首，餘者迎春、探春、惜春、寶釵、黛玉、湘雲、李紋、李綺、寶琴、邢岫煙，再添上鳳姐兒和寶玉，一共十三個。叙起年庚，除李紈年紀最長，他十二個人皆不過十五六七歲，或有這三個同年，或有那五個共歲，或有這兩個同月同日，那兩個同刻同時，所差者大半是時刻月分而已。連他們自己也不能〔一〕細細分晰，不過是「弟」「兄」「姊」「妹」四個字隨便亂叫。

如今香菱正滿心滿意只想作詩，又不敢十分囉唣寶釵，可巧來了個史湘雲。那史湘雲又是極愛説話的，那裏禁得起香菱又請教他談詩，越發高了興，沒晝沒夜高談闊論起來。寶釵因笑道：「我實在聒噪的受不得了。一個女孩兒家，只管拿着詩作正緊事講起來，叫有學問的人聽了，反笑話説不守本分的。一個香菱沒鬧清，偏又添了你這麽個話口袋子，滿嘴裏説的是什麼：怎麼是杜工部之沈鬱，韋蘇州之淡雅，又怎麼是温八叉之綺靡，李義山之隱僻。放着兩個現成的詩家不知道，提那些死人做什麼！」湘雲聽了，忙笑問道：「是那兩個？好姐姐，你告訴我。」寶釵笑道：「獃香菱之心苦，瘋湘雲之話多。」湘雲香菱聽了，都笑起來。

正説着，只見寶琴來了，披着一領斗篷，金翠輝煌，不知何物。寶釵忙問：「這是那裏的？」寶琴笑道：「因下雪珠兒，老太太找了這一件給我的。」香菱上來瞧道：「怪道這麼好看，原來是孔雀毛織的。」湘雲道：「那裏是孔雀毛，就是野鴨子頭上的毛作的。可見老太太疼你了，這樣疼寶玉，也没給他穿。」寶釵道：「真俗語説『各人有緣法』。他也再想不到他這會子來，既來了，又有老太太這麼疼他。」湘雲道：「你除了在老太太跟前，就在園裏來，這兩處只管頑笑吃喝。到了太太屋裏，若太太在屋裏，只管和太太説笑，多坐一回無妨；若太太不在屋裏，你别進去，那屋裏人多心壞，都是要害咱們的。」説的寶釵、寶琴、香菱、鶯兒等都笑了。寶釵笑道：「説你没心，却又有心；雖然有心，到底嘴太直了。我們這琴兒就有些像你。你天天説要我作親姐姐，我今兒竟叫你認他作親妹妹罷了。」湘雲又瞅了寶琴半日，笑道：「這一件衣裳也只配他穿，别人穿了，實在不配。」正説着，只見琥珀走來笑道：「老太太説了，叫寶姑娘别管緊了琴姑娘。他還小呢，讓他愛怎麽樣就怎麽樣。要什麽東西只管要去，别多心。」寶釵忙起身答應了，又推寶琴笑道：「你也不知是那裏來的福氣！你倒去罷，仔細我們委曲着你。我就不信我那些兒不如你。」

説話之間，寶玉黛玉都進來了，寶釵猶自嘲笑。湘雲因笑道：「寶姐姐，你這話雖是頑話，恰有人真心是這樣想呢。」琥珀笑道：「真心惱的再没别人，就只是他。」口裏説，手指着寶玉。寶釵湘雲都笑道：「他倒不是這樣人。」琥珀又笑道：「不是他，就是他。」説着又指着黛玉。湘雲便不則聲。【庚】是不知道黛玉病中相談贈燕窩之事也。脂硯。寶釵忙笑道：「更不是了。我的妹妹和他的妹妹一樣。他喜歡的比我還疼呢，那裏還惱？你信雲兒混説。他的那嘴有什麽實據。」寶玉素習深知黛玉有些小性兒，且尚不知近日黛玉和寶釵之事，正恐賈母疼寶琴他心中不自在，今見湘雲如此説了，寶釵又如此答，再審度黛玉聲色亦不似往時，果然與寶釵之説相符，心中悶悶不解。因想：「他兩個素日不是這樣的好，今看來竟更比他人好十倍。」一時林黛玉又趕着寶琴叫妹妹，並不提名道姓，直是親姊妹一般。那寶琴年輕心熱，〔庚〕四字道盡，不犯寶釵。脂硯齋評。且本性聰敏，自幼讀書識字，〔庚〕我批此書竟得一秘訣，以告諸公：凡野史中所云「才貌雙全佳人」者，細細通審之，只得一個粗知筆墨之女子耳。此書凡云「知書識字」者，便是上等才女，不信時只看他通部行爲及詩詞、詼諧皆可知。妙在此書從不肯自下評註，云此人係何等人，只借書中人閒評一二語，故不得有未密之縫被看書者指出，真狡猾之筆耳。今在賈府住了兩日，大概人物已知。又見諸姊妹都不是那輕薄脂粉，且又和姐姐皆和契，故也不肯怠慢，其中又見林黛玉是個出類拔萃的，便更與黛玉親敬異常。寶玉看着只是暗暗的納罕。

一時寶釵姊妹往薛姨媽房内去後，湘雲往賈母處來，林黛玉回房歇着。寶玉便找了黛玉來，笑道：「我雖看了《西廂記》，也曾有明白的幾句，說了取笑，你曾惱過。如今想來，竟有一句不解，我念出來你講講我聽。」黛玉聽了，便知有文章，因笑道：「你念出來我聽聽。」寶玉笑道：「那《鬧簡》上有一句說得最好，『是幾時孟光接了梁鴻案？』這句最妙。『孟光接了梁鴻案』這七個字，不過是現成的典，難爲他這『是幾時』三個虛字問的有趣。是幾時接了？你說說我聽聽。」黛玉聽了，禁不住也笑起來，因笑道：「這原問的好。他也問的好，你也問的好。」寶玉道：「先時你只疑我，如今你也沒的說，我反落了單。」黛玉笑道：「誰知他竟真是個好人，我素日只當他藏奸。」因把説錯了酒令起，連送燕窩病中所談之事，細細告訴了寶玉。寶玉方知緣故，因笑道：「我説呢，正納悶『是幾時孟光接了梁鴻案』，原來是從『小孩兒家口没遮攔』就接了案了。」黛玉因又説起寶琴來，想起自己没有姊妹，不免又哭了。寶玉忙勸道：「你又自尋煩惱了。你瞧瞧，今年比舊年越發瘦了，你還不保養。每天好好的，你必是自尋煩惱，哭一會子，纔算完了這一天的事。」黛玉拭淚道：「近來我只覺心酸，眼淚却像比舊年少了些的。心裏只管酸痛，眼淚却不多。」寶玉道：「這是你哭慣了心裏疑的，豈有眼淚會少的！」

正説着，只見他屋裏的小丫頭子送了猩猩毡斗篷來，又説：「大奶奶纔打發人來説，下了雪，要商議明日請人作詩呢。」一語未了，只見李紈的丫頭走來請黛玉。寶玉便邀着黛玉同往稻香村來。黛玉换上掐金挖雲紅香羊皮小靴，罩了一件大紅羽紗面白狐狸裏的鶴氅，束一條青金閃緑雙環四合如意縧，頭上罩了雪帽。二人一齊踏雪行來。只見衆姊妹都在那邊，都是一色大紅猩猩毡與羽毛緞斗篷，獨李紈穿一件青哆囉呢對襟褂子，薛寶釵穿一件蓮青斗紋錦上添花洋綫番羓絲的鶴氅；邢岫煙仍是家常舊衣，並無避雪之衣。一時史湘雲來了，穿着賈母與他的一件貂鼠腦袋面子大毛黑灰鼠裏子裏外發燒大褂子，頭上戴着一頂挖雲鵝黃片金裏大紅猩猩毡昭君套，又圍着大貂鼠風領。黛玉先笑道：「你們瞧瞧，孫行者來了。他一般的也拿着雪褂子，故意裝出個小騷達子來。」湘雲笑道：「你們瞧我裏頭打扮的。」一面說，一面脱了褂子。只見他裏頭穿着一件半新的靠色三鑲領袖秋香色盤金五色繡龍窄褃小袖掩衿銀鼠短襖，裏面短短的一件水紅妝緞狐肷褶子，腰裏緊緊束着一條蝴蝶結子長穗五色宮縧，脚下也穿着（麀）〔麂〕皮小靴，越顯的蜂腰猿背，鶴勢螂形。庚 近之拳譜中有「坐馬勢」，便似螂之蹲立。昔人愛輕捷便俏，閒取一螂，觀其仰頸疊胸之勢。今四字無出處，却寫盡矣。脂硯齋評。衆人都笑道：「偏他只愛打扮成個小子的樣兒，原比他打扮女兒更俏麗了些。」湘雲道：「快商議作詩！我聽聽是誰的東家？」李紈道：「我的主意。想來昨兒的正日已過了，再等正日又太遠，可巧又下雪，不如大家凑個社，又替他們接風，又可以作詩。你們意思怎麽樣？」寶玉先道：「這話很是。只是今日晚了，若到明兒，晴了又無趣。」衆人看道：「這雪未必晴，縱晴了，這一夜下的也够賞了。」李紈道：「我這裏雖好，又不如蘆雪广〔二〕好。我已經打發人籠地炕去了，咱們大家擁爐作詩。老太太想來未必高興，況且咱們小頑意兒，單給鳳丫頭個信兒就是了。你們每人一兩銀子就够了，送到我這裏來。」指着香菱、寶琴、李紋、李綺、岫煙，「五個不算外，咱們裏頭二丫頭病了不算，四丫頭告了假也不算，你們四分子送了來，我包總五六兩銀子也盡够了。」寶釵等一齊應諾。因又擬題限韻，李紈笑道：「我心裏自己定了，等到了明日臨期，横竪知道。」說畢，大家又閒話了一回，方往賈母處來。本日無話。

到了次日一早，寶玉因心裏記掛着這事，一夜没好生得睡，天亮了就爬起來。掀開帳子一看，雖門窗尚掩，只見窗上光輝奪目，心内早躊躇起來，埋怨定是晴了，日光已出。一面忙起來揭起窗屜，從玻璃窗内往外一看，原來不是日光，竟是一夜大雪，下將有一尺多厚，天上仍是搓綿扯絮一般。寶玉此時歡喜非常，忙喚人起來，盥漱已畢，只穿一件茄色哆囉呢狐皮襖子，罩一件海龍皮小小鷹膀褂，束了腰，披了玉針蓑，戴上金藤笠，登上沙棠屐，忙忙的往蘆雪广來。出了院門，四顧一望，並無二色，遠遠的是青松翠竹，自己却如裝在玻璃盒内一般。於是走至山坡之下，順着山脚剛轉過去，已聞得一股寒香拂鼻。回頭一看，恰是妙玉門前櫳翠庵中有十數株紅梅如胭脂一般，映着雪色，分外顯得精神，好不有趣！寶玉便立住，細細的賞玩一回方走。只見蜂腰板橋上一個人打着傘走來，是李紈打發了請鳳姐兒去的人。

寶玉來至蘆雪广，只見丫鬟婆子正在那裏掃雪開徑。原來這蘆雪广蓋在傍山臨水河灘之上，一帶幾間，茅檐土壁，槿籬竹牖，推窗便可垂釣，四面都是蘆葦掩覆，一條去徑逶迤穿蘆度葦過去，便是藕香榭的竹橋了。衆丫鬟婆子見他披蓑戴笠而來，都笑道：「我們纔説正少一個漁翁，如今都全了。姑娘們吃了飯纔來呢，你也太性急了。」寶玉聽了，只得回來。剛至沁芳亭，見探春正從秋爽齋來，圍着大紅猩猩氈斗篷，戴着觀音兜，扶着小丫頭，後面一個婦人打着青綢油傘。寶玉知他往賈母處去，便立在亭邊，等他來到，二人一同出園前去。寶琴正在裏間房内梳洗更衣。

一時衆姊妹來齊，寶玉只嚷餓了，連連催飯。好容易等擺上來，頭一樣菜便是牛乳蒸羊羔。賈母便說：「這是我們有年紀的人的藥，沒見天日的東西，可惜你們小孩子們吃不得。今兒另外有新鮮鹿肉，你們等着吃。」衆人答應了。寶玉却等不得，只拿茶泡了一碗飯，就着野鷄瓜齏忙忙的咽完了。賈母道：「我知道你們今兒又有事情，連飯也不顧吃了。」便叫「留着鹿肉與他晚上吃」，鳳姐忙說「還有呢」，方纔罷了。史湘雲便悄和寶玉計較道：「有新鮮鹿肉，不如咱們要一塊，自己拿了園裏弄着，又頑又吃。」寶玉聽了，巴不得一聲兒，便真和鳳姐要了一塊，命婆子送入園去。

一時大家散後，進園齊往蘆雪广來，聽李紈出題限韻，獨不見湘雲寶玉二人。黛玉道：「他兩個再到不了一處，若到一處，生出多少故事來。這會子一定算計那塊鹿肉去了。」（庚：聯詩極雅之事，偏於雅前寫出小兒啖膻茹血極腌臢的事來，爲「錦心繡口」作配。）正說着，只見李嬸也走來看熱鬧，因問李紈道：「怎麽一個帶玉的哥兒和那一個掛金麒麟的姐兒，那樣乾净清秀，又不少吃的，他兩個在那裏商議着要吃生肉呢，說的有來有去的。我只不信肉也生吃得的。」衆人聽了，都笑道：「了不得，快拿了他兩個來。」黛玉笑道：「這可是雲丫頭鬧的，我的卦再不錯。」

李紈等忙出來找着他兩個説道：「你們兩個要吃生的，我送你們到老太太那裏吃去。那怕吃一隻生鹿，撑病了不與我相干。這麼大雪，怪冷的，替我作禍呢。」寶玉笑道：「没有的事，我們燒着吃呢。」李紈道：「這還罷了。」只見老婆子們拿了鐵爐、鐵叉、鐵絲蒙來，李紈道：「仔細割了手，不許哭！」説着，同探春進去了。

鳳姐打發了平兒來回復不能來，爲發放年例正忙。湘雲見了平兒，那裏肯放。平兒也是個好頑的，素日跟着鳳姐兒無所不至，見如此有趣，樂得頑笑，因而褪去手上的鐲子，三個圍着火爐兒，便要先燒三塊吃。那邊寶釵黛玉平素看慣了，不以爲異，寶琴等及李嬸深爲罕事。探春與李紈等已議定了題韻。探春笑道：「你聞聞，香氣這裏都聞見了，我也吃去。」説着，也找了他們來。李紈也隨來説：「客已齊了，你們還吃不够？」湘雲一面吃，一面説道：「我吃這個方愛吃酒，吃了酒纔有詩。若不是這鹿肉，今兒斷不能作詩。」説着，只見寶琴披着鳧靨裘站在那裏笑。湘雲笑道：「傻子，過來嘗嘗。」寶琴笑説：「怪髒的。」寶釵道：「你嚐嚐去，好吃的。你林姐姐弱，吃了不消化，不然他也愛吃。」寶琴聽了，便過去吃了一塊，果然好吃，便也吃起來。一時鳳姐兒打發小丫頭來叫平兒。平兒說：「史姑娘拉着我呢，你先走罷。」小丫頭去了。一時只見鳳姐也披了斗篷走來，笑道：「吃這樣好東西，也不告訴我！」說着也湊着一處吃起來。黛玉笑道：「那裏找這一群花子去！罷了，罷了，今日蘆雪广遭劫，生生被雲丫頭作踐了。我爲蘆雪广一大哭！」庚大約此話不獨黛玉，觀書者亦如此。湘雲冷笑道：「你知道什麼！『是真名士自風流』，你們都是假清高，最可厭的。我們這會子腥膻大吃大嚼，回來却是錦心繡口。」寶釵笑道：「你回來若作的不好了，把那肉掏了出來，就把這雪壓的蘆葦子摁上些，以完此劫。」

說着，吃畢，洗漱了一回。平兒帶鐲子時却少了一個，左右前後亂找了一番，踪跡全無。衆人都詫異。鳳姐兒笑道：「我知道這鐲子的去向。你們只管作詩去，我們也不用找，只管前頭去，不出三日包管就有了。」說着又問：「你們今兒做什麼詩？老太太說了，離年又近了，正月裏還該作些燈謎兒大家頑笑。」衆人聽了，都笑道：「可是，倒忘了。如今趕着作幾個好的，預備正月裏頑。」説着，一齊來至地炕屋内，只見杯盤果菜俱已擺齊，墻上已貼出詩題、韻脚、格式來了。寶玉湘雲二人忙看時，只見題目是「即景聯句，五言排律一首，限『二蕭』韻」。後面尚未列次序。李紈道：「我不大會作詩，我只起三句罷，然後誰先得了誰先聯。」寶釵道：「到底分個次序。」要知端的，且聽下回分解。

戚總評：此文綫索在斗篷。寶琴翠羽斗篷，賈母所賜，言其親也；寶玉紅猩猩毡斗篷，爲後雪披一襯也；黛玉白狐皮斗篷，明其弱也；李宫裁斗篷是哆囉呢，昭其質也；寶釵斗篷是蓮青斗紋錦，致其文也；賈母是大斗篷，尊之詞也；鳳姐是披着斗篷，恰似掌家人也；湘雲有斗篷不穿，著其異樣行動也；岫煙無斗篷，叙其窮也。只一斗篷，寫得前後照耀生色。

一片含梅咀雪文字，偏從雉肉、鹿肉、鵪鶉肉上以渲染之，點成異樣筆墨，較之雪吟、雪賦諸作，更覺幽秀。

〔一〕此處諸本多「記清誰長誰幼，一併賈母、王夫人及家中婆子、丫頭也不能」二十三字，或謂係底本因「也不能」三字重出而脱文。按：當事人「自己都不能記清」，别人當然更不能，加這句純屬蛇足。

底本應非脱文。

〔一二〕「广」，諸本或作「庵」「廬」「庭」，均爲不識字義之擅改。按：「广」，音眼，利用山崖而建的房子。下文説這房屋「蓋在傍山臨水河灘之上」，故名「广」。此字今被「廣」字借形簡化，兩者音、義皆不同。

李紋
李绮

第五十回　蘆雪广争聯即景詩　暖香塢雅製春燈謎

【戚】此回着重在寶琴，却出色寫湘雲。寫湘雲聯句極敏捷聰慧，而寶琴之聯句不少於湘雲，可知出色寫湘雲，正所以出色寫寶琴。出色寫寶琴者，全爲與寶玉提親作引也。金針暗度，不可不知。

話説薛寶釵道：「到底分個次序，讓我寫出來。」説着，便令衆人拈鬮爲序。起首恰是李氏。【庚】一定要按次序，恰又不按次序，似脱落處而不脱落，文章歧路如此。〔一〕然後按次各各開出。鳳姐兒説道：「既是這樣説，我也説一句在上頭。」衆人都笑説道：「更妙了！」寶釵便將稻香老農之上補了一個「鳳」字，李紈又將題目講與他聽。鳳姐兒想了半日，笑道：「你們別笑話我。我只有一句粗話，下剩的我就不知道了。」衆人都笑道：「越是粗話越好，你說了只管幹正事去罷。」鳳姐兒笑道：「我想下雪必颳北風。昨夜聽見了一夜的北風，我有了一句，就是『一夜北風緊』，可使得？」衆人聽了，都相視笑道：「這句雖粗，不見底下的，這正是會作詩的起法。不但好，而且留了多少地步與後人。就是這句爲首，稻香老農快寫上續下去。」鳳姐和李嬸平兒又吃了兩杯酒，自去了。這裏李紈便寫了：

一夜北風緊，

自己聯道：

開門雪尚飄。入泥憐潔白，

香菱道：

匝地惜瓊瑤。有意榮枯草，

探春道：

無心飾萎苕。價高村釀熟，

李綺道：

年稔府粱饒。葭動灰飛管，

李紋道：

陽回斗轉杓。寒山已失翠，

岫煙道：

凍浦不聞潮。易掛疎枝柳，

湘雲道：

難堆破葉蕉。麝煤融寶鼎，

寶琴道：

綺袖籠金貂。光奪窗前鏡，

黛玉道：

香黏壁上椒。斜風仍故故，

寶玉道：

清夢轉聊聊。何處梅花笛？

寶釵道：

誰家碧玉簫？鰲愁坤軸限〔二〕，

李紈笑道：「我替你們看熱酒去罷。」寶釵命寶琴續聯，只見湘雲站起來道：

龍鬬陣雲銷。野岸回孤棹，

寶琴也站起道：

吟鞭指灞橋。賜裘憐撫戍，

湘雲那裏肯讓人，且別人也不如他敏捷，都看他揚眉挺身的説道：

加絮念征徭。坳垤審夷險，

寶釵連聲讚好，也便聯道：

　　枝柯怕動摇。皚皚輕趁步，

黛玉忙聯道：

　　翦翦舞隨腰。煮芋成新賞，

一面説，一面推寶玉，命他聯。寶玉正看寶釵、寶琴、黛玉三人共戰湘雲，十分有趣，那裏還顧得聯詩，今見黛玉推他，方聯道：

　　撒鹽是舊謡。葦蓑猶泊釣，

湘雲笑道：「你快下去，你不中用，倒耽擱了我。」一面只聽寶琴聯道：

　　林斧不聞樵。伏象千峰凸，

湘雲忙聯道：

　　盤蛇一徑遥。花緣經冷結〔三〕，

寶釵與衆人又忙讚好。探春又聯道：

　　色豈畏霜凋。深院驚寒雀，

湘雲正渴了，忙忙的吃茶，已被岫煙道：

空山泣老鴞。皆墀隨上下，

湘雲忙丢了茶杯，忙聯道：

池水任浮漂。照耀臨清曉，

黛玉聯道：

繽紛入永宵。誠忘三尺冷，

湘雲忙笑聯道：

瑞釋九重焦。僵卧誰相問，

寶琴也忙笑聯道：

狂遊客喜招。天機斷縞帶，

湘雲又忙道：

海市失鮫綃。

林黛玉不容他出，接着便道：

寂寞對臺榭，

湘雲忙聯道：

清貧懷簞瓢。

寶琴也不容情，也忙道：

烹茶冰漸沸，

湘雲見這般，自爲得趣，又是笑，又忙聯道：

煮酒葉難燒。

黛玉也笑道：

没帚山僧掃，

寶琴也笑道：

埋琴稚子挑。

湘雲笑的彎了腰，忙念了一句，衆人問：「到底説的什麼？」湘雲喊道：

石樓閒睡鶴，

黛玉笑的握着胸口，高聲嚷道：

錦罽暖親猫。

寶琴也忙笑道：

月窟翻銀浪，

湘雲忙聯道：

霞城隱赤標。

黛玉忙笑道：

沁梅香可嚼，

寶釵笑稱好，也忙聯道：

淋竹醉堪調。

寶琴也忙道：

　　或濕鴛鴦帶，

湘雲忙聯道：

　　時凝翡翠翹。

黛玉又忙道：

　　無風仍脉脉，

寶琴又忙笑聯道：

　　不雨亦瀟瀟。

湘雲伏着已笑軟了。衆人看他三人對搶，也都不顧作詩，看着也只是笑。黛玉還推他往下聯，又道：「你也有才盡之時。我聽聽還有什麽舌根嚼了！」湘雲只伏在寶釵懷裏，笑個不住。寶釵推他起來道：「你有本事，把『二蕭』的韻全用完了，我纔伏你。」湘雲起身笑道：「我也不是作詩，竟是搶命呢。」衆人笑道：「倒是你説罷。」探春早已料定没有自己聯的了，便早寫出來，因説：「還没收住呢。」李紋聽了，接過來便聯了一句道：

欲志今朝樂，

李綺收了一句道：

憑詩祝舜堯。

李紈道：「够了，够了。雖没作完了韻，剩的字若生扭用了，倒不好了。」説着，大家來細細評論一回，獨湘雲的多，都笑道：「這都是那塊鹿肉的功勞。」

李紈笑道：「逐句評去都還一氣，只是寶玉又落了第了。」寶玉笑道：「我原不會聯句，只好擔待我罷。」李紈笑道：「也没有社社擔待你的。又説韻險了，又整誤了，又不會聯句了，今日必罰你。我纔看見櫳翠庵的紅梅有趣，我要折一枝來插瓶。可厭妙玉爲人，我不理他。如今罰你去取一枝來。」衆人都道這罰的又雅又有趣。寶玉也樂爲，答應着就要走。湘雲黛玉一齊説道：「外頭冷得很，你且吃杯熱酒再去。」湘雲早執起壺來，黛玉遞了一個大杯，滿斟了一杯。湘雲笑道：「你吃了我們的酒，你要取不來，加倍罰你。」寶玉忙吃一杯，冒雪而去。

李紈命人好好跟着，黛玉忙攔説：「不必，有了人反不得了。」李紈點頭説：「是。」一面命丫鬟將一個美女聳肩瓶拿來，貯了水準備插梅，因又笑道：「回來該咏紅梅了。」湘雲忙道：「我先作一首。」寶釵忙道：「今日斷乎不容你再作了。你都搶了去，别人都閒着，也没趣。回來還罰寶玉，他説不會聯句，如今就叫他自己作去。」庚想此刻寶玉已到庵中矣。黛玉笑道：「這話很是。我還有個主意，方纔聯句不够，莫若揀着聯的少的人作紅梅。」寶釵笑道：「這話是極。方纔邢李三位屈才，且又是客。琴兒和顰兒雲兒三個人也搶了許多，我們一概都别作，只讓他三個作纔是。」李紈因説：「綺兒也不大會作，還是讓琴妹妹作罷。」寶釵只得依允，庚想此刻二玉已會，不知肯見賜否？又道：「就用『紅梅花』三個字作韻，每人一首七律。邢大妹妹作『紅』字，你們李大妹妹作『梅』字，琴兒作『花』字。」李紈道：「饒過寶玉去，我不服。」湘雲忙道：「有個好題目命他作。」衆人問何題目？湘雲道：「命他就作『訪妙玉乞紅梅』，豈不有趣？」衆人聽了，都説有趣。

一語未了，只見寶玉笑欰欰㔁了一枝紅梅進來。衆丫鬟忙已接過，插入瓶內。衆人都笑稱謝。寶玉笑道：「你們如今賞罷，也不知費了我多少精神呢。」説着，探春早又遞過一鍾暖酒來，衆丫鬟走上來接了蓑笠撣雪。各人房中丫鬟都添送衣服來，庚冬日午後景況。襲人也遣人送了半舊的狐腋褂來。李紈命人將那蒸的大芋頭盛了一盤，又將朱橘、黄橙、橄欖等物盛了兩盤，命人帶與襲人去。湘雲且告訴寶玉方纔的詩題，又催寶玉快作。寶玉道：「姐姐妹妹們，讓我自己用韻罷，别限韻了。」衆人都説：「隨你作去罷。」

一面説，一面大家看梅花。原來這枝梅花只有二尺來高，旁有一横枝縱横而出，約有五六尺長，其間小枝分歧，或如蟠螭，或如僵蚓，或孤削如筆，或密聚如林，花吐胭脂，香欺蘭蕙，庚一篇《紅梅賦》。各各稱賞。誰知邢岫煙、李紋、薛寶琴三人都已吟成，各自寫了出來。衆人便依「紅梅花」三字之序看去，寫道是：

詠紅梅花　得「紅」字　邢岫煙

桃未芳菲杏未紅，沖寒先已笑東風。

魂飛庾嶺春難辨，霞隔羅浮夢未通。
緑萼添妝融寶炬，縞仙扶醉跨殘虹。
看來豈是尋常色，濃淡由他冰雪中。

詠紅梅花 得「梅」字 李紋

白梅懶賦賦紅梅，逞艷先迎醉眼開。
凍臉有痕皆是血，酸心無恨亦成灰。
誤吞丹藥移真骨，偷下瑶池脱舊胎。
江北江南春燦爛，寄言蜂蝶漫疑猜。

詠紅梅花 得「花」字 薛寶琴

疎是枝條艷是花，春妝兒女競奢華。
閒庭曲檻無餘雪，流水空山有落霞。
幽夢冷隨紅袖笛，遊仙香泛絳河槎。

前身定是瑶臺種，無復相疑色相差。

衆人看了，都笑稱讚了一番，又指末一首説更好。寶玉見寶琴年紀最小，才又敏捷，深爲奇異。黛玉湘雲二人斟了一小杯酒，齊賀寶琴。寶釵笑道：「三首各有各好。你們兩個天天捉弄厭了我，如今捉弄他來了。」李紈又問寶玉：「你可有了？」寶玉忙道：「我倒有了，纔一看見那三首，又嚇忘了，等我再想。」湘雲聽了，便拿了一支銅火箸擊着手爐，笑道：「我擊鼓了，若鼓絶不成，又要罰的。」寶玉笑道：「我已有了。」黛玉提起筆來，説道：「你念，我寫。」湘雲便擊了一下笑道：「一鼓絶。」寶玉笑道：「有了，你寫吧。」衆人聽他念道：

酒未開樽句未裁，

黛玉寫了，摇頭笑道：「起的平平。」湘雲又道「快着！」寶玉笑道：

尋春問臘到蓬萊。

黛玉湘雲都點頭笑道：「有些意思了。」寶玉又道：

不求大士瓶中露，爲乞嫦娥檻外梅。

黛玉寫了，又摇頭道：「凑巧而已。」湘雲忙催二鼓，寶玉又笑道：

入世冷挑紅雪去，離塵香割紫雲來。

椏杈誰惜詩肩瘦，衣上猶沾佛院苔。

黛玉寫畢，湘雲大家纔評論時，又見幾個丫鬟跑進來道：「老太太來了。」

衆人忙迎出來。大家又笑道：「怎麽這等高興！」説着，遠遠見賈母圍了大斗篷，帶着灰鼠暖兜，坐着小竹轎，打着青綢油傘，鴛鴦琥珀等五六個丫鬟，每人都是打着傘，擁轎而來。李紈等忙往上迎，賈母命人止住説：「只在那裏就是了。」來至跟前，賈母笑道：「我瞞着你太太和鳳丫頭來了。大雪地下坐着這個無妨，没的叫他們來踩雪。」衆人忙一面上前接斗篷，攙扶着，一面答應着。賈母來至室中，先笑道：「好俊梅花！你們也會樂，我來着了。」説着，李紈早命拿了一個大狼皮褥來鋪在當中。賈母坐了，因笑道：「你們只管頑笑吃喝。我因爲天短了，不敢睡中覺，抹了一回牌，想起你們來了，我也來凑個趣兒。」李紈早又捧過手爐來，探春另拿了一副杯箸來，親自斟了暖酒，奉與賈母。賈母便飲了一口，問那個盤子裏是什麽東西。衆人忙捧了過來，回説是糟鵪鶉。賈母道：「這倒罷了，撕一兩點腿子來。」李紈忙答應了，要水洗手，親自來撕。賈母又道：「你們仍舊坐下説笑我聽。」又命李紈：「你也坐下，就如同我没來的一樣纔好，不然我就去了。」衆人聽了，方依次坐下，這李紈便挪到盡下邊。賈母因問作何事了，衆人便説作詩。賈母道：「有作詩的，不如作些燈謎，大家正月裏好頑的。」衆人答應了。説笑了一回，賈母便説：「這裏潮濕，你們别久坐，仔細受了潮濕。」因説：「你四妹妹那裏暖和，我們到那裏瞧瞧他的畫兒，趕年可有了。」衆人笑道：「那裏能年下就有了？只怕明年端陽有了。」賈母道：「這還了得！他竟比蓋這園子還費工夫了。」

説着，仍坐了竹轎，大家圍隨，過了藕香榭，穿入一條夾道，東西兩邊皆有過街門，門樓上裏外皆嵌着石頭匾，如今進的是西門，向外的匾上鑿着「穿雲」二字，向裏的鑿着

「度月」兩字。來至當中，進了向南的正門，賈母下了轎，惜春已接了出來。從裏邊遊廊過去，便是惜春卧房，門斗上有「暖香塢」三個字。〔庚〕看他又寫出一處。從起至末，一筆一部之文也有，千萬筆成一部之文也有，一二筆成一部之文也有。如「試才」一回起若都説完，以後則索然無味，故留此幾處以爲後文之點染也。此方活潑不板，眼目屢新。早有幾個人打起猩紅氊簾，已覺温香拂臉。〔庚〕各處皆如此，非獨因「暖香」二字方有此景。戲註於此，以博一笑耳。大家進入房中，賈母並不歸坐，只問畫在那裏。惜春因笑回：「天氣寒冷了，膠性皆凝澀不潤，畫了恐不好看，故此收起來。」賈母笑道：「我年下就要的。你別託懶兒，快拿出來給我快畫。」一語未了，忽見鳳姐兒披着紫羯絨褂，笑嘻嘻的來了，口内説道：「老祖宗今兒也不告訴人，私自就來了，要我好找。」賈母見他來了，心中自是喜悦，便道：「我怕你們冷着了，所以不許人告訴你們去。你真是個鬼靈精兒，到底找了我來。以理，孝敬也不在這上頭。」鳳姐兒笑道：「我那裏是孝敬的心找了來？我因爲到了老祖宗那裏，鴉没雀静的，〔庚〕這四個字俗語中常聞，但不能落紙筆耳。便欲寫時，究竟不知係何四字，今如此寫來，真是不可移易。問小丫頭子們，他又不肯説，叫我找到園裏來。我正疑惑，忽然來了兩三個姑子，我心裏纔明白。我想姑子必是來送年疏，或要年例香例銀子，老祖宗年下的事也多，一定是躲債來了。我趕忙問了那姑子，果然不錯。

我連忙把年例給了他們去了〔四〕。如今來回老祖宗，債主已去，不用躲着了。已預備下希嫩的野鷄，請用晚飯去，再遲一回就老了。」他一行說，衆人一行笑。

鳳姐兒也不等賈母說話，便命人抬過轎子來。賈母笑着，攙了鳳姐的手，仍舊上轎，帶着衆人，説笑出了夾道東門。一看四面粉妝銀砌，忽見寶琴披着鳧靨裘站在山坡上遥等，身後一個丫鬟抱着一瓶紅梅。衆人都笑道：「少了兩個人，他却在這裏等着，也弄梅花去了。」賈母喜的忙笑道：「你們瞧，這山坡上配上他的這個人品，又是這件衣裳，後頭又是這梅花，像個什麽？」衆人都笑道：「就像老太太屋裏掛的仇十洲畫的《艷雪圖》。」賈母摇頭笑道：「那畫的那裏有這件衣裳？人也不能這樣好！」一語未了，只見寶琴背後轉出一個披大紅猩毡的人來。賈母道：「那又是那個女孩兒？」衆人笑道：「我們都在這裏，那是寶玉。」賈母笑道：「我的眼越發花了。」説話之間，來至跟前，可不是寶玉和寶琴。寶玉笑向寶釵黛玉等道：「我纔又到了櫳翠庵。妙玉每人送你們一枝梅花，我已經打發人送去了。」衆人都笑説：「多謝你費心。」

說話之間，已出了園門，來至賈母房中。吃畢飯大家又說笑了一回。忽見薛姨媽也來了，說：「好大雪，一日也没過來望候老太太。今日老太太倒不高興？正該賞雪纔是。」賈母笑道：「何曾不高興！我找了他們姊妹們去頑了一會子。」薛姨媽笑道：「昨日晚上，我原想着今日要和我們姨太太借一日園子，擺兩桌粗酒，請老太太賞雪的，又見老太太安息的早。我聞得女兒說，老太太心下不大爽，因此今日也没敢驚動。早知如此，我正該請。」賈母笑道：「這纔是十月裏頭場雪，往後下雪的日子多呢，再破費不遲。」薛姨媽笑道：「果然如此，算我的孝心虔了。」鳳姐兒笑道：「姨媽仔細忘了，如今先秤五十兩銀子來，交給我收着，一下雪，我就預備下酒，姨媽也不用操心，也不得忘了。」賈母笑道：「既這麽說，姨太太給他五十兩銀子收着，我和他每人分二十五兩，到下雪的日子，我裝心裏不快，混過去了，姨太太更不用操心，我和鳳丫頭倒得了實惠。」鳳姐將手一拍，笑道：「妙極了，這和我的主意一樣。」衆人都笑了。賈母笑道：「呸！没臉的，就順着竿子爬上來了！你不說姨太太是客，在咱們家受屈，我們該請姨太太纔是，那裏有破費姨太太的理！不這樣說呢，還有臉先要五十兩銀子，真不害臊！」鳳姐兒笑道：「我們老祖宗最是有眼色的，試一試，姨媽若鬆呢，拿出五十兩來，就和我分。這會子估量着不中用了，翻過來拿我做法子，說出這些大方話來。如今我也不和姨媽要銀子，竟替姨媽出銀子治了酒，請老祖宗吃了，我另外再封五十兩銀子孝敬老祖宗，算是罰我個包攬閒事。這可好不好？」話未說完，衆人已笑倒在炕上。

賈母因又說及寶琴雪下折梅比畫兒上還好，因又細問他的年庚八字並家內景況。薛姨媽度其意思，大約是要與寶玉求配。薛姨媽心中固也遂意，只是已許過梅家了，因賈母尚未明說，自己也不好擬定，遂半吐半露告訴賈母道：「可惜這孩子没福，前年他父親就没了。他從小兒見的世面倒多，跟他父母四山五嶽都走遍了。他父親是好樂的，各處因有買賣，帶着家眷，這一省逛一年，明年又往那一省逛半年，所以天下十停走了有五六停了。那年在這裏，把他許了梅翰林的兒子，偏第二年他父親就辭世了，他母親又是痰症。」鳳姐也不等說完，便嗐聲跺脚的說：「偏不巧，我正要作個媒呢，又已經許了人家。」賈母笑道：「你要給誰說媒？」鳳姐兒說道：「老祖宗別管，我心裏看準了他們兩個是一對。如今已許了人，說也無益，不如不説罷了。」賈母也知鳳姐兒之意，聽見已有了人家，也就不提了。大家又閒話了一會方散。一宿無話。

次日雪晴。飯後，賈母又親囑惜春：「不管冷暖，你只畫去，趕到年下，十分不能便罷了。第一要緊把昨日琴兒和丫頭梅花，照模照樣，一筆别錯，快快添上。」惜春聽了雖是爲難，只得應了。一時衆人都來看他如何畫，惜春只是出神。李紈因笑向衆人道：「讓他自己想去，咱們且説話兒。昨兒老太太只叫作燈謎，回家和綺兒紋兒睡不着，我就編了兩個『四書』的。他兩個每人也編了兩個。」衆人聽了，都笑道：「這倒該作的。先説了，我們猜猜。」李紈笑道：「『觀音未有世家傳』，打《四書》一句。」湘雲接着就説：「在止於至善。」寶釵笑道：「你也想一想『世家傳』三個字的意思再猜。」李紈笑道：「再想。」黛玉笑道：「哦，是了。是『雖善無徵』。」衆人都笑道：「這句是了。」李紈又道：「一池青草草何名。」湘雲忙道：「這一定是『蒲蘆也』。再不是不成？」李紈笑道：「這難爲你猜。紋兒的是『水向石邊流出冷』，打一古人名。」探春笑問道：「可是山濤？」李紋笑道：「是。」李紈又道：「綺兒的是個『螢』字，打一個字。」衆人猜了半日，寶琴笑道：「這個意思却深，不知可是花草的『花』字？」李綺笑道：「恰是了。」衆人道：「螢與花何干？」黛玉笑道：「妙得很！螢可不是草化的？」衆人會意，都笑了説：「好！」寶釵道：「這些雖好，不合老太太的意思，不如作些淺近的物兒，大家雅俗共賞纔好。」衆人都道：「也要作些淺近的俗物纔是。」湘雲笑道：「我編了一支《點絳唇》，恰是俗物，你們猜猜。」説着便念道：

溪壑分離，紅塵遊戲，真何趣？名利猶虚，後事終難繼。

衆人不解，想了半日，也有猜是和尚的，也有猜是道士的，也有猜是偶戲人的。寶玉笑了半日，道：「都不是，我猜着了，一定是耍的猴兒。」湘雲笑道：「正是這個了。」衆人道：「前頭都好，末後一句怎麽解？」湘雲道：「那一個耍的猴子不是剁了尾巴去的？」衆人聽了，都笑起來，説：「偏他編個謎兒也是刁鑽古怪的。」李紈道：「昨日姨媽説，琴妹妹見的世面多，走的道路也多，你正該編謎兒，正用着了。你的詩且又好，何不編幾個我們猜一猜？」寶琴聽了，點頭含笑，自去尋思。寶釵也有了一個，念道：

鏤檀鍥梓一層層，豈係良工堆砌成？
雖是半天風雨過，何曾聞得梵鈴聲！
打一物。

衆人猜時，寶玉也有了一個，念道：

天上人間兩渺茫，琅玕節過謹隄防。
鸞音鶴信須凝睇，好把唏噓答上蒼。

黛玉也有了一個，念道是：

騄駬何勞縛紫繩？馳城逐塹勢狰獰。
主人指示風雷動，鰲背三山獨立名。

探春也有了一個，方欲念時，寶琴走過來笑道：「我從小兒所走的地方的古蹟不少，我今揀了十個地方的古蹟，作了十首懷古的詩。詩雖粗鄙，却懷往事，又暗隱俗物十件，姐姐們請猜一猜。」衆人聽了，都説：「這倒巧，何不寫出來大家一看？」要知端的——

戚總評：詩詞之俏麗、燈謎之隱秀不待言，須看他極整齊、極參差，愈忙迫愈安閒，一波一折路轉峰迴，一落一起山斷雲連，各人局度、各人情性都現。至李紈主壇，而起句却在鳳姐，李紈主壇，而結句却在最少之李綺，另是一樣弄奇。

最愛他中幅惜春作畫一段，似與本文無涉，而前後文之景色人物，莫不筋動脉摇，而前後文之起伏照應，莫不穿插映帶。文字之奇，難以言狀。

〔一〕「一定要按次序……歧路如此」數句，原與正文一體連抄，而諸本均無。審其意，應爲批語混入正文。

〔二〕「限」字，諸本同。今人校本多依程甲本改為「陷」字。

〔三〕「結」字，原作「緒」，蒙、列本同，戚序本作「聚」，依甲辰本改。

〔四〕「我趕忙……給了他們去了」二十四字，原無，據戚本、甲辰本補，蒙、列本文字略異。

寶琴

第五十一回　薛小妹新編懷古詩　胡庸醫亂用虎狼藥

【戚】文有一語寫出大景者，如「園中不見一女子」句，儼然大家規模。「疑是姑娘」一語，又儼然庸醫口角，新醫行徑。筆大如椽。

衆人聞得寶琴將素習所經過各省内的古蹟爲題，作了十首懷古絶句，内隱十物，皆説這自然新巧。都争着看時，只見寫道是：

赤壁懷古　其一

赤壁沉埋水不流，徒留名姓載空舟。

喧闐一炬悲風冷，無限英魂在内遊。

交趾懷古　其二

銅鑄金鏞振紀綱，聲傳海外播戎羌。
馬援自是功勞大，鐵笛無煩説子房。

鍾山懷古　其三

名利何曾伴汝身，無端被詔出凡塵。
牽連大抵難休絶，莫怨他人嘲笑頻。

淮陰懷古　其四

壯士須防惡犬欺，三齊位定蓋棺時。
寄言世俗休輕鄙，一飯之恩死也知。

廣陵懷古　其五

蟬噪鴉棲轉眼過，隋堤風景近如何。

只緣占得風流號，惹得紛紛口舌多。

桃葉渡懷古　其六

衰草閒花映淺池，桃枝桃葉總分離。
六朝梁棟多如許，小照空懸壁上題。

青塚懷古　其七

黑水茫茫咽不流，冰絃撥盡曲中愁。
漢家制度誠堪嘆，樗櫟應慚萬古羞。

馬嵬懷古　其八

寂寞脂痕漬汗光，温柔一旦付東洋。
只因遺得風流跡，此日衣衾尚有香。

蒲東寺懷古　其九

小紅骨賤最身輕，私掖偷攜强撮成。

雖被夫人時吊起，已經勾引彼同行。

梅花觀懷古　其十

不在梅邊在柳邊，個中誰拾畫嬋娟。

團圓莫憶春香到，一别西風又一年。

衆人看了，都稱奇道妙。寶釵先説道：「前八首都是史鑑上有據的；後二首却無考，我們也不大懂得，不如另作兩首爲是。」（庚：如何？必得寶釵此駁，方是好文。後文若真另作，亦必無趣；若不另作，又有何法省之？看他下文如何。）黛玉忙攔道：（庚：好極！非黛玉不可。脂硯。）「這寶姐姐也忒膠柱鼓瑟、矯揉造作了。這兩首雖於史鑑上無考，咱們雖不曾看這些外傳，不知底裏，難道咱們連兩本戲也没有見過不成？那三歲孩子也知道，何況咱們？」探春便道：「這話正是了。」（庚：余謂顰兒必有尖語來諷，不望竟有此飾詞代爲解釋，此則真心以待寶釵也。）李紈又道：「況且他原是走到這個地方的。這兩件事雖無考，古往今來，以訛傳訛，好事者竟故意的弄出這古蹟來以愚人。比如那年上京的時節，單是關夫子的墳，倒見了三四處。關夫子一生事業，皆是有據的，如何又有許多的墳？自然是後來人敬愛他生前爲人，只怕從這敬愛上穿鑿出來，也是有的。及至看《廣輿記》上，不止關夫子的墳多，自古來有些名望的，墳就不少，無考的古蹟更多。如今這兩首雖無考，凡説書唱戲，甚至於求的籤上皆有註批，老小男女，俗語口頭，人人皆知皆説的。況且又並不是看了《西厢》《牡丹》的詞曲，怕看了邪書。這竟無妨，只管留着。」寶釵聽説，方罷了。庚此爲三染無痕也，妙極！天衣無縫之文。大家猜了一回，皆不是。

冬日天短，不覺又是前頭吃晚飯之時，一齊前來吃飯。因有人回王夫人説：「襲人的哥哥花自芳進來説，他母親病重了，想他女兒。他來求恩典，接襲人家去走走。」王夫人聽了，便道：「人家母女一場，豈有不許他去的。」一面就叫了鳳姐兒來，告訴了鳳姐兒，命酌量去辦理。

鳳姐兒答應了，回至房中，便命周瑞家的去告訴襲人原故。又吩咐周瑞家的：「再將跟着出門的媳婦傳一個，你兩個人，再帶兩個小丫頭子，跟了襲人去。外頭派四個有年紀跟車的。要一輛大車，你們帶着坐；要一輛小車，給丫頭們坐。」周瑞家的答應了，纔要去，鳳姐兒又道：「那襲人是個省事的，你告訴説我的話：叫他穿幾件顔色好衣裳，大大的包一包袱衣裳拿着，包袱也要好好的，手爐也要拿好的。臨走時，叫他先來我瞧瞧。」周瑞家的答應去了。

半日，果見襲人穿戴來了，兩個丫頭與周瑞家的拿着手爐與衣包。鳳姐兒看襲人頭上戴着幾枝金釵珠釧，倒華麗；又看身上穿着桃紅百花刻絲銀鼠襖子，葱緑盤金彩繡綿裙，外面穿着青緞灰鼠褂。鳳姐兒笑道：「這三件衣裳都是太太的，賞了你倒是好的；但只這褂子太素了些，如今穿着也冷，你該穿一件大毛的。」襲人笑道：「太太就只給了這灰鼠的，還有一件銀鼠的。説趕年下再給大毛的，還没有得呢。」鳳姐兒笑道：「我倒有一件大毛的，我嫌風毛兒出不好了，正要改去。也罷，先給你穿去罷。等年下太太給作的時節我再作罷，只當你還我一樣。」衆人都笑道：「奶奶慣會説這話。成年家大手大脚的，替太太不知背地裏賠墊了多少東西，真真的賠的是説不出來，那裏又和太太算去？偏這會子又説這小氣話取笑兒。」鳳姐兒笑道：「太太那裏想的到這些？究竟這又不是正緊事，再不照管，也是大家的體面。説不得我自己吃些虧，把衆人打扮體統了，寧可我得個好名也罷了。一個一個像『燒糊了的捲子』似的，人先笑話我當家倒把人弄出個花子來。」衆人聽了，都嘆説：「誰似奶奶這樣聖明！在上體貼太太，在下又疼顧下人。」一面説，一面只見鳳姐兒命平兒將昨日那件石青刻絲八團天馬皮褂子拿出來，與了襲人。又看包袱，只得一個彈墨花綾水紅綢裏的夾包袱，裏面只包着兩件半舊棉襖與皮褂。鳳姐兒又命平兒把一個玉色綢裏的哆囉呢的包袱拿出來，又命包上一件雪褂子。

平兒走去拿了出來，一件是半舊大紅猩猩毡的，一件是大紅羽紗的。襲人道：「一件就當不起了。」平兒笑道：「你拿這猩猩毡的。把這件順手拿將出來，叫人給邢大姑娘送去。昨兒那麼大雪，人人都是有的，不是猩猩毡就是羽緞羽紗的，十來件大紅衣裳，映着大雪好不齊整。就只他穿着那件舊毡斗篷，越發顯的拱肩縮背，好不可憐見的。如今把這件給他罷。」鳳姐兒笑道：「我的東西，他私自就要給人。我一個還花不够，再添上你提着，更好了！」衆人笑道：「這都是奶奶素日孝敬太太，疼愛下人。若是奶奶素日是小氣的，只以東西爲事，不顧下人的，姑娘那裏還敢這樣了。」鳳姐兒笑道：「所以知道我的心的，也就是他還知三分罷了。」説着，又囑咐襲人道：「你媽若好了就罷，若不中用了，只管住下，打發人來回我，我再另打發人給你送鋪蓋去。可别使人家的鋪蓋和梳頭的傢伙。」又吩咐周瑞家的道：「你們自然也知道這裏的規矩的，也不用我囑咐了。」周瑞家的答應：「都知道。我們這去到那裏，總叫他們的人迴避。若住下，必是另要一兩間内房的。」説着，跟了襲人出去，又吩咐預備燈籠，遂坐車往花自芳家來，不在話下。

這裏鳳姐又將怡紅院的嬷嬷喚了兩個來，吩咐道：「襲人只怕不來家，你們素日知道那大丫頭們，那兩個知好歹，派出來在寶玉屋裏上夜。你們也好生照管着，别由着寶玉胡鬧。」兩個嬷嬷去了，一時來回説：「派了晴雯和麝月在屋裏，我們四個人原是輪流着帶管上夜的。」鳳姐兒聽了，點頭道：「晚上催他早睡，早上催他早起。」老嬷嬷們答應了，自回園去。一時果有周瑞家的帶了信回鳳姐兒説：「襲人之母業已停床，不能回來。」鳳姐兒回明了王夫人，一面着人往大觀園去取他的鋪蓋妝奩。

寶玉看着晴雯麝月二人打點妥當，送去之後，晴雯麝月皆卸罷殘妝，脱換過裙襖。晴雯只在熏籠上圍坐。麝月笑道：「你今兒别裝小姐了，我勸你也動一動兒。」晴雯道：「等你們都去盡了，我再動不遲。有你們一日，我且受用一日。」麝月笑道：「好姐姐，我鋪床，你把那穿衣鏡的套子放下來，上頭的劃子劃上，你的身量比我高些。」説着，便去與寶玉鋪床。晴雯嗐了一聲，笑道：「人家纔坐暖和了，你就來鬧。」此時寶玉正坐着納悶，想襲人之母不知是死是活，忽聽見晴雯如此説，便自己起身出去，放下鏡套，劃上消息，進來笑道：「你們暖和罷，都完了。」晴雯笑道：「終久暖和不成的，我又想起來湯婆子還没拿來呢。」麝月道：「這難爲你想着！他素日又不要湯婆子，咱們那熏籠上暖和，比不得那屋裏炕冷，今兒可以不用。」寶玉笑道：「這個話，你們兩個都在那上頭睡了，我這外邊没個人，我怪怕的，一夜也睡不着。」晴雯道：「我是在這裏睡的，麝月往他外邊睡去。」説話之間，天已二更，麝月早已放下簾幔，移燈炷香，伏侍寶玉卧下，二人方睡。

晴雯自在熏籠上，麝月便在暖閣外邊。至三更以後，寶玉睡夢之中，便叫襲人。叫了兩聲，無人答應，自己醒了，方想起襲人不在家，自己也好笑起來。晴雯已醒，因笑喚麝月道：「連我都醒了，他守在旁邊還不知道，真是個挺死屍的。」麝月翻身打個哈氣笑道：「他叫襲人，與我什麽相干！」因問「作什麽？」寶玉説要吃茶，麝月忙起來，單穿紅綢小棉襖兒。寶玉道：「披上我的襖兒再去，仔細冷着。」麝月聽説，回手便把寶玉披着起夜的一件貂頦滿襟暖襖披上，下去向盆内洗手，先倒了一鍾温水，拿了大漱盂，寶玉漱了一口；然後纔向茶槅上取了茶碗，先用温水灀了一灀，向暖壺中倒了半碗茶，遞與寶玉吃了；自己也漱了一漱，吃了半碗。晴雯笑道：「好妹子，也賞我一口兒。」麝月笑道：「越發上臉兒了！」晴雯道：「好妹妹，明兒晚上你别動，我伏侍你一夜，如何？」麝月聽説，只得也伏侍他漱了口，倒了半碗茶與他吃過。麝月笑道：「你們兩個别睡，説着話兒，我出去走走回來。」晴雯笑道：「外頭有個鬼等着你呢。」寶玉道：「外頭自然有大月亮的，我們説話，你只管去。」一面説，一面便嗽了兩聲。

麝月便開了後門，揭起毡簾一看，果然好月色。晴雯等他出去，便欲唬他頑耍。仗着素日比別人氣壯，不畏寒冷，也不披衣，只穿着小襖，便躡手躡脚的下了熏籠，隨後出來。寶玉笑勸道：「看凍着，不是頑的。」晴雯只擺手，隨後出了房門。只見月光如水，忽然一陣微風，只覺侵肌透骨，不禁毛骨森然。心下自思道：「怪道人説熱身子不可被風吹，這一冷果然利害。」一面正要唬麝月，只聽寶玉高聲在内道：「晴雯出去了！」晴雯忙回身進來，笑道：「那裏就唬死了他？偏你慣會這蝎蝎螫螫老婆漢像〔二〕的！」寶玉笑道：「倒不爲唬壞了他，頭一則你凍着也不好；二則他不防，不免一喊，倘或唬醒了別人，不説咱們是頑意，倒反説襲人纔去了一夜，你們就見神見鬼的。你來把我的這邊被掖一掖。」晴雯聽説，便上來掖了掖，伸手進去渥一渥時，寶玉笑道：「好冷手！我説看凍着。」一面又見晴雯兩腮如胭脂一般，用手摸了一摸，也覺冰冷。寶玉道：「快進被來渥渥罷。」一語未了，只聽咯噔的一聲門響，麝月慌慌張張的笑了進來，説道：「嚇了我一跳好的。黑影子裏，山子石後頭，只見一個人蹲着。我纔要叫喊，原來是那個大錦鷄，見了人一飛，飛到亮處來，我纔看真了。若冒冒失失一嚷，倒鬧起人來。」一面説，一面洗手，又笑道：「晴雯出去我怎麼不見？一定是要唬我去了。」寶玉笑道：「這不是他，在這裏渥呢！我若不叫的快，可是倒唬一跳。」晴雯笑道：「也不用我唬去，這小蹄子已經自怪自驚的了。」一面説，一面仍回自己被中去了。麝月道：「你就這麽『跑解馬』似的打扮得伶伶俐俐的出去了不成？」寶玉笑道：「可不就這麽出去了。」麝月道：「你死不揀好日子！你出去站一站，把皮不凍破了你的。」説着，又將火盆上的銅罩揭起，拿灰鍬重將熟炭埋了一埋，拈了兩塊素香放上，仍舊罩了，至屏後重剔了燈，方纔睡下。

晴雯因方纔一冷，如今又一暖，不覺打了兩個噴嚏。寶玉嘆道：「如何？到底傷了風了。」麝月笑道：「他早起就嚷不受用，一日也没吃飯。他這會還不保養些，還要捉弄人。明兒病了，叫他自作自受。」寶玉問：「頭上可熱？」晴雯嗽了兩聲，説道：「不相干，那裏這麽嬌嫩起來了。」説着，只聽外間房中十錦格上的自鳴鐘當當兩聲，外間值宿的老嬤嬤嗽了兩聲，因説道：「姑娘們睡罷，明兒再説罷。」寶玉方悄悄的笑道：「咱們别説話了，又惹他們説話。」説着，方大家睡了。

至次日起來，晴雯果覺有些鼻塞聲重，懶怠動彈。寶玉道：「快不要聲張！太太知道，又叫你搬了家去養息。家去雖好，到底冷些，不如在這裏。你就在裏間屋裏躺着，我叫人請了大夫，悄悄的從後門來瞧瞧就是了。」晴雯道：「雖如此說，你到底要告訴大奶奶一聲兒，不然一時大夫來了，人問起來，怎麼說呢？」寶玉聽了有理，便喚一個老嬤嬤吩咐道：「你回大奶奶去，就說晴雯白冷着了些，不是什麼大病。襲人又不在家，他若家去養病，這裏更没有人了。傳一個大夫，悄悄的從後門進來瞧瞧，别回太太罷了。」老嬤嬤去了半日，來回說：「大奶奶知道了，說兩劑藥吃好了便罷，若不好時，還是出去爲是。如今時氣不好，恐沾帶了别人事小，姑娘們的身子要緊的。」晴雯睡在暖閣裏，只管咳嗽，聽了這話，氣的喊道：「我那裏就害瘟病了，只怕過了人！我離了這裏，看你們這一輩子都别頭疼腦熱的。」說着，便真要起來。寶玉忙按他，笑道：「别生氣，這原是他的責任，唯恐太太知道了說他，不過白說一句。你素習好生氣，如今肝火自然盛了。」

正說時，人回大夫來了。寶玉便走過來，避在書架之後。只見兩三個後門口的老嬤嬤帶了一個大夫進來。這裏的丫鬟都迴避了，有三四個老嬤嬤放下暖閣上的大紅繡幔，晴雯從幔中單伸出手去。那大夫見這隻手上有兩根指甲，足有三寸長，尚有金鳳花染的通紅的痕跡，便忙回過頭來。有一個老嬤嬤忙拿了一塊手帕掩了。那大夫方診了一回脉，起身到外間，向嬤嬤們説道：「小姐的症是外感内滯，近日時氣不好，竟算是個小傷寒。幸虧是小姐素日飲食有限，風寒也不大，不過是血氣原弱，偶然沾帶了些，吃兩劑藥踈散踈散就好了。」説着，便又隨婆子們出去。

彼時，李紈已遣人知會過後門上的人及各處丫鬟迴避，那大夫只見了園中的景致，並不曾見一女子。一時出了園門，就在守園門的小廝們的班房内坐了，開了藥方。老嬤嬤道：「你老爺且別去，我們小爺囉唆，恐怕還有話説。」大夫忙道：「方纔不是小姐，是位爺不成？那屋子竟是繡房一樣，又是放下幔子來的，如何是位爺呢？」老嬤嬤悄悄笑道：「我的老爺，怪道小厮們纔説今兒請了一位新大夫來了，真不知我們家的事。那屋子是我們小哥兒的，那人是他屋裏的丫頭，倒是個大姐，那裏的小姐？若是小姐的繡房，小姐病了，你那麽容易就進去了？」説着，拿了藥方進去。

寶玉看時，上面有紫蘇、桔梗、防風、荆芥等藥，後面又有枳實、麻黄。寶玉道：「該死，該死，他拿着女孩兒們也像我們一樣的治，如何使得！憑他有什麽内滯，這枳實、麻黄如何禁得。誰請了來的？快打發他去罷！再請一個熟的來。」老婆子道：「用藥好不好，我們不知道這理。如今再叫小厮去請王太醫去倒容易，只是這大夫又不是告訴總管房請來的，這轎馬錢是要給他的。」寶玉道：「給他多少？」婆子道：「少了不好看，也得一兩銀子，纔是我們這門户的禮。」寶玉道：「王太醫來了給他多少？」婆子笑道：「王太醫和張太醫每常來了，也並没個給錢的，不過每年四節一躉送禮，那是一定的年例。這人新來了一次，須得給他一兩銀子去。」寶玉聽説，便命麝月去取銀子。麝月道：「花大奶奶還不知擱在那裏呢？」寶玉道：「我常見他在螺甸小櫃子裏取錢，我和你找去。」説着，二人來至寶玉堆東西的房子，開了螺甸櫃子，上一格子都是些筆墨、扇子、香餅、各色荷包、汗巾等物；下一格却是幾串錢。於是開了抽屉，纔看見一個小簸籮内放着幾塊銀子，倒也有一把戥子。麝月便拿了一塊銀子，提起戥子來問寶玉：「那是一兩的星兒？」寶玉笑道：「你問我？有趣，你倒成了纔來的了。」麝月也笑了，又要去問人。寶玉道：「揀那大的給他一塊就是了。又不作買賣，算這些做什麽！」麝月聽了，便放下戥子，揀了一塊掂了一掂，笑道：「這一塊只怕是一兩了。寧可多些好，别少了，叫那窮小子笑話，不説咱們不識戥子，倒説咱們有心小器似的。」那婆子站在外頭臺磯上，笑道：「那是五兩的錠子夾了半邊，這一塊至少還有二兩呢！這會子又没夾剪，姑娘收了這塊，再揀一塊小些的罷。」麝月早掩了櫃子出來，笑道：「誰又找去！多了些你拿了去罷。」寶玉道：「你只快叫茗煙再請王大夫去就是了。」婆子接了銀子，自去料理。

一時茗煙果請了王太醫來，診了脉後，説的病症與前相仿，只是方上果没有枳實、麻黄等藥，倒有當歸、陳皮、白芍等，藥之分量較先也減了些。寶玉喜道：「這纔是女孩兒們的藥，雖然疎散，也不可太過。舊年我病了，却是傷寒内裏飲食停滯，他瞧了，還説我禁不起麻黄、石膏、枳實等狼虎藥。我和你們一比，我就如那野墳圈子裏長的幾十年的一棵老楊樹，你們就如秋天芸兒進我的那纔開的白海棠，連我禁不起的藥，你們如何禁得起。」麝月等笑道：「野墳裏只有楊樹不成？難道就没有松柏？我最嫌的是楊樹，那麽大笨樹，葉子只一點子，没一絲風，他也是亂響。你偏比他，也太下流了。」寶玉笑道：「松柏不敢比。連孔子都説：『歲寒然後知松柏之後凋也。』可知這兩件東西高雅，不怕羞臊的纔拿他混比呢。」

説着，只見老婆子取了藥來。寶玉命把煎藥的銀吊子找了出來，庚「找」字神理，乃不常用之物也。就命在火盆上煎。晴雯因説：「正緊給他們茶房裏煎去，弄得這屋裏藥氣，如何使得。」寶玉道：「藥氣比一切的花香果子香都雅。神仙採藥燒藥，再者高人逸士採藥治藥，最妙的一件東西。這屋裏我正想各色都齊了，就只少藥香，如今恰好全了。」一面説，一面早命人煨上。又囑咐麝月打點東西，遣老嬤嬤去看襲人，勸他少哭。一一妥當，方過前邊來賈母王夫人處問安吃飯。

正值鳳姐兒和賈母王夫人商議説：「天又短又冷，不如以後大嫂子帶着姑娘們在園子裏吃飯一樣。等天長暖和了，再來回的跑也不妨。」王夫人笑道：「這也是好主意。颳風下雪倒便宜。吃些東西受了冷氣也不好；空心走來，一肚子冷風，壓上些東西也不好。不如後園門裏頭的五間大房子，横竪有女人們上夜的，挑兩個厨子女人在那裏，單給他姊妹們弄飯。新鮮菜蔬是有分例的，在總管房裏支去，或要錢，或要東西；那些野鷄、獐、麅各樣野味，分些給他們就是了。」賈母道：「我也正想着呢，就怕又添一個厨房多事些。」鳳姐道：「並不多事。一樣的分例，這裏添了，那裏減了。就便多費些事，小姑娘們冷風朔氣的，庚「朔」字又妙！「朔」作「韶」，北音也。用北音，奇想奇想。別人還可，第一林妹妹如何禁得住？就連寶兄弟也禁不住，何况衆位姑娘。」賈母道：「正是這話了。上次我要説這話，我見你們的大事太多了，如今又添出這些事來……」要知端的——

戚總評：此回再從猜謎着色，便與前回重複，且又是一幅即景聯詩圖矣，成何趣味？就燈謎中生一番譏評，別有清思，迥非凡艷。

擱起燈謎，接入襲人了，却不就襲人一面寫照，作者大有苦心。蓋襲人不盛飾，則非大家威儀，如盛飾，又豈有其母臨危而盛飾者乎？在鳳姐一面，於衣服車馬僕從房屋鋪蓋等物一一檢點，色色親囑，既得掌家人體統，而襲人之俊俏風神畢現。

文有數千言寫一瑣事者，如一吃茶，偏能於未吃以前、既吃以後，細細描寫；如一拿銀，偏能於開櫃時生無數波折，平銀時又生無數波折。心細如髮。

〔一〕原作「老婆寒像」，列本同。據蒙、戚本改。「老婆漢像」，謂男子漢却像女人一樣婆婆媽媽。

晴雯

第五十二回　俏平兒情掩蝦鬚鐲　勇晴雯病補雀金裘

戚 寫黛玉弱症的是弱症，寫晴雯時症的是時症；寫湘雲性快的是快性，寫晴雯性傲的是傲性。彼何人斯？而具肖物手段如此。

賈母道：「正是這話了。上次我要説這話，我見你們的大事多，如今又添出這些事來，你們固然不敢抱怨，未免想着我只顧疼這些小孫子孫女兒們，就不體貼你們這當家人了。你既這麽説出來，更好了。」因此時薛姨媽李嬸都在座，邢夫人及尤氏婆媳也都過來請安，還未過去，賈母向王夫人等説道：「今兒我纔説這話，素日我不説，一則怕逞了鳳丫頭的臉，二則眾人不伏。今日你們都在這裏，都是經過妯娌姑嫂的，還有他這樣想的到的沒有？」薛姨媽、李嬸、尤氏等齊笑說：「真個少有。別人不過是禮上面子情兒，實在他是真疼小叔子小姑子。就是老太太跟前，也是真孝順。」賈母點頭嘆道：「我雖疼他，我又怕他太伶俐也不是好事。」鳳姐兒忙笑道：「這話老祖宗說差了。世人都說太伶俐聰明，怕活不長。世人都說得，人人都信，獨老祖宗不當說，不當信。老祖宗只有伶俐聰明過我十倍的，怎麼如今這樣福壽雙全的？只怕我明兒還勝老祖宗一倍呢！我活一千歲後，等老祖宗歸了西，我纔死呢。」賈母笑道：「眾人都死了，單剩下咱們兩個老妖精，有什麼意思。」說的眾人都笑了。

寶玉因記掛着晴雯、襲人等事，便先回園裏來。到房中，藥香滿屋，一人不見，只見晴雯獨臥於炕上，臉面燒的飛紅，又摸了一摸，只覺燙手。忙又向爐上將手烘暖，伸進被去摸了一摸身上，也是火燒。因說道：「別人去了也罷，麝月秋紋也這樣無情，各自去了？」晴雯道：「秋紋是我攆了他去吃飯的，麝月是方纔平兒來找他出去了。兩人鬼鬼祟祟的，不知說什麼。必是說我病了不出去。」寶玉道：「平兒不是那樣人。況且他並不知你病特來瞧你，想來一定是找麝月來説話，偶然見你病了，隨口説特瞧你的病，這也是人情乖覺取和的常事。便不出去，有不是，與他何干？你們素日又好，斷不肯爲這無干的事傷和氣。」晴雯道：「這話也是，只是疑他爲什麽忽然間瞞起我來。」（庚 寶玉一篇推情度理之談以射正事，不知何如。）寶玉笑道：「讓我從後門出去，到那窗根下聽聽説些什麽，來告訴你。」説着，果然從後門出去，至窗下潛聽。

只聞麝月悄問道：「你怎麽就得了的？」（庚 妙！這纔有神理，是平兒説過一半了。若此時從（寶玉）［平兒］口中從頭説起一原一故，直是二人特等寶玉來聽方説起也。）平兒道：「那日洗手時不見了，二奶奶就不許吵嚷，出了園子，即刻就傳給園裏各處的媽媽們小心查訪。我們只疑惑邢姑娘的丫頭，本來又窮，只怕小孩子家没見過，拿了起來也是有的。再不料定是你們這裏的。幸而二奶奶没有在屋裏，你們這裏的宋媽媽去了，拿着這支鐲子，説是小丫頭子墜兒偷起來的，被他看見，來回二奶奶的。（庚 妙極！紅玉既有歸結，墜兒豈可不表哉？可知「奸賊」二字是相連的。故「情」字原非正道，墜兒原不情也，不過一愚人耳，可以傳奸即可以爲盜。二次小竊皆出於寶玉房中，亦大有深意在焉。）我趕着忙接了鐲子，想了一想：寶玉是偏在你們身上留心用意、争勝要强的，那一年有一個良兒偷玉，剛冷了一二年間，還有人提起來趁願，這會子又跑出一個偷金子的來了。而且更偷到街坊家去了。偏是他這樣，偏是他的人打嘴。所以我倒忙叮嚀宋媽，千萬别告訴寶玉，只當没有這事，别和一個人提起。第二件，老太太、太太聽了也生氣。三則襲人和你們也不好看。所以我回二奶奶，只説：『我往大奶奶那裏去的，誰知鐲子褪了口，丢在草根底下，雪深了没看見。今兒雪化盡了，黄澄澄的映着日頭，還在那裏呢，我就揀了起來。』二奶奶也就信了，所以我來告訴你們。你們以後防着他些，别使唤他到别處去。等襲人回來，你們商議着，變個法子打發出去就完了。」麝月道：「這小娼婦也見過些東西，怎麽這麽眼皮子淺。」平兒道：「究竟這鐲子能多少重，原是二奶奶説的，這叫做『蝦鬚鐲』，倒是這顆珠子還罷了。晴雯那蹄子是塊爆炭，要告訴了他，他是忍不住的。一時氣了，或打或駡，依舊嚷出來不好，所以單告訴你留心就是了。」説着便作辭而去。

寶玉聽了，又喜又氣又嘆。喜的是平兒竟能體貼自己；氣的是墜兒小竊；嘆的是墜兒那樣一個伶俐人，作出這醜事來。因而回至房中，把平兒之話一長一短告訴了晴雯。又説：「他説你是個要强的，如今病着，聽了這話越發要添病，等好了再告訴你。」晴雯聽了，果然氣的蛾眉倒蹙，鳳眼圓睜，即時就叫墜兒。寶玉忙勸道：「你這一喊出來，豈不辜負了平兒待你我之心了。不如領他這個情，過後打發他就完了。」晴雯道：「雖如此説，只是這口氣如何忍得！」寶玉道：「這有什麼氣的？你只養病就是了。」

晴雯服了藥，至晚間又服二和，夜間雖有些汗，還未見效，仍是發燒，頭疼鼻塞聲重。次日，王太醫又來診視，另加減湯劑。雖然稍減了燒，仍是頭疼。寶玉便命麝月：「取鼻煙來，給他嗅些，痛打幾個嚏噴，就通了關竅。」麝月果真去取了一個金鑲雙扣金星玻璃的一個扁盒來，遞與寶玉。寶玉便揭翻盒扇，裏面有西洋琺琅的黃髮赤身女子，兩肋又有肉翅，裏面盛着些真正汪恰洋煙。【庚】汪恰，西洋一等寶煙也。晴雯只顧看畫兒，寶玉道：「嗅些，走了氣就不好了。」晴雯聽説，忙用指甲挑了些嗅入鼻中，不怎樣。便又多多挑了些嗅入。忽覺鼻中一股酸辣透入囟門，接連打了五六個嚏噴，眼淚鼻涕登時齊流。【庚】寫得出。晴雯忙收了盒子，笑道：「了不得，好爽快！拿紙來。」早有小丫頭子遞過一搭子細紙，晴雯便一張一張的拿來醒鼻子。寶玉笑問：「如何？」晴雯笑道：「果覺通快些，只是太陽還疼。」寶玉笑道：「越性盡用西洋藥治一治，只怕就好了。」說着，便命麝月：「和二奶奶要去，就說我說了：姐姐那裏常有那西洋貼頭疼的膏子藥，叫做『依弗哪』，找尋一點兒。」麝月答應了，去了半日，果拿了半節來。便去找了一塊紅緞子角兒，鉸了兩塊指頂大的圓式，將那藥烤和了，用簪挺攤上。晴雯自拿着一面靶鏡，貼在兩太陽上。麝月笑道：「病的蓬頭鬼一樣，如今貼了這個，倒俏皮了。二奶奶貼慣了，倒不大顯。」說畢，又向寶玉道：「二奶奶說了：明日是舅老爺生日，太太說了叫你去呢。明兒穿什麼衣裳？今兒晚上好打點齊備了，省得明兒早起費手。」寶玉道：「什麼順手就是什麼罷了。一年鬧生日也鬧不清。」說着，便起身出房，往惜春房中去看畫。

剛到院門外邊，忽見寶琴的小丫鬟名小螺者從那邊過去，寶玉忙趕上問：「那去？」小螺笑道：「我們二位姑娘都在林姑娘房裏呢，我如今也往那裏去。」寶玉聽了，轉步也便同他往瀟湘舘來。不但寶釵姊妹在此，且連邢岫煙也在那裏，四人圍坐在熏籠上叙家常。紫鵑倒坐在暖閣裏，臨窗作針黹。一見他來，都笑說：「又來了一個！可没了你的坐處了。」寶玉笑道：「好一副『冬閨集艷圖』！可惜我遲來了一步。横竪這屋子比各屋子暖，這椅子上坐着並不冷。」説着，便坐在黛玉常坐的搭着灰鼠椅搭一張椅上。因見暖閣之中有一玉石條盆，裏面攢三聚五栽着一盆單瓣水仙，點着宣石，便極口讚：「好花！這屋子越發暖，這花香的越清香。昨日未見。」黛玉因説道：「這是你家的大總管賴大嬸子送薛二姑娘的，兩盆臘梅、兩盆水仙。他送了我一盆水仙，他送了蕉丫頭一盆臘梅。我原不要的，又恐辜負了他的心。你若要，我轉送你如何？」寶玉道：「我屋裏却有兩盆，只是不及這個。琴妹妹送你的，如何又轉送人，這個斷使不得。」黛玉道：「我一日藥吊子不離火，我竟是藥培着呢，那裏還擱的住花香來熏？越發弱了。況且這屋子裏一股藥香，反把這花香攪壞了。不如你抬了去，這花也清净了，没雜味來攪他。」寶玉笑道：「我屋裏今兒也有病人煎藥呢，你怎麽知道的？」黛玉笑道：「這話奇了，我原是無心的話，誰知你屋裏的事？你不早來聽説古記，這會子來了，自驚自怪的。」

寶玉笑道：「咱們明兒下一社又有了題目了，就咏水仙臘梅。」黛玉聽了，笑道：「罷，罷！我再不敢作詩了，作一回，罰一回，没的怪羞的。」説着，便兩手握起臉來。寶玉笑道：「何苦來！又奚落我作什麽。我還不怕臊呢，你倒握起臉來了。」寶釵因笑道：「下次我邀一社，四個詩題，四個詞題。每人四首詩，四闋詞。頭一個詩題《咏〈太極圖〉》，限一先的韻，五言律，要把一先的韻都用盡了，一個不許剩。」寶琴笑道：「這一説，可知是姐姐不是真心起社了，這分明難人。若論起來，也强扭的出來，不過顛來倒去弄些《易經》上的話生填，究竟有何趣味。我八歲時節，跟我父親到西海沿子上買洋貨，誰知有個真真國的女孩子，纔十五歲，那臉面就和那西洋畫上的美人一樣，也披着黄頭髮，打着聯垂，滿頭帶的都是珊瑚、猫兒眼、祖母緑這些寶石；身上穿着金絲織的鎖子甲洋錦襖袖；帶着倭刀，也是鑲金嵌寶的，實在畫兒上的也没他好看。有人説他通中國的詩書，會講五經，能作詩填詞，因此我父親央煩了一位通事官，煩他寫了一張字，就寫的是他作的詩。」衆人都稱奇道異。寶玉忙笑道：「好妹妹，你拿出來我瞧瞧。」寶琴笑道：「在南京收着呢，此時那裏去取來？」寶玉聽了，大失所望，便説：「没福得見這世面。」黛玉笑拉寶琴道：「你别哄我們。我知道你這一來，你的這些東西未必放在家裏，自然都是要帶了來的，這會子又扯謊説没帶來。他們雖信，我是不信的。」寶琴便紅了臉，低頭微笑不語。寶釵笑道：「偏這個顰兒慣説這些白話，把你就伶俐的。」黛玉道：「若帶了來，就給我們見識見識也罷了。」寶釵笑道：「箱子籠子一大堆還没理清，知道在那個裏頭呢！等過日收拾清了，找出來大家再看就是了。」又向寶琴道：「你若記得，何不念念我們聽聽？」寶琴方答道：「記得是首五言律，外國的女子也就難爲他了。」寶釵道：「你且别念，等把雲兒叫了來，也叫他聽聽。」説着，便叫小螺來吩咐道：「你到我那裏去，就説我們這裏有一個外國美人來了，作的好詩，請你這『詩瘋子』來瞧去，再把我們『詩獃子』也帶來。」小螺笑着去了。

半日，只聽湘雲笑問：「那一個外國美人來了？」一頭説，一頭果和香菱來了。衆人笑道：「人未見形，先已聞聲。」寶琴等忙讓坐，遂把方纔的話重叙了一遍。湘雲笑道：「快念來聽聽。」寶琴因念道：

昨夜朱樓夢，今宵水國吟。

島雲蒸大海，嵐氣接叢林。
月本無今古，情緣自淺深。
漢南春歷歷，焉得不關心。

衆人聽了，都道：「難爲他！竟比我們中國人還强。」一語未了，只見麝月走來説：「太太打發人來告訴二爺，明兒一早往舅舅那裏去，就説太太身上不大好，不得親自來。」寶玉忙站起來答應道：「是。」因問寶釵寶琴可去。寶釵道：「我們不去。昨兒單送了禮去了。」大家説了一回方散。

寶玉因讓諸姊妹先行，自己落後。黛玉便又叫住他問道：「襲人到底多早晚回來。」寶玉道：「自然等送了殯纔來呢。」黛玉還有話説，又不曾出口，出了一回神，便説道：「你去罷。」寶玉也覺心裏有許多話，只是口裏不知要説什麼，想了一想，也笑道：「明日再説罷。」一面下了堦磯，低頭正欲邁步，復又忙回身問道：「如今的夜越發長了，你一夜咳嗽幾遍？醒幾次？」〔庚〕此皆好笑之極，無味扯淡之極，回思則皆瀝血滴髓之至情至神也。豈别部偷寒送暖，私奔暗約，一味淫情浪態之小説可比哉？黛玉道：「昨兒夜裏好了，只嗽兩遍，却只睡了四更一個更次，就再不能睡了。」寶玉又笑道：「正是有句要緊的話，這會子纔想起來。」一面說，一面便挨過身來，悄悄道：「我想寶姐姐送你的燕窩——」一語未了，只見趙姨娘走了進來瞧黛玉，問：「姑娘這兩天好？」黛玉便知他是從探春處來，從門前過，順路的人情。黛玉忙陪笑讓坐，說：「難得姨娘想着，怪冷的，親自走來。」又忙命倒茶，一面又使眼色與寶玉。寶玉會意，便走了出來。

正值吃晚飯時，見了王夫人，王夫人又囑咐他早去。寶玉回來，看晴雯吃了藥。此夕寶玉便不命晴雯挪出暖閣來，自己便在晴雯外邊。又命將熏籠抬至暖閣前，麝月便在熏籠上。一宿無話。

至次日，天未明時，晴雯便叫醒麝月道：「你也該醒了，只是睡不够！你出去叫人給他預備茶水，我叫醒他就是了。」麝月忙披衣起來道：「咱們叫起他來，穿好衣裳，抬過這火箱〔一〕去，再叫他們進來。老嬤嬤們已經說過，不叫他在這屋裏，怕過了病氣。如今他們見咱們擠在一處，又該嘮叨了。」晴雯道：「我也是這麼説呢。」二人纔叫時，寶玉已醒了，忙起身披衣。麝月先叫進小丫頭子來，收拾妥當了，纔命秋紋檀雲等進來，一同伏侍寶玉梳洗畢。麝月道：「天又陰陰的，只怕有雪，穿那一套毡的罷。」寶玉點頭，即時換了衣裳。小丫頭便用小茶盤捧了一蓋碗建蓮紅棗兒湯來，寶玉喝了兩口。麝月又捧過一小碟法製紫薑來，寶玉噙了一塊。又囑咐了晴雯一回，便往賈母處來。

賈母猶未起來，知道寶玉出門，便開了房門，命寶玉進去。寶玉見賈母身後寶琴面向裏也睡未醒。賈母見寶玉身上穿着荔色哆囉呢的天馬箭袖，大紅猩猩毡盤金彩繡石青妝緞沿邊的排穗褂子。賈母道：「下雪呢？」寶玉道：「天陰着，還没下呢！」賈母便命鴛鴦來：「把昨兒那一件烏雲豹的氅衣給他罷。」鴛鴦答應了，走去果取了一件來。寶玉看時，金翠輝煌，碧彩閃灼，又不似寶琴所披之鳧靨裘。只聽賈母笑道：「這叫作『雀金呢』，這是哦囉斯國拿孔雀毛拈了綫織的。前兒把那一件野鴨子的給了你小妹妹，〔庚〕「小」字更妙！蓋王夫人之末女也。這件給你罷。」寶玉磕了一個頭，便披在身上。賈母笑道：「你先給你娘瞧瞧去再去。」寶玉答應了，便出來，只見鴛鴦站在地下揉眼睛。因自那日鴛鴦發誓決絶之後，他總不和寶玉講話。寶玉正自日夜不安，此時見他又要迴避，寶玉便上來笑道：「好姐姐，你瞧瞧，我穿着這個好不好。」鴛鴦一摔手，便進賈母房中來了。寶玉只得到了王夫人房中，與王夫人看了，然後又回至園中，與晴雯麝月看過後，至賈母房中回説：「太太看了，只説可惜了的，叫我仔細穿，别遭塌了他。」賈母道：「就剩下了這一件，你遭塌了也再没了。這會子特給你做這個也是没有的事。」説着又囑咐他：「不許多吃酒，早些回來。」寶玉應了幾個「是」。

老嬷嬷跟至廳上，只見寶玉的奶兄李貴和王榮、張若錦、趙亦華、錢啓、周瑞六個人〔二〕，帶着茗煙、伴鶴、鋤藥、掃紅四個小厮，背着衣包，抱着坐褥，籠着一匹雕鞍彩轡的白馬，早已伺候多時了。老嬷嬷又吩咐了他六人些話，六個人忙答應了幾個「是」，忙捧鞭墜鐙。寶玉慢慢的上了馬，李貴和王榮籠着嚼環，錢啓、周瑞二人在前引導，張若錦、趙亦華在兩邊緊貼寶玉後身。寶玉在馬上笑道：「周哥，錢哥，咱們打這角門走罷，省得到了老爺的書房門口又下來。」周瑞側身笑道：「老爺不在家，書房天天鎖着的，爺可以不用下來罷了。」寶玉笑道：「雖鎖着，也要下來的。」錢啓李貴等都笑道：「爺説的是。便託懶不下來，倘或遇見賴大爺林二爺，雖不好説爺，也勸兩句。有的不是，都派在我們身上，又説我們不教爺禮了。」周瑞錢啓便一直出角門來。

正説話時，頂頭果見賴大進來。寶玉忙籠住馬，意欲下來。賴大忙上來抱住腿。寶玉便在鐙上站起來，笑携他的手，説了幾句話。接着又見一個小厮帶着二三十個拿掃帚簸箕的人進來，見了寶玉，都順墻垂手立住，獨那爲首的小厮打千兒，請了一個安。寶玉不識名姓，只微笑點了點頭兒。馬已過去，庚總爲後文伏綫。那人方帶人去了。於是出了角門，門外又有李貴等六人的小厮並幾個馬夫，早預備下十來匹馬專候。一出了角門，李貴等都各上了馬，前引傍圍的一陣煙去了，不在話下。

這裏晴雯吃了藥，仍不見病退，急的亂駡大夫，説：「只會騙人的錢，一劑好藥也不給人吃。」庚奇文。真嬌憨女兒之語也。麝月笑勸他道：「你太性急了，俗語説：『病來如山倒，病去如抽絲。』又不是老君的仙丹，那有這樣靈藥！你只静養幾天，自然好了。你越急越着手。」晴雯又駡小丫頭子們：「那裏鑽沙去了！瞅我病了，都大膽子走了。明兒我好了，一個一個的纔揭你們的皮呢！」唬的小丫頭子篆兒忙進來問：「姑娘作什麼？」〔庚：此「姑娘」亦「姑姑」「娘娘」之稱，亦如賈璉處小厮呼平兒，皆南北互用一語也。脂硯。〕晴雯道：「別人都死絕了，就剩了你不成？」說着，只見墜兒也偵了進來。晴雯道：「你瞧瞧這小蹄子，不問他還不來呢。這裏又放月錢了，又散果子了，你該跑在頭裏了。你往前些，我不是老虎吃了你！」墜兒只得前凑。晴雯便冷不防欠身一把將他的手抓住，〔庚：是病卧之時。〕向枕邊取了一丈青，向他手上亂戳，口内罵道：「要這爪子作什麼？拈不得針，拿不動綫，只會偷嘴吃。眼皮子又淺，爪子又輕，打嘴現世的，不如戳爛了！」墜兒疼的亂哭亂喊。麝月忙拉開墜兒，按晴雯睡下，笑道：「纔出了汗，又作死。等你好了，要打多少打不的？這會子鬧什麼！」晴雯便命人叫宋嬷嬷進來，說道：「寶二爺纔告訴了我，叫我告訴你們，墜兒很懶，寶二爺當面使他，他撥嘴兒不動，連襲人使他，他背後罵他。今兒務必打發他出去，明兒寶二爺親自回太太就是了。」宋嬷嬷聽了，心下便知鐲子事發，因笑道：「雖如此說，也等花姑娘回來知道了，再打發他。」晴雯道：「寶二爺今兒千叮嚀萬囑咐的，什麼『花姑娘』『草姑娘』，我們自然有道理。你只依我的話，快叫他家的人來領他出去。」麝月道：「這也罷了。早也去，晚也去，帶了去早清净一日。」

宋嬤嬤聽了，只得出去喚了他母親來，打點了他的東西，又來見晴雯等，説道：「姑娘們怎麽了，你侄女兒不好，【庚】「侄女」二字妙，余前註不謬。你們教導他，怎麽攆出去？也到底給我們留個臉兒。」晴雯道：「你這話只等寶玉來問他，與我們無干。」那媳婦冷笑道：「我有膽子問他去！他那一件事不是聽姑娘們的調停？他縱依了，姑娘們不依，也未必中用。比如方纔説話，雖是背地裏，姑娘就直叫他的名字。在姑娘們就使得，在我們就成了野人了。」晴雯聽説，一發急紅了臉，説道：「我叫了他的名字了，你在老太太跟前告我去，説我撒野，也攆出我去。」麝月忙道：「嫂子，你只管帶了人出去，有話再説。這個地方豈有你叫喊講禮的？你見誰和我們講過禮？别説嫂子你，就是賴奶奶林大娘，也得擔待我們三分。便是叫名字，從小兒直到如今，都是老太太吩咐過的，你們也知道的，恐怕難養活，巴巴的寫了他的小名兒，各處貼着叫萬人叫去，爲的是好養活。連挑水挑糞花子都叫得，何況我們！連昨兒林大娘叫了一聲『爺』，老太太還說他呢，此是一件。二則，我們這些人常回老太太的話去，可不叫着名字回話，難道也稱『爺』？那一日不把寶玉兩個字念二百遍，偏嫂子又來挑這個了！過一日嫂子閒了，在老太太、太太跟前，聽聽我們當着面兒叫他就知道了。嫂子原也不得在老太太、太太跟前當些體統差事，成年家只在三門外頭混，怪不得不知我們裏頭的規矩。這裏不是嫂子久站的，再一會，不用我們說話，就有人來問你了。有什麼分證話，且帶了他去，你回了林大娘，叫他來找二爺說話。家裏上千的人，你也跑來，我也跑來，我們認人問姓，還認不清呢！」說着，便叫小丫頭子：「拿了擦地的布來擦地！」那媳婦聽了，無言可對，亦不敢久立，賭氣帶了墜兒就走。宋媽媽忙道：「怪道你這嫂子不知規矩，你女兒在這屋裏一場，臨去時，也給姑娘們磕個頭。沒有別的謝禮——便有謝禮，他們也不希罕——不過磕個頭，盡了心。怎麼說走就走？」墜兒聽了，只得翻身進來，給他兩個磕了兩個頭，又找秋紋等。他們也不睬他。那媳婦嗐聲嘆氣，不敢多言，抱恨而去。

晴雯方纔又閃了風，着了氣，反覺更不好了，翻騰至掌燈，剛安靜了些。只見寶玉回來，進門就嗐聲跺脚。麝月忙問原故，寶玉道：「今兒老太太喜喜歡歡的給了這個褂子，誰知不防後襟子上燒了一塊，幸而天晚了，老太太、太太都不理論。」一面説，一面脱下來。麝月瞧時，果見有指頂大的燒眼，説：「這必定是手爐裏的火迸上了。這不值什麽，趕着叫人悄悄的拿出去，叫個能幹織補匠人織上就是了。」説着便用包袱包了，交與一個媽媽送出去。説：「趕天亮就有纔好。千萬别給老太太、太太知道。」婆子去了半日，仍舊拿回來，説：「不但能幹織補匠人，就連裁縫繡匠並作女工的問了，都不認得這是什麽，都不敢攬。」麝月道：「這怎麽樣呢！明兒不穿也罷了。」寶玉道：「明兒是正日子，老太太、太太説了，還叫穿這個去呢。偏頭一日燒了，豈不掃興。」

晴雯聽了半日，忍不住翻身説道：「拿來我瞧瞧罷。没個福氣穿就罷了，這會子又着急。」寶玉笑道：「這話倒説的是。」説着，便遞與晴雯，又移過燈來，細看了一會。晴雯道：「這是孔雀金綫織的，如今咱們也拿孔雀金綫就像界綫似的界密了，只怕還可混得過去。」麝月笑道：「孔雀綫現成的，但這裏除了你，還有誰會界綫？」晴雯道：「説不得，我挣命罷了。」寶玉忙道：「這如何使得！纔好了些，如何做得活。」晴雯道：「不用你蝎蝎螫螫的，我自知道。」一面説，一面坐起來，挽了一挽頭髮，披了衣裳，只覺頭重身輕，滿眼金星亂迸，實實掌不住。若不做，又怕寶玉着急，少不得恨命咬牙捱着。便命麝月只幫着拈綫。晴雯先拿了一根比一比，笑道：「這雖不很像，若補上，也不很顯。」寶玉道：「這就很好，那裏又找哦囉嘶國的裁縫去。」庚妙談！晴雯先將裏子拆開，用茶杯口大的一個竹弓釘牢在背面，再將破口四邊用金刀刮的散鬆鬆的，然後用針紉了兩條，分出經緯，亦如界綫之法，先界出地子後，依本衣之紋來回織補。補兩針，又看看，織補兩針，又端詳端詳。無奈頭暈眼黑，氣喘神虚，補不上三五針，伏在枕上歇一會。寶玉在旁，一時又問：「吃些滚水不吃？」一時又命：「歇一歇。」一時又拿一件灰鼠斗篷替他披在背上，一時又命拿個拐枕與他靠着。急的晴雯央道：「小祖宗！你只管睡罷。再熬上半夜，明兒把眼睛摳摟了，怎麽處！」寶玉見他着急，只得胡亂睡下，仍睡不着。一時只聽自鳴鐘已敲了四下，庚按「四下」乃寅正初刻，「寅」此樣寫法，避諱也。剛剛補完；又用小牙刷慢慢的剔出絨毛來。麝月道：「這就很好，若不留心，再看不出的。」寶玉忙要了瞧瞧，説道：「真真一樣了。」晴雯已嗽了幾陣，好容易補完了，説了一聲：「補雖補了，到底不像，我也再不能了！」「噯喲」了一聲，便身不由主倒下。要知端的，且聽下回分解。

戚 總評：此回前幅以藥香、花香聯絡爲章法，後幅以西洋鼻煙、西洋依弗哪藥、西洋畫兒、西洋詩、西洋哦囉嘶國雀金裘聯絡爲章法，極穿插映帶之妙。

寫寶玉寫不盡，却於僕從上描寫一番，於管家見時描寫一番，於園工諸人上描寫一番。園中馬是慢慢行，出門後又是一陣煙，大家氣象、公子局度如畫。

中一段寫黛玉與寶玉滿懷愁緒，有口難言，説不出一種淒凉，真是吴道子畫頂上圓光。

〔一〕原誤「大箱」，據列、楊、甲辰本改，「火箱」即上文之「熏籠」。蒙、戚本此處作「熏籠」，下句「不叫他在這屋裏」的「他」作「你」，似更合理。

〔二〕「只見寶玉的奶兄李貴和王榮、張若錦、趙亦華、錢啟、周瑞六個人」：蒙戚本缺「和」字，甲辰本缺「李貴」二字，餘本同底本。按：李貴是寶玉的奶兄，在前面第九回已有交代，是明確的。因此，這句話並没有毛病。劉世德《紅樓夢版本探微》提出，第六十二回寶玉生日時，曾「至李、趙、張、王四個奶媽家讓了一回」，而此處前四人的姓氏恰好與四個奶媽一致，所以除了李貴，王榮、張若錦、趙亦華也可能是寶玉的奶兄。此說不無道理。但有人進而把猜想坐實，認爲上面這句話不妥，應把「和」字移到「趙亦華」後，則是不慎重的。作者寫寶玉有好幾個奶媽、出門有許多大小僕人跟隨，是要强調他的嬌養排場，隨手安個名姓，也是爲了細節的真實。至於寶玉有幾個奶兄，原本無關緊要。

第五十三回　寧國府除夕祭宗祠　榮國府元宵開夜宴

戚「除夕祭宗祠」一題極博大，「元宵開夜宴」一題極富麗，擬此二題於一回中，早令人驚心動魄。不知措手處，乃作者偏就寶琴眼中款款叙來。首叙院宇匾對，次叙抱厦匾對，後叙正堂匾對，字字古艷。檻以外，檻以内，是男女分界處；儀門以外，儀門以内，是主僕分界處。獻帛獻爵擇其人，應昭應穆從其諱，是一篇絶大典制文字。最高妙是神主「看不真切」一句，最苦心是用賈蓉爲檻邊傳蔬人，用賈芷爲儀門傳蔬人，體貼入細。噫！文心至此，脉絶血枯矣。誰是知音者？

話説寶玉見晴雯將雀裘補完，已使的力盡神危，忙命小丫頭子來替他捶着，彼此捶打了一會歇下。没一頓飯的工夫，天已大亮，且不出門，只叫快傳大夫。一時王太醫來了，診了脉，疑惑説道：「昨日已好了些，今日如何反虚浮微縮起來，敢是吃多了飲食？不然就是勞了神思。外感却倒清了，這汗後失於調養，非同小可。」一面説，一面出去開了藥方進來。寶玉看時，已將疎散驅邪諸藥減去了，倒添了茯苓、地黄、當歸等益神養血之劑。寶玉忙命人煎去，一面嘆説：「這怎麽處！倘或有個好歹，都是我的罪孽。」晴雯睡在枕上嗐道：「好太爺！你幹你的去罷！那裏就得癆病了。」寶玉無奈，只得去了。至下半天，説身上不好就回來了。晴雯此症雖重，幸虧他素習是個使力不使心的；再者素習飲食清淡，飢飽無傷。這賈宅中的風俗秘法，無論上下，只一略有些傷風咳嗽，總以净餓爲主，次則服藥調養。故於前日一病時，净餓了兩三日，又謹慎服藥調治，如今勞碌了些，又加倍培養了幾日，便漸漸的好了。近日園中姊妹皆各在房中吃飯，炊爨飲食亦便，寶玉自能變法要湯要羹調停，不必細説。

襲人送母殯後，業已回來，麝月便將平兒所説宋媽墜兒一事，並晴雯攆逐墜兒出去，也曾回過寶玉等語，一一的告訴了一遍。〔一〕襲人也没别説，只説太性急了些。只因李紈亦因時氣感冒；邢夫人又正害火眼，迎春岫煙皆過去朝夕侍藥；庚妙在一人不落，事事皆到。李嬸之弟又接了李嬸和李紋李綺家去住幾日；庚來的也有理，去的也有情。寶玉又見襲人常常思母含悲，晴雯猶未大愈：因此詩社之日，皆未有人作興，便空了幾社。

當下已是臘月，離年日近，王夫人與鳳姐治辦年事。王子騰陞了九省都檢點，賈雨村補授了大司馬，協理軍機參贊朝政，不題。

且説賈珍那邊，開了宗祠，着人打掃，收拾供器，請神主，又打掃上房，以備懸供遺真影像。此時榮寧二府内外上下，皆是忙忙碌碌。這日，寧府中尤氏正起來，同賈蓉之妻打點送賈母這邊針綫禮物，正值丫頭捧了一茶盤押歲錁子進來，回説：「興兒回奶奶，前兒那一包碎金子共是一百五十三兩六錢七分，裏頭成色不等，共總傾了二百二十個錁子。」説着遞上去。尤氏看了看，只見也有梅花式的，也有海棠式的，也有筆錠如意的，也有八寶聯春的。

尤氏命：「收起這個來，叫他把銀錁子快快交了進來。」丫鬟答應去了。

一時賈珍進來吃飯，賈蓉之妻迴避了。賈珍因問尤氏：「咱們春祭的恩賞可領了不曾？」尤氏道：「今兒我打發蓉兒關去了。」賈珍道：「咱們家雖不等這幾兩銀子使，多少是皇上天恩。早關了來，給那邊老太太見過，置了祖宗的供，上領皇上的恩，下則是託祖宗的福。咱們那怕用一萬銀子供祖宗，到底不如這個，又體面，又是沾恩錫福的。除咱們這樣一二家之外，那些世襲窮官兒家，若不仗着這銀子，拿什麽上供過年？真正皇恩浩大，想的週到。」尤氏道：「正是這話。」

二人正説着，只見人回：「哥兒來了。」賈珍便命叫他進來。只見賈蓉捧了一個小黄布口袋進來。賈珍道：「怎麽去了這一日。」賈蓉陪笑回説：「今兒不在禮部關領，又分在光禄寺庫上，因又到了光禄寺纔領了下來。光禄寺的官兒們都説問父親好，多日不見，都着實想念。」賈珍笑道：「他們那裏是想我。這又到了年下了，不是想我的東西，就是想我的戲酒了。」一面説，一面瞧那黄布口袋，上有印就是「皇恩永錫」四個大字，那一邊又有禮部祠祭司的印記，又寫着一行小字，道是「寧國公賈演、榮國公賈源，恩賜永遠春祭賞共二分，净折銀若干兩，某年月日龍禁尉候補侍衛賈蓉當堂領訖，值年寺丞某人」，下面一個硃筆花押。

賈珍吃過飯，盥漱畢，換了靴帽，命賈蓉捧着銀子跟了來，回過賈母王夫人，又至這邊回過賈赦邢夫人，方回家去，取出銀子，命將口袋向宗祠大爐内焚了。又命賈蓉道：「你去問問你璉二嬸子，正月裏請吃年酒的日子擬了沒有。若擬定了，叫書房裏明白開了單子來，咱們再請時，就不能重犯了。舊年不留心重了幾家，不說咱們不留神，倒像兩宅商議定了送虛情怕費事一樣。」賈蓉忙答應了過去。一時，拿了請人吃年酒的日期單子來了。賈珍看了，命交與賴昇去看了，請人別重這上頭日子。因在廳上看着小廝們抬圍屏，擦抹几案金銀供器。只見小廝手裏拿着個稟帖並一篇賬目，回說：「黑山村的烏莊頭來了。」

賈珍道：「這個老砍頭的今兒纔來。」說着，賈蓉接過稟帖和賬目，忙展開捧着，賈珍倒背着兩手，向賈蓉手内看紅稟帖上寫着[二]：「門下莊頭烏進孝叩請爺、奶奶萬福金安，並公子小姐金安。新春大喜大福，榮貴平安，加官進禄，萬事如意。」賈珍笑道：「莊家人有些意思。」賈蓉也忙笑説：「别看文法，只取個吉利罷了。」一面忙展開單子看時，只見上面寫着：「大鹿三十隻，獐子五十隻，麅子五十隻，暹猪二十個，湯猪二十個，龍猪二十個，野猪二十個，家臘猪二十個，野羊二十個，青羊二十個，家湯羊二十個，家風羊二十個，鱘鰉魚二個，各色雜魚二百斤，活鷄、鴨、鵝各二百隻，風鷄、鴨、鵝二百隻，野鷄、兔子各二百對，熊掌二十對，鹿筋二十斤，海參五十斤，鹿舌五十條，牛舌五十條，蟶乾二十斤，榛、松、桃、杏穰各二口袋，大對蝦五十對，乾蝦二百斤，銀霜炭上等選用一千斤、中等二千斤，柴炭三萬斤，御田胭脂米二石，庚《在園雜（字）〔志〕》曾有此説。碧糯五十斛，白糯五十斛，粉粳五十斛，雜色粱穀各五十斛，下用常米一千石，各色乾菜一車，外賣粱穀、牲口各項之銀共折銀二千五百兩。外門下孝敬哥兒姐兒頑意：活鹿兩對，活白兔四對，黑兔四對，活錦鷄兩對，西洋鴨兩對。」

賈珍便命帶進他來。一時，只見烏進孝進來，只在院内磕頭請安。賈珍命人拉他起來，笑説：「你還硬朗。」烏進孝笑回：「託爺的福，還能走得動。」賈珍道：「你兒子也大了，該叫他走走也罷了。」烏進孝笑道：「不瞞爺說，小的們走慣了，不來也悶的慌。他們可不是都願意來見見天子脚下世面？他們到底年輕，怕路上有閃失，再過幾年就可放心了。」賈珍道：「你走了幾日？」烏進孝道：「回爺的話，今年雪大，外頭都是四五尺深的雪，前日忽然一暖一化，路上竟難走的很，耽擱了幾日。雖走了一個月零兩日，因日子有限了，怕爺心焦，可不趕着來了。」賈珍道：「我說呢，怎麼今兒纔來。我纔看那單子上，今年你這老貨又來打擂臺來了。」烏進孝忙進前了兩步，回道：「回爺說，今年年成實在不好。從三月下雨起，接接連連直到八月，竟没有一連晴過五日。九月裏一場碗大的雹子，方近一千三百里地，連人帶房並牲口糧食，打傷了上千上萬的，所以纔這樣。小的並不敢說謊。」賈珍皺眉道：「我算定了你至少也有五千兩銀子來，這够作什麼的！如今你們一共只剩了八九個莊子，今年倒有兩處報了旱潦，你們又打擂臺，真真是又教别過年了。」烏進孝道：「爺的這地方還算好呢！我兄弟離我那裏只一百多里，誰知竟大差了。他現管着那府裏八處莊地，比爺這邊多着幾倍，今年也只這些東西，不過多二三千兩銀子，也是有饑荒打呢。」賈珍道：「正是呢，我這邊都可以，没有什麽外項大事，不過是一年的費用。費些我就受用些，我受些委屈就省些。再者年例送人請人，我把臉皮厚些，可省些也就完了。比不得那府裏，這幾年添了許多花錢的事，一定不可免是要花的，却又不添些銀子産業。這一二年倒賠了許多，不和你們要，找誰去！」烏進孝笑道：「那府裏如今雖添了事，有去有來，娘娘和萬歲爺豈不賞的！」【庚】是莊頭口中語氣。脂硯。賈珍聽了，笑向賈蓉等道：「你們聽，他這話可笑不可笑？」賈蓉等忙笑道：「你們山坳海沿子上的人，那裏知道這道理。娘娘難道把皇上的庫給了我們不成！他心裏縱有這心，他也不能作主。豈有不賞之理，按時到節不過是些彩緞古董頑意兒。縱賞銀子，不過一百兩金子，纔值了一千兩銀子，够一年的什麽？這二年那一年不多賠出幾千銀子來！頭一年省親連蓋花園子，你算算那一注共花了多少，就知道了。再兩年再一回省親，只怕就净窮了。」賈珍笑道：「所以他們莊家老實人，外明不知裏暗的事。黄柏木作磬槌子——外頭體面裏頭苦。」【庚】新鮮趣語。賈蓉又笑向賈珍道：「果真那府裏窮了。前兒我聽見鳳姑娘【庚】此亦南北互用之文，前註不謬。和鴛鴦悄悄商議，要偷出老太太的東西去當銀子呢。」賈珍笑道：「那又是你鳳姑娘的鬼，那裏就窮到如此。他必定是見去路太多了，實在賠的狠了，不知又要省那一項的錢，先設此法使人知道，説窮到如此了。我心裏却有一個算盤，還不至如此田地。」説着，命人帶了烏進孝出去，好生待他，不在話下。

這裏賈珍吩咐將方纔各物，留出供祖的來，將各樣取了些，命賈蓉送過榮府裏。然後自己留了家中所用的，餘者派出等例來，一分一分的堆在月臺下，命人將族中的子侄唤來與他們。接着榮國府也送了許多供祖之物及與賈珍之物。賈珍看着收拾完備供器，靸着鞋，披着猞猁猻大裘，命人在廳柱下石磯上太陽中鋪了一個大狼皮褥子，負暄閒看各子弟們來領取年物。因見賈芹亦來領物，賈珍叫他過來，説道：「你作什麼也來了？誰叫你來的？」賈芹垂手回説：「聽見大爺這裏叫我們領東西，我没等人去就來了。」賈珍道：「我這東西，原是給你那些閒着無事的無進益的小叔叔兄弟們的。那二年你閒着，我也給過你的。你如今在那府裏管事，家廟裏管和尚道士們，一月又有你的分例外，這些和尚的分例銀子都從你手裏過，你還來取這個，太也貪了！你自己瞧瞧，你穿的像個手裏使錢辦事的？先前説你没進益，如今又怎麽了？比先倒不像了。」賈芹道：「我家裏原人口多，費用大。」賈珍冷笑道：「你還支吾我。你在家廟裏幹的事，打量我不知道呢。你到了那裏自然是爺了，没人敢違拗你。你手裏又有了錢，離着我們又遠，你就爲王稱霸起來，夜夜招聚匪類賭錢，庚這一回文字斷不可少。養老婆小子。這會子花的這個形象，你還敢領東西來？領不成東西，領一頓馱水棍去纔罷。等過了年，我必和你璉二叔説，换回你來。」賈芹紅了臉，不敢答應。人回：「北府水王爺送了字聯、荷包來了。」賈珍聽説，忙命賈蓉出去款待，「只説我不在家。」賈蓉去了，這裏賈珍看着領完東西，回房與尤氏吃畢晚飯，一宿無話。至次日，更比往日忙，都不必細説。

已到了臘月二十九日了，各色齊備，兩府中都换了門神、聯對、掛牌，新油了桃符，焕然一新。寧國府從大門、儀門、大廳、暖閣、内廳、内三門、内儀門並内塞門，直到正堂，一路正門大開，兩邊堦下一色朱紅大高照，點的兩條金龍一般。次日，由賈母有誥封者，皆按品級着朝服，先坐八人大轎，帶領着衆人進宫朝賀，行禮領宴畢回來，便到寧國府暖閣下轎。諸子弟有未隨入朝者，皆在寧府門前排班伺候，然後引入宗祠。且説寶琴是初次，一面細細留神打量這宗祠，原來寧府西邊另一個院子，黑油柵欄内五間大門，上懸一塊匾，寫着是「賈氏宗祠」四個字，旁書「衍聖公孔繼宗書」。兩旁有一副長聯，寫道是：

肝腦塗地，兆姓賴保育之恩；

功名貫天，百代仰蒸嘗之盛。

亦衍聖公所書。進入院中，白石甬路，兩邊皆是蒼松翠柏。月臺上設着青緑古銅鼎彝等器。抱厦前上面懸一九龍金匾，寫道是：「星輝輔弼」。乃先皇御筆。兩邊一副對聯，寫道是：

勳業有光昭日月，功名無間及兒孫。

亦是御筆。五間正殿前懸一鬧龍填青匾，寫道是：「慎終追遠」。旁邊一副對聯，寫道是：

已後兒孫承福德，至今黎庶念榮寧。

俱是御筆。裏邊香燭輝煌，錦帳繡幕，雖列着神主，却看不真切。只見賈府人分昭穆排班立定：賈敬主祭，賈赦陪祭，賈珍獻爵，賈璉賈琮獻帛，寶玉捧香，賈菖賈菱展拜毯，守焚池。青衣樂奏，三獻爵，拜興畢，焚帛奠酒。禮畢，樂止，退出。衆人圍隨賈母至正堂上，影前錦幔高掛，彩屏張護，香燭輝煌。上面正居中懸着寧榮二祖遺像，皆是披蟒腰玉；兩邊還有幾軸列祖遺影。賈荇賈芷等從内儀門挨次列站，直到正堂廊下。檻外方是賈敬賈赦，檻内是各女眷。衆家人小廝皆在儀門之外。每一道菜至，傳至儀門，賈荇賈芷等便接了，按次傳至堦上賈敬手中。賈蓉係長房長孫，獨他隨女眷在檻内，每賈敬捧菜至，傳於賈蓉，賈蓉便傳於他妻子，又傳於鳳姐尤氏諸人，直傳至供桌前，方傳於王夫人。王夫人傳於賈母，賈母方捧放在桌上。邢夫人在供桌之西，東向立，同賈母供放。直至將菜飯湯點酒茶傳完，賈蓉方退出下堦，歸入賈芹階位之首。

凡從文旁之名者，賈敬爲首；下則從玉者，賈珍爲首；再下從草頭者，賈蓉爲首；左昭右穆，男東女西。俟賈母拈香下拜，衆人方一齊跪下，將五間大廳，三間抱厦，内外廊檐，堦上堦下兩丹墀内，花團錦簇，塞的無一隙空地。鴉雀無聞，只聽鏗鏘叮噹，金鈴玉珮微微摇曳之聲，並起跪靴履颯沓之響。一時禮畢，賈敬賈赦等便忙退出，至榮府專候與賈母行禮。

尤氏上房早已襲地鋪滿紅毡，當地放着象鼻三足鰍沿鎏金珐琅大火盆，正面炕上鋪新猩紅毡，設着大紅彩繡雲龍捧壽的靠背引枕，外另有黑狐皮的袱子搭在上面，大白狐皮坐褥，請賈母上去坐了。兩邊又鋪皮褥，讓賈母一輩的兩三個妯娌坐了。這邊横頭排插之後小炕上，也鋪了皮褥，讓邢夫人等坐了。地下兩面相對十二張雕漆椅上，都是一色灰鼠椅搭小褥，每一張椅下一個大銅脚爐，讓寶琴等姊妹坐了。尤氏用茶盤親捧茶與賈母，蓉妻捧與衆老祖母，然後尤氏又捧與邢夫人等，蓉妻又捧與衆姊妹。鳳姐李紈等只在地下伺候。茶畢，邢夫人等便先起身來侍賈母。賈母吃茶，與老妯娌閒話了兩三句，便命看轎，鳳姐兒忙上去挽起來。尤氏笑回説：「已經預備下老太太的晚飯。每年都不肯賞些體面用過晚飯過去，果然我們就不及鳳丫頭不成？」鳳姐兒攙着賈母笑道：「老祖宗快走，咱們家去吃去，别理他。」賈母笑道：「你這裏供着祖宗，忙的什麽似的，那裏還擱得住鬧。况且每年我不吃，你們也要送去的。不如還送了來，我吃不了留着明兒再吃，豈不多吃些。」説的衆人都笑了。又吩咐他：「好生派妥當人夜裏看香火，不是大意得的。」尤氏答應了。一面走出來至暖閣前上了轎。尤氏等閃過屏風，小厮們纔領轎夫，請了轎出大門。尤氏亦隨邢夫人等同至榮府。

這裏轎出大門，這一條街上，東一邊合面設列着寧國府的儀仗執事樂器，西一邊合面設列着榮國府的儀仗執事樂器，來往行人皆屏退不從此過。一時來至榮府，也是大門正廳直開到底。如今便不在暖閣下轎了，過了大廳，便轉彎向西，至賈母這邊正廳上下轎。衆人圍隨同至賈母正室之中，亦是錦裀繡屏，焕然一新。當地火盆内焚着松柏香、百合草。賈母歸了座，老嬷嬷來回：「老太太們來行禮。」賈母忙又起身要迎，只見兩三個老妯娌已進來了。大家挽手，笑了一回，讓了一回。吃茶去後，賈母只送至内儀門便回來，歸正坐。賈敬賈赦等領諸子弟進來。賈母笑道：「一年價難爲你們，不行禮罷。」一面説着，一面男一起，女一起，一起一起俱行過了禮。左右兩旁設下交椅，然後又按長幼挨次歸坐受禮。兩府男婦小廝丫鬟亦按差役上中下行禮畢，散押歲錢、荷包、金銀錁，擺上合歡宴來。男東女西歸坐，獻屠蘇酒、合歡湯、吉祥果、如意糕畢，賈母起身進内間更衣，衆人方各散出。那晚各處佛堂竈王前焚香上供，王夫人正房院内設着天地紙馬香供，大觀園正門上也挑着大明角燈，兩溜高照，各處皆有路燈。上下人等，皆打扮的花團錦簇，一夜人聲嘈雜，語笑喧闐，爆竹起火，絡繹不絶。

至次日五鼓，賈母等又按品大妝，擺全副執事進宫朝賀，兼祝元春千秋。領宴回來，又至寧府祭過列祖，方回來受禮畢，便换衣歇息。所有賀節來的親友一概不會，只和薛姨媽李嬸二人説話取便，或者同寶玉、寶琴、釵、玉等姊妹趕圍棋抹牌作戲。王夫人與鳳姐是天天忙着請人吃年酒，那邊廳上院内皆是戲酒，親友絡繹不絶，一連忙了七八日纔完了。早又元宵將近，寧榮二府皆張燈結彩。十一日是賈赦請賈母等，次日賈珍又請，賈母皆去隨便領了半日。王夫人和鳳姐兒連日被人請去吃年酒，不能勝記。

至十五日之夕，賈母便在大花廳上命擺幾席酒，定一班小戲，滿掛各色佳燈，帶領榮寧二府各子侄孫男孫媳等家宴。賈敬素不茹酒，也不去請他，於後十七日祖祀已完，他便仍出城去修養。便這幾日在家内，亦是静室默處，一概無聽無聞，不在話下。賈赦略領了賈母之賜，也便告辭而去。賈母知他在此彼此不便，也就隨他去了。賈赦自到家中與衆門客賞燈吃酒，自然是笙歌聒耳，錦繡盈眸，其取便快樂另與這邊不同的。庚又交代一個。

這邊賈母花廳之上共擺了十來席。每一席旁邊設一几，几上設爐瓶三事，焚着御賜百合宮香。又有八寸來長四五寸寬二三寸高的點着山石佈滿青苔的小盆景，俱是新鮮花卉。又有小洋漆茶盤，内放着舊窑茶杯並十錦小茶吊，裏面泡着上等名茶。一色皆是紫檀透雕，嵌着大紅紗透繡花卉並草字詩詞的瓔珞。原來繡這瓔珞的也是個姑蘇女子，名唤慧娘。因他亦是書香宦門之家，他原精於書畫，不過偶然繡一兩件針綫作耍，並非市賣之物。凡這屏上所繡之花卉，皆仿的是唐、宋、元、明各名家的折枝花卉，故其格式配色皆從雅，本來非一味濃艷匠工可比。每一枝花側皆用古人題此花之舊句，或詩詞歌賦不一，皆用黑絨繡出草字來，且字跡勾踢、轉折、輕重、連斷皆與筆草無異，亦不比市繡字跡板强可恨。他不仗此技獲利，所以天下雖知，得者甚少，凡世宦富貴之家，無此物者甚多，當今便稱爲「慧繡」。竟有世俗射利者，近日仿其針跡，愚人獲利。偏這慧娘命夭，十八歲便死了，如今竟不能再得一件的了。凡所有之家，縱有一兩件，皆珍藏不用。有那一干翰林文魔先生們，因深惜「慧繡」之佳，便説這「繡」字不能盡其妙，這樣筆跡説一「繡」字，反似乎唐突了，便大家商議了，將「繡」字便隱去，換了一個「紋」字，所以如今都稱爲「慧紋」。若有一件真「慧紋」之物，價則無限。賈府之榮，也只有兩三件，上年將那兩件已進了上，目下只剩這一副瓔珞，一共十六扇，賈母愛如珍寶，不入在請客各色陳設之内，只留在自己這邊，高興擺酒時賞玩。又有各色舊窑小瓶中都點綴着「歲寒三友」「玉堂富貴」等鮮花草。

上面兩席是李嬸薛姨媽二位。賈母於東邊設一透雕夔龍護屏矮足短榻，靠背引枕皮褥俱全。榻之上一頭又設一個極輕巧洋漆描金小几，几上放着茶吊、茶碗、漱盂、洋巾之類，又有一個眼鏡匣子。賈母歪在榻上，與衆人説笑一回，又自取眼鏡向戲臺上照一回，又向薛姨媽李嬸笑説：「恕我老了，骨頭疼，放肆，容我歪着相陪罷。」因又命琥珀坐在榻上，拿着美人拳捶腿。

榻下並不擺席面，只有一張高几，却設着瓔珞花瓶香爐等物。外另設一精緻小高桌，設着酒杯匙箸，將自己這一席設於榻旁，命寶琴、湘雲、黛玉、寶玉四人坐着。每一饌一果來，先捧與賈母看了，喜則留在小桌上嚐一嚐，仍撤了放在他四人席上，只算他四人是跟着賈母坐。故下面方是邢夫人王夫人之位，再下便是尤氏、李紈、鳳姐、賈蓉之妻。西邊一路便是寶釵、李紋、李綺、岫煙、迎春姊妹等。兩邊大梁上，掛着一對聯三聚五玻璃芙蓉彩穗燈。每一席前竪一柄漆幹倒垂荷葉，葉上有燭信插着彩燭。這荷葉乃是鏨珐琅的，活信可以扭轉，如今皆將荷葉扭轉向外，將燈影逼住全向外照，看戲分外真切。窗格門户一齊摘下，全掛彩穗各種宫燈。廊檐内外及兩邊遊廊罩棚，將各色羊角、玻璃、戳紗、料絲，或繡、或畫、或堆、或摳、或絹、或紙諸燈掛滿。

廊上幾席，便是賈珍、賈璉、賈環、賈琮、賈蓉、賈芹、賈芸、賈菱、賈菖等。賈母也曾差人去請衆族中男女，奈他們或有年邁懶於熱鬧的；或有家内没有人不便來的；或有疾病淹纏，欲來竟不能來的；或有一等妒富愧貧不來的；甚至於有一等憎畏鳳姐之爲人而賭氣不來的；或有羞手羞脚，不慣見人，不敢來的：因此族衆雖多，女客來者只不過賈菌之母婁氏帶了賈菌來了，男子只有賈芹、賈芸、賈菖、賈菱四個現是在鳳姐麾下辦事的來了。當下人雖不全，在家庭間小宴中，數來也算是熱鬧的了。

當下又有林之孝之妻帶了六個媳婦，抬了三張炕桌，每一張上搭着一條紅毡，毡上放着選净一般大新出局的銅錢，用大紅彩繩串着，每二人搭一張，共三張。林之孝家的指示將那兩張擺至薛姨媽李嬸的席下，將一張送至賈母榻下來。賈母便説：「放在當地罷。」這媳婦們都素知規矩的，放下桌子，一併將錢都打開，將彩繩抽去，散堆在桌上。

正唱《西樓・樓會》這齣將終，于叔夜因賭氣去了，那文豹便發科諢道：「你賭氣去了，恰好今日正月十五，榮國府中老祖宗家宴，待我騎了這馬，趕進去討些果子吃是要緊的。」説畢，引的賈母等都笑了。薛姨媽等都説：「好個鬼頭孩子，可憐見的。」鳳姐便説：「這孩子纔九歲了。」賈母笑説：「難爲他説的巧。」便説了一個「賞」字。早有三個媳婦已經手下預備下小簸籮，聽見一個「賞」字，走上去向桌上的散錢堆内，每人便撮了一簸籮，走出來向戲臺説：「老祖宗、姨太太、親家太太賞文豹買果子吃的！」説着，向臺上便一撒，只聽豁啷啷滿臺的錢響。

賈珍賈璉已命小厮們抬了大簸籮的錢來，暗暗的預備在那裏。聽見賈母一賞，要知端的——

戚總評：叙元宵一宴，却不叙酒何以清，菜何以馨，客何以盛，令何以行。先於香茗古玩上渲染，几榻坐次上鋪叙，隱隱爲下回張本，有無限含蓄，超邁獺祭者百倍。前半整飭，後半疎落，濃淡相間。祭宗祠在寧府，開夜宴在榮府，分叙不犯手，是作者胸有成竹處。

〔一〕「攆逐墜兒出去也曾回過寶玉等語一一的告訴了一遍」，原作「攆逐出去等話一一也曾回過寶玉」，列藏、甲辰本略同。據蒙、戚本改。

〔二〕原作「向賈蓉手内只看紅稟帖上寫着」，似有錯奪，故各本有所校改：「只看」蒙本作「看那」，甲辰、楊本作「看去那」，也未見佳；列本此處有删削；現依戚本酌删「只」字。

秋纹
蕙香

第五十四回　史太君破陳腐舊套　王熙鳳效戲彩斑衣

【庚】首回楔子内云「古今小説千部共成一套」云云，猶未泄真。今借老太君一寫，是勸後來胸中無機軸之諸君子不可動筆作書。

鳳姐乃太君之要緊陪堂，今題「斑衣戲彩」是作者酬我阿鳳之勞，特貶賈珍璉輩之無能耳。

【戚】積德於今到子孫，都中旺族首吾門。可憐立業英雄輩，遺脉誰知祖父恩。

却説賈珍賈璉暗暗預備下大簸籮的錢，聽見賈母説「賞」，他們也忙命小厮們快撒錢。只聽滿臺錢響，賈母大悦。

二人遂起身，小厮們忙將一把新暖銀壺捧在賈璉手内，隨了賈珍趨至裏面。賈珍先至李嬸席上，躬身取下杯來，回身，賈璉忙斟了一盞；然後便至薛姨媽席上，也斟了。二人忙起身笑説：「二位爺請坐着罷了，何必多禮。」於是除邢王二夫人，滿席都離了席，俱垂手旁侍。賈珍等至賈母榻前，因榻矮，二人便屈膝跪了。賈珍在先捧杯，賈璉在後捧壺。雖止二人奉酒，那賈環弟兄等，却也是排班按序，一溜隨着他二人進來，見他二人跪下，也都一溜跪下。寶玉也忙跪下了。史湘雲悄推他笑道：「你這會又幫着跪下作什麽？有這樣，你也去斟一巡酒豈不好？」寶玉悄笑道：「再等一會子再斟去。」説着，等他二人斟完起來，方起來。又與邢夫人王夫人斟過來。賈珍笑道：「妹妹們怎麽樣呢？」賈母等都説：「你們去罷，他們倒便宜些。」説了，賈珍等方退出。

當下天未二鼓，戲演的是《八義》中《觀燈》八齣。正在熱鬧之際，寶玉因下席往外走。賈母因説：「你往那裏去！外頭爆竹利害，仔細天上吊下火紙來燒了。」寶玉回説：「不往遠去，只出去就來。」賈母命婆子們好生跟着。於是寶玉出來，只有麝月秋紋並幾個小丫頭隨着。

賈母因說：「襲人怎麽不見？他如今也有些拿大了，單支使小女孩子出來。」王夫人忙起身笑回道：「他媽前日没了，因有熱孝，不便前頭來。」賈母聽了點頭，又笑道：「跟主子却講不起這孝與不孝。若是他還跟我，難道這會子也不在這裏不成？皆因我們太寬了，有人使，不查這些，竟成了例了。」鳳姐兒忙過來笑回道：「今兒晚上他便没孝，那園子裏也須得他看着，燈燭花炮最是耽險的。這裏一唱戲，園子裏的人誰不偷來瞧瞧。他還細心，各處照看照看。況且這一散後寶兄弟回去睡覺，各色都是齊全的。若他再來了，衆人又不經心，散了回去，鋪蓋也是冷的，茶水也不齊備，各色都不便宜，所以我叫他不用來，只看屋子。散了又齊備，我們這裏也不耽心，又可以全他的禮，豈不三處有益。老祖宗要叫他，我叫他來就是了。」

賈母聽了這話，忙說：「你這話很是，比我想的週到，快别叫他了。但只他媽幾時没了，我怎麽不知道。」鳳姐笑道：「前兒襲人去親自回老太太的，怎麽倒忘了。」賈母想了一想笑說：「想起來了。我的記性竟平常了。」衆人都笑說：「老太太那裏記得這些事。」賈母因又嘆道：「我想着，他從小兒伏侍了我一場，又伏侍了雲兒一場，末後給了一個魔王寶玉，虧他魔了這幾年。他又不是咱們家的根生土長的奴才，没受過咱們什麽大恩典。他媽没了，我想着要給他幾兩銀子發送，也就忘了。」鳳姐兒道：「前兒太太賞了他四十兩銀子，也就是了。」

賈母聽説，點頭道：「這還罷了。正好鴛鴦的娘前兒也死了，我想他老子娘都在南邊，我也没叫他家去走走守孝，如今叫他兩個一處作伴兒去。」又命婆子將些果子、菜饌、點心之類與他兩個吃去。琥珀笑説：「還等這會子呢，他早就去了。」説着，大家又吃酒看戲。

且説寶玉一逕來至園中，衆婆子見他回房，便不跟去，只坐在園門裏茶房裏烤火，和管茶的女人偷空飲酒鬭牌。寶玉至院中，雖是燈光燦爛，却無人聲。麝月道：「他們都睡了不成？咱們悄悄的進去唬他們一跳。」於是大家躡足潛踪的進了鏡壁一看，只見襲人和一人二人對面都歪在地炕上，那一頭有兩三個老嬤嬤打盹。

寶玉只當他兩個睡着了，纔要進去，忽聽鴛鴦嘆了一聲，說道：「可知天下事難定。論理你單身在這裏，父母在外頭，每年他們東去西來，沒個定準，想來你是不能送終的了，偏生今年就死在這裏，你倒出去送了終。」襲人道：「正是。我也想不到能够看父母回首，太太又賞了四十兩銀子。這倒也算養我一場，我也不敢妄想了。」寶玉聽了，忙轉身悄向麝月等道：「誰知他也來了。我這一進去，他又賭氣走了，不如咱們回去罷，讓他兩個清清靜靜的說一回。襲人正一個悶着，他幸而來的好。」說着，仍悄悄的出來。

寶玉便走過山石之後去站着撩衣，麝月秋紋皆站住背過臉去，口内笑說：「蹲下再解小衣，仔細風吹了肚子。」後面兩個小丫頭子知是小解，忙先出去茶房預備去了。這裏寶玉剛轉過來，只見兩個媳婦子迎面來了，問是誰，秋紋道：「寶玉在這裏，你大呼小叫，仔細唬着罷。」那媳婦們忙笑道：「我們不知道，大節下來惹禍了。姑娘們可連日辛苦了。」說着，已到了跟前。

麝月等問：「手裏拿的是什麽？」媳婦們道：「是老太太賞金、花二位姑娘吃的。」秋紋笑道：「外頭唱的是《八義》，没唱《混元盒》，那裏又跑出『金花娘娘』來了。」寶玉笑命：「揭起來我瞧瞧。」秋紋麝月忙上去將兩個盒子揭開。兩個媳婦忙蹲下身子，〔庚〕細膩之極！一部大觀園之文皆若食肥蟹，至此一句，則又三月於鎮江江上啖出網之鮮鰣矣。寶玉看了兩盒内都是席上所有的上等果品菜饌，點了一點頭，邁步就走。麝月二人忙胡亂擲了盒蓋，跟上來。寶玉笑道：「這兩個女人倒和氣，會説話，他們天天乏了，倒説你們連日辛苦，倒不是那矜功自伐的。」麝月道：「這好的也很好，那不知禮的也太不知禮。」寶玉笑道：「你們是明白人，耽待他們是粗笨可憐的人就完了。」一面説，一面來至園門。

那幾個婆子雖吃酒鬬牌，却不住出來打探，見寶玉來了，也都跟上了。來至花廳後廊上，只見那兩個小丫頭一個捧着小沐盆，一個搭着手巾，又拿着漚子壺在那裏久等。秋紋先忙伸手向盆内試了一試，説道：「你越大越粗心了，那裏弄的這冷水。」小丫頭笑道：「姑娘瞧瞧這個天，我怕水冷，巴巴的倒的是滚水，這還冷了。」

正說着，可巧見一個老婆子提着一壺滾水走來。小丫頭便說：「好奶奶，過來給我倒上些。」那婆子道：「哥哥兒，這是老太太泡茶的，勸你走了舀去罷，那裏就走大了脚。」秋紋道：「憑你是誰的，你不給？我管把老太太茶吊子倒了洗手。」那婆子回頭見是秋紋，忙提起壺來就倒。秋紋道：「够了。你這麼大年紀也没個見識，誰不知是老太太的水！要不着的人就敢要了。」婆子笑道：「我眼花了，没認出這姑娘來。」寶玉洗了手，那小丫頭子拿小壺倒了些漚子在他手内，寶玉漚了。秋紋麝月也趁熱水洗了一回，漚了，跟進寶玉來。

寶玉便要了一壺暖酒，也從李嬸薛姨媽斟起，二人也讓坐。賈母便說：「他小，讓他斟去，大家倒要乾過這杯。」說着，便自己乾了。邢王二夫人也忙乾了，讓他二人。薛李也只得乾了。賈母又命寶玉道：「連你姐姐妹妹一齊斟上，不許亂斟，都要叫他乾了。」寶玉聽說，答應着，一一按次斟了。

至黛玉前，偏他不飲，拿起杯來，放在寶玉唇上邊，寶玉一氣飲乾。黛玉笑說：「多謝。」寶玉替他斟上一杯。鳳姐兒便笑道：「寶玉，别喝冷酒，仔細手顫，明兒寫不得字，拉不得弓。」寶玉忙道：「没有吃冷酒。」鳳姐兒笑道：「我知道没有，不過白囑咐你。」然後寶玉將裏面斟完，只除賈蓉之妻是丫頭們斟的。復出至廊上，又與賈珍等斟了。坐了一回，方進來仍歸舊坐。

一時上湯後，又接獻元宵來。賈母便命將戲暫歇歇：「小孩子們可憐見的，也給他們些滚湯滚菜的吃了再唱。」又命將各色果子元宵等物拿些與他們吃去。

一時歇了戲，便有婆子帶了兩個門下常走的女先兒進來，放兩張杌子在那一邊命他坐了，將絃子琵琶遞過去。賈母便問李薛聽何書，他二人都回說：「不拘什麽都好。」賈母便問：「近來可有添些什麽新書？」那兩個女先兒回説道：「倒有一段新書，是殘唐五代的故事。」賈母問是何名，女先兒道：「叫做《鳳求鸞》。」賈母道：「這一個名字倒好，不知因什麽起的，先大概説説原故，若好再説。」女先兒道：「這書上乃説殘唐之時，有一位鄉紳，本是金陵人氏，名唤王忠，曾做過兩朝宰輔，如今告老還家，膝下只有一位公子，名唤王熙鳳。」

衆人聽了，笑將起來。賈母笑道：「這重了我們鳳丫頭了。」媳婦忙上去推他，「這是二奶奶的名字，少混說。」賈母笑道：「你說，你說。」女先生忙笑着站起來，說：「我們該死了，不知是奶奶的諱。」鳳姐兒笑道：「怕什麽，你們只管說罷，重名重姓的多呢。」

女先生又說道：「這年王老爺打發了王公子上京趕考，那日遇見大雨，進到一個莊上避雨。誰知這莊上也有個鄉紳，姓李，與王老爺是世交，便留下這公子住在書房裏。這李鄉紳膝下無兒，只有一位千金小姐。這小姐芳名叫作雛鸞，琴棋書畫，無所不通。」賈母忙道：「怪道叫作《鳳求鸞》。不用說，我猜着了，自然是這王熙鳳要求這雛鸞小姐爲妻。」女先兒笑道：「老祖宗原來聽過這一回書。」衆人都道：「老太太什麽没聽過！便没聽過，也猜着了。」

賈母笑道：「這些書都是一個套子，左不過是些佳人才子，最没趣兒。把人家女兒說的那樣壞，還說是佳人，編的連影兒也没有了。開口都是書香門第，父親不是尚書就是宰相，生一個小姐必是愛如珍寶。這小姐必是通文知禮，無所不曉，竟是個絶代佳人。只一見了一個清俊的男人，不管是親是友，便想起終身大事來，父母也忘了，書禮也忘了，鬼不成鬼，賊不成賊，那一點兒是佳人？便是滿腹文章，做出這些事來，也算不得是佳人了。比如男人滿腹文章去作賊，難道那王法就說他是才子，就不入賊情一案不成？可知那編書的是自己塞了自己的嘴。再者，既說是世宦書香大家小姐都知禮讀書，連夫人都知書識禮，便是告老還家，自然這樣大家人口不少，奶母丫鬟伏侍小姐的人也不少，怎麽這些書上，凡有這樣的事，就只小姐和緊跟的一個丫鬟？你們白想想，那些人都是管什麽的，可是前言不答後語？」

衆人聽了，都笑說：「老太太這一說，是謊都批出來了。」賈母笑道：「這有個原故：編這樣書的，有一等妒人家富貴，或有求不遂心，所以編出來污穢人家。再一等，他自己看了這些書看魔了，他也想一個佳人，所以編了出來取樂。何嘗他知道那世宦讀書家的道理！別說他那書上那些世宦書禮大家，如今眼下真的，拿我們這中等人家說起，也沒有這樣的事，別說是那些大家子。可知是謅掉了下巴的話。所以我們從不許說這些書，丫頭們也不懂這些話。這幾年我老了，他們姊妹們住的遠，我偶然悶了，說幾句聽聽，他們一來，就忙歇了。」李薛二人都笑說：「這正是大家的規矩，連我們家也沒這些雜話給孩子們聽見。」

鳳姐兒走上來斟酒，笑道：「罷，罷，酒冷了，老祖宗喝一口潤潤嗓子再掰謊。這一回就叫作《掰謊記》，就出在本朝本地本年本月本日本時，老祖宗一張口難說兩家話，花開兩朵，各表一枝，是真是謊且不表，再整那觀燈看戲的人。老祖宗且讓這二位親戚吃一杯酒看兩齣戲之後，再從昨朝話言掰起如何？」他一面斟酒，一面笑說，未曾說完，衆人俱已笑倒。兩個女先兒也笑個不住，都說：「奶奶好剛口。奶奶要一說書，真連我們吃飯的地方也沒了。」薛姨媽笑道：「你少興頭些，外頭有人，比不得往常。」鳳姐兒笑道：「外頭的只有一位珍大爺。我們還是論哥哥妹妹，從小兒一處淘氣了這麼大。這幾年因做了親，我如今立了多少規矩了。便不是從小兒的兄妹，便以伯叔論，那《二十四孝》上『斑衣戲彩』，他們不能來『戲彩』引老祖宗笑一笑，我這裏好容易引的老祖宗笑了一笑，多吃了一點兒東西，大家喜歡，都該謝我纔是，難道反笑話我不成？」賈母笑道：「可是。這兩日我竟沒有痛痛的笑一場，倒是虧他，纔一路笑的我心裏痛快了些，我再吃一鍾酒。」吃着酒，又命寶玉：「也敬你姐姐一杯。」鳳姐兒笑道：「不用他敬，我討老祖宗的壽罷。」説着，便將賈母的杯拿起來，將半杯剩酒吃了，將杯遞與丫鬟，另將温水浸的杯換了一個上來。於是各席上的杯都撤去，另將温水浸着待换的杯斟了新酒上來，然後歸坐。

女先兒回説：「老祖宗不聽這書，或者彈一套曲子聽聽罷。」賈母便説道：「你們兩個對一套《將軍令》罷。」二人聽説，忙和絃按調撥弄起來。賈母因問：「天有幾更了。」衆婆子忙回：「三更了。」賈母道：「怪道寒浸浸的起來。」早有衆丫鬟拿了添换的衣裳送來。王夫人起身笑説道：「老太太不如挪進暖閣裏地炕上倒也罷了。這二位親戚也不是外人，我們陪着就是了。」賈母聽説，笑道：「既這樣説，不如大家都挪進去，豈不暖和？」王夫人道：「恐裏間坐不下。」賈母笑道：「我有道理。如今也不用這些桌子，只用兩三張併起來，大家坐在一處擠着，又親香，又暖和。」衆人都道：「這纔有趣。」説着，便起了席。衆媳婦忙撤去殘席，裏面直順併了三張大桌，另又添换了果饌擺好。賈母便説：「這都不要拘禮，只聽我分派你們就坐纔好。」説着便讓薛李正面上坐，自己西向坐了，叫寶琴、黛玉、湘雲三人皆緊依左右坐下，向寶玉説：「你挨着你太太。」於是邢夫人王夫人之中夾着寶玉，寶釵等姊妹在西邊，挨次下去便是婁氏帶着賈菌，尤氏李紈夾着賈蘭，下面横頭便是賈蓉之妻。賈母便說：「珍哥兒帶着你兄弟們去罷，我也就睡了。」

賈珍等忙答應，又都進來。賈母道：「快去罷！不用進來，纔坐好了，又都起來。你快歇着，明日還有大事呢。」賈珍忙答應了，又笑說：「留下蓉兒斟酒纔是。」賈母笑道：「正是忘了他。」賈珍答應了一個「是」，便轉身帶領賈璉等出來。二人自是歡喜，便命人將賈琮賈璜各自送回家去，便邀了賈璉去追歡買笑，不在話下。

這裏賈母笑道：「我正想着雖然這些人取樂，竟没一對雙全的，就忘了蓉兒。這可全了，蓉兒就合你媳婦坐在一處，倒也團圓了。」因有媳婦回說開戲，賈母笑道：「我們娘兒們正說的興頭，又要吵起來。况且那孩子們熬夜怪冷的，也罷，叫他們且歇歇，把咱們的女孩子們叫了來，就在這臺上唱兩齣給他們瞧瞧。」媳婦聽了，答應了出來，忙的一面着人往大觀園去傳人，一面二門口去傳小廝們伺候。小廝們忙至戲房將班中所有的大人一概帶出，只留下小孩子們。

一時，梨香院的教習帶了文官等十二個人，從遊廊角門出來。婆子們〔一〕抱着幾個軟包，因不及抬箱，估料着賈母愛聽的三五齣戲的彩衣包了來。婆子們帶了文官等進去見過，只垂手站着。賈母笑道：「大正月裏，你師父也不放你們出來逛逛。你等唱什麼？剛纔八齣《八義》鬧得我頭疼，咱們清淡些好。你瞧瞧，薛姨太太這李親家太太都是有戲的人家，不知聽過多少好戲的。這些姑娘們都比咱們家姑娘見過好戲，聽過好曲子。如今這小戲子又是那有名玩戲家的班子，雖是小孩子們，却比大班還强。咱們好歹别落了褒貶，少不得弄個新樣兒的。叫芳官唱一齣《尋夢》，只提琴至管簫合，笙笛一概不用[二]。」文官笑道：「這也是的，我們的戲自然不能入姨太太和親家太太姑娘們的眼，不過聽我們一個發脱口齒，再聽一個喉嚨罷了。」賈母笑道：「正是這話了。」李嬸薛姨媽喜的都笑道：「好個靈透孩子，他也跟着老太太打趣我們。」賈母笑道：「我們這原是隨便的頑意兒，又不出去做買賣，所以竟不大合時。」説着又道：「叫葵官唱一齣《惠明下書》，也不用抹臉。只用這兩齣叫他們聽個踈異罷了。若省一點力，我可不依。」

文官等聽了出來，忙去扮演上臺，先是《尋夢》，次是《下書》。衆人都鴉雀無聞，薛姨媽因笑道：「實在虧他，戲也看過幾百班，從沒見用簫管的。」賈母道：「也有，只是像方纔《西樓·楚江晴》一支，多有小生吹簫和的。這大套的實在少，這也在主人講究不講究罷了。這算什麽出奇？」指湘雲道：「我像他這麽大的時節，他爺爺有一班小戲，偏有一個彈琴的湊了來，即如《西廂記》的《聽琴》，《玉簪記》的《琴挑》，《續琵琶》的《胡笳十八拍》，竟成了真的了，比這個更如何？」衆人都道：「這更難得了。」賈母便命個媳婦來，吩咐文官等叫他們吹一套《燈月圓》。媳婦領命而去。

當下賈蓉夫妻二人捧酒一巡，鳳姐兒因見賈母十分高興，便笑道：「趁着女先兒們在這裏，不如叫他們擊鼓，咱們傳梅，行一個『春喜上眉梢』的令如何？」賈母笑道：「這是個好令，正對時對景。」忙命人取了一面黑漆銅釘花腔令鼓來，與女先兒們擊着，席上取了一枝紅梅。賈母笑道：「若到誰手裏住了，吃一杯，也要説個什麽纔好。」鳳姐兒笑道：「依我説，誰像老祖宗要什麽有什麽呢。我們這不會的，豈不没意思。依我説也要雅俗共賞，不如誰輸了誰説個笑話罷。」衆人聽了，都知道他素日善説笑話，最是他肚内有無限的新鮮趣談。

今兒如此説，不但在席的諸人喜歡，連地下伏侍的老小人等無不歡喜。那小丫頭子們都忙出去，找姐唤妹的告訴他們：「快來聽，二奶奶又説笑話兒了。」衆丫頭子們便擠了一屋子。於是戲完樂罷。賈母命將些湯點果菜與文官等吃去，便命響鼓。那女先兒們皆是慣的，或緊或慢，或如殘漏之滴，或如迸豆之疾，或如驚馬之亂馳，或如疾電之光而忽暗。其鼓聲慢，傳梅亦慢；鼓聲疾，傳梅亦疾。恰恰至賈母手中，鼓聲忽住。大家呵呵一笑，賈蓉忙上來斟了一杯。衆人都笑道：「自然老太太先喜了，我們纔託賴些喜。」賈母笑道：「這酒也罷了，只是這笑話倒有些個難説。」衆人都説：「老太太的比鳳姐兒的還好還多，賞一個，我們也笑一笑兒。」

賈母笑道：「並没什麽新鮮發笑的，少不得老臉皮子厚的説一個罷了。」因説道：「一家子養了十個兒子，娶了十房媳婦。惟有第十個媳婦最聰明伶俐，心巧嘴乖，公婆最疼，成日家説那九個不孝順。這九個媳婦委屈，便商議説：『咱們九個心裏孝順，只是不像那小蹄子嘴巧，所以公公婆婆老了只説他好，這委屈向誰訴去？』大媳婦有主意，便説道：『咱們明兒到閻王廟去燒香，和閻王爺説去，問他一問，叫我們託生人，爲什麽單單的給那小蹄子一張乖嘴，我們都是笨的。』衆人聽了都喜歡，説這主意不錯。第二日便都到閻王廟裏來燒了香，九個人都在供桌底下睡着了。九個魂專等閻王駕到，左等不來，右等也不到。正着急，只見孫行者駕着筋斗雲來了，看見九個魂便要拿金箍棒打，唬得九個魂忙跪下央求。孫行者問原故，九個人忙細細的告訴了他。孫行者聽了，把脚一跺，嘆了一口氣道：『這原故幸虧遇見我，等着閻王來了，他也不得知道的。』九個人聽了，就求説：『大聖發個慈悲，我們就好了。』孫行者笑道：『這却不難。那日你們妯娌十個託生時，可巧我到閻王那裏去的，因爲撒了泡尿在地下，你那小嬸子便吃了。你們如今要伶俐嘴乖，有的是尿，再撒泡你們吃了就是了。』」説畢，大家都笑起來。

鳳姐兒笑道：「好的，幸而我們都笨嘴笨腮的，不然也就吃了猴兒尿了。」尤氏婁氏都笑向李紈道：「咱們這裏誰是吃過猴兒尿的，别裝没事人兒。」薛姨媽笑道：「笑話兒不在好歹，只要對景就發笑。」説着又擊起鼓來。小丫頭子們只要聽鳳姐兒的笑話，便悄悄的和女先兒説明，以咳嗽爲記。須臾傳至兩遍，剛到了鳳姐兒手裏，小丫頭子們故意咳嗽，女先兒便住了。

衆人齊笑道：「這可拿住他了。快吃了酒説一個好的，别太逗的人笑的腸子疼。」鳳姐兒想了一想，笑道：「一家子也是過正月半，合家賞燈吃酒，真真的熱鬧非常，祖婆婆、太婆婆、婆婆、媳婦、孫子媳婦、重孫子媳婦、親孫子、侄孫子、重孫子、灰孫子、滴滴搭搭的孫子、孫女兒、外孫女兒、姨表孫女兒、姑表孫女兒……噯喲喲，真好熱鬧！」衆人聽他説着，已經笑了，都説：「聽數貧嘴，又不知編派那一個呢？」尤氏笑道：「你要招我，我可撕你的嘴。」鳳姐兒起身拍手笑道：「人家費力説，你們混，我就不説了。」賈母笑道：「你説你説，底下怎麽樣？」鳳姐兒想了一想，笑道：「底下就團團的坐了一屋子，吃了一夜酒就散了。」衆人見他正言厲色的説了，别無他話，都怔怔的還等下話，只覺冰冷無味。

史湘雲看了他半日，鳳姐兒笑道：「再説一個過正月半的。幾個人抬着個房子大的炮仗往城外放去，引了上萬的人跟着瞧去。有一個性急的人等不得，便偷着拿香點着了。只聽

『噗哧』一聲，衆人哄然一笑都散了。這抬炮仗的人抱怨賣炮仗的捍的不結實，没等放就散了。」湘雲道：「難道他本人没聽見響？」鳳姐兒道：「這本人原是聾子。」衆人聽説，一回想，不覺一齊失聲都大笑起來。又想着先前那一個没完的，問他：「先一個怎麽樣？也該説完。」鳳姐兒將桌子一拍，説道：「好囉唆，到了第二日是十六日，年也完了，節也完了，我看着人忙着收東西還鬧不清，那裏還知道底下的事了。」衆人聽説，復又笑將起來。鳳姐兒笑道：「外頭已經四更，依我説，老祖宗也乏了，咱們也該『聾子放炮仗——散了』罷。」尤氏等用手帕子握着嘴，笑的前仰後合，指他説道：「這個東西真會數貧嘴。」賈母笑道：「真真這鳳丫頭越發貧嘴了。」一面説，一面吩咐道：「他提炮仗來，咱們也把煙火放了解解酒。」

賈蓉聽了，忙出去帶着小厮們就在院内安下屏架，將煙火設吊齊備。這煙火皆係各處進貢之物，雖不甚大，却極精巧，各色故事俱全，夾着各色花炮。林黛玉禀氣柔弱，不禁礔磤〔三〕之聲，賈母便摟他在懷中。薛姨媽摟着湘雲，湘雲笑道：「我不怕。」寶釵等笑道：「他專愛自己放大炮仗，還怕這個呢。」王夫人便將寶玉摟入懷内。鳳姐兒笑道：「我們是没有人疼的了。」尤氏笑道：「有我呢，我摟着你。也不怕臊，你這孩子又撒嬌了，聽見放炮仗，吃了蜜蜂兒屎的，今兒又輕狂起來。」鳳姐兒笑道：「等散了，咱們園子裏放去。我比小厮們還放的好呢。」

說話之間，外面一色一色的放了又放，又有許多的滿天星、九龍入雲、一聲雷、飛天十響之類的零碎小爆竹。放罷，然後又命小戲子打了一回「蓮花落」，撒了滿臺錢，命那孩子們滿臺搶錢取樂。又上湯時，賈母說道：「夜長，覺的有些餓了。」鳳姐兒忙回說：「有預備的鴨子肉粥。」賈母道：「我吃些清淡的罷。」鳳姐兒忙道：「也有棗兒熬的粳米粥，預備太太們吃齋的。」賈母笑道：「不是油膩膩的就是甜的。」鳳姐兒又忙道：「還有杏仁茶，只怕也甜。」賈母道：「倒是這個還罷了。」說着，又命人撤去殘席，外面另設上各種精緻小菜。大家隨便隨意吃了些，用過漱口茶，方散。

十七日一早，又過寧府行禮，伺候掩了宗祠，收過影像，方回來。此日便是薛姨媽家請吃年酒。十八日便是賴大家，十九日便是寧府賴昇家，二十日便是林之孝家，二十一日便是單大良家，二十二日便是吴新登家。這幾家，賈母也有去的，也有不去的，也有高興直待衆人散了方回的，也有興盡半日一時就來的。凡諸親友來請或來赴席的，賈母一概怕拘束不會，自有邢夫人、王夫人、鳳姐兒三人料理。連寶玉只除王子騰家去了，餘者亦皆不會，只説賈母留下解悶。所以倒是家下人家來請，賈母可以自便之處，方高興去逛逛。閒言不提，且説當下元宵已過——

戚總評：讀此回者凡三變。不善讀者徒讚其如何演戲、如何行令、如何掛花燈、如何放爆竹，目眩耳聾，應接不暇。少解讀者，讚其座次有倫、巡酒有度，從演戲渡至女先，從女先渡至鳳姐，從鳳姐渡至行令，從行令渡至放花爆：脱卸下來，井然秩然，一絲不亂。會讀者須另具卓識，單着眼史太君一席話，將普天下不近理之「奇文」、不近情之「妙作」一齊抹倒。是作者借他人酒杯，消自己傀儡，畫一幅行樂圖，鑄一面菱花鏡，爲全部總評。噫！作者已逝，聖歎云亡，愚不自量，輒擬數語，知我罪我，其聽之矣。

〔一〕「一時……婆子們」二十七字原缺，諸本皆有，據蒙、戚等本補。

〔二一〕此句疑有錯奪。有人斷爲「只提琴，至管簫合笙笛一概不用。」語氣更順暢，但與後文薛姨媽説的「從没見用簫管的」矛盾。暫保留目前的標點。

〔二二〕「磾礉」，列、楊本同，蒙本作「碑礉」，戚本作「響礉」，甲辰本作「劈拍」。按：此詞中「磾」是生造字，「礉」則是借形字，與原字（同「砲」字）音義均無關。從諸本異文看，「磾礉」當係原本文字，蒙本係形訛，戚本、甲辰本則是後改。作爲一個象聲詞，通常寫作「畢剥」。此處用字過僻，現代校本多簡省爲「畢駁」。

第五十五回　辱親女愚妾争閒氣　欺幼主刁奴蓄險心

戚 此回接上文，恰似黄鐘大吕後，轉出羽調商聲，别有清凉滋味。

且説元宵已過，只因當今以孝治天下，目下宫中有一位太妃欠安，故各嬪妃皆爲之減膳謝妝，不獨不能省親，亦且將宴樂俱免。故榮府今歲元宵亦無燈謎之集。

剛將年事忙過，鳳姐兒便小月了，在家一月，不能理事，天天兩三個太醫用藥。鳳姐兒自恃强壯，雖不出門，然籌畫計算，想起什麽事來，便命平兒去回王夫人，任人諫勸，他只不聽。王夫人便覺失了膀臂，一人能有許多的精神？凡有了大事，自己主張；將家中瑣碎之事，一應都暫令李紈協理。李紈是個尚德不尚才的，未免逞縱了下人。王夫人便命探春合同李紈裁處，只説過了一月，鳳姐將息好了，仍交與他。誰知鳳姐禀賦氣血不足，兼年幼不知保養，平生争强鬬智，心力更虧，故雖係小月，竟着實虧虚下來，一月之後，復添了下紅之症。他雖不肯説出來，衆人看他面目黄瘦，便知失於調養。王夫人只令他好生服藥調養，不令他操心。他自己也怕成了大症，遺笑於人，便想偷空調養，恨不得一時復舊如常。誰知一直服藥調養到八九月間，纔漸漸的起復過來，下紅也漸漸止了。此是後話。

如今且説目今王夫人見他如此，探春與李紈暫難謝事，園中人多，又恐失於照管，因又特請了寶釵來，託他各處小心：「老婆子們不中用，得空兒吃酒鬬牌，白日裏睡覺，夜裏鬬牌，我都知道的。鳳丫頭在外頭，他們還有個懼怕，如今他們又該取便了。好孩子，你還是個妥當人，你兄弟妹妹們又小，我又没工夫，你替我辛苦兩天，照看照看。凡有想不到的事，你來告訴我，别等老太太問出來，我没話回。那些人不好，你只管説。他們不聽，你來回我。别弄出大事來纔好。」寶釵聽説只得答應了。

時屆孟春，黛玉又犯了嗽疾。湘雲亦因時氣所感，亦卧病於蘅蕪苑，一天醫藥不斷。探春同李紈相住間隔，二人近日同事，不比往年，來往回話人等亦不便，故二人議定：每日早晨皆到園門口南邊的三間小花廳上去會齊辦事，吃過早飯於午錯方回房。這三間廳原係預備省親之時衆執事太監起坐之處，故省親之後也用不着了，每日只有婆子們上夜。如今天已和暖，不用十分修飾，只不過略略的鋪陳了，便可他二人起坐。這廳上也有一匾，題着「輔仁諭德」四字，家下俗呼皆只叫議事廳兒。如今他二人每日卯正至此，午正方散。凡一應執事媳婦等來往回話者，絡繹不絕。

衆人先聽見李紈獨辦，各各心中暗喜，以爲李紈素日原是個厚道多恩無罰的，自然比鳳姐兒好搪塞。便添了一個探春，也都想着不過是個未出閨閣的年輕小姐，且素日也最平和恬淡，因此都不在意，比鳳姐兒前更懈怠了許多。只三四日後，幾件事過手，漸覺探春精細處不讓鳳姐，只不過是言語安靜，性情和順而已。〔庚〕這是小姐身分耳，阿鳳未出閣想亦如此。可巧連日有王公侯伯世襲官員十幾處，皆係榮寧非親即友或世交之家，或有陞遷，或有黜降，或有婚喪紅白等事，王夫人賀弔迎送，應酬不暇，前邊更無人。他二人便一日皆在廳上起坐。寶釵便一日在上房監察，至王夫人回方散。每於夜間針綫暇時，臨寢之先，坐了小轎帶領園中上夜人等各處巡察一次。他三人如此一理，更覺比鳳姐兒當差時倒更謹慎了些。因而裏外下人都暗中抱怨說：「剛剛的倒了一個『巡海夜叉』，又添了三個『鎮山太歲』，越性連夜裏偷着吃酒頑的工夫都没了。」

這日王夫人正是往錦鄉侯府去赴席，李紈與探春早已梳洗，伺候出門去後，回至廳上坐了。剛吃茶時，只見吴新登的媳婦進來回說：「趙姨娘的兄弟趙國基昨日死了。昨日回過太太，太太說知道了，叫回姑娘奶奶來。」說畢，便垂手旁侍，再不言語。彼時來回話者不少，都打聽他二人辦事如何：若辦得妥當，大家則安個畏懼之心；若少有嫌隙不當之處，不但不畏伏，出二門還要編出許多笑話來取笑。吴新登的媳婦心中已有主意，若是鳳姐前，他便早已獻勤說出許多主意，又查出許多舊例來任鳳姐兒揀擇施行。[庚]可知雖有才幹，亦必有羽翼方可。如今他藐視李紈老實，探春是青年的姑娘，所以只說出這一句話來，試他二人有何主見。探春便問李紈。李紈想了一想，便道：「前兒襲人的媽死了，聽見說賞銀四十兩。這也賞他四十兩罷了。」吴新登家的聽了，忙答應了是，接了對牌就走。探春道：「你且回來。」吳新登家的只得回來。探春道：「你且別支銀子。我且問你：那幾年老太太屋裏的幾位老姨奶奶，也有家裏的也有外頭的這兩個分別。家裏的若死了人是賞多少，外頭的死了人是賞多少，你且說兩個我們聽聽。」一問，吳新登家的便都忘了，忙陪笑回說：「這也不是什麼大事，賞多少誰還敢爭不成？」探春笑道：「這話胡鬧。依我說，賞一百倒好。若不按例，別說你們笑話，明兒也難見你二奶奶。」吳新登家的笑道：「既這麼說，我查舊賬去，此時却記不得。」探春笑道：「你辦事辦老了的，還記不得，倒來難我們。你素日回你二奶奶也現查去？若有這道理，鳳姐姐還不算利害，也就是算寬厚了！還不快找了來我瞧。再遲一日，不說你們粗心，反像我們没主意了。」吳新登家的滿面通紅，忙轉身出來。衆媳婦們都伸舌頭，這裏又回別的事。

一時，吳家的取了舊賬來。探春看時，兩個家裏的賞過皆二十（四）兩〔二〕，兩個外頭的皆賞過四十兩。外還有兩個外頭的，一個賞過一百兩，一個賞過六十兩。這兩筆底下皆有原故：一個是隔省遷父母之柩，外賞六十兩；一個是現買葬地，外賞二十兩。探春便遞與李紈看了。探春便説：「給他二十兩銀子。把這賬留下，我們細看看。」吴新登家的去了。

忽見趙姨娘進來，李紈探春忙讓坐。趙姨娘開口便説道：「這屋裏的人都踩下我的頭去還罷了。姑娘你也想一想，該替我出氣纔是。」一面説，一面眼淚鼻涕哭起來。探春忙道：「姨娘這話説誰，我竟不解。誰踩姨娘的頭？説出來我替姨娘出氣。」趙姨娘道：「姑娘現踩我，我告訴誰！」探春聽説，忙站起來，説道：「我並不敢。」李紈也站起來勸。

趙姨娘道：「你們請坐下，聽我説。我這屋裏熬油似的熬了這麽大年紀，又有你和你兄弟，這會子連襲人都不如了，我還有什麽臉？連你也没臉面，别説我了！」探春笑道：「原來爲這個。我説我並不敢犯法違理。」一面便坐了，拿賬翻與趙姨娘看，又念與他聽，又説道：「這是祖宗手裏舊規矩，人人都依着，偏我改了不成？也不但襲人，將來環兒收了外頭的，自然也是同襲人一樣。這原不是什麽争大争小的事，講不到有臉没臉的話上。他是太太的奴才，我是按着舊規矩辦。説辦的好，領祖宗的恩典、太太的恩典；若説辦的不均，那是他糊塗不知福，也只好憑他抱怨去。太太連房子賞了人，我有什麽有臉之處；一文不賞，我也没什麼没臉之處。依我説，太太不在家，姨娘安静些養神罷了，何苦只要操心。太太滿心疼我，因姨娘每每生事，幾次寒心。我但凡是個男人，可以出得去，我必早走了，立一番事業，那時自有我一番道理。偏我是女孩兒家，一句多話也没有我亂説的。太太滿心裏都知道。如今因看重我，纔叫我照管家務，還没有做一件好事，姨娘倒先來作踐我。倘或太太知道了，怕我爲難不叫我管，那纔正緊没臉，連姨娘也真没臉！」一面説，一面不禁滚下淚來。

趙姨娘没了别話答對，便説道：「太太疼你，你越發拉扯拉扯我們。你只顧討太太的疼，就把我們忘了。」探春道：「我怎麼忘了？叫我怎麼拉扯？這也問你們各人，那一個主子不疼出力得用的人？那一個好人用人拉扯的？」李紈在旁只管勸説：「姨娘别生氣。也怨不得姑娘，他滿心裏要拉扯，口裏怎麼説的出來。」探春忙道：「這大嫂子也糊塗了。我拉扯誰？誰家姑娘們拉扯奴才了？他們的好歹，你們該知道，與我什麼相干。」趙姨娘氣的問道：「誰叫你拉扯别人去了？你不當家我也不來問你。你如今現説一是一，説二是二。如今你舅舅死了，你多給了二三十兩銀子，難道太太就不依你？分明太太是好太太，都是你們尖酸刻薄，可惜太太有恩無處使。姑娘放心，這也使不着你的銀子。明兒等出了閣，我還想你額外照看趙家呢。如今没有長羽毛，就忘了根本，只揀高枝兒飛去了！」

探春没聽完，已氣的臉白氣噎，抽抽咽咽的一面哭，一面問道：「誰是我舅舅？我舅舅年下纔陞了九省檢點，那裏又跑出一個舅舅來？我倒素習按理尊敬，越發敬出這些親戚來了。既這麽説，每日環兒出去，爲什麽趙國基又站起來，又跟他上學？爲什麽不拿出舅舅的款來？何苦來，誰不知道我是姨娘養的，必要過兩三個月尋出由頭來，徹底來翻騰一陣，生怕人不知道，故意的表白表白。也不知誰給誰没臉？幸虧我還明白，但凡糊塗不知理的，早急了。」李紈急的只管勸，趙姨娘只管還嘮叨。

忽聽有人説：「二奶奶打發平姑娘説話來了。」趙姨娘聽説，方把口止住。只見平兒進來，趙姨娘忙陪笑讓坐，又忙問：「你奶奶好些？我正要瞧去，就只没得空兒。」李紈見平兒進來，因問他來做什麽。平兒笑道：「奶奶説，趙姨奶奶的兄弟没了，恐怕奶奶和姑娘不知有舊例，若照常例，只得二十兩。如今請姑娘裁奪着，再添些也使得。」探春早已拭去淚痕，忙説道：「又好好的添什麽，誰又是二十四個月養下來的？不然也是那出兵放馬背着主子逃出命來過的人不成？你主子真個倒巧，叫我開了例，他做好人，拿着太太不心疼的錢，樂的做人情。你告訴他，我不敢添減，混出主意。他添他施恩，等他好了出來，愛怎麽添了去。」平兒一來時已明白了對半，今聽這一番話，越發會意，見探春有怒色，便不敢以往日喜樂之時相待，只一邊垂手默待。

時值寶釵也從上房中來，探春等忙起身讓坐。未及開言，又有一個媳婦進來回事。因探春纔哭了，便有三四個小丫鬟捧了沐盆、巾帕、靶鏡等物來。此時探春因盤膝坐在矮板榻上，那捧盆的丫鬟走至跟前，便雙膝跪下，高捧沐盆；那兩個小丫鬟，也都在旁屈膝捧着巾帕並靶鏡脂粉之飾。平兒見待書不在這裏，便忙上來與探春挽袖卸鐲，又接過一條大手巾來，將探春面前衣襟掩了。探春方伸手向面盆中盥沐。那媳婦便回道：「回奶奶姑娘，家學裏支環爺和蘭哥兒的一年公費。」平兒先道：「你忙什麽！你睜着眼看見姑娘洗臉，你不出去伺候着，先説話來。二奶奶跟前你也這麽没眼色來着？姑娘雖然恩寬，我去回了二奶奶，只説你們眼裏都没姑娘，你們都吃了虧，可別怨我。」唬的那個媳婦忙陪笑道：「我粗心了。」一面說，一面忙退出去。

探春一面匀臉，一面向平兒冷笑道：「你遲了一步，還有可笑的：連吴姐姐這麼個辦老了事的，也不查清楚了，就來混我們。幸虧我們問他，他竟有臉説忘了。我説他回你主子事也忘了再找去？我料着你那主子未必有耐性兒等他去找。」平兒忙笑道：「他有這一次，管包腿上的筋早折了兩根。姑娘別信他們。那是他們瞅着大奶奶是個菩薩，姑娘又是個靦腆小姐，固然是托懶來混。」説着，又向門外説道：「你們只管撒野，等奶奶大安了，咱們再説。」門外的衆媳婦都笑道：「姑娘，你是個最明白的人，俗語説，『一人作罪一人當』，我們並不敢欺蔽小姐。如今小姐是嬌客，若認真惹惱了，死無葬身之地。」平兒冷笑道：「你們明白就好了。」又陪笑向探春道：「姑娘知道二奶奶本來事多，那裏照看的這些，保不住不忽略。俗語説『旁觀者清』，這幾年姑娘冷眼看着，或有該添該減的去處二奶奶没行到，姑娘竟一添減，頭一件於太太的事有益，第二件也不枉姑娘待我們奶奶的情義了。」話未説完，寶釵李紈皆笑道：「好丫頭，真怨不得鳳丫頭偏疼他！本來無可添減的事，如今聽你一說，倒要找出兩件來斟酌斟酌，不辜負你這話。」探春笑道：「我一肚子氣，沒人煞性子，正要拿他奶奶出氣去，偏他碰了來，說了這些話，叫我也沒了主意了。」一面說，一面叫進方纔那媳婦來問：「環爺和蘭哥兒家學裏這一年的銀子，是做那一項用的？」那媳婦便回說：「一年學裏吃點心或者買紙筆，每位有八兩銀子的使用。」探春道：「凡爺們的使用，都是各屋領了月錢的。環哥的是姨娘領二兩，寶玉的是老太太屋裏襲人領二兩，蘭哥兒的是大奶奶屋裏領。怎麼學裏每人又多這八兩？原來上學去的是爲這八兩銀子！從今兒起，把這一項蠲了。平兒，回去告訴你奶奶，說我的話，把這一條務必免了。」平兒笑道：「早就該免。舊年奶奶原說要免的，因年下忙，就忘了。」那個媳婦只得答應着去了。就有大觀園中媳婦捧了飯盒來。

待書素雲早已抬過一張小飯桌來，平兒也忙着上菜。探春笑道：「你說完了話幹你的去罷，在這裏忙什麼。」平兒笑道：「我原没事的。二奶奶打發了我來，一則說話，二則恐這裏人不方便，原是叫我幫着妹妹們伏侍奶奶姑娘的。」探春因問：「寶姑娘的飯怎麼不端來一處吃？」丫鬟們聽説，忙出至檐外命媳婦去説：「寶姑娘如今在廳上一處吃，叫他們把飯送了這裏來。」探春聽説，便高聲説道：「你別混支使人！那都是辦大事的管家娘子們，你們支使他要飯要茶的，連個高低都不知道！平兒這裏站着，你叫叫去。」

平兒忙答應了一聲出來。那些媳婦們都忙悄悄的拉住笑道：「那裏用姑娘去叫，我們已有人叫去了。」一面説，一面用手帕撣石磯上説：「姑娘站了半天乏了，這太陽影裏且歇歇。」平兒便坐下。又有茶房裏的兩個婆子拿了個坐褥鋪下，説：「石頭冷，這是極乾净的，姑娘將就坐一坐兒罷。」平兒忙陪笑道：「多謝。」一個又捧了一碗精緻新茶出來，也悄悄笑説：「這不是我們的常用茶，原是伺候姑娘們的，姑娘且潤一潤罷。」平兒忙欠身接了，因指衆媳婦悄悄説道：「你們太鬧的不像了。他是個姑娘家，不肯發威動怒，這是他尊重，你們就藐視欺負他。果然招他動了大氣，不過説他一個粗糙就完了，你們就現吃不了的虧。他撒個嬌，太太也得讓他一二分，二奶奶也不敢怎樣。你們就這麽大膽子小看他，可是鷄蛋往石頭上碰。」衆人都忙道：「我們何嘗敢大膽了，都是趙姨奶奶鬧的。」平兒也悄悄的説：「罷了，好奶奶們。『墻倒衆人推』，那趙姨奶奶原有些倒三不着兩，有了事都就賴他。你們素日那眼裏沒人，心術利害，我這幾年難道還不知道？二奶奶若是略差一點兒的，早被你們這些奶奶治倒了。饒這麼着，得一點空兒，還要難他一難，好幾次没落了你們的口聲。衆人都道他利害，你們都怕他，惟我知道他心裏也就不算不怕你們呢。前兒我們還議論到這裏，再不能依頭順尾，必有兩場氣生。那三姑娘雖是個姑娘，你們都横看了他。二奶奶這些大姑子小姑子裏頭，也就只單畏他五分。你們這會子倒不把他放在眼裏了。」

正説着，只見秋紋走來。衆媳婦忙趕着問好，又説：「姑娘也且歇一歇，裏頭擺飯呢。等撤下飯桌子，再回話去。」秋紋笑道：「我比不得你們，我那裏等得。」説着便直要上廳去。平兒忙叫：「快回來。」秋紋回頭見了平兒，笑道：「你又在這裏充什麼外圍的防護？」一面回身便坐在平兒褥上。平兒悄問：「回什麼？」秋紋道：「問一問寶玉的月銀我們的月錢多早晚纔領。」平兒道：「這什麼大事。你快回去告訴襲人，説我的話，憑有什麼事今兒都别回。若回一件，管駁一件；回一百件，管駁一百件。」秋紋聽了，忙問：「這是爲什麼了？」

平兒與衆媳婦等都忙告訴他原故，又說：「正要找幾件利害事與有體面的人開例作法子，鎮壓與衆人作榜樣呢。何苦你們先來碰在這釘子上。你這一去説了，他們若拿你們也作一二件榜樣，又礙着老太太、太太；若不拿着你們作一二件，人家又説偏一個向一個，仗着老太太、太太威勢的就怕，也不敢動，只拿着軟的作鼻子頭。你聽聽罷，二奶奶的事，他還要駁兩件，纔壓的衆人口聲呢。」秋紋聽了，伸舌笑道：「幸而平姐姐在這裏，没的臊一鼻子灰。我趕早知會他們去。」説着，便起身走了。

接着寶釵的飯至，平兒忙進來伏侍。那時趙姨娘已去，三人在板床上吃飯。寶釵面南，探春面西，李紈面東。衆媳婦皆在廊下静候，裏頭只有他們緊跟常侍的丫鬟伺候，别人一概不敢擅入。這些媳婦們都悄悄的議論説：「大家省事罷，别安着没良心的主意。連吴大娘纔都討了没意思，咱們又是什麽有臉的。」他們一邊悄議，等飯完回事。只覺裏面鴉雀無聲，並不聞碗箸之聲。一時只見一個丫鬟將簾櫳高揭，又有兩個將桌抬出。茶房内早有三個丫頭捧着三沐盆水，見飯桌已出，三人便進去了。一回又捧出沐盆並漱盂來，方有待書、素雲、鶯兒三個，每人用茶盤捧了三蓋碗茶進去。一時等他三人出來，待書命小丫頭子：「好生伺候着，我們吃飯來換你們，別又偷坐着去。」衆媳婦們方慢慢的一個一個的安分回事，不敢如先前輕慢疎忽了。

探春氣方漸平，因向平兒道：「我有一件大事，早要和你奶奶商議，如今可巧想起來。你吃了飯快來。寶姑娘也在這裏，咱們四個人商議了，再細細的問你奶奶可行可止。」平兒答應回去。

鳳姐因問爲何去了這一日，平兒便笑着將方纔的原故細細説與他聽了。鳳姐兒笑道：「好，好，好，好個三姑娘！我説他不錯。只可惜他命薄，没託生在太太肚裏。」平兒笑道：「奶奶也説糊塗話了。他便不是太太養的，難道誰敢小看他，不與別的一樣看了？」鳳姐兒嘆道：「你那裏知道，雖然庶出一樣，女兒却比不得男人，將來攀親時，如今有一種輕狂人，先要打聽姑娘是正出是庶出，多有爲庶出不要的。殊不知別説庶出，便是我們的丫頭，比人家的小姐還强呢。將來不知那個没造化的挑庶正誤了事呢，也不知那個有造化的不挑庶正的得了去。」説着，又向平兒笑道：「你知道，我這幾年生了多少省儉的法子，一家子大約也没個不背地裏恨我的。我如今也是騎上老虎了。雖然看破些，無奈一時也難寬放；二則家裏出去的多，進來的少。凡百大小事仍是照着老祖宗手裏的規矩，却一年進的産業又不及先時。多省儉了，外人又笑話，老太太、太太也受委屈，家下人也抱怨刻薄；若不趁早兒料理省儉之計，再幾年就都賠盡了。」

平兒道：「可不是這話！將來還有三四位姑娘，還有兩三個小爺，一位老太太，這幾件大事未完呢。」鳳姐兒笑道：「我也慮到這裏，倒也够了：寶玉和林妹妹他兩個一娶一嫁，可以使不着官中的錢，老太太自有梯己拿出來。二姑娘是大老爺那邊的，也不算。剩下三四個，滿破着每人花上一萬銀子。環哥娶親有限，花上三千兩銀子，不拘那裏省一抿子也就够了。老太太事出來，一應都是全了的，不過零星雜項，便費也滿破三五千兩。如今再儉省些，陸續也就够了。只怕如今平空又生出一兩件事來，可就了不得了。——咱們且别慮後事，你且吃了飯，快聽他商議什麽。這正碰了我的機會，我正愁没個膀臂。雖有個寶玉，他又不是這裏頭的貨，縱收伏了他也不中用。大奶奶是個佛爺，也不中用。二姑娘更不中用，亦且不是這屋裏的人。四姑娘小呢。蘭小子更小。環兒更是個燎毛的小凍猫子，只等有熱竈火坑讓他鑽去罷。真真一個娘肚子裏跑出這樣天懸地隔的兩個人來，我想到這裏就不伏。再者林丫頭和寶姑娘他兩個倒好，偏又都是親戚，又不好管咱家務事。况且一個是美人燈兒，風吹吹就壞了；一個是拿定了主意，『不干己事不張口，一問搖頭三不知』，也難十分去問他。倒只剩了三姑娘一個，心裏嘴裏都也來的，又是咱家的正人，太太又疼他，雖然面上淡淡的，皆因是趙姨娘那老東西鬧的，心裏却是和寶玉一樣呢。比不得環兒，實在令人難疼，要依我的性早攆出去了。如今他既有這主意，正該和他協同，大家做個膀臂，［己］阿鳳有才處全在擇人，收納膀臂羽翼，並非一味倚才自恃者可知。這方是大才。我也不孤不獨了。按正理，天理良心上論，咱們有他這個人幫着，咱們也省些心，於太太的事也有些益。若按私心藏奸上論，我也太行毒了，也該抽頭退步。回頭看看了，再要窮追苦剋，人恨極了，暗地裏笑裏藏刀，咱們兩個纔四個眼睛、兩個心，一時不防，倒弄壞了。趁着緊溜〔二〕之中，他出頭一料理，衆人就把往日咱們的恨暫可解了。還有一件，我雖知你極明白，恐怕你心裏挽不過來，如今囑咐你：他雖是姑娘家，心裏却事事明白，不過是言語謹慎；他又比我知書識字，更厲害一層了。如今俗語『擒賊必先擒王』，他如今要作法開端，一定是先拿我開端。倘或他要駁我的事，你可別分辯，你只越恭敬，越説駁的是纔好。千萬别想着怕我没臉，和他一强，就不好了。」

平兒不等説完，便笑道：「你太把人看糊塗了。我纔已經行在先，這會子又反囑咐我。」鳳姐兒笑道：「我是恐怕你心裏眼裏只有了我，一概没有别人之故，不得不囑咐。既已行在先，更比我明白了。你又急了，滿口裏『你』『我』起來。」平兒道：「偏説『你』！你不依，這不是嘴巴子，再打一頓。難道這臉上還没嘗過的不成！」鳳姐兒笑道：「你這小蹄子，要掂多少過子〔三〕纔罷。看我病的這樣，還來慪我。過來坐下，横竪没人來，咱們一處吃飯是正緊。」

説着，豐兒等三四個小丫頭子進來放小炕桌。鳳姐只吃燕窩粥，兩碟子精緻小菜，每日分例菜已暫減去。豐兒便將平兒的四樣分例菜端至桌上，與平兒盛了飯來。平兒屈一膝於炕沿之上，半身猶立於炕下，陪鳳姐兒吃了飯，〔己〕鳳姐之才又在能買邀人心。伏侍漱盥。漱畢，囑咐了豐兒些話，方往探春處來。只見院中寂靜，人已散出。要知端的——

〔戚〕總評：噫！事亦難矣哉！探春以姑娘之尊，以賈母之愛，以王夫人之付託，以鳳姐之未謝事，暫代數月，而奸奴蜂起，内外欺侮，錙銖小事，突動風波，不亦難乎！以鳳姐之聰明，以鳳姐之才力，以鳳姐之權術，以鳳姐之貴寵，以鳳姐之日夜焦勞，百般彌縫，猶不免騎虎難下，爲移禍東吴之計，不亦難乎！况聰明才力不及鳳姐，權術貴寵不及鳳姐，焦勞彌縫不及鳳姐，又無賈母之愛，姑娘之尊，太太之付託，而欲左支右吾，撑前達後，不更難乎！士方有志作一番事業，每讀至此，不禁爲之投書以起，三復流連而欲泣也！

〔一〕「二十四兩」，諸本均同。下文兩次提到，均爲二十兩，「四」字當係誤衍。

〔二〕原作「緊淘」，己本同，據其餘諸本改。按：「緊淘」意義未明，而「緊溜」在舊小説中常見，意爲「緊急、緊要關頭」。

〔三〕「掂多少過子」：「掂」，蒙、戚本作「翻」，楊本作「顛」；「過子」，甲辰本作「過兒」。另第六十六回「掂十個過子」，則兩字均無異文。按：「過子」是量詞，即「遍、次」。「掂多少過子」，意爲「（把某事）提起多少遍」。

探春

第五十六回　敏探春興利除宿弊　時寶釵小惠全大體

【戚】叙入夢景，極迷離，却極分明。牛鬼蛇神不犯筆端，全從至情至理中寫出，《齊諧》莫能載也。

話説平兒陪着鳳姐兒吃了飯，伏侍盥漱畢，方往探春處來。只見院中寂静，只有丫鬟婆子諸内壼近人在窗外聽候。

平兒進入廳中，他姊妹三人正議論些家務，説的便是年内賴大家請吃酒他家花園中事故。見他來了，探春便命他脚踏上坐了，因説道：「我想的事不爲别的，因想着我們一月有二兩月銀外，丫頭們又另有月錢。前兒又有人回，要我們一月所用的頭油脂粉，每人又是二兩。這又同纔剛學裏的八兩一樣，重重叠叠，事雖小，錢有限，看起來也不妥當。你奶奶怎麽就没想到這個？」

平兒笑道：「這有個原故：姑娘們所用的這些東西，自然是該有分例。每月買辦買了，令女人們各房交與我們收管，不過預備姑娘們使用就罷了，没有一個我們天天各人拿錢找人買頭油又是脂粉去的理。所以外頭買辦總領了去，按月使女人按房交與我們的。姑娘們的每月這二兩，原不是爲買這些的，原爲的是一時當家的奶奶太太或不在，或不得閒，姑娘們偶然一時可巧要幾個錢使，省得找人去。這原是恐怕姑娘們受委屈，可知這個錢並不是買這個纔有的。如今我冷眼看着，各房裏的我們的姊妹都是現拿錢買這些東西的，竟有一半。我就疑惑，不是買辦脱了空，遲些日子，就是買的不是正緊貨，弄些使不得的東西來搪塞。」探春李紈都笑道：「你也留心看出來了。脱空是没有的，也不敢，只是遲些日子；催急了，不知那裏弄些來，不過是個名兒，其實使不得，依然得現買。就用這二兩銀子，另叫别人的奶媽子的或是弟兄哥哥的兒子買了來纔使得。若使了官中的人，依然是那一樣的。不知他們是什麼法子，是鋪子裏壞了不要的，他們都弄了來，單預備給我們？」平兒笑道：「買辦買的是那樣的，他買了好的來，買辦豈肯和他善開交，又説他使壞心要奪這買辦了。所以他們也只得如此，寧可得罪了裏頭，不肯得罪了外頭辦事的人。姑娘們只能可使奶媽媽們，他們也就不敢閒話了。」探春道：「因此我心中不自在。錢費兩起，東西又白丢一半，通算起來，反費了兩摺子，不如竟把買辦的每月蠲了爲是。此是一件事。第二件，年裏往賴大家去，你也去的，你看他那小園子比咱們這個如何？」平兒笑道：「還没有咱們這一半大，樹木花草也少多了。」探春道：「我因和他家女兒説閒話兒，誰知那麼個園子，除他們戴的花、吃的筍菜魚蝦之外，一年還有人包了去，年終足有二百兩銀子剩。從那日我纔知道，一個破荷葉，一根枯草根子，都是值錢的。」

寶釵笑道：「真真膏粱紈綺之談。雖是千金小姐，原不知這事，但你們都念過書識字的，竟没看見朱夫子有一篇《不自棄文》不成？」探春笑道：「雖看過，那不過是勉人自勵，虛比浮詞，那裏都真有的？」寶釵道：「朱子都有虛比浮詞？那句句都是有的。你纔辦了兩天時事，就利慾熏心，把朱子都看虛浮了。你再出去見了那些利弊大事，越發把孔子也看虛了！」探春笑道：「你這樣一個通人，竟没看見子書？當日『姬子』有云：『登利禄之場，處運籌之界者，竊堯舜之詞，背孔孟之道。』」寶釵笑道：「底下一句呢？」探春笑道：「如今只斷章取意，念出底下一句，我自己罵我自己不成？」寶釵道：「天下没有不可用的東西；既可用，便值錢。難爲你是個聰敏人，這些正事大節目事竟没經歷，也可惜遲了。」〔己〕反點題，文法中又一變體也。李紈笑道：「叫了人家來，不説正事，且你們對講學問。」寶釵道：「學問中便是正事。此刻於小事上用學問一提，那小事越發作高一層了。不拿學問提着，便都流入市俗去了。」

三人只是取笑之談，説笑了一回，便仍談正事。〔己〕作者又用金蟬脱殼之法。探春因又接説道：「咱們這園子只算比他們的多一半，加一倍算，一年就有四百銀子的利息。若此時也出脱生發銀子，自然小器，不是咱們這樣人家的事。若派出兩個一定的人來，既有許多值錢之物，一味任人作踐，也似乎暴殄天物。不如在園子裏所有的老媽媽中，揀出幾個本分老誠能知園圃的事，派準他們收拾料理，也不必要他們交租納税，只問他們一年可以孝敬些什麽。一則園子有專定之人修理，花木自有一年好似一年的，也不用臨時忙亂；二則也不至作踐，白辜負了東西；三則老媽媽們也可借此小補，不枉年日在園中辛苦；四則亦可以省了這些花兒匠山子匠打掃人等的工費。將此有餘，以補不足，未爲不可。」寶釵正在地下看壁上的字畫，聽如此説一則，便點一回頭，説完，便笑道：「善哉，三年之内無饑饉矣！」李紈笑道：「好主意。這果一行，太太必喜歡。省錢事小，第一有人打掃，專司其職，又許他們去賣錢。使之以權，動之以利，再無不盡職的了。」平兒道：「這件事須得姑娘説出來。我們奶奶雖有此心，也未必好出口。此刻姑娘們在園裏住着，不能多弄些玩意兒去陪襯，反叫人去監管修理，圖省錢，這話斷不好出口。」

寶釵忙走過來，摸着他的臉笑道：「你張開嘴，我瞧瞧你的牙齒舌頭是什麽作的。從早起來到這會子，你説這些話，一套一個樣子，也不奉承三姑娘，也没見你説奶奶才短想不到，也並沒有三姑娘說一句，你就說一句是；橫竪三姑娘一套話出，你就有一套話進去，總是三姑娘想的到的，你奶奶也想到了，只是必有個不可辦的原故。這會子又是因姑娘住的園子，不好因省錢令人去監管。你們想想這話，若果真交與人弄錢去的，那人自然是一枝花也不許掐，一個果子也不許動了，姑娘們分中自然不敢，天天與小姑娘們就吵不清。他這遠愁近慮，不亢不卑。他奶奶便不是和咱們好，聽他這一番話，也必要自愧的變好了，不和也變和了。」探春笑道：「我早起一肚子氣，聽他來了，忽然想起他主子來，素日當家使出來的好撒野的人，我見了他便生了氣。誰知他來了，避猫鼠兒似的站了半日，怪可憐的。接着又說了那麽些話，不說他主子待我好，倒說『不枉姑娘待我們奶奶素日的情意了』。這一句，不但没了氣，我倒愧了，又傷起心來。我細想，我一個女孩兒家，自己還鬧得没人疼没人顧的，我那裏還有好處去待人。」口内說到這裏，不免又流下淚來。李紈等見他說的懇切，又想他素日趙姨娘每生誹謗，在王夫人跟前亦爲趙姨娘所累，亦都不免流下淚來，都忙勸道：「趁今日清净，大家商議兩件興利剔弊的事，也不枉太太委託一場。又提這没要緊的事做什麽？」平兒忙道：「我已明白了。姑娘竟說誰好，竟一派人就完了。」探春道：「雖如此說，也須得回你奶奶一聲。我們這裏搜剔小遺，已經不當，皆因你奶奶是個明白人，我纔這樣行，若是糊塗多蠱多妒的，我也不肯，倒像抓他乖一般。豈可不商議了行。」平兒笑道：「既這樣，我去告訴一聲。」說着去了，半日方回來，笑說：「我說是白走一趟，這樣好事，奶奶豈有不依的。」

探春聽了，便和李紈命人將園中所有婆子的名單要來，大家參度，大概定了幾個。又將他們一齊傳來，李紈大概告訴與他們。衆人聽了，無不願意，也有說：「那一片竹子單交給我，一年工夫，明年又是一片。除了家裏吃的筍，一年還可交些錢糧。」這一個說：「那一片稻地交給我，一年這些頑的大小雀鳥的糧食不必動官中錢糧，我還可以交錢糧。」探春纔要說話，人回：「大夫來了，進園瞧姑娘。」衆婆子只得去接大夫。平兒忙說：「單你們，有一百個也不成個體統，難道没有兩個管事的頭腦帶進大夫來？」回事的那人說：「有，吳大娘和單大娘他兩個在西南角上聚錦門等着呢。」平兒聽說，方罷了。

衆婆子去後，探春問寶釵如何。寶釵笑答道：「幸於始者怠於終，繕其辭者嗜其利。」探春聽了點頭稱讚，便向册上指出幾人來與他三人看。平兒忙去取筆硯來。他三人説道：「這一個老祝媽是個妥當的，况他老頭子和他兒子代代都是管打掃竹子，如今竟把這所有的竹子交與他。這一個老田媽本是種莊稼的，稻香村一帶凡有菜蔬稻稗之類，雖是頑意兒，不必認真大治大耕，也須得他去，再一按時加些培植，豈不更好？」探春又笑道：「可惜，蘅蕪苑和怡紅院這兩處大地方竟没有出利息之物。」李紈忙笑道：「蘅蕪苑更利害。如今香料舖並大市大廟賣的各處香料香草兒，都不是這些東西？算起來比别的利息更大。怡紅院别説别的，單只説春夏天一季玫瑰花，共下多少花？還有一帶籬笆上薔薇、月季、寶相、金銀藤，單這没要緊的草花乾了，賣到茶葉舖藥舖去，也值幾個錢。」探春笑道：「原來如此。只是弄香草的没有在行的人。」平兒忙笑道：「跟寶姑娘的鶯兒他媽就是會弄這個的，上回他還採了些曬乾了編成花籃葫蘆給我頑的，姑娘倒忘了不成？」寶釵笑道：「我纔讚你，你倒來捉弄我了。」三人都詫異，都問這是爲何。寶釵道：「斷斷使不得！你們這裏多少得用的人，一個一個閒着没事辦，這會子我又弄個人來，叫那起人連我也看小了。我倒替你們想出一個人來：

怡紅院有個老葉媽，他就是茗煙的娘。那是個誠實老人家，他又和我們鶯兒的娘極好，不如把這事交與葉媽。他有不知的，不必咱們說，他就找鶯兒的娘去商議了。那怕葉媽全不管，竟交與那一個，那是他們私情兒，有人說閒話，也就怨不到咱們身上了。如此一行，你們辦的又至公，於事又甚妥。」李紈平兒都道：「是極。」己 寶釵此等非與鳳姐一樣，此是隨時俯仰，彼則逸才逾蹈也。 探春笑道：「雖如此，只怕他們見利忘義。」己 這是探春敏智過人處，此諷亦不可少。 平兒笑道：「不相干，前兒鶯兒還認了葉媽做乾娘，請吃飯吃酒，兩家和厚的好的很呢。」己 夾寫大觀園中多少兒女家常閒景，此亦補前文之不足也。 探春聽了，方罷了。又共同斟酌出幾人來，俱是他四人素昔冷眼取中的，用筆圈出。

一時婆子們來回大夫已去，將藥方送上去。三人看了，一面遣人送出去取藥，監派調服，一面探春與李紈明示諸人：某人管某處，按四季除家中定例用多少外，餘者任憑你們採取了去取利，年終算賬。探春笑道：「我又想起一件事：若年終算賬歸錢時，自然歸到賬房，仍是上頭又添一層管主，還在他們手心裏，又剥一層皮。這如今我們興出這事來派了你們，已是跨過他們的頭去了，心裏有氣，只說不出來；你們年終去歸賬，他還不捉弄你們等什麼？

再者，這一年間管什麽的，主子有一全分，他們就得半分。這是家裏的舊例，人所共知的，别的偷着的在外。如今這園子裏是我的新創，竟别入他們手，每年歸賬，竟歸到裏頭來纔好。」寶釵笑道：「依我説，裏頭也不用歸賬。這個多了那個少了，倒多了事。不如問他們誰領這一分的，他就攬一宗事去。不過是園裏的人的動用。我替你們算出來了，有限的幾宗事：不過是頭油、胭粉、香、紙，每一位姑娘幾個丫頭，都是有定例的；再者，各處笤帚、撮簸、撣子並大小禽鳥、鹿、兔吃的糧食。不過這幾樣，都是他們包了去，不用賬房去領錢。你算算，就省下多少來？」平兒笑道：「這幾宗雖小，一年通共算了，也省的下四百兩銀子。」

寶釵笑道：「却又來，一年四百，二年八百兩，取租的房子也能看得了幾間，薄地也可添幾畝。雖然還有敷餘的，但他們既辛苦鬧一年，也要叫他們剩些，黏補黏補自家。雖是興利節用爲綱，然亦不可太嗇。縱再省上二三百銀子，失了大體統也不像。所以如此一行，外頭賬房裏一年少出四五百銀子，也不覺得很艱嗇了，他們裏頭却也得些小補。這些没營生的媽媽們也寬裕了，園子裏花木，也可以每年滋長蕃盛，你們也得了可使之物。這庶幾不失大體。若一味要省時，那裏不搜尋出幾個錢來。凡有些餘利的，一概入了官中，那時裏外怨聲載道，豈不失了你們這樣人家的大體？如今這園裏幾十個老媽媽們，若只給了這個，那剩的也必抱怨不公。我纔説的，他們只供給這個幾樣，也未免太寬裕了。一年竟除這個之外，他每人不論有餘無餘，只叫他拿出若干貫錢來，大家湊齊，單散與園中這些媽媽們。他們雖不料理這些，却日夜也是在園中照看當差之人，關門閉户，起早睡晚，大雨大雪，姑娘們出入，抬轎子，撑船，拉冰床，一應粗糙活計，都是他們的差使。一年在園裏辛苦到頭，這園内既有出息，也是分内該沾帶些的。還有一句至小的話，越發説破了：你們只管了自己寬裕，不分與他們些，他們雖不敢明怨，心裏却都不服，只用假公濟私的多摘你們幾個果子，多掐幾枝花兒，你們有冤還没處訴。他們也沾帶了些利息，你們有照顧不到，他們就替你照顧了。」

衆婆子聽了這個議論，又去了賬房受轄制，又不與鳳姐兒去算賬，一年不過多拿出若干貫錢來，各各歡喜異常，都齊説：「願意。强如出去被他揉搓着，還得拿出錢來呢。」那不得管地的聽了每年終又無故得分錢，也都喜歡起來，口内說：「他們辛苦收拾，是該剩些錢黏補的。我們怎麼好『穩坐吃三注』的？」

寶釵笑道：「媽媽們也別推辭了，這原是分内應當的。你們只要日夜辛苦些，別躲懶縱放人吃酒賭錢就是了。不然，我也不該管這事；你們一般聽見，姨娘親口囑託我三五回，說大奶奶如今又不得閒兒，別的姑娘又小，託我照看照看。我若不依，分明是叫姨娘操心。你們奶奶又多病多痛，家務也忙。我原是個閒人，便是個街坊鄰居，也要幫着些，何况是親姨娘託我。我免不得去小就大，講不起衆人嫌我。倘或我只顧了小分沽名釣譽，那時酒醉賭博生出事來，我怎麼見姨娘？你們那時後悔也遲了，就連你們素日的老臉也都丢了。這些姑娘小姐們，這麼一所大花園子，都是你們照看，皆因看得你們是三四代的老媽媽，最是循規遵矩的，原該大家齊心，顧些體統。你們反縱放別人任意吃酒賭博，姨娘聽見了，教訓一場猶可，倘或被那幾個管家娘子聽見了，他們也不用回姨娘，竟教導你們一番。你們這年老的反受了年小的教訓，雖是他們是管家，管的着你們，何如自己存些體統，他們如何得來作踐。

所以我如今替你們想出這個額外的進益來，也爲大家齊心把這園裏週全的謹謹慎慎，使那些有權執事的看見這般嚴肅謹慎，且不用他們操心，他們心裏豈不敬伏。也不枉替你們籌畫進益，既能奪他們之權，生你們之利，豈不能行無爲之治，分他們之憂。你們去細想想這話。」家人都歡聲鼎沸說：「姑娘說的很是。從此姑娘奶奶只管放心，姑娘奶奶這樣疼顧我們，我們再要不體上情，天地也不容了。」

剛說着，只見林之孝家的進來說：「江南甄府裏家眷昨日到京，今日進宮朝賀。此刻先遣人來送禮請安。」說着，便將禮單送上去。探春接了，看道是：「上用的妝緞蟒緞十二匹，上用雜色緞十二匹，上用各色紗十二匹，上用宮綢十二匹，官用各色緞紗綢綾二十四匹〔一〕。」李紈也看過，說：「用上等封兒賞他。」因又命人回了賈母。賈母便命人叫李紈、探春、寶釵等也都過來，將禮物看了。李紈收過，一邊吩咐內庫上人說：「等太太回來看了再收。」賈母因說：「這甄家又不與別家相同，上等賞封賞男人，只怕展眼又打發女人來請安，預備下尺頭。」一語未完，果然人回：「甄府四個女人來請安。」賈母聽了，忙命人帶進來。

那四個人都是四十往上的年紀，穿戴之物，皆比主子不甚差別。請安問好畢，賈母命拿了四個脚踏來，他四人謝了坐，待寶釵等坐了，方都坐下。賈母便問：「多早晚進京的？」四人忙起身回説：「昨兒進的京。今日太太帶了姑娘進宫請安去了，故令女人們來請安，問候姑娘們。」賈母笑問道：「這些年没進京，也不想到今年來。」四人也都笑回道：「正是，今年是奉旨進京的。」賈母問道：「家眷都來了？」四人回説：「老太太和哥兒、兩位小姐並别位太太都没來，就只太太帶了三姑娘來了。」賈母道：「有人家没有？」四人道：「尚没有。」賈母笑道：「你們大姑娘和二姑娘這兩家，都和我們家甚好。」四人笑道：「正是。每年姑娘們有信回去説，全虧府上照看。」賈母笑道：「什麽照看，原是世交，又是老親，原應當的。你們二姑娘更好，更不自尊自大，所以我們纔走的親密。」四人笑道：「這是老太太過謙了。」賈母又問：「你這哥兒也跟着你們老太太？」四人回説：「也是跟着老太太。」賈母道：「幾歲了？」又問：「上學不曾？」四人笑說：「今年十三歲。因長得齊整，老太太很疼。自幼淘氣異常，天天逃學，老爺太太也不便十分管教。」賈母笑道：「也不成了我們家的了！你這哥兒叫什麼名字？」四人道：「因老太太當作寶貝一樣，他又生的白，老太太便叫作寶玉。」賈母便向李紈等道：「偏也叫作個寶玉。」李紈忙欠身笑道：「從古至今，同時隔代重名的很多。」四人也笑道：「起了這小名兒之後，我們上下都疑惑，不知那位親友家也倒似曾有一個的。只是這十來年没進京來，却記不得真了。」賈母笑道：「豈敢，就是我的孫子。——人來。」衆媳婦丫頭答應了一聲，走近幾步。賈母笑道：「園裏把咱們的寶玉叫了來，給這四個管家娘子瞧瞧，比他們的寶玉如何？」

衆媳婦聽了，忙去了，半刻圍了寶玉進來。四人一見，忙起身笑道：「唬了我們一跳。若是我們不進府來，倘若别處遇見，還只道我們的寶玉後趕着也進了京了呢。」一面說，一面都上來拉他的手，問長問短。寶玉忙也笑問好。賈母笑道：「比你們的長的如何？」李紈等笑道：「四位媽媽纔一說，可知是模樣相仿了。」賈母笑道：「那有這樣巧事？大家子孩子們再養的嬌嫩，除了臉上有殘疾十分黑醜的，大概看去都是一樣的齊整。這也没有什麽怪處。」四人笑道：「如今看來，模樣是一樣。據老太太説，淘氣也一樣。我們看來，這位哥兒性情却比我們的好些。」賈母忙問：「怎見得？」四人笑道：「方纔我們拉哥兒的手説話便知。我們那一個只説我們糊塗，慢説拉手，他的東西我們略動一動也不依。所使唤的人都是女孩子們。」四人未説完，李紈姊妹等禁不住都失聲笑出來。賈母也笑道：「我們這會子也打發人去見了你們寶玉，若拉他的手，他也自然勉强忍耐一時。可知你我這樣人家的孩子們，憑他們有什麽刁鑽古怪的毛病兒，見了外人，必是要還出正緊禮數來的。若他不還正緊禮數，也斷不容他刁鑽去了。就是大人溺愛的，是他一則生的得人意，二則見人禮數竟比大人行出來的不錯，使人見了可愛可憐，背地裏所以纔縱他一點子。若一味他只管没裏没外，不與大人争光，憑他生的怎樣，也是該打死的。」四人聽了，都笑道：「老太太這話正是。雖然我們寶玉淘氣古怪，有時見了人客，規矩禮數更比大人有禮。所以無人見了不愛，只説爲什麽還打他。殊不知他在家裏無法無天，大人想不到的話他偏會説，想不到的事他偏要行，所以老爺太太恨的無法。就是弄性，也是小孩子的常情，胡亂花費，這也是公子哥兒的常情，怕上學，也是小孩子的常情，都還治的過來。第一，天生下來這一種刁鑽古怪的脾氣，如何使得。」一語未了，人回：「太太回來了。」王夫人進來問過安。他四人請了安，大概說了兩句。賈母便命歇歇去。王夫人親捧過茶，方退出。四人告辭了賈母，便往王夫人處來，說了一會家務，打發他們回去，不必細說。

這裏賈母喜的逢人便告訴，也有一個寶玉，也却一般行景。衆人都爲天下之大，世宦之多，同名者也甚多，祖母溺愛孫者也古今所有常事耳，不是什麼罕事，故皆不介意。獨寶玉是個迂闊獃公子的性情，自爲是那四人承悦賈母之詞。後至蘅蕪苑去看湘雲病去，史湘雲説他：「你放心鬧罷，先是『單絲不成綫，獨樹不成林』，如今有了個對子，鬧急了，再打很了，你逃走到南京找那一個去。」寶玉道：「那裏的謊話你也信了，偏又有個寶玉了？」湘雲道：「怎麽列國有個藺相如，漢朝又有個司馬相如呢？」寶玉笑道：「這也罷了，偏又模樣兒也一樣，這是没有的事。」湘雲道：「怎麽匡人看見孔子，只當是陽虎呢？」寶玉笑道：

「孔子、陽虎雖同貌，却不同名；藺與司馬雖同名，而又不同貌；偏我和他就兩樣俱同不成？」湘雲没了話答對，因笑道：「你只會胡攪，我也不和你分證。有也罷，没也罷，與我無干。」説着便睡下了。

寶玉心中便又疑惑起來：若説必無，然亦似有；若説必有，又並無目睹。心中悶了，回至房中榻上默默盤算，不覺就忽忽的睡去，不覺竟到了一座花園之内。寶玉詫異道：「除了我們大觀園，竟又有這一個園子？」〔己〕寫園可知。正疑惑間，從那邊來了幾個女兒，都是丫鬟。寶玉又詫異道：「除了鴛鴦、襲人、平兒之外，也竟還有這一干人？」〔己〕寫人可知。妙在並不説「更强」二字。只見那些丫鬟笑道：「寶玉怎麼跑到這裏來了？」寶玉只當是説他，自己忙來陪笑説道：「因我偶步到此，不知是那位世交的花園，好姐姐們，帶我逛逛。」衆丫鬟都笑道：「原來不是咱家的寶玉。他生的倒也還乾净，〔己〕妙。在玉卿身上只落了這兩個字，亦不奇了。嘴兒也倒乖覺。」寶玉聽了，忙道：「姐姐們，這裏也更還有個寶玉？」丫鬟們忙道：「寶玉二字，我們是奉老太太、太太之命，爲保佑他延壽消災的。我叫他，他聽見喜歡。你是那裏遠方來的臭小廝，也亂叫起他來。仔細你的臭肉，打不爛你的。」又一個丫鬟笑道：「咱們快走罷，别叫寶玉看見，又説同這臭小廝説了話，把咱熏臭了。」説着一徑去了。

寶玉納悶道：「從來没有人如此塗毒我，他們如何更這樣？真亦有我這樣一個人不成？」一面想，一面順步早到了一所院内。寶玉又詫異道：「除了怡紅院，也更還有這麼一個院落。」忽上了臺磯，進入屋内，只見榻上有一個人卧着，那邊有幾個女孩兒做針綫，也有嘻笑頑耍的。只見榻上〔二〕那個少年嘆了一聲。一個丫鬟笑問道：「寶玉，你不睡又嘆什麼？想必爲你妹妹病了，你又胡愁亂恨呢。」寶玉聽説，心下也便吃驚。只見榻上少年説道：「我聽見老太太説，長安都中也有個寶玉，和我一樣的性情，我只不信。我纔作了一個夢，竟夢中到了都中一個花園子裏頭，遇見幾個姐姐，都叫我臭小廝，不理我。好容易找到他房裏頭，偏他睡覺，空有皮囊，真性不知那去了。」寶玉聽説，忙説道：「我因找寶玉來到這裏。原來你就是寶玉？」榻上的忙下來拉住：「原來你就是寶玉？這可不是夢裏了。」寶玉道：「這如何是夢？真且又真了。」一語未了，只見人來説：「老爺叫寶玉。」唬得二人皆慌了。一個寶玉就走，一個寶玉便忙叫：「寶玉快回來，快回來！」

襲人在旁聽他夢中自喚，忙推醒他，笑問道：「寶玉在那裏？」此時寶玉雖醒，神意尚恍惚，因向門外指說：「纔出去了。」襲人笑道：「那是你夢迷了。你揉眼細瞧，是鏡子裏照的你影兒。」寶玉向前瞧了一瞧，原是那嵌的大鏡對面相照，自己也笑了。早有人捧過漱盂茶滷來，漱了口。麝月道：「怪道老太太常囑咐說小人屋裏不可多有鏡子。小人魂不全，有鏡子照多了，睡覺驚恐作胡夢。如今倒在大鏡子那裏安了一張床。有時放下鏡套還好；往前去，天熱睏倦不定，那裏想的到放他，比如方纔就忘了。自然是先躺下照着影兒頑的，一時合上眼，自然是胡夢顛倒；不然如何得看着自己叫着自己的名字？不如明兒挪進床來是正經。」一語未了，只見王夫人遣人來叫寶玉，不知有何話說——【己】此下緊接「慧紫鵑試忙玉」。

【戚】總評：探春看得透，拿得定，說得出，辦得來，是有才幹者，故贈以「敏」字；寶釵認的真，用的當，責的專，待的厚，是善知人者，故贈以「識」字〔三〕。「敏」與「識」合，何事不濟？

敘園圃事極板重，却極活潑。營心孔方，帶以圖記，勞形案牘，不費謳吟。高人焉肯以書香混於銅臭也哉！

〔一〕此禮單戚、蒙、楊本與諸本不同，作：「上等的妝緞蟒緞十二匹，上用各色寧綢十二匹，上用宮綢十二匹，上用緞十二匹，上用紗十二匹，上用各色綢綾四十匹。」

〔二〕「有一個人……只見榻上」二十八字，己本同缺。其餘諸本皆有，據蒙、戚等本補。

〔三〕按：本回回目「時寶釵」，戚、蒙本作「識寶釵」。

紫鹃

第五十七回　慧紫鵑情辭試忙玉　慈姨媽愛語慰痴顰

[戚]作者發無量願，欲演出真情種，性地圓光，遍示三千。遂滴淚爲墨，研血成字，畫一幅大慈大悲圖。

話説寶玉聽王夫人喚他，忙至前邊來，原來是王夫人要帶他拜甄夫人去。寶玉自是歡喜，忙去换衣服，跟了王夫人到那裏。見其家中形景，自與榮寧不甚差别，或有一二稍盛者。細問，果有一寶玉。甄夫人留席，竟日方回，寶玉方信。因晚間回家來，王夫人又吩咐預備上等的席面，定名班大戲，請過甄夫人母女。後二日，他母女便不作辭，回任去了，無話。

這日寶玉因見湘雲漸愈，然後去看黛玉。正值黛玉纔歇午覺，寶玉不敢驚動，因紫鵑正在迴廊上手裏做針黹，便來問他：「昨日夜裏咳嗽可好了？」紫鵑道：「好些了。」寶玉笑道：「阿彌陀佛！寧可好了罷。」紫鵑笑道：「你也念起佛來，真是新聞！」寶玉笑道：「所謂『病篤亂投醫』了。」一面說，一面見他穿着彈墨綾薄棉襖，外面只穿着青緞夾背心，寶玉便伸手向他身上摸了一摸，說：「穿這樣單薄，還在風口裏坐着，看天風饞，時氣又不好，你再病了，越發難了。」紫鵑便說道：「從此咱們只可說話，別動手動脚的。一年大二年小的，叫人看着不尊重。打緊的那起混賬行子們背地裏說你，你總不留心，還只管和小時一般行爲，如何使得。姑娘常常吩咐我們，不叫和你說笑。你近來瞧他遠着你還恐遠不及呢。」說着便起身，携了針綫進別房去了。

寶玉見了這般景況，心中忽澆了一盆冷水一般，只瞅着竹子，發了一回獃。因祝媽正來挖笋修竿，便怔怔的走出來，一時魂魄失守，心無所知，隨便坐在一塊山石上出神，不覺滴下淚來。直獃了五六頓飯工夫，千思萬想，總不知如何是可。偶值雪雁從王夫人房中取了人參來，從此經過，忽扭項看見桃花樹下石上一人手托着腮頰出神，不是別人，却是寶玉。（己）畫出寶玉來，却又不畫阿顰，何等筆力！◇偏不從鵑寫，却寫一雁，更奇是仍歸寫鵑。雪雁疑惑道：「怪冷的，他一個人在這裏作什麼？春天凡有殘疾的人都犯病，敢是他犯了獃病了？」（己）寫嬌憨女兒之心，何等新巧！一邊想，一邊便走過來蹲下笑道：「你在這裏作什麼呢？」寶玉忽見了雪雁，便說道：「你又作什麼來找我？你難道不是女兒？他既防嫌，不許你們理我，你又來尋我，倘被人看見，豈不又生口舌？你快家去罷了。」雪雁聽了，只當是他又受了黛玉的委屈，只得回至房中。

黛玉未醒，將人參交與紫鵑。紫鵑因問他：「太太做什麼呢？」雪雁道：「也歇中覺，所以等了這半日。姐姐你聽笑話兒：我因等太太的工夫，和玉釧兒姐姐坐在下房裏說話兒，誰知趙姨奶奶招手兒叫我。我只當有什麼話說，原來他和太太告了假，出去給他兄弟伴宿坐夜，明兒送殯去，跟他的小丫頭子小吉祥兒沒衣裳，要借我的月白緞子襖兒。我想他們一般也有兩件子的，往髒地方兒去恐怕弄髒了，自己的捨不得穿，故此借別人的。借我的弄髒了也是小事，只是我想，他素日有些什麽好處到咱們跟前，所以我説了：『我的衣裳簪環都是姑娘叫紫鵑姐姐收着呢。如今先得去告訴他，還得回姑娘呢。姑娘身上又病着，更費了大事，誤了你老出門，不如再轉借罷。』」紫鵑笑道：「你這個小東西倒也巧。你不借給他，你往我和姑娘身上推，叫人怨不着你。他這會子就下去了，還是等明日一早纔去？」雪雁道：「這會子就去的，只怕此時已去了。」紫鵑點點頭。雪雁道：「姑娘還没醒呢，是誰給了寶玉氣受，坐在那裏哭呢。」紫鵑聽了，忙問在那裏。雪雁道：「在沁芳亭後頭桃花底下呢。」

紫鵑聽説，忙放下針綫，又囑咐雪雁好生聽叫：「若問我，答應我就來。」説着，便出了瀟湘舘，一逕來尋寶玉，走至寶玉跟前，含笑説道：「我不過説了那兩句話，爲的是大家好，你就賭氣跑了這風地裏來哭，作出病來唬我。」寶玉忙笑道：「誰賭氣了！我因爲聽你説的有理，我想你們既這樣説，自然别人也是這樣説，將來漸漸的都不理我了，我所以想着自己傷心。」紫鵑也便挨他坐着。寶玉笑道：「方纔對面説話你尚走開，這會子如何又來挨我坐着？」紫鵑道：「你都忘了？幾日前你們姊妹兩個正説話，趙姨娘一頭走了進來——我纔聽見他不在家，所以我來問你。正是前日你和他纔說了一句『燕窩』就歇住了，總没提起，我正想着問你。」寶玉道：「也没什麼要緊。不過我想着寶姐姐也是客中，既吃燕窩，又不可間斷，若只管和他要，也太托實。雖不便和太太要，我已經在老太太跟前略露了個風聲，只怕老太太和鳳姐姐說了。我告訴他的，竟没告訴完了他。如今我聽見一日給你們一兩燕窩，這也就完了。」紫鵑道：「原來是你說了，這又多謝你費心。我們正疑惑，老太太怎麼忽然想起來叫人每一日送一兩燕窩來呢？這就是了。」寶玉笑道：「這要天天吃慣了，吃上三二年就好了。」紫鵑道：「在這裏吃慣了，明年家去，那裏有這閒錢吃這個。」

寶玉聽了，吃了一驚，忙問：「誰？往那個家去？」〔己〕這句不成話，細讀細嚼，方有無限神情滋味。紫鵑道：「你妹妹回蘇州家去。」寶玉笑道：〔己〕「笑」字奇甚。「你又說白話。蘇州雖是原籍，因没了姑父姑母，無人照看，纔就了來的。明年回去找誰？可見是扯謊。」〔己〕此論極是，不介意。紫鵑冷笑道：「你太看小了人。你們賈家獨是大族人口多的，除了你家，別人只得一父一母，房族中真個再無人了不成？我們姑娘來時，原是老太太心疼他年小，雖有叔伯，不如親父母，故此接來住幾年。大了該出閣時，自然要送還林家的。終不成林家的女兒在你賈家一世不成？林家雖貧到没飯吃，也是世代書宦人家，斷不肯將他家的人丢在親戚家，落人的恥笑。所以早則明年春天，遲則秋天。這裏縱不送去，林家亦必有人來接的。前日夜裏姑娘和我説了，叫我告訴你：將從前小時頑的東西，有他送你的，叫你都打點出來還他。他也將你送他的打叠了在那裏呢。」寶玉聽了，便如頭頂上響了一個焦雷一般。紫鵑看他怎樣回答，只不作聲。忽見晴雯找來説：「老太太叫你呢，誰知道在這裏。」紫鵑笑道：「他這裏問姑娘的病症。我告訴了他半日，他只不信。你倒拉他去罷。」説着，自己便走回房去了。

晴雯見他獃獃的，一頭熱汗，滿臉紫脹，忙拉他的手，一直到怡紅院中。襲人見了這般，慌起來，只説時氣所感，熱汗被風撲了。無奈寶玉發熱事猶小可，更覺兩個眼珠兒直直的起來，口角邊津液流出，皆不知覺。給他個枕頭，他便睡下；扶他起來，他便坐着；倒了茶來，他便吃茶。衆人見他這般，一時忙起來，又不敢造次去回賈母，先便差人出去請李嬤嬤。

一時李嬤嬤來了，看了半日，問他幾句話也無回答，用手向他脉門摸了摸，嘴唇人中上邊着力掐了兩下，掐的指印如許來深，竟也不覺疼。李嬤嬤只說了一聲「可了不得了」，「呀」的一聲便摟着放聲大哭起來。急的襲人忙拉他說：「你老人家瞧瞧，可怕不怕？且告訴我們去回老太太、太太去。你老人家怎麼先哭起來？」李嬤嬤捶床搗枕說：「這可不中用了！我白操了一世心了！」襲人等以他年老多知，所以請他來看，如今見他這般一說，都信以爲實，也都哭起來。

晴雯便告訴襲人，方纔如此這般。襲人聽了，便忙到瀟湘館來，見紫鵑正伏侍黛玉吃藥，也顧不得什麼，便走上來問紫鵑道：「你纔和我們寶玉說了些什麼？你瞧他去，你回老太太去，我也不管了！」說着，便坐在椅上。黛玉忽見襲人滿面急怒，又有淚痕，舉止大變，便不免也慌了，忙問怎麼了。襲人定了一回，哭道：「不知紫鵑姑奶奶說了些什麼話，那個獃子眼也直了，手脚也冷了，話也不說了，李媽媽掐着也不疼了，已死了大半個了！

己 奇極之語。從急怒姣憨口中描出不成話之話來，方是千古奇文。五（字）［句］是一口氣來的。

連李媽媽都說不中用了，那裏放聲大哭。只怕這會子都死了！」黛玉一聽此言，李媽媽乃是經過的老嫗，說不中用了，可知必不中用。「哇」的一聲，將腹中之藥一概嗆出，抖腸搜肺、熾胃扇肝的痛聲大嗽了幾陣，一時面紅髮亂，目腫筋浮，喘的抬不起頭來。紫鵑忙上來捶背，黛玉伏枕喘息半晌，推紫鵑道：「你不用捶，你竟拿繩子來勒死我是正經！」紫鵑哭道：「我並没説什麼，不過是説了幾句頑話，他就認真了。」襲人道：「你還不知道他，那傻子每每頑話認了真。」黛玉道：「你説了什麼話，趁早兒去解説，他只怕就醒過來了。」紫鵑聽説，忙下了床，同襲人到了怡紅院。

誰知賈母王夫人等已都在那裏了。賈母一見了紫鵑，眼内出火，駡道：「你這小蹄子，和他説了什麼？」紫鵑忙道：「並没説什麼，不過説幾句頑話。」誰知寶玉見了紫鵑，方「嗳呀」了一聲，哭出來了。衆人一見，方都放下心來。賈母便拉住紫鵑，只當他得罪了寶玉，所以拉紫鵑命他打。誰知寶玉一把拉住紫鵑，死也不放，説：「要去連我也帶了去。」衆人不解，細問起來，方知紫鵑説「要回蘇州去」一句頑話引出來的。賈母流淚道：「我當有什麼要緊大事，原來是這句頑話。」又向紫鵑道：「你這孩子素日最是個伶俐聰敏的，你又知道他有個獃根子，平白的哄他作什麼？」薛姨媽勸道：「寶玉本來心實，可巧林姑娘又是從小兒來的，他姊妹兩個一處長了這麽大，比別的姊妹更不同。這會子熱剌剌的説一個去，別説他是個實心的傻孩子，便是冷心腸的大人也要傷心。這並不是什麽大病，老太太和姨太太只管萬安，吃一兩劑藥就好了。」

正説着，人回林之孝家的單大良家的都來瞧哥兒來了。賈母道：「難爲他們想着，叫他們來瞧瞧。」寶玉聽了一個「林」字，便滿床鬧起來説：「了不得了，林家的人接他們來了，快打出去罷！」賈母聽了，也忙説：「打出去罷。」又忙安慰説：「那不是林家的人。林家的人都死絶了，没人來接他的，你只放心罷。」寶玉哭道：「憑他是誰，除了林妹妹，都不許姓林的！」賈母道：「没姓林的來，凡姓林的我都打走了。」一面吩咐衆人：「以後别叫林之孝家的進園來，你們也别説『林』字。好孩子們，你們聽我這句話罷！」衆人忙答應，又不敢笑。一時寶玉又一眼看見了十錦格子上陳設的一隻金西洋自行船，便指着亂叫説：「那不是接他們來的船來了，灣在那裏呢。」賈母忙命拿下來。襲人忙拿下來，寶玉伸手要，襲人遞過，寶玉便掖在被中，笑道：「可去不成了！」一面説，一面死拉着紫鵑不放。

一時人回大夫來了，賈母忙命快進來。王夫人、薛姨媽、寶釵等暫避裏間，賈母便端坐在寶玉身旁。王太醫進來見許多的人，忙上去請了賈母的安，拿了寶玉的手診了一回。那紫鵑少不得低了頭。王大夫也不解何意，起身説道：「世兄這症乃是急痛迷心。古人曾云：『痰迷有别。有氣血虧柔，飲食不能熔化痰迷者；有怒惱中痰裹而迷者；有急痛壅塞者。』此亦痰迷之症，係急痛所致，不過一時壅蔽，較諸痰迷似輕。」賈母道：「你只説怕不怕，誰同你背醫書呢。」王太醫忙躬身笑説：「不妨，不妨。」賈母道：「果真不妨？」王太醫道：「實在不妨，都在晚生身上。」賈母道：「既如此，請到外面坐，開藥方。若吃好了，我另外預備好謝禮，叫他親自捧了送去磕頭；若耽誤了，我打發人去拆了太醫院大堂。」王太醫只躬身笑説：「不敢，不敢。」他原聽了説「另具上等謝禮命寶玉去磕頭」，故滿口説「不敢」，竟未聽見賈母後來説拆太醫院之戲語，猶説「不敢」，賈母與衆人反倒笑了。一時，按方煎了藥來服下，果覺比先安静。無奈寶玉只不肯放紫鵑，只説他去了便是要回蘇州去了。賈母王夫人無法，只得命紫鵑守着他，另將琥珀去伏侍黛玉。

黛玉不時遣雪雁來探消息，這邊事務盡知，自己心中暗嘆。幸喜衆人都知寶玉原有些獃氣，自幼是他二人親密。如今紫鵑之戲語亦是常情，寶玉之病亦非罕事，因不疑到別事去。

晚間寶玉稍安，賈母王夫人等方回房去。一夜還遣人來問訊幾次。李奶母帶領宋嬤嬤等幾個年老人用心看守，紫鵑、襲人、晴雯等日夜相伴。有時寶玉睡去，必從夢中驚醒，不是哭了說黛玉已去，便是有人來接。每一驚時，必得紫鵑安慰一番方罷。彼時賈母又命將祛邪守靈丹及開竅通神散各樣上方秘製諸藥，按方飲服。次日又服了王太醫藥，漸次好起來。寶玉心下明白，因恐紫鵑回去，故有或作佯狂之態。紫鵑自那日也着實後悔，如今日夜辛苦，並沒有怨意。襲人等皆心安神定，因向紫鵑笑道：「都是你鬧的，還得你來治。也沒見我們這獃子聽了風就是雨，往後怎麼好。」暫且按下。

因此時湘雲之症已愈，天天過來瞧看，見寶玉明白了，便將他病中狂態形容了與他瞧，引的寶玉自己伏枕而笑。原來他起先那樣竟是不知的，如今聽人說還不信。無人時紫鵑在側，寶玉又拉他的手問道：「你爲什麼唬我？」紫鵑道：「不過是哄你頑的，你就認真了。」寶玉道：「你説的那樣有情有理，如何是頑話。」紫鵑笑道：「那些頑話都是我編的。林家實没了人口，縱有也是極遠的。族中也都不在蘇州住，各省流寓不定。縱有人來接，老太太必不放去的。」寶玉道：「便老太太放去，我也不依。」紫鵑笑道：「果真的你不依？只怕是口裏的話。你如今也大了，連親也定下了，過二三年再娶了親，你眼裏還有誰了？」

寶玉聽了，又驚問：「誰定了親？定了誰？」紫鵑笑道：「年裏我聽見老太太説，要定下琴姑娘呢。不然那麽疼他？」寶玉笑道：「人人只説我傻，你比我更傻。不過是句頑話，他已經許給梅翰林家了。果然定下了他，我還是這個形景了？先是我發誓賭咒砸這勞什子，你都没勸過，説我瘋的？剛剛的這幾日纔好了，你又來慪我。」一面説，一面咬牙切齒的，又説道：「我只願這會子立刻我死了，把心迸出來你們瞧見了，然後連皮帶骨一概都化成一股灰——灰還有形跡，不如再化一股煙——煙還可凝聚，人還看見，須得一陣大亂風吹的四面八方都登時散了，這纔好！」一面説，一面又滚下淚來。紫鵑忙上來握他的嘴，替他擦眼淚，又忙笑解説道：「你不用着急。這原是我心裏着急，故來試你。」寶玉聽了，更又詫異，問道：「你又着什麽急？」紫鵑笑道：「你知道，我並不是林家的人，我也和襲人鴛鴦是一夥的，偏把我給了林姑娘使。偏生他又和我極好，比他蘇州帶來的還好十倍，一時一刻我們兩個離不開。我如今心裏却愁，他倘或要去了，我必要跟了他去的。我是合家在這裏，我若不去，辜負了我們素日的情常；若去，又棄了本家。所以我疑惑，故設出這謊話來問你，誰知你就傻鬧起來。」寶玉笑道：「原來是你愁這個，所以你是傻子。從此後再别愁了。我只告訴你一句蔓話：活着，咱們一處活着；不活着，咱們一處化灰化煙。如何？」紫鵑聽了，心下暗暗籌畫。

忽有人回：「環爺蘭哥兒問候。」寶玉道：「就説難爲他們，我纔睡了，不必進來。」婆子答應去了。紫鵑笑道：「你也好了，該放我回去瞧瞧我們那一個去了。」寶玉道：「正是這話。我昨日就要叫你去的，偏又忘了。我已經大好了，你就去罷。」紫鵑聽説，方打叠鋪蓋妝奩之類。寶玉笑道：「我看見你文具裏頭有三兩面鏡子，你把那面小菱花的給我留下罷。我擱在枕頭旁邊，睡着好照，明兒出門帶着也輕巧。」紫鵑聽説，只得與他留下。先命人將東西送過去，然後别了衆人，自回瀟湘舘來。

林黛玉近日聞得寶玉如此形景，未免又添些病症，多哭幾場。今見紫鵑來了，問其原故，已知大愈，仍遣琥珀去伏侍賈母。夜間人定後，紫鵑已寬衣卧下之時，悄向黛玉笑道：「寶玉的心倒實，聽見咱們去就那樣起來。」黛玉不答。紫鵑停了半晌，自言自語的説道：「一動不如一静。我們這裏就算好人家，别的都容易，最難得的是從小兒一處長大，脾氣情性都彼此知道的了。」黛玉啐道：「你這幾天還不乏，趁這會子不歇一歇，還嚼什麽蛆。」紫鵑笑道：「倒不是白嚼蛆，我倒是一片真心爲姑娘。替你愁了這幾年了，無父母無兄弟，誰是知疼着熱的人？趁早兒老太太還明白硬朗的時節，作定了大事要緊。俗語説『老健春寒秋後熱』，倘或老太太一時有個好歹，那時雖也完事，只怕耽誤了時光，還不得趁心如意呢。公子王孫雖多，那一個不是三房五妾，今兒朝東，明兒朝西？要一個天仙來，也不過三夜五夕，也丢在脖子後頭了，甚至於爲妾爲丫頭反目成仇的。若娘家有人有勢的還好些，若是姑娘這樣的人，有老太太一日還好一日，若没了老太太，也只是憑人去欺負了。所以説，拿主意要緊。姑娘是個明白人，豈不聞俗語説：『萬兩黄金容易得，知心一個也難求。』」黛玉聽了，便説道：「這丫頭今兒不瘋了？怎麽去了幾日，忽然變了一個人。我明兒必回老太太退回去，我不敢要你了。」紫鵑笑道：「我説的是好話，不過叫你心裏留神，並没叫你去爲非作歹，何苦回老太太，叫我吃了虧，又有何好處？」説着，竟自睡了。黛玉聽了這話，口内雖如此説，心内未嘗不傷感，待他睡了，便直泣了一夜，至天明方打了一個盹兒。次日勉强盥漱了，吃了些燕窩粥，便有賈母等親來看視了，又囑咐了許多話。

目今是薛姨媽的生日，自賈母起，諸人皆有祝賀之禮。黛玉亦早備了兩色針綫送去。是日也定了一本小戲請賈母王夫人等，獨有寶玉與黛玉二人不曾去得。至散時，賈母等順路又瞧他二人一遍，方回房去。次日，薛姨媽家又命薛蝌陪諸夥計吃了一天酒，連忙了三四天方完備。

因薛姨媽看見邢岫煙生得端雅穩重，且家道貧寒，是個釵荆裙布的女兒，便欲説與薛蟠爲妻。因薛蟠素習行止浮奢，又恐遭塌人家的女兒。正在躊躇之際，忽想起薛蝌未娶，看他二人恰是一對天生地設的夫妻，因謀之於鳳姐兒。鳳姐兒嘆道：「姑媽素知我們太太有些左性的，這事等我慢謀。」因賈母去瞧鳳姐兒時，鳳姐兒便和賈母說：「薛姑媽有件事求老祖宗，只是不好啓齒的。」賈母忙問何事，鳳姐便將求親一事說了。賈母笑道：「這有什麼不好啓齒？這是極好的事。等我和你婆婆說了，怕他不依？」因回房來，即刻就命人來請邢夫人過來，硬作保山。邢夫人想了一想：薛家根基不錯，且現今大富，薛蝌生得又好，且賈母硬作保山，將機就計便應了。賈母十分喜歡，忙命人請了薛姨媽來。二人見了，自然有許多謙辭。邢夫人即刻命人去告訴邢忠夫婦。他夫婦原是此來投靠邢夫人的，如何不依，早極口的說妙極。賈母笑道：「我愛管個閒事，今兒又管成了一件事，不知得多少謝媒錢？」薛姨媽笑道：「這是自然的。縱抬了十萬銀子來，只怕不希罕。但只一件，老太太既是主親，還得一位纔好。」賈母笑道：「別的沒有，我們家折腿爛手的人還有兩個。」說着，便命人去叫過（賈珍）［尤氏］婆媳〔二〕二人來。賈母告訴他原故，彼此忙都道喜。賈母吩咐道：「咱們家的規矩你是盡知的，從沒有兩親家争禮争面的。如今你算替我在當中料理，也不可太嗇，也不可太費，把他兩家的事週全了回我。」尤氏忙答應了。薛姨媽喜之不盡，回家來忙命寫了請帖補送過寧府。尤氏深知邢夫人情性，本不欲管，無奈賈母親自囑咐，只得應了。惟有忖度邢夫人之意行事。薛姨媽是個無可無不可的人，倒還易說。這且不在話下。

如今薛姨媽既定了邢岫煙爲媳，合宅皆知。邢夫人本欲接出岫煙去住，賈母因説：「這又何妨，兩個孩子又不能見面，就是姨太太和他一個大姑，一個小姑，又何妨？况且都是女兒，正好親香呢。」邢夫人方罷。

蝌岫二人前次途中皆曾有一面之遇，大約二人心中也皆如意。只是邢岫煙未免比先時拘泥了些，不好與寶釵姊妹共處閒語；又兼湘雲是個愛取笑的，更覺不好意思。幸他是個知書達禮的，雖有女兒身分，還不是那種佯羞詐愧一味輕薄造作之輩。寶釵自見他時，見他家業貧寒，二則别人之父母皆年高有德之人，獨他父母偏是酒糟透之人，於女兒分中平常；邢夫人也不過是臉面之情，亦非真心疼愛；且岫煙爲人雅重，迎春是個有氣的死人，連他自己尚未照管齊全，如何能照管到他身上，凡閨閣中家常一應需用之物，或有虧乏，無人照管，他又不與人張口，寶釵倒暗中每相體貼接濟，也不敢與邢夫人知道，亦恐多心閒話之故耳。如今却出人意料之外奇緣作成這門親事。岫煙心中先取中寶釵，然後方取薛蝌。有時岫煙仍與寶釵閒話，寶釵仍以姊妹相呼。

這日，寶釵因來瞧黛玉，恰值岫煙也來瞧黛玉，二人在半路相遇。寶釵含笑唤他到跟前，二人同走至一塊石壁後，寶釵笑問他：「這天還冷的很，你怎麽倒全换了夾的？」岫煙見問，低頭不答。寶釵便知道又有了原故，因又笑問道：「必定是這個月的月錢又没得。鳳丫頭如今也這樣没心没計了。」岫煙道：「他倒想着不錯日子給，因姑媽打發人和我説，一個月用不了二兩銀子，叫我省一兩給爹媽送出去，要使什麽，横竪有二姐姐的東西，能着些兒搭着就使了。姐姐想，二姐姐也是個老實人，也不大留心，我使他的東西，他雖不説什麽，他那些媽媽丫頭，那一個是省事的，那一個是嘴裏不尖的？我雖在那屋裏，却不敢很使他們，過三天五天，我倒得拿出錢來給他們打酒買點心吃纔好。因一月二兩銀子還不够使，如今又去了一兩。前兒我悄悄的把綿衣服叫人當了幾吊錢盤纏。」寶釵聽了，愁眉嘆道：「偏梅家又合家在任上，後年纔進來。若是在這裏，琴兒過去了，好再商議你這事。離了這裏就完了。如今不先定了他妹妹的事，也斷不敢先娶親的。如今倒是一件難事。再遲兩年，又怕你熬煎出病來。等我和媽再商議，有人欺負你，你只管耐些煩兒，千萬別自己熬煎出病來。不如把那一兩銀子明兒也越性給了他們，倒都歇心。你以後也不用白給那些人東西吃，他尖刺讓他們去尖刺，很聽不過了，各人走開。倘或短了什麽，你別存那小家兒女氣，只管找我去。並不是作親後方如此，你一來時咱們就好的。便怕人閒話，你打發小丫頭悄悄的和我說去就是了。」岫煙低頭答應了。

寶釵又指他裙上一個碧玉佩問道：「這是誰給你的？」岫煙道：「這是三姐姐給的。」寶釵點頭笑道：「他見人人皆有，獨你一個没有，怕人笑話，故此送你一個。這是他聰明細緻之處。但還有一句話你也要知道，這些妝飾原出於大官富貴之家的小姐，你看我從頭至脚可有這些富麗閒妝？然七八年之先，我也是這樣來的，如今一時比不得一時了，所以我都自己該省的就省了。將來你這一到了我們家，這些没有用的東西，只怕還有一箱子。咱們如今比不得他們了，總要一色從實守分爲主，不比他們纔是。」岫煙笑道：「姐姐既這樣説，我回去摘了就是了。」寶釵忙笑道：「你也太聽説了。這是他好意送你，你不佩着，他豈不疑心。我不過是偶然提到這裏，以後知道就是了。」岫煙忙又答應，又問：「姐姐此時那裏去？」寶釵道：「我到瀟湘舘去。你且回去把那當票叫丫頭送來，我那裏悄悄的取出來，晚上再悄悄的送給你去，早晚好穿，不然風扇了事大。但不知當在那裏了？」岫煙道：「叫作『恒舒典』，是鼓樓西大街的。」寶釵笑道：「這鬧在一家去了。夥計們倘或知道了，好説『人没過來，衣裳先過來』了。」岫煙聽説，便知是他家的本錢，也不覺紅了臉一笑，二人走開。

寶釵就往瀟湘舘來。正值他母親也來瞧黛玉，正説閒話呢。寶釵笑道：「媽多早晚來的？我竟不知道。」薛姨媽道：「我這幾天連日忙，總没來瞧瞧寶玉和他。所以今兒瞧他二個，都也好了。」黛玉忙讓寶釵坐了，因向寶釵道：「天下的事真是人想不到的，怎麽想的到姨媽和大舅母又作一門親家。」薛姨媽道：「我的兒，你們女孩家那裏知道，自古道：『千里姻緣一綫牽。』管姻緣的有一位月下老人，預先注定，暗裏只用一根紅絲把這兩個人的脚絆住，憑你兩家隔着海，隔着國，有世仇的，也終久有機會作了夫婦。這一件事都是出人意料之外，憑父母本人都願意了，或是年年在一處的，以爲是定了的親事，若月下老人不用紅綫拴的，再不能到一處。比如你姐妹兩個的婚姻，此刻也不知在眼前，也不知在山南海北呢。」寶釵道：「惟有媽，説動話就拉上我們。」一面説，一面伏在他母親懷裏笑説：「咱們走罷。」黛玉笑道：「你瞧，這麼大了，離了姨媽他就是個最老道的，見了姨媽他就撒嬌兒。」薛姨媽用手摩弄着寶釵，嘆向黛玉道：「你這姐姐就和鳳哥兒在老太太跟前一樣，有了正經事就和他商量，没了事幸虧他開開我的心。我見了他這樣，有多少愁不散的。」

黛玉聽説，流淚嘆道：「他偏在這裏這樣，分明是氣我没娘的人，故意來刺我的眼。」寶釵笑道：「媽瞧他輕狂，倒説我撒嬌兒。」薛姨媽道：「也怨不得他傷心，可憐没父母，到底没個親人。」又摩娑黛玉笑道：「好孩子别哭。你見我疼你姐姐你傷心了，你不知我心裏更疼你呢。你姐姐雖没了父親，到底有我，有親哥哥，這就比你强了。我每每和你姐姐説，心裏很疼你，只是外頭不好帶出來的。你這裏人多口雜，説好話的人少，説歹話的人多，不説你無依無靠，爲人作人配人疼，只説我們看老太太疼你了，我們也洑上水去了。」黛玉笑道：「姨媽既這麼説，我明日就認姨媽做娘，姨媽若是棄嫌不認，便是假意疼我了。」薛姨媽道：「你不厭我，就認了纔好。」寶釵忙道：「認不得的。」黛玉道：「怎麼認不得？」寶釵笑問道：「我且問你，我哥哥還没定親事，爲什麼反將邢妹妹先説與我兄弟了，是什麼道理？」黛玉道：「他不在家，或是屬相生日不對，所以先説與兄弟了。」寶釵笑道：「非也。我哥哥已經相準了，只等來家就下定了，也不必提出人來，我方纔説你認不得娘，你細想去。」説着，便和他母親擠眼兒發笑。

黛玉聽了，便也一頭伏在薛姨媽身上，説道：「姨媽不打他我不依。」薛姨媽忙也摟他笑道：「你别信你姐姐的話，他是頑你呢。」寶釵笑道：「真個的，媽明兒和老太太求了他作媳婦，豈不比外頭尋的好？」黛玉便够上來要抓他，口内笑説：「你越發瘋了。」薛姨媽忙也笑勸，用手分開方罷。又向寶釵道：「連邢女兒我還怕你哥哥遭塌了他，所以給你兄弟説了。

别説這孩子，我也斷不肯給他。前兒老太太因要把你妹妹説給寶玉，偏生又有了人家，不然倒是一門好親。前兒我説定了邢女兒，老太太還取笑説：『我原要説他的人，誰知他的人没到手，倒被他説了〔二〕我們的一個去了。』雖是頑話，細想來倒有些意思。我想寶琴雖有了人家，我雖没人可給，難道一句話也不説。我想着，你寶兄弟老太太那樣疼他，他又生的那樣，若要外頭説去，斷不中意。不如竟把你林妹妹定與他，豈不四角俱全？」林黛玉先還怔怔的，聽後來見説到自己身上，便啐了寶釵一口，紅了臉，拉着寶釵笑道：「我只打你！你爲什麽招出姨媽這些老没正經的話來？」寶釵笑道：「這可奇了！媽説你，爲什麽打我？」紫鵑忙也跑來笑道：「姨太太既有這主意，爲什麽不和太太説去？」薛姨媽哈哈笑道：「你這孩子，急什麽，想必催着你姑娘出了閣，你也要早些尋一個小女婿去了。」紫鵑聽了，也紅了臉，笑道：「姨太太真個倚老賣老的起來。」説着，便轉身去了。黛玉先駡：「又與你這蹄子什麽相干？」後來見了這樣，也笑起來説：「阿彌陀佛！該，該，該！也臊了一鼻子灰去了！」薛姨媽母女及屋内婆子丫鬟都笑起來。婆子們因也笑道：「姨太太雖是頑話，却倒也不差呢。

到閒了時和老太太一商議，姨太太竟做媒保成這門親事是千妥萬妥的。」薛姨媽道：「我一出這主意，老太太必喜歡的。」

一語未了，忽見湘雲走來，手裏拿着一張當票，口内笑道：「這是個賬篇子？」黛玉瞧了，也不認得。地下婆子們都笑道：「這可是一件奇貨，這個乖可不是白教人的。」寶釵忙一把接了，看時，就是岫煙纔説的當票，忙折了起來。薛姨媽忙説：「那必定是那個媽媽的當票子失落了，回來急的他們找。那裏得的？」湘雲道：「什麽是當票子？」衆人都笑道：「真真是個獃子，連個當票子也不知道。」薛姨媽嘆道：「怨不得他，真真是侯門千金，而且又小，那裏知道這個？那裏去有這個？便是家下人有這個，他如何得見？别笑他獃子，若給你們家的小姐們看了，也都成了獃子。」衆婆子笑道：「林姑娘方纔也不認得，别説姑娘們。此刻寶玉他倒是外頭常走出去的，只怕也還没見過呢。」薛姨媽忙將原故講明。湘雲黛玉二人聽了方笑道：「原來爲此。人也太會想錢了，姨媽家的當鋪也有這個不成？」衆人笑道：「這又獃了。『天下老鴰一般黑』，豈有兩樣的？」薛姨媽因又問是那裏扣〔三〕的？湘雲方欲説時，寶釵忙説：「是一張死了没用的，不知那年勾了賬的，香菱拿着哄他們頑的。」薛姨媽聽了此話是真，也就不問了。一時人來回：「那府裏大奶奶過來請姨太太説話呢。」薛姨媽起身去了。

這裏屋内無人時，寶釵方問湘雲何處拉的。湘雲笑道：「我見你令弟媳的丫頭篆兒悄悄的遞與鶯兒。鶯兒便隨手夾在書裏，只當我没看見。我等他們出去了，我偷着看，竟不認得。知道你們都在這裏，所以拿來大家認認。」黛玉忙問：「怎麽，他也當衣裳不成？既當了，怎麽又給你去？」寶釵見問，不好隱瞞他兩個，遂將方纔之事都告訴了他二人。黛玉便説「兔死狐悲，物傷其類」，不免感嘆起來。史湘雲便動了氣説：「等我問着二姐姐去！我駡那起老婆子丫頭一頓，給你們出氣何如？」説着，便要走。寶釵忙一把拉住，笑道：「你又發瘋了，還不給我坐着呢。」黛玉笑道：「你要是個男人，出去打一個報不平兒。你又充什麽荆軻聶政，真真好笑。」湘雲道：「既不叫我問他去，明兒也把他接到咱們苑裏一處住去，豈不好？」寶釵笑道：「明日再商量。」説着，人報：「三姑娘四姑娘來了。」三人聽了，忙掩了口不提此事。要知端的，且聽下回分解。

戚總評：寫寶玉黛玉呼吸相關，不在字裏行間，全從無字句處，運鬼斧神工之筆，攝魄追魂，令我哭一回、嘆一回，渾身都是獃氣。

寫寶釵岫煙相叙一段，真有英雄失路之悲，真有知己相逢之樂。時方午夜，燈影幢幢，讀書至此，掩卷出户，見星月依稀，寒風微起，默立堦除良久。

〔一〕「賈珍婆媳」：諸本均同。按書中爲了反映當時女性在家庭的從屬地位，多有以夫代妻的寫法，此處未必是筆誤。但别處也有作「尤氏婆媳」的，酌參程本改。

〔二〕「邢女兒……他説了」三十字原缺，諸本皆有，據己、楊、甲辰本補。

〔三〕「扣」，己本同，甲辰本作「拾」，餘本均作「揀」。按：「扣」音遺，意爲用手取物。《玉篇·手部》：「扣，取也。」此字原較冷僻，此處從薛家母女口中説出，或許是某地方言中還有此用法。

第五十八回　杏子陰假鳳泣虛凰　茜紗窗真情揆痴理

戚 用清明燒紙徐徐引入園內燒紙，較之前文用燕窩隔回照應，別有草蛇灰綫之趣，令人不覺。前文一接，怪蛇出水；此文一引，春雲吐岫。

話説他三人因見探春等進來，忙將此話掩住不提。探春等問候過，大家説笑了一會方散。

誰知上回所表的那位老太妃已薨，凡誥命等皆入朝隨班按爵守制。敕諭天下：凡有爵之家，一年内不得筵宴音樂，庶民皆三月不得婚嫁。賈母、邢、王、尤、許婆媳祖孫等皆每日入朝隨祭，至未正以後方回。在大内偏宮二十一日後，方請靈入先陵，地名曰孝慈縣。

（己：隨事命名。）這陵離都來往得十來日之功，如今請靈至此，還要停放數日，方入地宮，故得一月光景。（己：週到細膩之至。◇真細之至，不獨寫侯府得理，亦且將皇宮赫赫，寫得令人不敢坐閱。）寧府賈珍夫妻二人，也少不得是要去的。兩府無人，因此大家計議，（己：家中無主，少不得又「大家計議」。[二]）便報了尤氏產育，將他騰挪出來，協理榮寧兩處事體。因又託了薛姨媽在園內照管他姊妹丫鬟。薛姨媽只得也挪進園來。因寶釵處有湘雲香菱；李紈處目今李嬸母女雖去，然有時亦來住三五日不定，賈母又將寶琴送與他去照管；迎春處有岫煙；探春因家務冗雜，且不時有趙姨娘與賈環來嘈聒，甚不方便；惜春處房屋狹小；況賈母又千叮嚀萬囑咐託他照管林黛玉，薛姨媽素習也最憐愛他的，今既巧遇這事，便挪至瀟湘舘來和黛玉同房，一應藥餌飲食十分經心。黛玉感戴不盡，以後便亦如寶釵之呼，連寶釵前亦直以姐姐呼之，寶琴前直以妹妹呼之，儼似同胞共出，較諸人更似親切。賈母見如此，也十分喜悅放心。薛姨媽只不過照管他姊妹，禁約得丫頭輩，一應家中大小事務也不肯多口。尤氏雖天天過來，也不過應名點卯，亦不肯亂作威福，且他家内上下也只剩他一個料理，再者每日還要照管賈母王夫人的下處一應所需飲饌鋪設之物，所以也甚操勞。

當下榮寧兩處主人既如此不暇，並兩處執事人等，或有人跟隨入朝的，或有朝外照理下處事務的，又有先踹踏下處的，也都各各忙亂。因此兩處下人無了正經頭緒，也都偷安，或乘隙結黨，與權暫執事者竊弄威福。榮府只留得賴大並幾個管事照管外務。這賴大手下常用幾個人已去，雖另委人，都是些生的，只覺不順手。且他們無知，或賺騙無節，或呈告無據，或舉薦無因，種種不善，在在生事，也難備述。

又見各官宦家，凡養優伶男女者，一概蠲免遣發，尤氏等便議定，待王夫人回家，回明也欲遣發十二個女孩子，又說：「這些人原是買的，如今雖不學唱，盡可留着使喚，令其教習們自去也罷了。」王夫人因說：「這學戲的倒比不得使喚的，他們也是好人家的兒女，因無能賣了做這事，裝醜弄鬼的幾年。如今有這機會，不如給他們幾兩銀子盤費，各自去罷。當日祖宗手裏都是有這例的。咱們如今損陰壞德，而且還小器。如今雖有幾個老的還在，那是他們各有原故，不肯回去的，所以纔留下使喚，大了配了咱們家的小廝們了。」尤氏道：「如今我們也去問他十二個，有願意回去的，就帶了信兒，叫上父母來，親自來領回去，給他們幾兩銀子盤纏方妥。若不叫上他父母親人來，只怕有混賬人頂名冒領出去又轉賣了，豈不辜負了這恩典。若有不願意回去的，就留下。」王夫人笑道：「這話妥當。」

尤氏等又遣人告訴了鳳姐兒。〔己〕看他任意鄙俚詼諧之中，必有一個「禮」字還清，足見是大家形景。一面說與總理房中，每教習給銀八兩，令其自便。凡梨香院一應物件，查清註册收明，派人上夜。將十二個女孩子叫來面問，倒有一多半不願意回家的：也有說父母雖有，他只以賣我們爲事，這一去還被他賣了；也有父母已亡，或被叔伯兄弟所賣的；也有說無人可投的；也有說戀恩不捨的。所願去者止四五人。王夫人聽了，只得留下。將去者四五人皆令其乾娘領回家去，單等他親父母來領；將不願去者分散在園中使喚。賈母便留下文官自使，將正旦芳官指與寶玉，將小旦蕊官送了寶釵，將小生藕官指與了黛玉，將大花面葵官送了湘雲，將小花面荳官送了寶琴，將老外艾官送了探春，尤氏便討了老旦茄官去。當下各得其所，就如倦鳥出籠，每日園中遊戲。衆人皆知他們不能針黹，不慣使用，皆不大責備。其中或有一二個知事的，愁將來無應時之技，亦將本技丢開，便學起針黹紡績女工諸務。

一日正是朝中大祭，賈母等五更便去了，先到下處用些點心小食，然後入朝。早膳已畢，方退至下處，用過早飯，略歇片刻，復入朝待中晚二祭完畢，方出至下處歇息，用過晚飯方回家。可巧這下處乃是一個大官的家廟，乃比丘尼焚修，房舍極多極浄。東西二院，榮府便賃了東院，北静王府便賃了西院。太妃少妃每日宴息，見賈母等在東院，彼此同出同入，都有照應。外面細事不消細述。

且說大觀園中，因賈母王夫人天天不在家内，又送靈去一月方回，各丫鬟婆子皆有閒空，多在園内遊玩。更又將梨香院内伏侍的衆婆子一概撤回，並散在園内聽使，更覺園内人多了幾十個。因文官等一干人或心性高傲，或倚勢凌下，或揀衣挑食，或口角鋒芒，大概不安分守理者多。因此衆婆子無不含怨，只是口中不敢與他們分證。如今散了學，大家稱了願，也有丢開手的，也有心地狹窄猶懷舊怨的，因將衆人皆分在各房名下，不敢來厮侵。

可巧這日乃是清明之日，賈璉已備下年例祭祀，帶領賈環、賈琮、賈蘭三人去往鐵檻寺祭柩燒紙。寧府賈蓉也同族中幾人各辦祭祀前往。因寶玉未大愈，故不曾去得。飯後發倦，襲人因說：「天氣甚好，你且出去逛逛，省得丢下粥碗就睡，存在心裏。」寶玉聽說，只得拄了一支杖，靸着鞋，步出院外。㊁畫出病勢。因近日將園中分與衆婆子料理，各司各業，皆在忙時，也有修竹的，也有剧樹的，也有栽花的，也有種豆的，池中又有駕娘們行着船夾泥種藕。香菱、湘雲、寶琴與丫鬟等都坐在山石上，瞧他們取樂。寶玉也慢慢行來。湘雲見了他來，忙笑說：「快把這船打出去，他們是接林妹妹的。」衆人都笑起來。寶玉紅了臉，也笑道：「人家的病，誰是好意的，你也形容着取笑兒。」湘雲笑道：「病也比人家另一樣，原招笑兒，反說起人來。」說着，寶玉便也坐下，看着衆人忙亂了一回。湘雲因說：「這裏有風，石頭上又冷，坐坐去罷。」

寶玉便也正要去瞧林黛玉，便起身拄拐辭了他們，從沁芳橋一帶堤上走來。只見柳垂金綫，桃吐丹霞，山石之後，一株大杏樹，花已全落，葉稠陰翠，上面已結了豆子大小的許多小杏。寶玉因想道：「能病了幾天，竟把杏花辜負了！不覺倒『緑葉成蔭子滿枝』

了！」因此仰望杏子不捨。又想起邢岫煙已擇了夫婿一事，雖説是男女大事，不可不行，但未免又少了一個好女兒。不過兩年，便也要「緑葉成蔭子滿枝」了。再過幾日，這杏樹子落枝空，再幾年，岫煙未免烏髮如銀，紅顔似槁了，因此不免傷心，只管對杏流淚嘆息。

己 近之淫書滿紙傷春，究竟不知傷春原委。看他並不提「傷春」字樣，却艷恨穠愁，香流滿紙矣。

正悲嘆時，忽有一個雀兒飛來，落於枝上亂啼。寶玉又發了獃性，心下想道：「這雀兒必定是杏花正開時他曾來過，今見無花空有子葉，故也亂啼。這聲韻必是啼哭之聲，可恨公冶長不在眼前，不能問他。但不知明年再發時，這個雀兒可還記得飛到這裏來與杏花一會了？」

正胡思間，忽見一股火光從山石那邊發出，將雀兒驚飛。寶玉吃一大驚，又聽那邊有人喊道：「藕官，你要死，怎弄些紙錢進來燒？我回去回奶奶們去，仔細你的肉！」寶玉聽了，益發疑惑起來，忙轉過山石看時，只見藕官滿面淚痕，蹲在那裏，手裏還拿着火，守着些紙錢灰作悲。寶玉忙問道：「你與誰燒紙錢？快不要在這裏燒。你或是爲父母兄弟，你告訴我姓名，外頭去叫小廝們打了包袱寫上名姓去燒。」藕官見了寶玉，只不作一聲。寶玉數問不答，忽見一婆子惡恨恨走來拉藕官，口内説道：「我已經回了奶奶們了，奶奶氣的了不得。」藕官聽了，終是孩氣，怕辱没了没臉，便不肯去。婆子道：「我説你們别太興頭過餘了，如今還比你們在外頭隨心亂鬧呢。這是尺寸地方兒。」指寶玉道：「連我們的爺還守規矩呢，你是什麽阿物兒，跑來胡鬧。怕也不中用，跟我快走罷！」〔己〕如何？必是含怨之人。又拉上寶玉，畫出小人得意來。寶玉忙道：「他並没燒紙錢，原是林妹妹叫他來燒那爛字紙的。你没看真，反錯告了他。」

藕官正没了主意，見了寶玉，也正添了畏懼，忽聽他反掩飾，心内轉憂成喜，也便硬着口説道：「你很看真是紙錢了麽？我燒的是林姑娘寫壞了的字紙！」那婆子聽如此，亦發狠起來，便彎腰向紙灰中揀那不曾化盡的遺紙，揀了兩點在手内，説道：「你還嘴硬，有據有證在這裏。我只和你廳上講去！」説着，拉了袖子，就拽着要走。寶玉忙把藕官拉住，用拄杖敲開那婆子的手，説道：「你只管拿了那個回去。實告訴你：我昨夜作了一個夢，夢見杏花神和我要一掛白紙錢，不可叫本房人燒，要一個生人替我燒了，我的病就好的快。所以我請了白錢，巴巴兒的和林姑娘煩了他來，替我燒了祝贊〔二〕。原不許一個人知道的，所以我今日纔能起來，偏你看見了。我這會子又不好了，都是你沖了！你還要告他去。藕官，只管去，見了他們你就照依我這話説。等老太太回來，我就説他故意來沖神祇，保佑我早死。」藕官聽了亦發得了主意，反倒拉着婆子要走。那婆子聽了這話，忙丢下紙錢，陪笑央告寶玉道：「我原不知道，二爺若回了老太太，我這老婆子豈不完了？我如今回奶奶們去，就説是爺祭神，我看錯了。」寶玉道：「你也不許再回去了，我便不説。」婆子道：「我已經回了，叫我來帶他，我怎好不回去的。也罷，就説我已經叫到了他，林姑娘叫了去了。」寶玉想了一想，方點頭應允。那婆子只得去了。

這裏寶玉問他：「到底是爲誰燒紙？我想來若是爲父母兄弟，你們皆煩人外頭燒過了，這裏燒這幾張，必有私自的情理。」藕官因方纔護庇之情感激於衷，便知他是自己一流的人物，便含淚説道：「我這事，除了你屋裏的芳官並寶姑娘的蕊官，並没第三個人知道。今日被你遇見，又有這段意思，少不得也告訴了你，只不許再對人言講。」又哭道：「我也不便和你面説，你只回去背人悄問芳官就知道了。」説畢，佯常而去。

寶玉聽了，心下納悶，〔己〕連觀書者亦納悶。只得踱到瀟湘館，瞧黛玉亦發瘦的可憐，問起來，比往日已算大愈了。〔己〕好，若只管病亦不好。黛玉見他也比先大瘦了，想起往日之事，不免流下淚來，些微談了談，便催寶玉去歇息調養。寶玉只得回來。因記掛着要問芳官那原委，偏有湘雲香菱來了，正和襲人芳官説笑，不好叫他，恐人又盤詰，只得耐着。

一時芳官又跟了他乾娘去洗頭。他乾娘偏又先叫了他親女兒洗過了後，纔叫芳官洗。芳官見了這般，便説他偏心：「把你女兒剩水給我洗。我一個月的月錢都是你拿着，沾我的光不算，反倒給我剩東剩西的。」他乾娘羞愧變成惱，便罵他：「不識抬舉的東西！怪不得人人説戲子没一個好纏的。憑你甚麼好人，入了這一行，都弄壞了。這一點子屄崽子，也挑幺挑六，鹹屄淡舌，咬群的騾子似的！」娘兒兩個吵起來。襲人忙打發人去説：「少亂嚷，瞅着老太太不在家，一個個連句安静話也不説。」晴雯因説：「都是芳官不省事，不知狂的什麽。也不是會兩齣戲，倒像殺了賊王、擒了反叛來的。」襲人道：「一個巴掌拍不響，老的也太不公些，小的也太可惡些。」寶玉道：「怨不得芳官。自古説：『物不平則鳴。』〔己〕自來經語未遭如是用也。

他少親失眷的，在這裏没人照看，賺了他的錢，又作踐他，如何怪得？」因又向襲人道：「他一月多少錢？以後不如你收了過來照管他，豈不省事？」襲人道：「我要照看他那裏不照看了，又要他那幾個錢纔照看他？没的討人駡去了。」説着，便起身至那屋裏取了一瓶花露油並些鷄卵、香皂、頭繩之類，叫一個婆子來送給芳官去，叫他另要水自洗，不要吵鬧了。他乾娘亦發羞愧，便説芳官「没良心，花掰我剋扣你的錢。」便向他身上拍了幾把，芳官便哭起來。寶玉便走出，襲人忙勸：「作什麽？我去説他。」晴雯忙先過來，指他乾娘説道：「你老人家太不省事。你不給他洗頭的東西，我們饒給他東西，你不自臊，還有臉打他。他要還在學裏學藝，你也敢打他不成！」那婆子便説：「一日叫娘，終身是母。他排場我，我就打得！」

襲人喚麝月道：「我不會和人拌嘴，晴雯性太急，你快過去震嚇他兩句。」麝月聽了，忙過來説道：「你且别嚷。我且問你，别説我們這一處，你看滿園子裏，誰在主子屋裏教導過女兒的？便是你的親女兒，既分了房，有了主子，自有主子打得駡得，再者大些的姑娘姐姐們打得罵得，誰許老子娘又半中間管閒事了？都這樣管，又要叫他們跟着我們學什麼？越老越没了規矩！你見前兒墜兒的娘來吵，你也來跟他學？你們放心，因連日這個病那個病，老太太又不得閒心，所以我没回。等兩日消閒了，咱們痛回一回，大家把威風煞一煞兒纔好。寶玉纔好了些，連我們不敢大聲説話，你反打的人狼號鬼叫的。上頭能出了幾日門，你們就無法無天的，眼睛裏没了我們，再兩天你們就該打我們了。他不要你這乾娘，怕糞草埋了他不成？」寶玉恨的用拄杖敲着門檻子説道：「這些老婆子都是些鐵心石頭腸子，也是件大奇的事。不能照看，反倒折挫，天長地久，如何是好！」〔己〕畫出寶玉來。晴雯道：「什麼『如何是好』，都攆了出去，不要這些中看不中吃的！」那婆子羞愧難當，一言不發。那芳官只穿着海棠紅的小棉襖，底下絲綢撒花夾褲，敞着褲腿，〔己〕四字奇想，寫得紙上跳出一個女優來。一頭烏油似的頭髮披在腦後，哭的淚人一般。麝月笑道：「把一個鶯鶯小姐，反弄成拷打紅娘了！這會子又不妝扮了，還是這麼鬆怠怠的。」寶玉道：「他這本來面目極好，倒別弄緊襯了。」晴雯過去拉了他，替他洗凈了髮，用手巾擰乾，鬆鬆的挽了一個慵妝髻，命他穿了衣服過這邊來了。

接着司内厨的婆子來問：「晚飯有了，可送不送？」小丫頭聽了，進來問襲人。襲人笑道：「方纔胡吵了一陣，也没留心聽鐘幾下了。」晴雯道：「那勞什子又不知怎麼了，又得去收拾。」説着，便拿過錶來瞧了一瞧説：「略等半鍾茶的工夫就是了。」小丫頭去了。麝月笑道：「提起淘氣，芳官也該打幾下。昨兒是他擺弄了那墜子半日，就壞了。」説話之間，便將食具打點現成。一時小丫頭子捧了盒子進來站住。晴雯麝月揭開看時，還是只四樣小菜。晴雯笑道：「已經好了，還不給兩樣清淡菜吃。這稀飯鹹菜鬧到多早晚？」一面擺好，一面又看那盒中，却有一碗火腿鮮笋湯，忙端了放在寶玉跟前。寶玉便就桌上喝了一口，㊁畫出病人。説：「好燙！」襲人笑道：「菩薩，能幾日不見葷，饞的這樣起來。」一面説，一面忙端起輕輕用口吹。㊁畫。因見芳官在側，便遞與芳官，笑道：「你也學着些伏侍，别一味獃憨獃睡。口勁輕着，别吹上唾沫星兒。」芳官依言果吹了幾口，甚妥。

他乾娘也忙端飯在門外伺候。向日芳官等一到時原從外邊認的，就同往梨香院去了。這干婆子原係榮府三等人物，不過令其與他們漿洗，皆不曾入内答應，故此不知内幃規矩。今亦託賴他們方入園中，隨女歸房。這婆子先領過麝月的排場，方知了一二分，生恐不令芳官認他做乾娘，便有許多失利之處，故心中只要買轉他們。今見芳官吹湯，便忙跑進來笑道：「他不老成，仔細打了碗，讓我吹罷。」一面說，一面就接。晴雯忙喊：「出去！你讓他砸了碗，也輪不到你吹。你什麼空兒跑到這裏槅子來了？還不出去。」一面又罵小丫頭們：「瞎了心的，他不知道，你們也不說給他！」小丫頭們都說：「我們攆他，他不出去；說他，他又不信。如今帶累我們受氣，你可信了？我們到的地方兒，有你到的一半，還有你一半到不去的呢。何況又跑到我們到〔三〕不去的地方還不算，又去伸手動嘴的了。」一面說，一面推他出去。堦下幾個等空盒傢伙的婆子見他出來，都笑道：「嫂子也没用鏡子照一照，就進去了。」羞的那婆子又恨又氣，只得忍耐下去。

芳官吹了幾口，寶玉笑道：「好了，仔細傷了氣。你嚐一口，可好了？」芳官只當是頑話，只是笑看着襲人等。襲人道：「你就嚐一口何妨。」晴雯笑道：「你瞧我嚐。」説着就喝了一口。芳官見如此，自己也便嚐了一口〔四〕，説：「好了。」遞與寶玉。寶玉喝了半碗，吃了幾片筍，又吃了半碗粥就罷了。衆人揀收出去了。小丫頭捧了沐盆，盥漱已畢，襲人等出去吃飯。寶玉使個眼色與芳官，芳官本自伶俐，又學幾年戲，何事不知？便裝説頭疼不吃飯了。襲人道：「既不吃飯，你就在屋裏作伴兒，把這粥給你留着，一時餓了再吃。」説着，都去了。

這裏寶玉和他只二人，寶玉便將方纔從火光發起，如何見了藕官，又如何謊言護庇，又如何藕官叫我問你，從頭至尾，細細的告訴他一遍，又問他祭的果係何人。芳官聽了，滿面含笑，又嘆一口氣，説道：「這事説來可笑又可嘆。」寶玉聽了，忙問如何。芳官笑道：「你説他祭的是誰？祭的是死了的菂官。」寶玉道：「這是友誼，也應當的。」芳官笑道：「那裏是友誼？他竟是瘋傻的想頭，説他自己是小生，菂官是小旦，常做夫妻，雖説是假的，每日那些曲文排場，皆是真正温存體貼之事，故此二人就瘋了，雖不做戲，尋常飲食起坐，兩個人竟是你恩我愛。菂官一死，他哭的死去活來，至今不忘，所以每節燒紙。後來補了蕊官，我們見他一般的温柔體貼，也曾問他得新棄舊的。他説：『這又有個大道理。比如男子喪了妻，或有必當續弦者，也必要續弦爲是。便只是不把死的丢過不提，便是情深意重了。若一味因死的不續，孤守一世，妨了大節，也不是理，死者反不安了。』你説可是又瘋又獃？説來可是可笑？」寶玉聽説了這篇獃話，獨合了他的獃性，不覺又是歡喜，又是悲嘆，又稱奇道絶，説：「天既生這様人，又何用我這鬚眉濁物玷辱世界。」因又忙拉芳官囑道：「既如此説，我也有一句話囑咐他，我若親對面與他講未免不便，須得你告訴他。」芳官問何事。寶玉道：「以後斷不可燒紙錢。這紙錢原是後人異端，不是孔子的遺訓。以後逢時按節，只備一個爐，到日隨便焚香，一心誠虔，就可感格了。愚人原不知，無論神佛死人，必要分出等例，各式各例的。殊不知只一『誠心』二字爲主。即值倉皇流離之日，雖連香亦無，隨便有土有草，只以潔净，便可爲祭，不獨死者享祭，便是神鬼也來享的。你瞧瞧我那案上，只設一爐，不論日期，時常焚香。他們皆不知原故，我心裏却各有所因。隨便有新茶便供一鍾茶，有新水就供一盞水，或有鮮花，或有鮮果，甚至於葷羹腥菜，只要心誠意潔，便是佛也都可來享，所以説，只在敬不在虚名。以後快命他不可再燒紙。」芳官聽了，便答應着。一時吃過飯，便有人回：「老太太、太太回來了——」

戚總評：道理徹上徹下，提筆左縈右拂，浩浩千萬言不絶。又恐後人溺詞失旨，特自註一句以結穴，曰誠曰信。

杏子林對禽惜花一席話，彷彿茂叔庭草不除襟懷。

〔一〕「家中無主……」兩句，已本同存，並缺「中」字。後一句其餘諸本因「大家計議」重複，都作了删削。按：「兩府無人」，自然也「無主」，前一句也是重複的。這兩句應爲對前面「兩府無人，因此大家計議」的解説、補充，當爲批語混入正文。前文「隨事命名」四字，原也混入正文。

〔二〕「祝贊」，戚本作「祝懺」，蒙、辰、程本無此二字。按：贊，告。《尚書·大禹謨》：「益贊于禹曰。」祝贊，即向神明禱告。

〔三〕「的地方兒……我們到」二十八字原缺，諸本皆有，略有異同，兹據已、列、楊本補。

〔四〕「何妨……一口」三十字原缺，諸本皆有，據已本補。

鶯兒

第五十九回　柳葉渚邊嗔鶯咤燕　絳芸軒裏召將飛符

戚　山無起伏，便是頑山；水無潆洄，便是死水。此回於前回叙過事，字字應；於後回未叙事，語語伏。是上下關節。至鑄鼎象物手段，則在下回施展。

話説寶玉聽説賈母等回來，隨多添了一件衣服，拄杖前邊來，都見過了。賈母等因每日辛苦，都要早些歇息，一宿無話，次日五鼓，又往朝中去。

離送靈日不遠，鴛鴦、琥珀、翡翠、玻璃四人都忙着打點賈母之物，玉釧、彩雲、彩霞等皆打叠王夫人之物，當面查點與跟隨的管事媳婦們。跟隨的一共大小六個丫鬟，十個老婆子媳婦子，男人不算。連日收拾馱轎器械。鴛鴦與玉釧兒皆不隨去，只看屋子。一面先幾日預發帳幔鋪陳之物，先有四五個媳婦並幾個男人領了出來，坐了幾輛車繞道先至下處，鋪陳安插等候。

臨日，賈母帶着蓉妻坐一乘馱轎，王夫人在後亦坐一乘馱轎，賈珍騎馬率了衆家丁護衛。又有幾輛大車與婆子丫鬟等坐，並放些隨換的衣包等件。是日薛姨媽尤氏率領諸人直送至大門外方回。賈璉恐路上不便，一面打發了他父母起身趕上賈母王夫人馱轎，自己也隨後帶領家丁押後跟來。

榮府内賴大添派人丁上夜，將兩處廳院都關了，一應出入人等皆走西邊小角門。日落時，便命關了儀門，不放人出入。園中前後東西角門亦皆關鎖，只留王夫人大房之後常係他姊妹出入之門、東邊通薛姨媽的角門，這兩門因在内院，不必關鎖。裏面鴛鴦和玉釧兒也各將上房關了，自領丫鬟婆子下房去安歇。每日林之孝之妻進來，帶領十來個婆子上夜，穿堂内又添了許多小厮們坐更打梆子，已安插得十分妥當。

一日清曉，寶釵春困已醒，搴帷下榻，微覺輕寒，啓户視之，見園中土潤苔青，原來五更時落了幾點微雨。於是喚起湘雲等人來，一面梳洗，湘雲因説兩腮作癢，恐又犯了杏癍癬，因問寶釵要些薔薇硝來。寶釵道：「前兒剩的都給了妹子。」因説：「顰兒配了許多，我正要和他要些，因今年竟没發癢，就忘了。」因命鶯兒去取些來。鶯兒應了纔去時，蕊官便説：「我同你去，順便瞧瞧藕官。」説着，一逕同鶯兒出了蘅蕪苑。

二人你言我語，一面行走，一面説笑，不覺到了柳葉渚〔一〕，順着柳堤走來。因見柳葉纔吐淺碧，絲若垂金，鶯兒便笑道：「你會拿着柳條子編東西不會？」蕊官笑道：「編什麽東西？」鶯兒道：「什麽編不得？頑的使的都可。等我摘些下來，帶着這葉子編個花籃兒，採了各色花放在裏頭，纔是好頑呢。」説着，且不去取硝，且伸手挽翠披金，採了許多的嫩條，命蕊官拿着。他却一行走一行編花籃，隨路見花便採一二枝，編出一個玲瓏過梁的籃子。枝上自有本來翠葉滿佈，將花放上，却也別致有趣。喜的蕊官笑道：「姐姐，給了我罷。」鶯兒道：「這一個咱們送林姑娘，回來咱們再多採些，編幾個大家頑。」説着，來至瀟湘舘中。

黛玉也正晨妝，見了籃子，便笑説：「這個新鮮花籃是誰編的？」鶯兒笑説：「我編了送姑娘頑的。」黛玉接了笑道：「怪道人讚你的手巧，這頑意兒却也別致。」一面瞧了，一面便命紫鵑掛在那裏。鶯兒又問候了薛姨媽，方和黛玉要硝。黛玉忙命紫鵑包了一包，遞與鶯兒。黛玉又道：「我好了，今日要出去逛逛。你回去説與姐姐，不用過來問候媽了，也不敢勞他來瞧我，梳了頭同媽都往你那裏去，連飯也端了那裏去吃，大家熱鬧些。」

鶯兒答應了出來，便到紫鵑房中找蕊官。只見藕官與蕊官二人正説得高興，不能相捨，因説：「姑娘也去呢，藕官先同我們去等着豈不好？」紫鵑聽如此説，便也説道：「這話倒是，他這裏淘氣的也可厭。」一面説，一面便將黛玉的匙箸用一塊洋巾包了，交與藕官道：「你先帶了這個去，也算一趟差了。」藕官接了，笑嘻嘻同他二人出來，一逕順着柳堤走來。鶯兒便又採些柳條，越性坐在山石上編起來，又命蕊官先送了硝去再來。他二人只顧愛看他編，那裏捨得去。鶯兒只顧催説：「你們再不去，我也不編了。」藕官便説：「我同你去了再快回來。」二人方去了。

這裏鶯兒正編，只見何婆的女兒春燕走來，笑問：「姐姐編什麼呢？」正説着，蕊、藕二人也到了。春燕便向藕官道：「前兒你到底燒什麼紙？被我姨媽看見了，要告你没告成，倒被寶玉賴了他一大些不是，氣的他一五一十告訴我媽。你們在外頭這二三年積了些什麼仇恨，如今還不解開？」藕官冷笑道：「有什麼仇恨？他們不知足，反怨我們了。在外頭這兩年，别的東西不算，只算我們的米菜，不知賺了多少家去，合家子吃不了，還有每日買東買西賺的錢。在外逢我們使他們一使兒，就怨天怨地的。你説説可有良心？」春燕笑道：「他是我的姨媽，也不好向着外人反説他的。怨不得寶玉説：『女孩兒未出嫁，是顆無價之寶珠；出了嫁，不知怎麼就變出許多的不好的毛病〔二〕來，雖是顆珠子，却没有光彩寶色，是顆死珠了；再老了，更變的不是珠子，竟是魚眼睛了。分明一個人，怎麼變出三樣來？』這話雖是混話，倒也有些不差。别人不知道，只説我媽和姨媽，他老姊妹兩個，如今越老了越把錢看的真了。先時老姐兒兩個在家抱怨没個差使，没個進益，幸虧有了這園子，把我挑進來，可巧把我分到怡紅院。家裏省了我一個人的費用不算外，每月還有四五百錢的餘剩，這也還說不够。後來老姊妹二人都派到梨香院去照看他們，藕官認了我姨媽，芳官認了我媽，這幾年着實寛裕了。如今挪進來也算撒開手了，還只無厭。你說好笑不好笑？我姨媽剛和藕官吵了，接着我媽爲洗頭就和芳官吵。芳官連要洗頭也不給他洗。昨日得月錢，推不去了，買了東西先叫我洗。我想了一想：我自有錢，就没錢要洗時，不管襲人、晴雯、麝月，那一個跟前和他們說一聲，也都容易，何必借這個光兒？好没意思。所以我不洗。他又叫我妹妹小鳩兒洗了，纔叫芳官，果然就吵起來。接着又要給寶玉吹湯，你說可笑死了人？我見他一進來，我就告訴那些規矩。他只不信，只要强做知道的，足的討個没趣兒。幸虧園裏的人多，没人分記的清楚誰是誰的親故。若有人記得，只有我們一家人吵，什麼意思呢？你這會子又跑了來弄這個。這一帶地上的東西都是我姑娘管着，一得了這地方，比得了永遠基業還利害，每日早起晚睡，自己辛苦了還不算，每日逼着我們來照看，生恐有人遭塌，又怕誤了我的差使。如今進來了，老姑嫂兩個照看得謹謹慎慎，一根草也不許人動。你還掐這些花兒，又折他的嫩樹，他們即刻就來，仔細他們抱怨。」鶯兒道：「別人亂折亂掐使不得，獨我使得。自從分了地基之後，每日裏各房皆有分例，吃的不用算，單管花草頑意兒。誰管什麽，每日誰就把各房裏姑娘丫頭戴的，必要各色送些折枝的去，還有插瓶的。惟有我們姑娘說了：『一概不用送，等要什麽再和你們要。』究竟没有要過一次。我今便掐些，他們也不好意思説的。」

一語未了，他姑娘果然拄了拐走來。鶯兒春燕等忙讓坐。那婆子見採了許多嫩柳，又見藕官等都採了許多鮮花，心内便不受用；看着鶯兒編，又不好説什麽，便説春燕道：「我叫你來照看照看，你就貪住頑不去了。倘或叫起你來，你又説我使你了，拿我做隱身符兒你來樂。」春燕道：「你老又使我，又怕，這會子反説我。難道把我劈做八瓣子不成？」鶯兒笑道：「姑媽，你别信小燕的話。這都是他摘下來的，煩我給他編，我攆他，他不去。」春燕笑道：「你可少頑兒。你只顧頑兒，他老人家就認真了。」那婆子本是愚頑之輩，兼之年近昏眊，惟利是命，一概情面不管，正心疼肝斷，無計可施，聽鶯兒如此説，便以老賣老，拿起拄杖來向春燕身上擊上幾下，罵道：「小蹄子，我説着你，你還和我强嘴兒呢。你媽恨的牙根癢癢，要撕你的肉吃呢。你還來和我强梆子似的。」打的春燕又愧又急，哭道：「鶯兒姐姐頑話，你老就認真打我。我媽爲什麽恨我？我又没燒胡了洗臉水，有什麽不是！」鶯兒本是頑話，忽見婆子認真動了氣，忙上去拉住，笑道：「我纔是頑話，你老人家打他，我豈不愧？」那婆子道：「姑娘，你别管我們的事，難道爲姑娘在這裏，不許我管孩子不成？」鶯兒聽見這般蠢話，便賭氣紅了臉，撒了手冷笑道：「你老人家要管，那一刻管不得，偏我説了一句頑話就管他了。我看你老管去！」説着，便坐下，仍編柳籃子。

偏又有春燕的娘出來找他，喊道：「你不來舀水，在那裏做什麽呢？」那婆子便接聲兒道：「你來瞧瞧，你的女兒連我也不服了！在那裏排揎我呢。」那婆子一面走過來説：「姑奶奶，又怎麽了？我們丫頭眼裏没娘罷了，連姑媽也没了不成？」鶯兒見他娘來了，只得又説原故。他姑娘那裏容人説話，便將石上的花柳與他娘瞧道：「你瞧瞧，你女兒這麽大孩子頑的。他先領着人遭塌我，我怎麽説人？」他娘也正爲芳官之氣未平，又恨春燕不遂他的心，便走上來打耳刮子，駡道：「小娼婦，你能上去了幾年？你也跟那起輕狂浪小婦學，怎麽就管不得你們了？乾的我管不得，你是我屄裏掉出來的，難道也不敢管你不成！既是你們這起蹄子到的去的地方我到不去，你就該死在那裏伺候，又跑出來浪漢。」一面又抓起柳條子來，直送到他臉上，問道：「這叫作什麼？這編的是你娘的屄！」鶯兒忙道：「那是我們編的，你老别指桑罵槐。」那婆子深妒襲人晴雯一干人，已知凡房中大些的丫鬟都比他們有些體統權勢，凡見了這一干人，心中又畏又讓，未免又氣又恨，亦且遷怒於衆，復又看見了藕官，又是他令姊的寃家，四處凑成一股怒氣。

那春燕啼哭着往怡紅院去了。他娘又恐問他爲何哭，怕他又説出自己打他，又要受晴雯等之氣，不免着起急來，又忙喊道：「你回來！我告訴你再去。」春燕那裏肯回來？急的他娘跑了去又拉他。他回頭看見，便也往前飛跑。他娘只顧趕他，不防脚下被青苔滑倒，引的鶯兒三個人反都笑了。鶯兒便賭氣將花柳皆擲於河中，自回房去。這裏把個婆子心疼的只念佛，又駡：「促狹小蹄子！遭塌了花兒，雷也是要打的。」自己且掐花與各房送去不提。

却説春燕一直跑入院中，頂頭遇見襲人往黛玉處去問安。春燕便一把抱住襲人，説：

「姑娘救我！我娘又打我呢。」襲人見他娘來了，不免生氣，便説道：「三日兩頭兒打了乾的打親的，還是賣弄你女兒多，還是認真不知王法？」這婆子雖來了幾日，見襲人不言不語是好性的，便説道：「姑娘你不知道，别管我們閒事！都是你們縱的，這會子還管什麽？」説着，便又趕着打。襲人氣的轉身進來，見麝月正在海棠下晾手巾，聽得如此喊鬧，便説：「姐姐别管，看他怎樣。」一面使眼色與春燕，春燕會意，便直奔了寶玉去。衆人都笑説：「這可是没有的事都鬧出來了。」麝月向婆子道：「你再略煞一煞氣兒，難道這些人的臉面，和你討一個情還討不下來不成？」那婆子見他女兒奔到寶玉身邊去，又見寶玉拉了春燕的手説：「别怕，有我呢。」春燕又一行哭，又一行説，把方纔鶯兒等事都説出來。寶玉越發急起來，説：「你只在這裏鬧也罷了，怎麽連親戚也都得罪起來？」麝月又向婆子及衆人道：「怨不得這嫂子説我們管不着他們的事，我們雖無知錯管了，如今請出一個管得着的人來管一管，嫂子就心服口服，也知道規矩了。」便回頭叫小丫頭子：「去把平兒給我們叫來！平兒不得閒就把林大娘叫了來。」那小丫頭應了就走。衆媳婦上來笑説：「嫂子，快求姑娘們叫回那孩子罷。平姑娘來了，可就不好了。」那婆子説道：「憑你那個平姑娘來也憑個理，没有娘管女兒大家管着娘的。」衆人笑道：「你當是那個平姑娘？是二奶奶屋裏的平姑娘。他有情呢，説你兩句；他一翻臉，嫂子你吃不了兜着走！」

說話之間，只見小丫頭子回來説：「平姑娘正有事，問我作什麽，我告訴了他，他説：『既這樣，且攆他出去，告訴了林大娘在角門外打他四十板子就是了。』」那婆子聽如此説，自不捨得出去，便又淚流滿面，央告襲人等説：「好容易我進來了，况且我是寡婦，家裏没人，正好一心無掛的在裏頭伏侍姑娘們。姑娘們也便宜，我家裏又有些較過〔三〕。我這一去，又要去自己生火過活，將來不免又没了過活。」襲人見他如此，早又心軟了，便説：「你既要在這裏，又不守規矩，又不聽説，又亂打人。那裏弄你這個不曉事的來，天天鬭口，也叫人笑話，失了體統。」晴雯道：「理他呢，打發去了是正經。誰和他去對嘴對舌的。」那婆子又央衆人道：「我雖錯了，姑娘們吩咐了，我以後改過。姑娘們那不是行好積德。」一面又央春燕道：「原是我爲打你起的，究竟没打成你，我如今反受了罪，你也替我説説。」寶玉見如此可憐，只得留下，吩咐他不可再鬧。那婆子走來一一的謝過了下去。

只見平兒走來，問係何事。襲人等忙説：「已完了，不必再提。」平兒笑道：「『得饒人處且饒人』，得省的將就省些事也罷了。能去了幾日，只聽各處大小人兒都作起反來了，一處不了又一處，叫我不知管那一處的是。」襲人笑道：「我只説我們這裏反了，原來還有幾處。」平兒笑道：「這算什麽。正和珍大奶奶算呢，這三四日的工夫，一共大小出來了八九件了。你這裏是極小的，算不起數兒來，還有大的可氣可笑之事。」不知襲人問他果係何事，且聽下回分解。

戚 總評：蘇堤柳暖，閬苑春濃，兼之晨妝初罷，疎雨梧桐，正可借軟草以慰佳人，採奇花以寄公子。不意鶯嗔燕怒，逗起波濤，婆子長舌，丫鬟碎語，群相聚訟，又是一樣烘雲托月法。

〔一〕原作「杏葉渚」，除戚、列本作「柳葉渚」，他本均同底本。按：「杏」字疑爲「荇（莕）」之訛，此地實爲前文已多次出現的「荇葉渚」。但諸本回目均作「柳葉渚」，爲避免顧此失彼，仍依戚、列本改。

〔二〕「許多的不好的毛病」，除列本無「不好的」三字，它本均略同於底本。按：「毛病」當然没有「好的」，列本删後似更合理，但口語多有不甚合乎邏輯者，現在也仍有「壞毛病」的説法，故不校改。

〔三〕「又有些較過」，戚、列本作「也省些交過」。據《漢語方言大詞典》，「較過」爲冀魯官話，「日常開支」之意。今之新校本則多改爲其他音近字。

春燕五兒

第六十回　茉莉粉替去薔薇硝　玫瑰露引來茯苓霜

[戚]前回叙薔薇硝，戛然便住，至此回方結過薔薇案。接筆轉出玫瑰露，引起茯苓霜，又戛然便住。着筆如蒼鷹搏兔，青獅戲球，不肯下一死爪。絶世妙文！

話説襲人因問平兒，何事這等忙亂。平兒笑道：「都是世人想不到的，説來也好笑，等幾日告訴你，如今没頭緒呢，且也不得閒兒。」一語未了，只見李紈的丫鬟來了，説：「平姐姐可在這裏，奶奶等你，你怎麽不去了？」平兒忙轉身出來，口内笑説：「來了，來了。」襲人等笑道：「他奶奶病了，他又成了香餑餑了，都搶不到手。」平兒去了不提。

這裏寶玉便叫春燕：「你跟了你媽去，到寶姑娘房裏給鶯兒幾句好話聽聽，也不可白得罪了他。」春燕答應了，和他媽出去。寶玉又隔窗説道：「不可當着寶姑娘説，仔細反叫鶯兒受教導。」

娘兒兩個應了出來，一壁走着，一面説閒話兒。春燕因向他娘道：「我素日勸你老人家再不信，何苦鬧出没趣來纔罷。」他娘笑道：「小蹄子，你走罷，俗語道：『不經一事，不長一智。』我如今知道了。你又該來支問着我。」春燕笑道：「媽，你若安分守己，在這屋裏長久了，自有許多的好處。我且告訴你句話：寶玉常説，將來這屋裏的人，無論家裏外頭的，一應我們這些人，他都要回太太全放出去，與本人父母自便呢。〔庚〕補前文不足處。你只説這一件可好不好？」他娘聽説，喜的忙問：「這話果真？」春燕道：「誰可扯這謊做什麽？」婆子聽了，便念佛不絶。

當下來至蘅蕪苑中，正值寶釵、黛玉、薛姨媽等吃飯。鶯兒自去泡茶，春燕便和他媽一逕到鶯兒前，陪笑説「方纔言語冒撞了，姑娘莫嗔莫怪，特來陪罪」等語。鶯兒忙笑讓坐，又倒茶。他娘兒兩個說有事，便作辭回來。忽見蕊官趕出叫：「媽媽、姐姐，略站一站。」一面走上來，遞了一個紙包與他們，說是薔薇硝，帶與芳官去擦臉。春燕笑道：「你們也太小氣了，還怕那裏没這個與他，巴巴的你又弄一包給他去。」蕊官道：「他是他的，我送的是我的。好姐姐，千萬帶回去罷。」春燕只得接了。娘兒兩個回來，正值賈環賈琮二人來問候寶玉，也纔進去。春燕便向他娘說：「只我進去罷，你老不用去。」他娘聽了，自此便百依百隨的，不敢倔强了。

春燕進來，寶玉知道回復，便先點頭。春燕知意，便不再説一語，略站了一站，便轉身出來，使眼色與芳官。芳官出來，春燕方悄悄的説與他蕊官之事，並與了他硝。寶玉並無與琮環可談之語，因笑問芳官手裏是什麽。芳官便忙遞與寶玉瞧，又説是擦春癬的薔薇硝。寶玉笑道：「虧他想得到。」賈環聽了，便伸着頭瞧了一瞧，又聞得一股清香，便彎着腰向靴桶内掏出一張紙來托着，笑説：「好哥哥，給我一半兒。」寶玉只得要與他。芳官心中因是蕊官之贈，不肯與別人，連忙攔住，笑説道：「別動這個，我另拿些來。」寶玉會意，忙笑包上，説道：「快取來。」

芳官接了這個，自去收好，便從奩中去尋自己常使的。啓奩看時，盒内已空，心中疑惑，早間還剩了些，如何没了？因問人時，都説不知。麝月便説：「這會子且忙着問這個，不過是這屋裏人一時短了。你不管拿些什麽給他們，他們那裏看得出來？快打發他們去了，咱們好吃飯。」芳官聽了，便將些茉莉粉包了一包拿來。賈環見了就伸手來接。芳官便忙向炕上一擲。賈環只得向炕上拾了，揣在懷内，方作辭而去。

原來賈政不在家，且王夫人等又不在家，賈環連日也便裝病逃學。如今得了硝，興興頭頭來找彩雲。正值彩雲和趙姨娘閒談，賈環嘻嘻向彩雲道：「我也得了一包好的，送你擦臉。你常説，薔薇硝擦癬，比外頭的銀硝强。你且看看，可是這個？」彩雲打開一看，「嗤」的一聲笑了，説道：「你是和誰要來的？」賈環便將方纔之事説了。彩雲笑道：「這是他們哄你這鄉老呢。這不是硝，這是茉莉粉。」賈環看了一看，果然比先的帶些紅色，聞聞也是噴香，因笑道：「這也是好的，硝粉一樣，留着擦罷，自是比外頭買的高便好。」彩雲只得收了。趙姨娘便說：「有好的給你！誰叫你要去了，怎怨他們耍你！依我，拿了去照臉摔給他去，趁着這回子撞屍的撞屍去了，挺床的便挺床，吵一出子，大家別心净，也算是報仇。莫不是兩個月之後，還找出這個碴兒來問你不成？便問你，你也有話說。寶玉是哥哥，不敢衝撞他罷了。難道他屋裏的猫兒狗兒，也不敢去問問不成！」賈環聽說，便低了頭。彩雲忙說：「這又何苦生事，不管怎樣，忍耐些罷了。」趙姨娘道：「你快休管，横豎與你無干。乘着抓住了理，罵給那些浪淫婦們一頓也是好的。」又指賈環道：「呸！你這下流没剛性的，也只好受這些毛崽子的氣！平白我說你一句兒，或無心中錯拿了一件東西給你，你倒會扭頭暴筋瞪着眼蹾摔娘。這會子被那起屄崽子耍弄也罷了。你明兒還想這些家裏人怕你呢。你没有屄本事，我也替你羞。」賈環聽了，不免又愧又急，又不敢去，只摔手說道：「你這麼會說，你又不敢去，指使了我去鬧。倘或往學裏告去捱了打，你敢自不疼呢？遭遭兒調唆了我鬧去，鬧出了事來，我捱了打罵，你一般也低了頭。這會子又調唆我和毛丫頭們去鬧。你不怕三姐姐，你敢去，我就伏你。」只這一句話，便戳了他娘的肺，便喊說：「我腸子爬出來的，我再怕起來，這屋裏越發有的説了。」一面説，一面拿了那包子，便飛也似往園中去。彩雲死勸不住，只得躲入别房。賈環便也躲出儀門，自去頑耍。

趙姨娘直進園子，正是一頭火，頂頭正遇見藕官的乾娘夏婆子走來。見趙姨娘氣恨恨的走來，因問：「姨奶奶那去？」趙姨娘又説：「你瞧瞧，這屋裏連三日兩日進來的唱戲的小粉頭們，都三般兩樣掂人分兩放小菜碟兒了。若是别一個，我還不惱，若叫這些小娼婦捉弄了，還成個什麽！」夏婆子聽了，正中己懷，忙問因何。趙姨娘悉將芳官以粉作硝輕侮賈環之事説了。夏婆子道：「我的奶奶，你今日纔知道，這算什麽事。連昨日這個地方他們私自燒紙錢，寶玉還攔到頭裏。人家還没拿進個什麽兒來，就説使不得，不乾不净的忌諱。這燒紙倒不忌諱？你老想一想，這屋裏除了太太，誰還大似你？你老自己掌不起來；但凡掌起來的，誰還不怕你老人家？如今我想，乘着這幾個小粉頭兒恰不是正頭貨，得罪了他們也有限的，快把這兩件事抓着理紮個筏子〔一〕，我在旁作證據，你老把威風抖一抖，以後也好争别的禮。便是奶奶姑娘們，也不好爲那起小粉頭子説你老的。」趙姨娘聽了這話，亦發有理，便説：「燒紙的事不知道，你却細細的告訴我。」夏婆子便將前事一一的説了，又説：「你只管説去。倘或鬧起，還有我們幫着你呢。」趙姨娘聽了越發得了意，仗着膽子便一逕到了怡紅院中。

可巧寶玉聽見黛玉在那裏，便往那裏去了。芳官正與襲人等吃飯，見趙姨娘來了，便都起身笑讓：「姨奶奶吃飯，有什麽事這麽忙？」趙姨娘也不答話，走上來便將粉照着芳官臉上撒來，指着芳官駡道：「小淫婦！你是我銀子錢買來學戲的，不過娼婦粉頭之流！我家裏下三等奴才也比你高貴些的，你都會看人下菜碟兒。寶玉要給東西，你攔在頭裏，莫不是要了你的了？拿這個哄他，你只當他不認得呢！好不好，他們是手足，都是一樣的主子，那裏有你小看他的！」芳官那裏禁得住這話，一行哭，一行説：「没了硝我纔把這個給他的。若説没了，又恐他不信，難道這不是好的？我便學戲，也没往外頭去唱。我一個女孩兒家，知道什麽是粉頭麵頭的！姨奶奶犯不着來駡我，我又不是姨奶奶家買的。『梅香拜把子——都是奴幾』呢！」襲人忙拉他説：「休胡説！」趙姨娘氣的便上來打了兩個耳刮子。襲人等忙上來拉勸，説：「姨奶奶别和他小孩子一般見識，等我們説他。」芳官捱了兩下打，那裏肯依，便拾頭打滚，潑哭潑鬧起來。口内便説：「你打得起我麽？你照照那模樣兒再動手！我叫你打了去，我還活着！」便撞在懷裏叫他打。衆人一面勸，一面拉他。晴雯悄拉襲人説：「别管他們，讓他們鬧去，看怎麽開交！如今亂爲王了，什麽你也來打，我也來打，都這樣起來還了得呢！」

外面跟着趙姨娘來的一干的人聽見如此，心中各各稱願，都念佛説：「也有今日！」又有那一干懷怨的老婆子見打了芳官，也都稱願。

當下藕官蕊官等正在一處作耍，湘雲的大花面葵官，寶琴的荳官，兩個聞了此信，慌忙找着他兩個説：「芳官被人欺侮，咱們也没趣，須得大家破着大鬧一場，方争過氣來。」四人終是小孩子心性，只顧他們情分上義憤，便不顧别的，一齊跑入怡紅院中。荳官先便一頭，幾乎不曾將趙姨娘撞了一跌。那三個也便擁上來，放聲大哭，手撕頭撞，把個趙姨娘裹住。晴雯等一面笑，一面假意去拉。急的襲人拉起這個，又跑了那個，口内只説：「你們要死！

有委曲只好說，這没理的事如何使得！」趙姨娘反没了主意，只好亂罵。蕊官藕官兩個一邊一個，抱住左右手；葵官荳官前後頭頂住。四人只說：「你只打死我們四個就罷！」芳官直挺挺躺在地下，哭得死過去。

正没開交，誰知晴雯早遣春燕回了探春。當下尤氏、李紈、探春三人帶着平兒與衆媳婦走來，忙忙將四個喝住。問起原故，趙姨娘便氣的瞪着眼粗了筋，一五一十說個不清。尤李兩個不答言，只喝禁他四人。探春便嘆氣說：「這是什麽大事，姨娘也太肯動氣了！我正有一句話要請姨娘商議，怪道丫頭說不知在那裏，原來在這裏生氣呢，快同我來。」尤氏李氏都笑說：「姨娘請到廳上來，咱們商量。」

趙姨娘無法，只得同他三人出來，口内猶說長說短。探春便說：「那些小丫頭子們原是些頑意兒，喜歡呢，和他說說笑笑；不喜歡便可以不理他。便他不好了，也如同猫兒狗兒抓咬了一下子，可恕就恕，不恕時也該叫了管家媳婦們去說給他去責罰，何苦自己不尊重，大吆小喝失了體統。你瞧周姨娘，怎不見人欺他，他也不尋人去。我勸姨娘且回房去煞煞性兒，別聽那些混賬人的調唆，没的惹人笑話，自己獃白給人作粗活。心裏有二十分的氣，也忍耐這幾天，等太太回來自然料理。」一席話説得趙姨娘閉口無言，只得回房去了。

這裏探春氣的和尤氏李紈説：「這麼大年紀，行出來的事總不叫人敬伏。這是什麼意思，值得吵一吵，並不留體統，耳朵又軟，心裏又没有計算。這又是那起没臉面的奴才們的調停，作弄出個獃人替他們出氣。」越想越氣，因命人查是誰調唆的。媳婦們只得答應着，出來相視而笑，都説是「大海裏那裏尋針去？」只得將趙姨娘的人並園中人唤來盤詰，都説不知道。衆人没法，只得回探春：「一時難查，慢慢訪查，凡有口舌不妥的，一總來回了責罰。」

探春氣漸漸平服方罷。可巧艾官便悄悄的回探春説：「都是夏媽和我們素日不對，每每的造言生事。前兒賴藕官燒紙，幸虧是寶玉叫他燒的，寶玉自己應了，他纔没話。今兒我與姑娘送手帕去，看見他和姨奶奶在一處説了半天，嘁嘁喳喳的，見了我纔走開了。」探春聽了，雖知情弊，亦料定他們皆是一黨，本皆淘氣異常，便只答應，也不肯據此爲實。

誰知夏婆子的外孫女兒蟬姐兒便是探春處當役的，時常與房中丫鬟們買東西呼喚人，衆女孩兒都和他好。這日飯後，探春正上廳理事，翠墨在家看屋子，因命蟬姐出去叫小幺兒買糕去。蟬兒便說：「我纔掃了個大園子，腰腿生疼的，你叫個別的人去罷。」翠墨笑說：「我又叫誰去？你趁早兒去，我告訴你一句好話，你到後門順路告訴你老娘防着些兒。」說着，便將艾官告他老娘話告訴了他。蟬姐聽了，忙接了錢道：「這個小蹄子也要捉弄人，等我告訴去。」說着，便起身出來。至後門邊，只見厨房内此刻手閒之時，都坐在堦砌上説閒話呢，他老娘亦在内。蟬兒便命一個婆子出去買糕。他且一行駡，一行説，將方纔之話告訴與夏婆子。夏婆子聽了，又氣又怕，便欲去找艾官問他，又欲往探春前去訴寃。蟬兒忙攔住説：「你老人家去怎麼説呢？這話怎得知道的，可又叨登不好了。説給你老防着就是了，那裏忙到這一時兒。」

正說着，忽見芳官走來，扒着院門，笑向厨房中柳家媳婦說道：「柳嫂子，寶二爺說了：晚飯的素菜要一樣凉凉的酸酸的東西，只別擱上香油弄膩了。」柳家的笑道：「知道。今兒怎遣你來了告訴這麽一句要緊話。你不嫌髒，進來逛逛兒不是？」芳官纔進來，忽有一個婆子手裏托了一碟糕來。芳官便戲道：「誰買的熱糕？我先嚐一塊兒。」蟬兒一手接了道：「這是人家買的，你們還希罕這個。」柳家的見了，忙笑道：「芳姑娘，你喜吃這個？我這裏有纔買下給你姐姐吃的，他不曾吃，還收在那裏，乾乾净净没動呢。」説着，便拿了一碟出來，遞與芳官，又説：「你等我進去替你燉口好茶來。」一面進去，現通開火燉茶。芳官便拿着那糕，問到蟬兒臉上説：「希罕吃你那糕，這個不是糕不成？我不過説着頑罷了，你給我磕個頭，我也不吃。」説着，便將手内的糕一塊一塊的掰了，擲着打雀兒頑，口内笑説：「柳嫂子，你别心疼，我回來買二斤給你。」小蟬氣的怔怔的，瞅着冷笑道：「雷公老爺也有眼睛，怎不打這作孽的！他還氣我呢。我可拿什麽比你們，又有人進貢，又有人作乾奴才，溜你們好上好兒，幫襯着説句話兒。」衆媳婦都説：「姑娘們，罷呀，天天見了就咕唧。」有幾個伶透的，見了他們對了口，怕又生事，都拿起脚來各自走開了。當下蟬兒也不敢十分説他，一面咕嘟着去了。

這裏柳家的見人散了，忙出來和芳官說：「前兒那話兒說了不曾？」芳官道：「說了。等一二日再提這事。偏那趙不死的又和我鬧了一場。前兒那玫瑰露姐姐吃了不曾，他到底可好些？」柳家的道：「可不都吃了。他愛的什麽似的，又不好問你再要的。」芳官道：「不值什麽，等我再要些來給他就是了。」

原來這柳家的有個女兒，今年纔十六歲，雖是厨役之女，却生的人物與平、襲、紫、鴛皆類。因他排行第五，便叫他是五兒。庚五月之柳，春色可知。因素有弱疾，故没得差。近因柳家的見寶玉房中的丫鬟差輕人多，且又聞得寶玉將來都要放他們，故如今要送他到那裏應名兒。正無頭路，可巧這柳家的是梨香院的差役，他最小意殷勤，伏侍得芳官一干人比別的乾娘還好。芳官等亦待他們極好，如今便和芳官說了，央芳官去與寶玉說。寶玉雖是依允，只是近日病着，又見事多，尚未說得。

前言少述，且說當下芳官回至怡紅院中，回復了寶玉。寶玉正在聽見趙姨娘厮吵，心中自是不悦，説又不是，不說又不是，只得等吵完了，打聽着探春勸了他去後方從蘅蕪苑回來，勸了芳官一陣，方大家安妥。今見他回來，又説還要些玫瑰露與柳五兒吃去，寶玉忙道：「有的，我又不大吃，你都給他去罷。」説着命襲人取了出來，見瓶中亦不多，遂連瓶與了他。

芳官便自携了瓶與他去。正值柳家的帶進他女兒來散悶，在那邊犄角子上一帶地方逛了一回，便回到厨房内，正吃茶歇脚兒。芳官拿了一個五寸來高的小玻璃瓶來，迎亮照看，裏面小半瓶胭脂一般的汁子，還道是寶玉吃的西洋葡萄酒。母女兩個忙説：「快拿鏇子燙滚水，你且坐下。」芳官笑道：「就剩了這些，連瓶子都給你們罷。」五兒聽了，方知是玫瑰露，忙接了，謝了又謝。芳官又問他：「好些？」五兒道：「今兒精神些，進來逛逛。這後邊一帶，也没什麽意思，不過見些大石頭大樹和房子後墻，正經好景致也没看見。」芳官道：「你爲什麽不往前去？」柳家的道：「我没叫他往前去。姑娘們也不認得他，倘有不對眼的人看見了，又是一番口舌。明兒託你携帶他有了房頭，怕没有人帶着逛呢，只怕逛膩了的日子還有呢。」芳官聽了，笑道：「怕什麽，有我呢。」柳家的忙道：「噯喲喲，我的姑娘，我們的頭皮兒薄，比不得你們。」説着，又倒了茶來。芳官那裏吃這茶，只漱了一口就走了。柳家的説道：

「我這裏占着手，五丫頭送送。」

五兒便送出來，因見無人，又拉着芳官説道：「我的話到底説了没有？」芳官笑道：「難道哄你不成？我聽見屋裏正緊還少兩個人的窩兒，並没補上。一個是紅玉的，璉二奶奶要去還没給人來；一個是墜兒的，也還没補。如今要你一個也不算過分。皆因平兒每每的和襲人説，凡有動人動錢的事，得挨的且挨一日更好。如今三姑娘正要拿人紮筏子呢，連他屋裏的事都駁了兩三件，如今正要尋我們屋裏的事没尋着，何苦來往網裏碰去。倘或説些話駁了，那時老了，倒難回轉。不如等冷一冷，老太太、太太心閒了，憑是天大的事先和老的一説，没有不成的。」五兒道：「雖如此説，我却性急等不得了。趁如今挑上來了，一則給我媽争口氣，也不枉養我一場；〔庚〕爲母。二則添了月錢，家裏又從容些；〔庚〕二爲家中。三則我的心開一開，只怕這病就好了——便是請大夫吃藥，也省了家裏的錢。」芳官道：「我都知道了，你只放心。」二人别過，芳官自去不提。

單表五兒回來，與他娘深謝芳官之情。他娘因説：「再不承望得了這些東西，雖然是個珍貴物兒，却是吃多了也最動熱。竟把這個倒些送個人去，也是個大情。」五兒問：「送誰？」他娘道：「送你舅舅的兒子，昨日熱病，也想這些東西吃。如今我倒半盞與他去。」五兒聽了，半日没言語，隨他媽倒了半盞子去，將剩的連瓶便放在傢伙厨内。五兒冷笑道：「依我説，竟不給他也罷了。倘或有人盤問起來，倒又是一場事了。」他娘道：「那裏怕起這些來，還了得了。我們辛辛苦苦的，裏頭賺些東西，也是應當的。難道是賊偷的不成？」説着，一逕去了。直至外邊他哥哥家中，他侄子正躺着，一見了這個，他哥嫂侄男無不歡喜。現從井上取了凉水，和吃了一碗，心中一暢，頭目清凉。剩的半盞，用紙覆着，放在桌上。

可巧又有家中幾個小廝，同他侄兒素日相好的，走來問候他的病。内中有一小夥名唤錢槐者，乃係趙姨娘之内侄〔二〕。他父母現在庫上管賬，他本身又派跟賈環上學。因他有些錢勢，尚未娶親，素日看上了柳家的五兒標緻，和父母説了，欲娶他爲妻。也曾央中保媒人再四求告。柳家父母却也情願，争奈五兒執意不從，雖未明言，却行止中已帶出，父母未敢應允。近日又想往園内去，越發將此事丢開，只等三五年後放出來，自向外邊擇婿了。錢家見他如此，也就罷了。怎奈錢槐不得五兒，心中又氣又愧，發恨定要弄取成配，方了此願。今日也同人來瞧望柳侄，不期柳家的在內。

柳家的忽見一群人來了，内中有錢槐，便推説不得閒，起身便走了。他哥嫂忙説：「姑媽怎麽不吃茶就走？倒難爲姑媽記掛。」柳家的因笑道：「只怕裏面傳飯，再閒了出來瞧侄子罷。」他嫂子因向抽屜内取了一個紙包出來，拿在手内送了柳家的出來，至墻角邊遞與柳家的，又笑道：「這是你哥哥昨兒在門上該班兒，誰知這五日一班，竟偏冷淡，一個外財没發。只有昨兒有粤東的官兒來拜，送了上頭兩小簍子茯苓霜。餘外給了門上人一簍作門禮，你哥哥分了這些。這地方千年松柏最多，所以單取了這茯苓的精液和了藥，不知怎麽弄出這怪俊的白霜兒來。説第一用人乳和着，每日早起吃一鍾，最補人的；第二用牛奶子；萬不得，滚白水也好。我們想着，正宜外甥女兒吃。原是上半日打發小丫頭子送了家去的，他説鎖着門，連外甥女兒也進去了。本來我要瞧瞧他去，給他帶了去的，又想主子們不在家，各處嚴緊，我又没甚麽差使，有要没緊跑些什麽。况且這兩日風聲，聞得裏頭家反宅亂的，倘或沾帶了倒值多的。姑娘來的正好，親自帶去罷。」

柳氏道了生受，作別回來。剛到了角門前，只見一個小幺兒笑道：「你老人家那裏去了？裏頭三次兩趟叫人傳呢，我們三四個人都找你老去了，還沒來。你老人家却從那裏來了？這條路又不是家去的路，我倒疑心起來。」那柳家的笑罵道：「好猴兒崽子……」要知端的，且聽下回分解。

戚 總評：以硝出粉是正筆，以霜陪露是襯筆。前必用茉莉粉，纔能構起争端，後不用茯苓霜，亦必敗露馬脚。須知有此一襯，文勢方不徑直，方不寂寞。寳光四映，奇彩繽紛。

〔一〕「紮筏子」：找藉口懲處别人，以達到洩憤、警示或立威的目的。書中也作「作筏子」「作法」「作法子」「做法子」等。

〔二〕「内侄」，除蒙府本改作「内親」，餘本均同。按：趙姨娘之内侄當姓趙。

第六十一回　投鼠忌器寶玉情贓　判冤决獄平兒情權〔一〕

戚 數回用蟬脱體，絡繹寫來，讀者幾不辨何自起、何自結，浩浩無涯。須看他争端起自環哥，却起自彩雲。争端結自寶玉，却亦結自彩雲。首尾收束精嚴，六花長蛇陣也。識者着眼。

那柳家的笑道：「好猴兒崽子！你親嬸子找野老兒去了，你豈不多得一個叔叔，有什麽疑的！别討我把你頭上的楊子蓋似的幾根屄毛撏下來！還不開門讓我進去呢。」這小廝且不開門，且拉着笑説：「好嬸子，你這一進去，好歹偷些杏子出來賞我吃。我這裏老等。你若忘了時，日後半夜三更打酒買油的，我不給你老人家開門，也不答應你，隨你乾叫去。」柳氏啐道：「發了昏的，今年不比往年，把這些東西都分給了衆奶奶了。一個個的不像抓破了臉的，人打樹底下一過，兩眼就像那黧鷄似的，還動他的果子！昨兒我從李子樹下一走，偏有一個蜜蜂兒往臉上一過，我一招手兒，偏你那好舅母就看見了。他離的遠看不真，只當我摘李子呢，就屄聲浪嗓喊起來，説又是『還没供佛呢』，又是『老太太、太太不在家還没進鮮呢，等進了上頭，嫂子們都有分的』，倒像誰害了饞癆等李子出汗呢。叫我也没好話説，搶白了他一頓。可是你舅母姨娘兩三個親戚都管着，怎不和他們要去，倒和我來要。這可是『倉老鼠和老鴰去借糧——守着的没有，飛着的有』。」小厮笑道：「哎喲喲，没有罷了，説上這些閒話！我看你老以後就用不着我了？就便是姐姐有了好地方，將來更呼唤着的日子多，只要我們多答應他些就有了。」柳氏聽了，笑道：「你這個小猴精，又搗鬼吊白的，你姐姐有什麽好地方了？」那小厮笑道：「别哄我了，早已知道了。單是你們有内牽，難道我們就没有内牽不成？我雖在這裏聽哈，裏頭却也有兩個姊妹成個體統的，什麽事瞞了我們！」

正説着，只聽門内又有老婆子向外叫：「小猴兒們，快傳你柳嬸子去罷，再不來可就誤了。」柳家的聽了，不顧和小厮説話，忙推門進去，笑説：「不必忙，我來了。」一面來至厨房——雖有幾個同伴的人，他們都不敢自專，單等他來調停分派——一面問衆人：「五丫頭那去了？」衆人都説：「纔往茶房裏找他們姊妹去了。」

柳家的聽了，便將茯苓霜擱起，且按着房頭分派菜饌。忽見迎春房裏小丫頭蓮花兒走來〔己〕總是寫春景將殘。説：「司棋姐姐説了，要碗鷄蛋，燉的嫩嫩的。」柳家的道：「就是這樣尊貴。不知怎的，今年這鷄蛋短的很，十個錢一個還找不出來。昨兒上頭給親戚家送粥米去，四五個買辦出去，好容易纔凑了二千個來。〔二〕我那裏找去？你説給他，改日吃罷。」蓮花兒道：「前兒要吃豆腐，你弄了些餿的，叫他説了我一頓。今兒要鷄蛋又没有了。什麽好東西，我就不信連鷄蛋都没有了，别叫我翻出來。」一面説，一面真個走來，揭起菜箱一看，只見裏面果有十來個鷄蛋，説道：「這不是？你就這麽利害！吃的是主子的，我們的分例，你爲什麽心疼？又不是你下的蛋，怕人吃了。」柳家的忙丢了手裏的活計，便上來説道：「你少滿嘴裏混嘪！你娘纔下蛋呢！通共留下這幾個，預備菜上的澆頭。姑娘們不要，還不肯做上去呢，預備接急的。你們吃了，倘或一聲要起來，没有好的，連鷄蛋都没了。你們深宅大院，水來伸手，飯來張口，只知鷄蛋是平常物件，那裏知道外頭買賣的行市呢。别説這個，有一年連草根子還没了的日子還有呢。我勸他們，細米白飯，每日肥鷄大鴨子，將就些兒也罷了。吃膩了膈，天天又鬧起故事來了。鷄蛋、豆腐，又是什麽麵筋、醬蘿蔔炸兒，敢自倒换口味。只是我又不是答應你們的，一處要一樣，就是十來樣。我倒别伺候頭層主子，只預備你們二層主子了。」

蓮花兒聽了，便紅了臉，喊道：「誰天天要你什麽來？你説上這兩車子話！叫你來，不是爲便宜却爲什麽。前兒小燕來，説晴雯姐姐要吃蘆蒿，你怎麽忙的還問肉炒鷄炒？小燕説：『葷的因不好纔另叫你炒個麵筋的，少擱油纔好。』你忙的倒説自己發昏，趕着洗手炒了，狗顛兒似的親捧了去。今兒反倒拿我作筏子，説我給衆人聽。」柳家的忙道：「阿彌陀佛！這些人眼見的。别説前兒一次，就從舊年一立厨房以來，凡各房裏偶然間不論姑娘姐兒們要添一樣半樣，誰不是先拿了錢來，另買另添。有的没的，名聲好聽，説我單管姑娘厨房省事，又有剩頭兒，算起賬來，惹人噁心。連姑娘帶姐兒們四五十人，一日也只管要兩隻鷄，兩隻鴨子，十來斤肉，一吊錢的菜蔬。你們算算，够作什麽的？連本項兩頓飯還撑持不住，還擱的住這個點這樣，那個點那樣，買來的又不吃，又買别的去。既這樣，不如回了太太，多添些分例，也像大厨房裏預備老太太的飯，把天下所有的菜蔬用水牌寫了，天天轉着吃，吃到一個月現算倒好。連前兒三姑娘和寶姑娘偶然商議了要吃個油鹽炒枸杞芽兒來，現打發個姐兒拿着五百錢來給我，我倒笑起來了，説：『二位姑娘就是大肚子彌勒佛，也吃不了五百錢的去。這三二十個錢的事，還預備的起。』趕着我送回錢去，到底不收，説賞我打酒吃，又説：『如今厨房在裏頭，保不住屋裏的人不去叨登，一鹽一醬，那不是錢買的。你不給又不好，給了你又没的賠。你拿着這個錢，全當還了他們素日叨登的東西窩兒。』這就是明白體下的姑娘，我們心裏只替他念佛。没的趙姨奶奶聽了又氣不忿，又説太便宜了我，隔不了十天，也打發個小丫頭子來尋這樣尋那樣，我倒好笑起來。你們竟成了例，不是這個，就是那個，我那裏有這些賠的。」

正亂時，只見司棋又打發人來催蓮花兒，說他「死在這裏了，怎麼就不回去？」蓮花兒賭氣回來，便添了一篇話，告訴了司棋。司棋聽了，不免心頭起火。此刻伺候迎春飯罷，帶了小丫頭們走來，見了許多人正吃飯，見他來的勢頭不好，都忙起身陪笑讓坐。司棋便喝命小丫頭子：「動手！凡箱櫃所有的菜蔬，只管丢出來喂狗，大家賺不成。」小丫頭子們巴不得一聲，七手八脚搶上去，一頓亂翻亂擲的。衆人一面拉勸，一面央告司棋說：「姑娘别誤聽了小孩子的話。柳嫂子有八個頭，也不敢得罪姑娘，說鷄蛋難買是真。我們纔也說他不知好歹，憑是什麽東西，也少不得變法兒去。他已經悟過來了，連忙蒸上了。姑娘不信瞧那火上。」

司棋被衆人一頓好言，方將氣勸的漸平。小丫頭們也没得摔完東西，便拉開了。司棋連說帶駡，鬧了一回，方被衆人勸去。柳家的只好摔碗丢盤自己咕嘟了一回，蒸了一碗蛋令人送去。司棋全潑了地下了。那人回來也不敢說，恐又生事。

柳家的打發他女兒喝了一回湯，吃了半碗粥，又將茯苓霜一節說了。五兒聽罷，便心下要分些贈芳官，遂用紙另包了一半，趁黄昏人稀之時，自己花遮柳隱的來找芳官。且喜無人盤問。一逕到了怡紅院門前，不好進去，只在一簇玫瑰花前站立，遠遠的望着。有一盞茶時，可巧小燕出來，忙上前叫住。小燕不知是那一個，至跟前方看真切，因問作什麼。五兒笑道：「你叫出芳官來，我和他説話。」小燕悄笑道：「姐姐太性急了，横竪等十來日就來了，只管找他做什麼。方纔使了他往前頭去了，你且等他一等。不然，有什麼話告訴我，等我告訴他。恐怕你等不得，只怕關園門了。」五兒便將茯苓霜遞與了小燕，又説這是茯苓霜，如何吃，如何補益：「我得了些送他的，轉煩你遞與他就是了。」説畢，作辭回來。

正走蓼溆一帶，忽見迎頭林之孝家的帶着幾個婆子走來，五兒藏躲不及，只得上來問好。林之孝家的問道：「我聽見你病了，怎麼跑到這裏來？」五兒陪笑道：「因這兩日好些，跟我媽進來散散悶。纔因我媽使我到怡紅院送傢伙去。」林之孝家的説道：「這話岔了。方纔我見你媽出來我纔關門。既是你媽使了你去，他如何不告訴我説你在這裏呢，竟出去讓我關門，是何主意？可知是你扯謊。」五兒聽了，没話回答，只説：「原是我媽一早教我取去的，我忘了，挨到這時我纔想起來了。只怕我媽錯當我先出去了，所以没和大娘説得。」

林之孝家的聽他辭鈍色虚，又因近日玉釧兒説那邊正房内失落了東西，幾個丫頭對賴，没主兒，心下便起了疑。可巧小蟬、蓮花兒並幾個媳婦子走來，見了這事，便説道：「林奶奶倒要審審他。這兩日他往這裏頭跑的不像，鬼鬼唧唧的，不知幹些什麽事。」小蟬又道：「正是。昨兒玉釧姐姐説，太太耳房裏的櫃子開了，少了好些零碎東西。璉二奶奶打發平姑娘和玉釧姐姐要些玫瑰露，誰知也少了一罐子。若不是尋露，還不知道呢。」蓮花兒笑道：「這話我没聽見，今兒我倒看見一個露瓶子。」林之孝家的正因這些事没主兒，每日鳳姐使平兒催逼他，一聽此言，忙問在那裏。蓮花兒便説：「在他們厨房裏呢。」林之孝家的聽了，忙命打了燈籠，帶着衆人來尋。五兒急的便説：「那原是寶二爺屋裏的芳官給我的。」林之孝家的便説：「不管你方官圓官，現有了贜證，我只呈報了，憑你主子前辯去。」一面説，一面進入厨房，蓮花兒帶着，取出露瓶。恐還有偷的别物，又細細搜了一遍，又得了一包茯苓霜，一併拿了，帶了五兒，來回李紈與探春。

那時李紈正因蘭哥兒病了，不理事務，只命去見探春。探春已歸房。人回進去，丫鬟們都在院内納凉，探春在内盥沐，只有待書回進去。半日，出來説：「姑娘知道了，叫你們找平兒回二奶奶去。」林之孝家的只得領出來。到鳳姐兒那邊，先找着了平兒，平兒進去回了鳳姐。鳳姐方纔歇下，聽見此事，便吩咐：「將他娘打四十板子，攆出去，永不許進二門。把五兒打四十板子，立刻交給莊子上，或賣或配人。」平兒聽了，出來依言吩咐了林之孝家的。五兒唬的哭哭啼啼，給平兒跪着，細訴芳官之事。平兒道：「這也不難，等明日問了芳官便知真假。但這茯苓霜前日人送了來，還等老太太、太太回來看了纔敢打動，這不該偷了去。」五兒見問，忙又將他舅舅送的一節説了出來。平兒聽了，笑道：「這樣説，你竟是個平白無辜之人，拿你來頂缸。此時天晚，奶奶纔進了藥歇下，不便爲這點子小事去絮叨。如今且將他交給上夜的人看守一夜，等明兒我回了奶奶，再做道理。」林之孝家的不敢違拗，只得帶了出來交與上夜的媳婦們看守，自便去了。

這裏五兒被人軟禁起來，一步不敢多走。又兼衆媳婦也有勸他說，不該做這沒行止之事；也有抱怨說，正緊更還坐不上來，又弄個賊來給我們看，倘或眼不見尋了死，逃走了，都是我們不是。於是又有素日一干與柳家不睦的人，見了這般，十分趁願，都來奚落嘲戲他。這五兒心内又氣又委屈，竟無處可訴；且本來怯弱有病，這一夜思茶無茶，思水無水，思睡無衾枕，嗚嗚咽咽直哭了一夜。

誰知和他母女不和的那些人，巴不得一時攆出他們去，惟恐次日有變，大家先起了個清早，都悄悄的來買轉平兒，一面送些東西，一面又奉承他辦事簡斷，一面又講述他母親素日許多不好。平兒一一的都應着，打發他們去了，却悄悄的來訪襲人，問他可果真芳官給他露了。襲人便說：「露却是給芳官，芳官轉給何人我却不知。」襲人於是又問芳官，芳官聽了，唬天跳地，忙應是自己送他的。芳官便又告訴了寶玉，寶玉也慌了，說：「露雖有了，若勾起茯苓霜來，他自然也實供。若聽見了是他舅舅門上得的，他舅舅又有了不是，豈不是人家的好意，反被咱們陷害了。」因忙和平兒計議：「露的事雖完，然這霜也是有不是的。好姐姐，你叫他説也是芳官給他的就完了。」平兒笑道：「雖如此，只是他昨晚已經同人説是他舅舅給的了，如何又説你給的？況且那邊所丢的露也是無主兒，如今有贓證的白放了，又去找誰？誰還肯認？衆人也未必心服。」晴雯走來笑道：「太太那邊的露再無别人，分明是彩雲偷了給環哥兒去了。你們可瞎亂説。」平兒笑道：「誰不知是這個原故，但今玉釧兒急的哭，悄悄問着他，他若應了，玉釧也罷了，大家也就混着不問了。難道我們好意兜攬這事不成！可恨彩雲不但不應，他還擠玉釧兒，説他偷了去了。兩個人窩裏發炮，先吵的合府皆知，我們如何裝没事人。少不得要查的。殊不知告失盗的就是賊，又没贓證，怎麽説他。」

寶玉道：「也罷，這件事我也應起來，就説是我唬他們頑的，悄悄的偷了太太的來了。兩件事都完了。」襲人道：「也倒是件陰騭事，保全人的賊名兒。只是太太聽見又説你小孩子氣，不知好歹了。」平兒笑道：「這也倒是小事。如今便從趙姨娘屋裏起了贓來也容易，我只怕又傷着一個好人的體面。别人都别管，這一個人豈不又生氣。我可憐的是他，不肯爲了打老鼠傷了玉瓶。」説着，把三個指頭一伸。襲人等聽説，便知他説的是探春。大家都忙説：

「可是這話。竟是我們這裏應了起來的爲是。」平兒又笑道：「也須得把彩雲和玉釧兒兩個業障叫了來，問準了他方好。不然他們得了益，不說爲這個，倒像我没了本事問不出來，煩出這裏來完事，他們以後越發偷的偷，不管的不管了。」襲人等笑道：「正是，也要你留個地步。」

平兒便命人叫了他兩個來，說道：「不用慌，賊已有了。」玉釧兒先問賊在那裏，平兒道：「現在二奶奶屋裏，你問他什麼應什麼。我心裏明知不是他偷的，可憐他害怕都承認。這裏寶二爺不過意，要替他認一半。我待要說出來，但只是這做賊的素日又是和我好的一個姊妹，窩主却是平常，裏面又傷着一個好人的體面，因此爲難，少不得央求寶二爺應了，大家無事。如今反要問你們兩個，還是怎樣？若從此以後大家小心存體面，這便求寶二爺應了；若不然，我就回了二奶奶，别冤屈了好人。」彩雲聽了，不覺紅了臉，一時羞惡之心感發，便說道：「姐姐放心，也别冤了好人，也别帶累了無辜之人傷體面。偷東西原是趙姨奶奶央告我再三，我拿了些與環哥是情真。連太太在家我們還拿過，各人去送人，也是常事。

我原説嚷過兩天就罷了。如今既冤屈了好人，我心也不忍。姐姐竟帶了我回奶奶去，我一概應了完事。」

衆人聽了這話，一個個都詫異，他竟這樣有肝膽。寶玉忙笑道：「彩雲姐姐果然是個正緊人。如今也不用你應，我只説是我悄悄的偷的唬你們頑，如今鬧出事來，我原該承認。只求姐姐們以後省些事，大家就好了。」彩雲道：「我幹的事爲什麽叫你應，死活我該去受。」平兒襲人忙道：「不是這樣説，你一應了，未免又叨登出趙姨奶奶來，那時三姑娘聽了，豈不生氣。竟不如寶二爺應了，大家無事，且除這幾個人皆不得知道這事，何等的乾净。但只以後千萬大家小心些就是了。要拿什麽，好歹耐到太太到家，那怕連這房子給了人，我們就没干係了。」彩雲聽了，低頭想了一想，方依允。

於是大家商議妥貼，平兒帶了他兩個並芳官往前邊來，至上夜房中叫了五兒，將茯苓霜一節也悄悄的教他説係芳官所贈，五兒感謝不盡。平兒帶他們來至自己這邊，已見林之孝家的帶領了幾個媳婦，押解着柳家的等够多時〔三〕。林之孝家的又向平兒説：「今兒一早押了他來，恐園裏没人伺候姑娘們的飯，我暫且將秦顯的女人派了去伺候。姑娘一併回明奶奶，他倒乾净謹慎，以後就派他常伺候罷。」平兒道：「秦顯的女人是誰？我不大相熟。」林之孝家的道：「他是園裏南角子上夜的，白日裏没什麽事，所以姑娘不大相識。高高孤拐，大大的眼睛，最乾净爽利的。」玉釧兒道：「是了。姐姐，你怎麽忘了？他是跟二姑娘的司棋的嬸娘。司棋的父母雖是大老爺那邊的人，他這叔叔却是咱們這邊的。」

平兒聽了，方想起來，笑道：「哦，你早説是他，我就明白了。」又笑道：「也太派急了些。如今這事八下裏水落石出了，連前兒太太屋裏丢的也有了主兒。是寶玉那日過來和這兩個業障要什麽的，偏這兩個業障慪他頑，説太太不在家不敢拿。寶玉便瞅他兩個不隄防的時節，自己進去拿了些什麽出來。這兩個業障不知道，就唬慌了。如今寶玉聽見帶累了别人，方細細的告訴了我，拿出東西來我瞧，一件不差。那茯苓霜是寶玉外頭得了的，也曾賞過許多人，不獨園内人有，連媽媽子們討了出去給親戚們吃，又轉送人，襲人也曾給過芳官之流的人。他們私情各相來往，也是常事。前兒那兩簍還擺在議事廳上，好好的原封没動，怎麽就混賴起人來。等我回了奶奶再説。」説畢，抽身進了卧房，將此事照前言回了鳳姐兒一遍。

鳳姐兒道：「雖如此説，但寶玉爲人不管青紅皂白愛兜攬事情。别人再求求他去，他又擱不住人兩句好話，給他個炭簍子戴上，什麽事他不應承。咱們若信了，將來若大事也如此，如何治人。還要細細的追求纔是。依我的主意，把太太屋裏的丫頭都拿來，雖不便擅加拷打，只叫他們墊着磁瓦子跪在太陽地下，茶飯也别給吃。一日不説跪一日，便是鐵打的，一日也管招了。又道是『蒼蠅不抱無縫的蛋』。雖然這柳家的没偷，到底有些影兒，人纔説他。雖不加賊刑，也革出不用。朝廷家原有掛誤的，倒也不算委屈了他。」平兒道：「何苦來操這心！『得放手時須放手』，什麽大不了的事，樂得不施恩呢。依我説，縱在這屋裏操上一百分的心，終久咱們是那邊屋裏去的。没的結些小人仇恨，使人含怨。况且自己又三災八難的，好容易懷了一個哥兒，到了六七個月還掉了，焉知不是素日操勞太過，氣惱傷着的。如今乘早兒見一半不見一半的，也倒罷了。」一席話，説的鳳姐兒倒笑了，説道：「憑你這小蹄子發放去罷。我纔精爽些了，没的淘氣。」平兒笑道：「這不是正經！」説畢，轉身出來，一一發放。

要知端的，且聽下回分解。

戚 總評：趙姨痛兒，弄得羞愧滿面；柳家惜女，幾至鞭楚隨身。可知養子種孫自有大體，莫學那溺愛禽犢。柳家婆煮糕烹茶，何等殷勤，未得些兒便宜；秦家婆偷倉盜庫，百般賠墊，反傷無數錢財。可知君子安貧，達人知命，原有樂處。

〔一〕「情贓」「情權」，除戚本「情權」作「徇私」外，諸本均同。程甲本始改爲「瞞贓」「行權」。

〔二〕「四五個買辦」，戚本作「四五十個買辦」；「二千個」，列本作「三千個」，己卯本、戚寧本作「二十個」，餘本均同底本。有人認爲此厨房單管服務大觀園裏的小姐們，日用有限，無須用到二三千個雞蛋，故當從己卯本作「二十個」。此説實是對柳婦原話的誤解。既然小厨房日用有限，又何必派四五個買辦去採購？事實上，這四五個買辦是爲「給親戚家送粥米」而去採購雞蛋的，所需當然不止「二十個」，否則每人採購四五個雞蛋，豈非小題大做？按：「送粥米」，是指親友鄰里給産婦家饋贈糖、雞蛋、食品、衣料等禮物的習俗。此俗至今各地尚存，大同小異。

〔三〕「够」，原作「勾」，己本同。戚、蒙、甲辰本作「彀」，列本作「候」。按：此處「勾」「彀」音、義均同「够」（一説「勾」即「够」的省寫）。諸抄本中「够」即多寫作「勾」「彀」。「够多時」，舊小説中習見，意指很長時間。

史湘雲

第六十二回　憨湘雲醉眠芍藥裀　獃香菱情解石榴裙

戚 衆姊妹一番贈貺，諸僧尼一番禱祝，確是寶玉生辰。園中行禮，不亢不卑，席上設筵，不豐不嗇，確是寶玉分地。

探春圍棋理事，氣象嚴厲；香菱鬭草善謔，姿態俊逸。湘雲喜飲酒，何等踈爽；黛玉怕吃茶，何等嫵媚。晴雯刺芳官，語極尖利；襲人給裙子，意極醇良。字字曲到。

話說平兒出來吩咐林之孝家的道：「大事化爲小事，小事化爲没事，方是興旺之家。若得不了一點子小事，便揚鈴打鼓的亂折騰起來，不成道理。如今將他母女帶回，照舊去當差。

將秦顯家的仍舊退回。再不必提此事。只是每日小心巡察要緊。」説畢，起身走了。柳家的母女忙向上磕頭，林家的帶回園中，回了李紈探春，二人皆説：「知道了，能可〔一〕無事，很好。」

司棋等人空興頭了一陣。那秦顯家的好容易等了這個空子鑽了來，只興頭上半天。在厨房内正亂着接收傢伙、米糧、煤炭等物，又查出許多虧空來，説：「粳米短了兩石，常用米又多支了一個月的，炭也欠着額數。」一面又打點送林之孝家的禮，悄悄的備了一簍炭，五百斤木柴，一擔粳米，在外邊就遣了子侄送入林家去了；又打點送賬房的禮；又預備幾樣菜蔬請幾位同事的人，説：「我來了，全仗列位扶持。自今以後都是一家人了。我有照顧不到的，好歹大家照顧些。」

正亂着，忽有人來説與他：「看過這早飯就出去罷。柳嫂兒原無事，如今還交與他管了。」秦顯家的聽了，轟去魂魄，垂頭喪氣，登時掩旗息鼓，捲包而出。送人之物白丢了許多，自己倒要折變了賠補虧空。連司棋都氣了個倒仰，無計挽回，只得罷了。

趙姨娘正因彩雲私贈了許多東西，被玉釧兒吵出，生恐查詰出來，每日捏一把汗打聽信兒。忽見彩雲來告訴說：「都是寶玉應了，從此無事。」趙姨娘方把心放下來。誰知賈環聽如此說，便起了疑心，將彩雲凡私贈之物都拿了出來，照着彩雲的臉摔了去，說：「這兩面三刀的東西！我不希罕。你不和寶玉好，他如何肯替你應。你既有擔當給了我，原該不與一個人知道。如今你既然告訴他，如今我再要這個，也没趣兒。」彩雲見如此，急的發身賭誓，至於哭了，百般解說，賈環執意不信，說：「不看你素日之情，去告訴二嫂子，就說你偷來給我，我不敢要。你細想去。」說畢，摔手出去了。急的趙姨娘駡：「没造化的種子，蛆心孽障。」氣的彩雲哭個淚乾腸斷。趙姨娘百般的安慰他：「好孩子，他辜負了你的心，我看的真。讓我收起來，過兩日他自然回轉過來了。」說着，便要收東西。彩雲賭氣一頓包起來，乘人不見時，來至園中，都撇在河内，順水沉的沉漂的漂了。自己氣的夜間在被内暗哭。

當下又值寶玉生日已到，原來寶琴也是這日，二人相同。因王夫人不在家，也不曾像往年鬧熱。只有張道士送了四樣禮，換的寄名符兒；還有幾處僧尼廟的和尚姑子送了供尖兒，並壽星紙馬疏頭，並本命星官值年太歲週年換的鎖兒。家中常走的女先兒來上壽。王子騰那邊，仍是一套衣服，一雙鞋襪，一百壽桃，一百束上用銀絲掛麵。薛姨娘處減一等。其餘家中人，尤氏仍是一雙鞋襪；鳳姐兒是一個宫製四面和合荷包，裏面裝一個金壽星，一件波斯國所製玩器。各廟中遣人去放堂捨錢。又另有寶琴之禮，不能備述。姐妹中皆隨便，或有一扇的，或有一字的，或有一畫的，或有一詩的，聊復應景而已。

這日寶玉清晨起來，梳洗已畢，冠帶出來。至前廳院中，已有李貴等四五個人在那裏設下天地香燭，寶玉炷了香。行畢禮，奠茶焚紙後，便至寧府中宗祠祖先堂兩處行畢禮，出至月臺上，又朝上遥拜過賈母、賈政、王夫人等。一順到尤氏上房，行過禮，坐了一回，方回榮府。先至薛姨媽處，薛姨媽再三拉着，然後又遇見薛蝌，讓一回，方進園來。晴雯麝月二人跟隨，小丫頭夾着毡子，從李氏起，一一挨着所長的房中到過。復出二門，至李、趙、張、王四個奶媽家讓了一回，方進來。雖衆人要行禮，也不曾受。回至房中，襲人等只都來説一聲就是了。王夫人有言，不令年輕人受禮，恐折了福壽，故皆不磕頭。

歇一時，賈環賈蘭等來了，襲人連忙拉住，坐了一坐，便去了。寶玉笑説走乏了，便歪在床上。方吃了半盞茶，只聽外面咭咭呱呱，一群丫頭笑進來，原來是翠墨、小螺、翠縷、入畫，邢岫煙的丫頭篆兒，並奶子抱巧姐兒，彩鸞、繡鸞八九個人，都抱着紅毡笑着走來，説：「拜壽的擠破了門了，快拿麵來我們吃。」剛進來時，探春、湘雲、寶琴、岫煙、惜春也都來了。寶玉忙迎出來，笑説：「不敢起動，快預備好茶。」進入房中，不免推讓一回，大家歸坐。襲人等捧過茶來，纔吃了一口，平兒也打扮的花枝招展的來了。寶玉忙迎出來，笑説：「我方纔到鳳姐姐門上，回了進去，不能見，我又打發人進去讓姐姐的。」平兒笑道：「我正打發你姐姐梳頭，不得出來回你。後來聽見又説讓我，我那裏禁當的起，所以特趕來磕頭。」寶玉笑道：「我也禁當不起。」襲人早在外間安了坐，讓他坐。平兒便福下去，寶玉作揖不迭。平兒便跪下去，寶玉也忙還跪下，襲人連忙攙起來。又下了福，寶玉又還了一揖。襲人笑推寶玉：「你再作揖。」寶玉道：「已經完了，怎麼又作揖？」襲人笑道：「這是他來給你拜壽。今兒也是他的生日，你也該給他拜壽。」寶玉聽了，喜的忙作下揖去，說：「原來今兒也是姐姐的芳誕。」平兒還萬福不迭。湘雲拉寶琴岫煙說：「你們四個人對拜壽，直拜一天纔是。」探春忙問：「原來邢妹妹也是今兒？我怎麽就忘了。」忙命丫頭：「去告訴二奶奶，趕着補了一分禮，與琴姑娘的一樣，送到二姑娘屋裏去。」丫頭答應着去了。岫煙見湘雲直口説出來，少不得要到各房去讓讓。

探春笑道：「倒有些意思，一年十二個月，月月有幾個生日。人多了，便這等巧，也有三個一日、兩個一日的。大年初一日也不白過，大姐姐佔了去。怨不得他福大，生日比別人就佔先。又是太祖太爺的生日。過了燈節，就是老太太和寶姐姐，他們娘兒兩個遇的巧。三月初一日是太太，初九日是璉二哥哥。二月没人。」襲人道：「二月十二是林姑娘，怎麽没人？就只不是咱家的人。」探春笑道：「我這個記性是怎麽了！」寶玉笑指襲人道：「他和林妹妹是一日，所以他記的。」探春笑道：「原來你兩個倒是一日。每年連頭也不給我們磕一個。平兒的生日我們也不知道，這也是纔知道。」平兒笑道：「我們是那牌兒名上的人，生日也没拜壽的福，又没受禮職份，可吵鬧什麽，可不悄悄的過去。今兒他又偏吵出來了，等姑娘們回房，我再行禮去罷。」探春笑道：「也不敢驚動。只是今兒倒要替你過個生日，我心纔過得去。」寶玉湘雲等一齊都説：「很是。」探春便吩咐了丫頭：「去告訴他奶奶，就説我們大家説了，今兒一日不放平兒出去，我們也大家凑了分子過生日呢。」丫頭笑着去了，半日，回來説：「二奶奶説了，多謝姑娘們給他臉。不知過生日給他些什麽吃，只别忘了二奶奶，就不來絮聒他了。」衆人都笑了。

探春因説道：「可巧今兒裏頭厨房不預備飯，一應下麵弄菜都是外頭收拾。咱們就凑了錢叫柳家的來攬了去，只在咱們裏頭收拾倒好。」衆人都説是極。探春一面遣人去問李紈、寶釵、黛玉，一面遣人去傳柳家的進來，吩咐他内厨房中快收拾兩桌酒席。柳家的不知何意，因説外厨房都預備了。探春笑道：「你原來不知道，今兒是平姑娘的華誕。外頭預備的是上頭的，這如今我們私下又凑了分子，單爲平姑娘預備兩桌請他。你只管揀新巧的菜蔬預備了來，開了賬和我那裏領錢。」柳家的笑道：「原來今日也是平姑娘的千秋，我竟不知道。」説着，便向平兒磕下頭去，慌的平兒拉起他來。柳家的忙去預備酒席。這裏探春又邀了寶玉，同到廳上去吃麵，等到李紈寶釵一齊來全，又遣人去請薛姨媽與黛玉。因天氣和暖，黛玉之疾漸愈，故也來了。花團錦簇，擠了一廳的人。

誰知薛蝌又送了巾扇香帛四色壽禮與寶玉，寶玉於是過去陪他吃麵。兩家皆治了壽酒，互相酬送，彼此同領。至午間，寶玉又陪薛蝌吃了兩杯酒。寶釵帶了寶琴過來與薛蝌行禮，把盞畢，寶釵因囑薛蝌：「家裏的酒也不用送過那邊去，這虛套竟可收了。你只請夥計們吃罷。我們和寶兄弟進去還要待人去呢，也不能陪你了。」薛蝌忙說：「姐姐兄弟只管請，只怕夥計們也就好來了。」寶玉忙又告過罪，方同他姊妹回來。

一進角門，寶釵便命婆子將門鎖上，把鑰匙要了自己拿着。寶玉忙說：「這一道門何必關，又没多的人走。况且姨娘、姐姐、妹妹都在裏頭，倘或家去取什麽，豈不費事。」寶釵笑道：「小心没過逾的。你瞧你們那邊，這幾日七事八事，竟没有我們這邊的人，可知是這門關的有功效了。若是開着，保不住那起人圖順脚，抄近路從這裏走，攔誰的是？不如鎖了，連媽和我也禁着些，大家別走。縱有了事，就賴不着這邊的人了。」寶玉笑道：「原來姐姐也知道我們那邊近日丢了〔二〕東西？」寶釵笑道：「你只知道玫瑰露和茯苓霜兩件，乃因人而及物。若非因人，你連這兩件還不知道呢。殊不知還有幾件比這兩件大的呢。若以後叨登不出來，是大家的造化；若叨登出來，不知裏頭連累多少人呢。你也是不管事的人，我纔告訴你。平兒是個明白人，我前兒也告訴了他，皆因他奶奶不在外頭，所以使他明白了。若不出來，大家樂得丢開手。若犯出來，他心裏已有稿子，自有頭緒，就冤屈不着平人了。你只聽我說，以後留神小心就是了，這話也不可對第二個人講。」

說着，來到沁芳亭邊，只見襲人、香菱、待書、素雲、晴雯、麝月、芳官、蕊官、藕官等十來個人都在那裏看魚作耍。見他們來了，都說：「芍藥欄裏預備下了，快去上席罷。」寶釵等遂攜了他們同到了芍藥欄中紅香圃三間小敞廳内。連尤氏已請過來了，諸人都在那裏，只没平兒。

原來平兒出去，有賴、林諸家送了禮來，連三接四，上中下三等家人來拜壽送禮的不少，平兒忙着打發賞錢道謝，一面又色色的回明鳳姐兒，不過留下幾樣，也有不收的，也有收下即刻賞與人的。忙了一回，又直待鳳姐兒吃過麵，方換了衣裳往園裏來。

剛進了園，就有幾個丫鬟來找他，一同到了紅香圃中。只見筵開玳瑁，褥設芙蓉。衆人都笑：「壽星全了。」上面四座定要讓他四個人坐，四人皆不肯。薛姨媽說：「我老天拔地，又不合你們的群兒，我倒覺拘的慌，不如我到廳上隨便躺躺去倒好。我又吃不下什麼去，又不大吃酒，這裏讓他們倒便宜。」尤氏等執意不從。寶釵道：「這也罷了，倒是讓媽在廳上歪着自如些，有愛吃的送些過去，倒自在了。且前頭没人在那裏，又可照看了。」探春等笑道：「既這樣，恭敬不如從命。」因大家送了他到議事廳上，眼看着命丫頭們鋪了一個錦褥並靠背引枕之類，又囑咐：「好生給姨媽搥腿，要茶要水别推三扯四的。回來送了東西來，姨媽吃了就賞你們吃。只别離了這裏出去。」小丫頭們都答應了。

探春等方回來。終久讓寶琴、岫煙二人在上，平兒面西坐，寶玉面東坐。探春又接了鴛鴦來，二人並肩對面相陪。西邊一桌，寶釵、黛玉、湘雲、迎春、惜春，一面又拉了香菱、玉釧兒二人打横。三桌上，尤氏、李紈，又拉了襲人、彩雲陪坐。四桌上便是紫鵑、鶯兒、晴雯、小螺、司棋等人圍坐。當下探春等還要把盞，寶琴等四人都説：「這一鬧，一日都坐不成了。」方纔罷了。兩個女先兒要彈詞上壽，衆人都説：「我們没人要聽那些野話，你廳上去説給姨太太解悶兒去罷。」一面又將各色吃食揀了，命人送與薛姨媽去。

寶玉便説：「雅坐無趣，須要行令纔好。」衆人有的説行這個令好，那個又説行那個令好。黛玉道：「依我説，拿了筆硯將各色全都寫了，拈成鬮兒，咱們抓出那個來，就是那個。」衆人都道妙。即拿了一副筆硯花箋。香菱近日學了詩，又天天學寫字，見了筆硯便圖不得，連忙起座説：「我寫。」大家想了一回，共得了十來個，念着，香菱一一的寫了，搓成鬮兒，擲在一個瓶中間。探春便命平兒揀，平兒向内攪了一攪，用箸拈了一個出來，打開看，上寫着「射覆」二字。寶釵笑道：「把個酒令的祖宗拈出來。『射覆』從古有的，如今失了傳，這是後人纂的，比一切的令都難。這裏頭倒有一半是不會的，不如毁了，另拈一個雅俗共賞的。」探春笑道：「既拈了出來，如何又毁。如今再拈一個，若是雅俗共賞的，便叫他們行去。咱們行這個。」説着又着襲人拈了一個，却是「拇戰」。史湘雲笑着説：「這個簡斷爽利，合了我的脾氣。我不行這個『射覆』，没的垂頭喪氣悶人，我只劃拳去了。」探春道：「惟有他亂令，寶姐姐快罰他一鍾。」寶釵不容分説，便灌湘雲一杯。

探春道：「我吃一杯，我是令官，也不用宣，只聽我分派。」命取了令骰令盆來，「從琴妹擲起，挨下擲去，對了點的二人射覆。」寶琴一擲，是個三，岫煙寶玉等皆擲的不對，直到香菱方擲了個三。寶琴笑道：「只好室内生春，若説到外頭去，可太没頭緒了。」探春道：「自然。三次不中者罰一杯。你覆，他射。」寶琴想了一想，説了個「老」字。香菱原生於這令，一時想不到，滿室滿席都不見有與「老」字相連的成語。湘雲先聽了，便也亂看，忽見門斗上貼着「紅香圃」三個字，便知寶琴覆的是「吾不如老圃」的「圃」字。見香菱射不着，衆人擊鼓又催，便悄悄的拉香菱，教他説「藥」字。黛玉偏看見了，説：「快罰他，又在那裏私相傳遞呢。」哄的衆人都知道了，忙又罰了一杯，恨的湘雲拿筷子敲黛玉的手。於是罰了香菱一杯。下則寶釵和探春對了點子。探春便覆了一個「人」字。寶釵笑道：「這個

『人』字泛的很。」探春笑道：「添一字，兩覆一射也不泛了。」説着，便又説了一個「窗」字。寶釵一想，因見席上有鷄，便射着他是用「鷄窗」「鷄人」二典了，因射了一個「塒」字。探春知他射着，用了「鷄棲於塒」的典，二人一笑，各飲一口門杯。

湘雲等不得，早和寶玉「三」「五」亂叫，劃起拳來。那邊尤氏和鴛鴦隔着席也「七」「八」亂叫劃起來。平兒襲人也作了一對劃拳，叮叮噹噹只聽得腕上的鐲子響。一時湘雲贏了寶玉，鴛鴦贏了尤氏〔三〕，襲人贏了平兒，三個人限酒底酒面，湘雲便説：「酒面要一句古文，一句舊詩，一句骨牌名，一句曲牌名，還要一句時憲書上的話，共總湊成一句話。酒底要關人事的果菜名。」衆人聽了，都笑説：「惟有他的令也比人嘮叨，倒也有意思。」便催寶玉快説。寶玉笑道：「誰説過這個，也等想一想兒。」黛玉便道：「你多喝一鍾，我替你説。」

寶玉真個喝了酒，聽黛玉説道：

落霞與孤鶩齊飛，風急江天過雁哀，却是一隻折足雁，叫的人九迴腸，這是鴻雁來賓。

説的大家笑了，説：「這一串子倒有些意思。」黛玉又拈了一個榛穰，説酒底道：

榛子非關隔院砧，何來萬户擣衣聲。

令完，鴛鴦襲人等皆説的是一句俗語，都帶一個「壽」字的，不能多贅。

大家輪流亂劃了一陣，這上面湘雲又和寶琴對了手，李紈和岫煙對了點子。李紈便覆了一個「瓢」字，岫煙便射了一個「緑」字，二人會意，各飲一口。湘雲的拳却輸了，請酒面酒底。寶琴笑道：「請君入甕。」大家笑起來，説：「這個典用的當。」湘雲便説道：

奔騰而砰湃，江間波浪兼天湧，須要鐵鎖纜孤舟，既遇着一江風，不宜出行。

説的衆人都笑了，説：「好個謅斷了腸子的。怪道他出這個令，故意惹人笑。」又聽他説酒底。湘雲吃了酒，揀了一塊鴨肉呷口，忽見碗内有半個鴨頭，遂揀了出來吃腦子。衆人催他：「别只顧吃，到底快説了。」湘雲便用箸子舉着説道：

這鴨頭不是那丫頭，頭上那討桂花油。

衆人越發笑起來，引的晴雯、小螺、鶯兒等一干人都走過來説：「雲姑娘會開心兒，拿着我們取笑兒，快罰一杯纔罷。怎見得我們就該擦桂花油的？倒得每人給一瓶子桂花油擦擦。」黛玉笑道：「他倒有心給你們一瓶子油，又怕掛誤着打盜竊的官司。」衆人不理論，寶玉却明白，忙低了頭。彩雲有心病，不覺的紅了臉。寶釵忙暗暗的瞅了黛玉一眼。黛玉自悔失言，原是趣寶玉的，就忘了趣着彩雲。自悔不及，忙一頓行令劃拳岔開了。

底下寶玉可巧和寶釵對了點子。寶釵覆了一個「寶」字，寶玉想了一想，便知是寶釵作戲指自己所佩通靈玉而言，便笑道：「姐姐拿我作雅謔，我却射着了。說出來姐姐別惱，就是姐姐的諱『釵』字就是了。」衆人道：「怎麽解？」寶玉道：「他說『寶』，底下自然是『玉』了。我射『釵』字，舊詩曾有『敲斷玉釵紅燭冷』，豈不射着了。」湘雲說道：「這用時事却使不得，兩個人都該罰。」香菱忙道：「不止時事，這也有出處。」湘雲道：「『寶玉』二字並無出處，不過是春聯上或有之，詩書紀載並無，算不得。」香菱道：「前日我讀岑嘉州五言律，現有一句說『此鄉多寶玉』，怎麽你倒忘了？後來又讀李義山七言絕句，又有一句『寶釵無日不生塵』，我還笑說他兩個名字都原來在唐詩上呢。」衆人笑說：「這可問住了，快罰一杯。」湘雲無語，只得飲了。大家又該對點的對點，劃拳的劃拳。這些人因賈母王夫人不在家，没了管束，便任意取樂，呼三喝四，喊七叫八。滿廳中紅飛翠舞，玉動珠摇，真是十分熱鬧。頑了一回，大家方起席散了一散，倏然不見了湘雲，只當他外頭自便就來，誰知越等越没了影響，使人各處去找，那裏找得着。

接着林之孝家的同着幾個老婆子來，生恐有正事呼唤，二者恐丫鬟們年青，乘王夫人不在家不服探春等約束，恣意痛飲，失了體統，故來請問有事無事。探春見他們來了，便知其意，忙笑道：「你們又不放心，來查我們來了。我們没有多吃酒，不過是大家頑笑，將酒作個引子，媽媽們别躭心。」李紈尤氏都也笑説：「你們歇着去罷，我們也不敢叫他們多吃了。」林之孝家的等人笑説：「我們知道，連老太太叫姑娘吃酒姑娘們還不肯吃，何况太太們不在家，自然頑罷了。我們怕有事，來打聽打聽。二則天長了，姑娘們頑一回子還該點補些小食兒。素日又不大吃雜東西，如今吃一兩杯酒，若不多吃些東西，怕受傷。」探春笑道：「媽媽們説的是，我們也正要吃呢。」因回頭命取點心來。兩旁丫鬟們答應了，忙去傳點心。探春又笑讓：「你們歇着去罷，或是姨媽那裏説話兒去。我們即刻打發人送酒你們吃去。」林之孝家的等人笑回：「不敢領了。」又站了一回，方退了出來。平兒摸着臉笑道：「我的臉都熱了，也不好意思見他們。依我説竟收了罷，别惹他們再來，倒没意思了。」探春笑道：「不相干，横竪咱們不認真喝酒就罷了。」

正説着，只見一個小丫頭笑嘻嘻的走來：「姑娘們快瞧雲姑娘去，吃醉了圖凉快，在山子後頭一塊青板石凳上睡着了。」衆人聽説，都笑道：「快别吵嚷。」説着，都走來看時，果見湘雲卧於山石僻處一個石凳子上，業經香夢沉酣。四面芍藥花飛了一身，滿頭、臉、衣襟上皆是紅香散亂，手中的扇子在地下，也半被落花埋了，一群蜂蝶鬧穰穰的圍着他，又用鮫帕包了一包芍藥花瓣枕着。衆人看了，又是愛，又是笑，忙上來推唤挽扶。湘雲口内猶作睡語説酒令，唧唧嘟嘟説：

泉香而酒洌，玉盞盛來琥珀光，直飲到梅梢月上，醉扶歸，却爲宜會親友。

衆人笑推他，説道：「快醒醒兒吃飯去，這潮凳上還睡出病來呢。」湘雲慢啓秋波，見了衆人，低頭看了一看自己，方知是醉了。原是來納凉避静的，不覺的因多罰了兩杯酒，嬌裊不勝，便睡着了，心中反覺自愧。連忙起身扎挣着同人來至紅香圃中，用過水，又吃了兩盞釅茶。探春忙命將醒酒石拿來給他啣在口内，一時又命他喝了一些酸湯，方纔覺得好了些。

當下又選了幾樣果菜與鳳姐送去，鳳姐兒也送了幾樣來。寶釵等吃過點心，大家也有坐的，也有立的，也有在外觀花的，也有扶欄觀魚的，各自取便説笑不一。探春便和寶琴下棋，寶釵岫煙觀局。林黛玉和寶玉在一簇花下唧唧噥噥不知説些什麽。只見林之孝家的和一群女人帶了一個媳婦進來。那媳婦愁眉苦臉，也不敢進廳，只到了堦下，便朝上跪下了，碰頭有聲。探春因一塊棋受了敵，算來算去總得了兩個眼，便折了官着，兩眼只瞅着棋枰，一隻手却伸在盒内，只管抓弄棋子作想，林之孝家的站了半天，因回頭要茶時纔看見，問：「什麽事？」林之孝家的便指那媳婦説：「這是四姑娘屋裏的小丫頭彩兒的娘，現是園内伺候的人。嘴很不好，纔是我聽見了問着他，他説的話也不敢回姑娘，竟要攆出去纔是。」探春道：「怎麽不回大奶奶？」林之孝家的道：「方纔大奶奶都往廳上姨太太處去了，頂頭看見，我已回明白了，叫回姑娘來。」探春道：「怎麽不回二奶奶？」平兒道：「不回去也罷，我回去説一聲就是了。」探春點點頭，道：「既這麽着，就攆出他去，等太太來了，再回定奪。」説畢仍又下棋。這林之孝家的帶了那人去不提。

黛玉和寶玉二人站在花下，遥遥知意。黛玉便説道：「你家三丫頭倒是個乖人。雖然叫他管些事，倒也一步兒不肯多走。差不多的人就早作起威福來了。」寶玉道：「你不知道呢。你病着時，他幹了好幾件事。這園子也分了人管，如今多掐一草也不能了。又蠲了幾件事，單拿我和鳳姐姐作筏子禁别人。最是心裏有算計的人，豈只乖而已。」黛玉道：「要這樣纔好，咱們家裏也太花費了。我雖不管事，心裏每常閒了，替你們一算計，出的多進的少，如今若不省儉，必致後手不接。」寶玉笑道：「憑他怎麽後手不接，也短不了咱們兩個人的。」黛玉聽了，轉身就往廳上尋寶釵説笑去了。

寶玉正欲走時，只見襲人走來，手内捧着一個小連環洋漆茶盤，裏面可式放着兩鍾新茶，因問：「他往那去了？我見你兩個半日没吃茶，巴巴的倒了兩鍾來，他又走了。」寶玉道：

「那不是他，你給他送去。」說着自拿了一鍾。襲人便送了那鍾去，偏和寶釵在一處，只得一鍾茶，便說：「那位渴了那位先接了，我再倒去。」寶釵笑道：「我却不渴，只要一口漱一漱就够了。」説着先拿起來喝了一口，剩下半杯遞在黛玉手內。襲人笑說：「我再倒去。」黛玉笑道：「你知道我這病，大夫不許我多吃茶，這半鍾儘够了，難爲你想的到。」説畢，飲乾，將杯放下。襲人又來接寶玉的。寶玉因問：「這半日没見芳官，他在那裏呢？」襲人四顧一瞧說：「纔在這裏幾個人鬬草的，這會子不見了。」

寶玉聽說，便忙回至房中，果見芳官面向裏睡在床上。寶玉推他説道：「快別睡覺，咱們外頭頑去，一回兒好吃飯的。」芳官道：「你們吃酒不理我，教我悶了半日，可不來睡覺罷了。」寶玉拉了他起來，笑道：「咱們晚上家裏再吃，回來我叫襲人姐姐帶了你桌上吃飯，何如？」芳官道：「藕官蕊官都不上去，單我在那裏也不好。我也不慣吃那個麵條子，早起也没好生吃。纔剛餓了，我已告訴了柳嫂子，先給我做一碗湯盛半碗粳米飯送來，我這裏吃了就完事。若是晚上吃酒，不許教人管着我，我要盡力吃够了纔罷。我先在家裏，吃二三斤好惠泉酒呢。如今學了這勞什子，他們説怕壞嗓子，這幾年也没聞見。乘今兒我是要開齋了。」

寶玉道：「這個容易。」

説着，只見柳家的果遣了人送了一個盒子來。小燕接着揭開，裏面是一碗蝦丸鷄皮湯，又是一碗酒釀清蒸鴨子，一碟腌的胭脂鵝脯，還有一碟四個奶油松瓤捲酥，並一大碗熱騰騰碧熒熒蒸的緑畦香稻粳米飯。小燕放在案上，走去拿了小菜並碗箸過來，撥了一碗飯。芳官便説：「油膩膩的，誰吃這些東西。」只將湯泡飯吃了一碗，揀了兩塊腌鵝就不吃了。寶玉聞着，倒覺比往常之味有勝些似的，遂吃了一個捲酥，又命小燕也撥了半碗飯，泡湯一吃，十分香甜可口。小燕和芳官都笑了。吃畢，小燕便將剩的要交回。寶玉道：「你吃了罷，若不够再要些來。」小燕道：「不用要，這就够了。方纔麝月姐姐拿了兩盤子點心給我們吃了，我再吃了這個，儘不用再吃了。」説着，便站在桌旁一頓吃了，又留下兩個捲酥，説：「這個留着給我媽吃。晚上要吃酒，給我兩碗酒吃就是了。」寶玉笑道：「你也愛吃酒？等着咱們晚上痛喝一陣。你襲人姐姐和晴雯姐姐量也好，也要喝，只是每日不好意思。今兒大家開齋。還有一件事，想着囑咐你，我竟忘了，此刻纔想起來。以後芳官全要你照看他，他或有不到的去處，你提他，襲人照顧不過這些人來。」小燕道：「我都知道，都不用操心。但只這五兒怎麽樣？」寶玉道：「你和柳家的説去，明兒直叫他進來罷，等我告訴他們一聲就完了。」芳官聽了，笑道：「這倒是正緊。」小燕又叫兩個小丫頭進來，伏侍洗手倒茶，自己收了傢伙，交與婆子，也洗了手，便去找柳家的，不在話下。

寶玉便出來，仍往紅香圃尋衆姐妹，芳官在後拿着巾扇。剛出了院門，只見襲人晴雯二人携手回來。寶玉問：「你們做什麽？」襲人道：「擺下飯了，等你吃飯呢。」寶玉便笑着將方纔吃的飯一節告訴了他兩個。襲人笑道：「我説你是猫兒食，聞見了香就好，隔鍋飯兒香。雖然如此，也該上去陪他們多少應個景兒。」晴雯用手指戳在芳官額上，説道：「你就是個狐媚子，什麽空兒跑了去吃飯，兩個人怎麽就約下了，也不告訴我們一聲兒。」襲人笑道：「不過是誤打誤撞的遇見了，説約下了可是没有的事。」晴雯道：「既這麽着，要我們無用。明兒我們都走了，讓芳官一個人就够使了。」襲人笑道：「我們都去了使得，你却去不得。」晴雯道：「惟有我是第一個要去，又懶又笨，性子又不好，又没用。」襲人笑道：「倘或那孔雀褂子再燒個窟窿，你去了誰可會補呢。你倒别和我拿三撇四的，我煩你做個什麽，把你懶的横針不拈，竪綫不動。一般也不是我的私活煩你，横竪都是他的，你就都不肯做。怎麽我去了幾天，你病的七死八活，一夜連命也不顧給他做了出來，這又是什麽原故？你到底説話，别只佯憨，和我笑，也當不了什麽。」大家説着，來至廳上。薛姨媽也來了。大家依序坐下吃飯。寶玉只用茶泡了半碗飯，應景而已。一時吃畢，大家吃茶閒話，又隨便頑笑。

外面小螺和香菱、芳官、蕊官、藕官、荳官等四五個人，都滿園中頑了一回，大家採了些花草來兜着，坐在花草堆中鬬草。這一個説：「我有觀音柳。」那一個説：「我有羅漢松。」那一個又説：「我有君子竹。」這一個又説：「我有美人蕉。」這個又説：「我有星星翠。」那個又説：「我有月月紅。」這個又説：「我有『牡丹亭』畔的牡丹葉。」那個又説：「我有《琵琶記》裏的枇杷果。」荳官便説：「我有姐妹花。」衆人没了，香菱便説：「我有夫妻蕙。」荳官説：「從没聽見有個夫妻蕙。」香菱道：「一箭一花爲蘭，一箭數花爲蕙。凡蕙有兩枝，上下結花者爲兄弟蕙，有並頭結花者爲夫妻蕙。我這枝並頭的，怎麽不是。」荳官没的説了，便起身笑道：「依你説，若是這兩枝一大一小，就是老子兒子蕙了。若兩枝背面開的，就是仇人蕙了。你漢子去了大半年，你想夫妻了？便扯上蕙也有夫妻，好不害羞！」香菱聽了，紅了臉，忙要起身擰他，笑駡道：「我把你這個爛了嘴的小蹄子！滿嘴裹汗㶸的胡説了。等我起來打不死你這小蹄子！」荳官見他要勾來，怎容他起來，便忙連身將他壓倒。回頭笑着央告蕊官等：「你們來幫着我擰他這謅嘴。」兩個人滚在草地下。衆人拍手笑説：「了不得了，那是一窪子水，可惜污了他的新裙子了。」荳官回頭看了一看，果見旁邊有一汪積雨，香菱的半扇裙子都污濕了，自己不好意思，忙奪了手跑了。衆人笑個不住，怕香菱拿他們出氣，也都哄笑一散。

香菱起身低頭一瞧，那裙上猶滴滴點點流下緑水來。正恨駡不絶，可巧寶玉見他們鬬草，也尋了些花草來湊戲，忽見衆人跑了，只剩了香菱一個低頭弄裙，因問：「怎麽散了？」香菱便説：「我有一枝夫妻蕙，他們不知道，反説我謅，因此鬧起來，把我的新裙子也髒了。」寶玉笑道：「你有夫妻蕙，我這裏倒有一枝並蒂菱。」口内説，手内却真個拈着一枝並蒂菱花，又拈了那枝夫妻蕙在手内。香菱道：「什麽夫妻不夫妻，並蒂不並蒂，你瞧瞧這裙子。」寶玉方低頭一瞧，便「噯呀」了一聲，説：「怎麽就拖在泥裏了？可惜這石榴紅綾最不經染。」香菱道：「這是前兒琴姑娘帶了來的。姑娘做了一條，我做了一條，今兒纔上身。」寶玉跌脚嘆道：「若你們家，一日遭塌這一百件也不值什麽。只是頭一件既係琴姑娘帶來的，你和寶姐姐每人纔一件，他的尚好，你的先髒了，豈不辜負他的心。二則姨媽老人家嘴碎，饒這麽樣，我還聽見常説你們不知過日子，只會遭塌東西，不知惜福呢。這叫姨媽看見了，又説一個不清。」香菱聽了這話，却碰在心坎兒上，反倒喜歡起來了，因笑道：「就是這話了。我雖有幾條新裙子，都不和這一樣，若有一樣的，趕着換了，也就好了。過後再説。」寶玉道：「你快休動，只站着方好，不然連小衣兒膝褲鞋面都要拖髒。我有個主意：襲人上月做了一條和這個一模一樣的，他因有孝，如今也不穿。竟送了你換下這個來，如何？」香菱笑着摇頭説：「不好。他們倘或聽見了倒不好。」寶玉道：「這怕什麽。等他們孝滿了，他愛什麽難道不許你送他别的不成。你若這樣，還是你素日爲人了！况且不是瞞人的事，只管告訴寶姐姐也可，只不過怕姨媽老人家生氣罷了。」香菱想了一想有理，便點頭笑道：「就是這樣罷了，别辜負了你的心。我等着你，千定叫他親自送來纔好。」

寶玉聽了，喜歡非常，答應了忙忙的回來，一壁裏低頭心下暗算：「可惜這麽一個人，没父母，連自己本姓都忘了，被人拐出來，偏又賣與了這個霸王。」因又想起上日平兒也是意外想不到的，今日更是意外之意外的事了。一壁胡思亂想，㊂又下此四字。來至房中，拉了襲人，細細告訴了他原故。香菱之爲人，無人不憐愛的。襲人又本是個手中撒漫的，况與香菱素相交好，一聞此信，忙就開箱取了出來折好，隨了寶玉來尋着香菱，他還站在那裏等呢。襲人笑道：「我説你太淘氣了，足的淘出個故事來纔罷。」香菱紅了臉，笑説：「多謝姐姐了，誰知那起促狹鬼使黑心。」説着，接了裙子，展開一看，果然同自己的一樣。又命寶玉背過臉去，自己叉手向内解下來，將這條繫上。襲人道：「把這髒了的交與我拿回去，收拾了再給你送來。你若拿回去，看見了也是要問的。」香菱道：「好姐姐，你拿去不拘給那個妹妹罷。我有了這個，不要他了。」襲人道：「你倒大方的好。」香菱忙又萬福道謝，襲人拿了髒裙便走。

香菱見寶玉蹲在地下，將方纔的夫妻蕙與並蒂菱用樹枝兒摳了一個坑，先抓些落花來鋪墊了，將這菱蕙安放好，又將些落花來掩了，方撮土掩埋平服。香菱拉他的手，笑道：「這又叫做什麽？怪道人人説你慣會鬼鬼祟祟使人肉麻的事。你瞧瞧，你這手弄的泥烏苔滑的，還不快洗去。」寶玉笑着，方起身走了去洗手，香菱也自走開。二人已走遠了數步，香菱復轉身回來叫住寶玉。寶玉不知有何話，扎着兩隻泥手，笑嘻嘻的轉來問：「什麽？」香菱只顧笑。因那邊他的小丫頭臻兒走來説：「二姑娘等你説話呢。」香菱方向寶玉道：「裙子的事可别向你哥哥説纔好。」説畢，即轉身走了。寶玉笑道：「可不我瘋了，往虎口裏探頭兒去呢。」説着，也回去洗手去了。不知端詳，且聽下回分解。

戚 總評：寫尋鬧是賈母不在家景况，寫設筵亦是賈母不在家景况。如此説來，如彼説來，真有筆歌墨舞之樂。

看湘雲醉卧青石，滿身花影，宛若百十名姝，抱雲笙月鼓而簇擁太真者。

〔一〕「能可」，蒙、戚、辰本作「寧可」。按：「能可」即「寧可」，古代詞曲、小説中常用，今之吴方言仍有此用法。

〔二〕「事就賴……近日丢了」二十九字原缺，諸本皆有，據己、蒙、列等本補。

〔三〕「鴛鴦贏了尤氏」，原缺，據戚本補。按：此處鴛鴦與襲人均是贏家，但後文寫鴛鴦、襲人説俗語完令，則似乎兩人又是輸家了。原文如此，存疑待考。

岫煙

第六十三回　壽怡紅群芳開夜宴　死金丹獨艷理親喪

戚 此書寫世人之富貴子弟易流邪鄙，其作長上者，有不能稽查之處，如寶玉之夜宴，始見之文雅韻致，細思之，何事生端不基於此？更能寫賈蓉之惡賴無恥，亦世家之必有者，讀者當以「三人行必有我師」之說爲念，方能領會作者之用意也。戒之！

話説寶玉回至房中洗手，因與襲人商議：「晚間吃酒，大家取樂，不可拘泥。如今吃什麽，好早説給他們備辦去。」襲人笑道：「你放心，我和晴雯、麝月、秋紋四個人，每人五錢銀子，共是二兩。芳官、碧痕、小燕、四兒四個人，每人三錢銀子，他們有假的不算，共是三兩二錢銀子，早已交給了柳嫂子，預備四十碟果子。我和平兒説了，已經抬了一罈好紹興酒藏在那邊了。我們八個人單替你過生日。」寶玉聽了，喜的忙説：「他們是那裏的錢，不該叫他們出纔是。」晴雯道：「他們没錢，難道我們是有錢的！這原是各人的心。那怕他偷的呢，只管領他們的情就是。」寶玉聽了，笑説：「你説的是。」襲人笑道：「你一天不挨他兩句硬話村你，你再過不去。」晴雯笑道：「你如今也學壞了，專會架橋撥火兒。」説着，大家都笑了。寶玉説：「關院門罷。」襲人笑道：「怪不得人説你是『無事忙』，這會子關了門，人倒疑惑，越性再等一等。」寶玉點頭，因説：「我出去走走，四兒舀水去，小燕一個跟我來罷。」説着，走至外邊，因見無人，便問五兒之事。小燕道：「我纔告訴了柳嫂子，他倒喜歡的很。只是五兒那夜受了委屈煩惱，回家去又氣病了，那裏來得。只等好了罷。」寶玉聽了，不免後悔長嘆，因又問：「這事襲人知道不知道？」小燕道：「我没告訴，不知芳官可説了不曾。」寶玉道：「我却没告訴過他，也罷，等我告訴他就是了。」説畢，復走進來，故意洗手。

已是掌燈時分，聽得院門前有一群人進來。大家隔窗悄視，果見林之孝家的和幾個管事的女人走來，前頭一人提着大燈籠。晴雯悄笑道：「他們查上夜的人來了。這一出去，咱們好關門了。」只見怡紅院凡上夜的人都迎了出去，林之孝家的看了不少。林之孝家的吩咐：「別耍錢吃酒，放倒頭睡到大天亮。我聽見是不依的。」衆人都笑說：「那裏有那樣大膽子的人。」林之孝家的又問：「寶二爺睡下了没有？」衆人都回不知道。襲人忙推寶玉。寶玉靸了鞋，便迎出來，笑道：「我還没睡呢。媽媽進來歇歇。」又叫：「襲人倒茶來。」林之孝家的忙進來，笑說：「還没睡？如今天長夜短了，該早些睡，明兒起的方早。不然到了明日起遲了，人笑話說不是個讀書上學的公子了，倒像那起挑脚漢了。」説畢，又笑。寶玉忙笑道：「媽媽說的是。我每日都睡的早，媽媽每日進來可都是我不知道的，已經睡了。今兒因吃了麪怕停住食，所以多頑一會子。」林之孝家的又向襲人等笑說：「該湪些個普洱茶吃。」襲人晴雯二人忙笑說：「湪了一盄子女兒茶，已經吃過兩碗了。大娘也嚐一碗，都是現成的。」說着，晴雯便倒了一碗來。

林之孝家的又笑道：「這些時我聽見二爺嘴裏都換了字眼，趕着這幾位大姑娘們竟叫起名字來。雖然在這屋裏，到底是老太太、太太的人，還該嘴裏尊重些纔是。若一時半刻偶然叫一聲使得，若只管叫起來，怕以後兄弟侄兒照樣，便惹人笑話，説這家子的人眼裏没有長輩。」寶玉笑道：「媽媽説的是。我原不過是一時半刻的。」襲人晴雯都笑説：「這可别委屈了他。直到如今，他可姐姐没離了口。不過頑的時候叫一聲半聲名字，若當着人却是和先一樣。」林之孝家的笑道：「這纔好呢，這纔是讀書知禮的。越自己謙越尊重，别説是三五代的陳人，現從老太太、太太屋裏撥過來的，便是老太太、太太屋裏的猫兒狗兒，輕易也傷他不的。這纔是受過調教的公子行事。」説畢，吃了茶，便説：「請安歇罷，我們走了。」寶玉還説：「再歇歇。」那林之孝家的已帶了衆人，又查别處去了。

這裏晴雯等忙命關了門，進來笑説：「這位奶奶那裏吃了一杯來了，嘮三叨四的，又排場了我們一頓去了。」麝月笑道：「他也不是好意的，少不得也要常提着些兒。也堤防着怕走了大褶兒的意思。」説着，一面擺上酒果。襲人道：「不用圍桌，咱們把那張花梨圓炕桌子放在炕上坐，又寬綽，又便宜。」說着，大家果然抬來。麝月和四兒那邊去搬果子，用兩個大茶盤做四五次方搬運了來。兩個老婆子蹲在外面火盆上篩酒。寶玉說：「天熱，咱們都脱了大衣裳纔好。」衆人笑道：「你要脱你脱，我們還要輪流安席呢。」寶玉笑道：「這一安就安到五更天了。知道我最怕這些俗套子，在外人跟前不得已的，這會子還慪我就不好了。」衆人聽了，都說：「依你。」於是先不上坐，且忙着卸妝寬衣。（己）凡吃酒從未先如此者，此獨怡紅風俗。故王夫人云：「他行事總是與世人兩樣的。」知子莫過母也。一時將正裝卸去，頭上只隨便挽着鬢兒，身上皆是長裙短襖。寶玉只穿着大紅棉紗小襖子，下面緑綾彈墨夾褲，散着褲脚，倚着一個各色玫瑰芍藥花瓣裝的玉色夾紗新枕頭，和芳官兩個先劃拳。當時芳官滿口嚷熱，（己）余亦此時太熱了，恨不得一冷。既冷時思此熱，果然一夢矣。只穿着一件玉色、紅青、駝絨〔二〕三色緞子斗的水田小夾襖，束着一條柳緑汗巾，底下是水紅撒花夾褲，也散着褲腿。頭上眉額編着一圈小辮，總歸至頂心，結一根鵝卵粗細的總辮，拖在腦後。右耳眼内只塞着米粒大小的一個小玉塞子，左耳上單帶着一個白果大小的硬紅鑲金大墜子，越顯的面如滿月猶白，眼如秋水還清。引的衆人笑說：「他兩個倒像是雙生的弟兄兩個。」襲人等一一的斟了酒來，說：「且等等再劃拳，雖不安席，每人在手裏吃我們一口罷了。」於是襲人爲先，端在脣上吃了一口，餘依次下去，一一吃過，大家方團圓坐定。小燕四兒因炕沿坐不下，便端了兩張椅子，近炕放下。那四十個碟子，皆是一色白粉定窰的，不過只有小茶碟大，裏面不過是山南海北，中原外國，或乾或鮮，或水或陸，天下所有的酒饌果菜。寶玉因說：「咱們也該行個令纔好。」襲人道：「斯文些的纔好，別大呼小叫，惹人聽見。二則我們不識字，可不要那些文的。」麝月笑道：「拿骰子咱們搶紅罷。」寶玉道：「没趣，不好。咱們占花名兒好。」晴雯笑道：「正是早已想弄這個頑意兒。」襲人道：「這個頑意雖好，人少了没趣。」小燕笑道：「依我說，咱們竟悄悄的把寶姑娘林姑娘請了來頑一回子，到二更天再睡不遲。」襲人道：「又開門喝户的鬧，倘或遇見巡夜的問呢？」寶玉道：「怕什麽，咱們三姑娘也吃酒，再請他一聲纔好。還有琴姑娘。」衆人都道：「琴姑娘罷了，他在大奶奶屋裏，叨登的大發了。」寶玉道：「怕什麽，你們就快請去。」小燕四兒都得不了一聲〔二〕，二人忙命開了門，分頭去請。

晴雯、麝月、襲人三人又說：「他兩個去請，只怕寶林兩個不肯來，須得我們請去，死活拉他來。」於是襲人晴雯忙又命老婆子打個燈籠，二人又去。果然寶釵說夜深了，黛玉說身上不好，他二人再三央求說：「好歹給我們一點體面，略坐坐再來。」探春聽了却也歡喜。因想：「不請李紈，倘或被他知道了倒不好。」便命翠墨同了小燕也再三的請了李紈和寶琴二人，會齊，先後都到了怡紅院中。襲人又死活拉了香菱來。炕上又併了一張桌子，方坐開了。

寶玉忙說：「林妹妹怕冷，過這邊靠板壁坐。」又拿個靠背墊着些。襲人等都端了椅子在炕沿下一陪。黛玉却離桌遠遠的靠着靠背，因笑向寶釵、李紈、探春等道：「你們日日說人夜聚飲博，今兒我們自己也如此，以後怎麼說人。」李紈笑道：「這有何妨。一年之中不過生日節間如此，並無夜夜如此，這倒也不怕。」

說着，晴雯拿了一個竹雕的籤筒來，裏面裝着象牙花名籤子，搖了一搖，放在當中。又取過骰子來，盛在盒内，搖了一搖，揭開一看，裏面是五點，數至寶釵。寶釵便笑道：「我先抓，不知抓出個什麼來。」說着，將筒搖了一搖，伸手掣出一根，大家一看，只見籤上畫着一支牡丹，題着「艷冠群芳」四字，下面又有鎸的小字一句唐詩，道是：

任是無情也動人。

又註着：「在席共賀一杯，此爲群芳之冠，隨意命人，不拘詩詞雅謔，道一則以侑酒。」衆人看了，都笑説：「巧的很，你也原配牡丹花。」説着，大家共賀了一杯。寶釵吃過，便笑説：「芳官唱一支我們聽罷。」芳官道：「既這樣，大家吃門杯好聽的。」於是大家吃酒。芳官便唱：

壽筵開處風光好……

衆人都道：「快打回去。這會子很不用你來上壽，揀你極好的唱來。」芳官只得細細的唱了一支《賞花時》：

翠鳳毛翎紥帚叉，閒爲仙人掃落花。您看那風起玉塵沙。猛可的那一層雲下，抵多少門外即天涯。您再休要劍斬黄龍一綫兒差，再休向東老貧窮賣酒家。您與俺眼向雲霞。洞賓呵，您得了人可便早些兒回話；若遲呵，錯教人留恨碧桃花。〔三〕

纔罷。寶玉却只管拿着那籤，口内顛來倒去念「任是無情也動人」，聽了這曲子，眼看着芳官不語。湘雲忙一手奪了，擲與寶釵。寶釵又擲了一個十六點，數到探春。

探春笑道：「我還不知得個什麼呢。」伸手掣了一根出來，自己一瞧，便擲在地下，紅了臉，笑道：「這東西不好，不該行這令。這原是外頭男人們行的令，許多混話在上頭。」衆人不解，襲人等忙拾了起來，衆人看上面是一枝杏花，那紅字寫着「瑶池仙品」四字，詩云：

日邊紅杏倚雲栽。

註云：「得此籤者，必得貴婿，大家恭賀一杯，共同飲一杯。」衆人笑道：「我説是什麼呢。這籤原是閨閣中取戲的，除了這兩三根有這話的，並無雜話，這有何妨。我們家已有了個王妃，難道你也是王妃不成。大喜，大喜。」説着，大家來敬。探春那裏肯飲，却被史湘雲、香菱、李紈等三四個人强死强活灌了下去。探春只命蠲了這個，再行别的，衆人斷不肯依。湘雲拿着他的手强擲了個十九點出來，便該李氏掣。

李氏摇了一摇，掣出一根來一看，笑道：「好極。你們瞧瞧，這勞什子竟有些意思。」衆人瞧那籤上，畫着一枝老梅，是寫着「霜曉寒姿」四字，那一面舊詩是：

竹籬茅舍自甘心。

註云：「自飲一杯，下家擲骰。」李紈笑道：「真有趣，你們擲去罷。我只自吃一杯，不問你們的廢與興。」説着，便吃酒，將骰過與黛玉。黛玉一擲，是個十八點，便該湘雲掣。湘雲笑着，揎拳擄袖的伸手掣了一根出來。大家看時，一面畫着一枝海棠，題着「香夢沉酣」四字，那面詩道是：

只恐夜深花睡去。

黛玉笑道：「『夜深』兩個字，改『石凉』兩個字。」衆人便知他趣白日間湘雲醉卧的事，都笑了。湘雲笑指那自行船與黛玉看，又説：「快坐上那船家去罷，别多話了。」衆人都笑了。因看註云：「既云『香夢沉酣』，掣此籤者不便飲酒，只令上下二家各飲一杯。」湘雲拍手笑道：「阿彌陀佛，真真好籤！」恰好黛玉是上家，寶玉是下家。二人斟了兩杯只得要飲。寶玉先飲了半杯，瞅人不見，遞與芳官，端起來便一揚脖。黛玉只管和人説話，將酒全折在漱盃內了。湘雲便綽起骰子來一擲個九點，數去該麝月。

麝月便掣了一根出來。大家看時，這面上一枝荼蘼花，題着「韶華勝極」四字，那邊寫着一句舊詩，道是：

開到荼蘼花事了。

註云：「在席各飲三杯送春。」麝月問怎麼講，寶玉愁眉忙將籤藏了說：「咱們且喝酒。」說着，大家吃了三口，以充三杯之數。麝月一擲個十九點，該香菱。香菱便掣了一根並蒂花，題着「聯春繞瑞」，那面寫着一句詩，道是：

連理枝頭花正開。

註云：「共賀掣者三杯，大家陪飲一杯。」香菱便又擲了個六點，該黛玉掣。

黛玉默默的想道：「不知還有什麼好的被我掣着方好。」一面伸手取了一根，只見上面畫着一枝芙蓉，題着「風露清愁」四字，那面一句舊詩，道是：

莫怨東風當自嗟。

註云：「自飲一杯，牡丹陪飲一杯。」衆人笑説：「這個好極。除了他，别人不配作芙蓉。」黛玉也自笑了。於是飲了酒，便擲了個二十點，該着襲人。襲人便伸手取了一支出來，却是一枝桃花，題着「武陵别景」四字，那一面舊詩寫着道是：

桃紅又是一年春。

註云：「杏花陪一盞，坐中同庚者陪一盞，同辰者陪一盞，同姓者陪一盞。」衆人笑道：「這一回熱鬧有趣。」大家算來，香菱、晴雯、寶釵三人皆與他同庚，黛玉與他同辰，只無同姓者。芳官忙道：「我也姓花，我也陪他一鍾。」於是大家斟了酒，黛玉因向探春笑道：「命中該着招貴婿的，你是杏花，快喝了，我們好喝。」探春笑道：「這是個什麽，大嫂子順手給他一下子。」李紈笑道：「人家不得貴婿反挨打，我也不忍的。」説的衆人都笑了。

襲人纔要擲，只聽有人叫門。老婆子忙出去問時，原來是薛姨媽打發人來了，接黛玉的。【列】奇文。不接寶釵，而接黛玉。衆人因問幾更了，人回：「二更以後了，鐘打過十一下了。」寶玉猶不信，要過錶來瞧了一瞧，已是子初初刻十分了。黛玉便起身説：「我可掌不住了，回去還要吃藥呢。」衆人説：「也都該散了。」襲人寶玉等還要留着衆人。李紈寶釵等都説：「夜太深了不像，這已是破格了。」襲人道：「既如此，每位再吃一杯再走。」説着，晴雯等已都斟滿了酒，每人吃了，都命點燈。襲人等直送過沁芳亭河那邊方回來。

關了門，大家復又行起令來。襲人等又用大鍾斟了幾鍾，用盤攢了各樣果菜與地下的老嬷嬷們吃。彼此有了三分酒，便猜拳贏唱小曲兒。那天已四更時分，老嬷嬷們一面明吃，一面暗偷，酒罈已罄，衆人聽了納罕，方收拾盥漱睡覺。芳官吃的兩腮胭脂一般，眉梢眼角越添了許多丰韻，身子圖不得，便睡在襲人身上，「好姐姐，心跳的很。」襲人笑道：「誰許你盡力灌起來。」小燕四兒也圖不得，早睡了。晴雯還只管叫。寶玉道：「不用叫了，咱們且胡亂歇一歇罷。」自己便枕了那紅香枕，身子一歪，便也睡着了。襲人見芳官醉的很，恐鬧他唾酒，只得輕輕起來，就將芳官扶在寶玉之側，由他睡了。自己却在對面榻上倒下。大家黑甜一覺，不知所之。

及至天明，襲人睁眼一看，只見天色晶明，忙説：「可遲了。」向對面床上瞧了一瞧，只見芳官頭枕着炕沿上，睡猶未醒，連忙起來叫他。寶玉已翻身醒了，笑道：「可遲了！」因又推芳官起身。那芳官坐起來，猶發怔揉眼睛。襲人笑道：「不害羞，你吃醉了，怎麽也不揀地方兒亂挺下了。」芳官聽了，瞧了一瞧，方知道和寶玉同榻，忙笑的下地來，説：「我怎麽吃的不知道了。」寶玉笑道：「我竟也不知道了。若知道，給你臉上抹些黑墨。」説着，丫頭進來伺候梳洗。寶玉笑道：「昨兒有擾，今兒晚上我還席。」襲人笑道：「罷罷罷，今兒可别鬧了，再鬧就有人説話了。」寶玉道：「怕什麽，不過纔兩次罷了。咱們也算是會吃酒了，那一罈子酒，怎麽就吃光了。正是有趣，偏又没了。」襲人笑道：「原要這樣纔有趣。必至興盡了，反無後味了。昨兒都好上來了，晴雯連臊也忘了，我記得他還唱了一個。」四兒笑道：「姐姐忘了，連姐姐還唱了一個呢。在席的誰没唱過！」衆人聽了，俱紅了臉，用兩手握着笑個不住。

忽見平兒笑嘻嘻的走來，説親自來請昨日在席的人：「今兒我還東，短一個也使不得。」衆人忙讓坐吃茶。晴雯笑道：「可惜昨夜没他。」平兒忙問：「你們夜裏做什麽來？」襲人便說：「告訴不得你。昨兒夜裏熱鬧非常，連往日老太太、太太帶着衆人頑也不及昨兒這一頑。一罈酒我們都鼓搗光了，一個個吃的把臊都丢了，三不知的又都唱起來。四更多天纔横三竪四的打了一個盹兒。」平兒笑道：「好，白和我要了酒來，也不請我，還説着給我聽，氣我。」晴雯道：「今兒他還席，必來請你的，等着罷。」平兒笑問道：「他是誰，誰是他？」晴雯聽了，趕着笑打，説道：「偏你這耳朶尖，聽得真。」平兒笑道：「這會子有事不和你説，我幹事去了。一回再打發人來請，一個不到，我是打上門來的。」寶玉等忙留，他已經去了。

這裏寶玉梳洗了正吃茶，忽然一眼看見硯臺底下壓着一張紙，因説道：「你們這隨便混壓東西也不好。」襲人晴雯等忙問：「又怎麽了，誰又有了不是了？」寶玉指道：「硯臺下是什麽？一定又是那位的樣子忘記了收的。」晴雯忙啓硯拿了出來，却是一張字帖兒，遞與寶玉看時，原來是一張粉箋子，上面寫着「檻外人妙玉恭肅遥叩芳辰」。㊁帖文亦蹈俗套之外。寶玉看畢，直跳了起來，忙問：「這是誰接了來的？也不告訴。」襲人晴雯等見了這般，不知當是那個要緊的人來的帖子，忙一齊問：「昨兒誰接下了一個帖子？」四兒忙飛跑進來，笑說：「昨兒妙玉並没親來，只打發個媽媽送來。我就擱在那裏，誰知一頓酒就忘了。」衆人聽了，道：「我當誰的，這樣大驚小怪。這也不值的。」寶玉忙命：「快拿紙來。」當時拿了紙，研了墨，看他下着「檻外人」三字，自己竟不知回帖上回個什麽字樣纔相敵。只管提筆出神，半天仍没主意。因又想：「若問寶釵去，他必又批評怪誕，不如問黛玉去。」

想罷，袖了帖兒，逕來尋黛玉。剛過了沁芳亭，忽見岫煙顫顫巍巍的迎面走來。

列 四個俗字寫出一個活跳美人，轉覺別書中若干「蓮步香塵」「纖腰玉體」字樣無味之甚。

寶玉忙問：「姐姐那裏去？」岫煙笑道：「我找妙玉説話。」寶玉聽了詫異，説道：「他爲人孤癖，不合時宜，萬人不入他目。原來他推重姐姐，竟知姐姐不是我們一流的俗人。」岫煙笑道：「他也未必真心重我，但我和他做過十年的鄰居，只一墻之隔。他在蟠香寺修煉，我家原寒素，賃房居住，就賃的是他廟裏的房子，住了十年，無事到他廟裏去作伴。我所認的字都是承他所授。我和他又是貧賤之交，又有半師之分。因我們投親去了，聞得他因不合時宜，權勢不容，竟投到這裏來。如今又天緣凑合，我們得遇，舊情竟未易。承他青目，更勝當日。」寶玉聽了，恍如聽了焦雷一般，喜的笑道：「怪道姐姐舉止言談，超然如野鶴閒雲，原來有本而來。正因他的一件事我爲難，要請教别人去。如今遇見姐姐，真是天緣巧合，求姐姐指教。」説着，便將拜帖取與岫煙看。岫煙笑道：「他這脾氣竟不能改，竟是生成這等放誕詭僻了。從來没見拜帖上下别號的，這可是俗語説的『僧不僧，俗不俗，女不女，男不男』，成個什麽道理。」寶玉聽説，忙笑道：「姐姐不知道，他原不在這些人中算，他原是世人意外之人。因取我是個些微有知識的，方給我這帖子。我因不知回什麽字樣纔好，竟没了主意，正要去問林妹妹，可巧遇見了姐姐。」

岫煙聽了寶玉這話，且只顧用眼上下細細打量了半日，方笑道：「怪道俗語説的『聞名不如見面』，又怪不得妙玉竟下這帖子給你，又怪不得上年竟給你那些梅花。既連他這樣，少不得我告訴你原故。他常説：『古人中自漢晋五代唐宋以來皆無好詩，只有兩句好，説道：「縱有千年鐵門檻，終須一個土饅頭。」』所以他自稱『檻外之人』。又常讚文是莊子的好，故又或稱爲『畸人』。他若帖子上是自稱『畸人』的，你就還他個『世人』。畸人者，他自稱是畸零之人；你謙自己乃世中擾擾之人，他便喜了。如今他自稱『檻外之人』，是自謂蹈於鐵檻之外了；故你如今只下『檻内人』，便合了他的心了。」寶玉聽了，如醍醐灌頂，「嗳哟」了一聲，方笑道：「怪道我們家廟説是『鐵檻寺』呢，原來有這一説。姐姐就請，讓我去寫回帖。」岫煙聽了，便自往櫳翠庵來。寶玉回房寫了帖子，上面只寫「檻内人寶玉熏沐謹拜」幾字，親自拿了到櫳翠庵，只隔門縫兒投進去便回來了。

因又見芳官梳了頭，挽起鬢來，帶了些花翠，忙命他改妝，又命將週圍的短髮剃了去，露出碧青頭皮來，當中分大頂，又説：「冬天作大貂鼠卧兔兒帶，脚上穿虎頭盤雲五彩小戰靴，或散着褲腿，只用净襪厚底鑲鞋。」又説：「芳官之名不好，竟改了男名纔别致。」因又改作「雄奴」。芳官十分稱心，又説：「既如此，你出門也帶我出去。有人問，只説我和茗煙一樣的小厮就是了。」寶玉笑道：「到底人看的出來。」芳官笑道：「我説你是無才的。〔己〕用芳官一駡，有趣。咱家現有幾家土番，你就説我是個小土番兒。况且人人説我打聯垂好看，你想這話可妙？」寶玉聽了，喜出意外，忙笑道：「這却很好。我亦常見官員人等多有跟從外國獻俘之種，圖其不畏風霜，鞍馬便捷。既這等，再起個番名，叫作『耶律雄奴』。『雄奴』二音，又與匈奴相通，都是犬戎名姓。況且這兩種人自堯舜時便爲中華之患，晋唐諸朝，深受其害。幸得咱們有福，生在當今之世，大舜之正裔，聖虞之功德仁孝，赫赫格天，同天地日月億兆不朽，所以凡歷朝中跳梁猖獗之小醜，到了如今竟不用一干一戈，皆天使其拱手俯頭緣遠來降。我們正該作踐他們，爲君父生色。」芳官笑道：「既這樣着，你該去操習弓馬，學些武藝，挺身出去拿幾個反叛來，豈不進忠效力了。何必借我們，你鼓唇摇舌的，自己開心作戲，却説是稱功頌德呢。」寶玉笑道：「所以你不明白。如今四海賓服，八方寧静，千載百載不用武備。咱們雖一戲一笑，也該稱頌，方不負坐享昇平了。」芳官聽了有理，二人自爲妥貼甚宜。寶玉便叫他「耶律雄奴」。

究竟賈府二宅皆有先人當年所獲之囚賜爲奴隸，只不過令其飼養馬匹，皆不堪大用。湘雲素習憨戲異常，他也最喜武扮的，每每自己束鑾帶、穿折袖，近見寶玉將芳官扮成男子，他便將葵官也扮了個小子。那葵官本是常刮剔短髮，好便於面上粉墨油彩，手脚又伶便，打扮了又省一層手。李紈探春見了也愛，便將寶琴的荳官也就命他打扮了一個小童，頭上兩個丫髻，短襖紅鞋，只差了塗臉，便儼是戲上的一個琴童。湘雲將「葵官」改了換作「大英」，因他姓韋，便叫他作韋大英，方合自己的意思，暗有「惟大英雄能本色」之語，何必塗朱抹粉，纔是男子。荳官身量年紀皆極小，又極鬼靈，故曰荳官。園中人也有喚他作「阿荳」的，也有喚作「炒荳子」的。寶琴反說琴童書童等名太熟了，竟是荳字別致，便換作「荳童」。

因飯後平兒還席，說紅香圃太熱，便在榆蔭堂中擺了幾席新酒佳餚。【列】榆蔭中者，餘蔭也。茲既感靈，今故懷親，所謂不失忠孝之大綱也。可喜尤氏又帶了佩鳳〔四〕、偕鸞二妾過來遊玩。這二妾亦是青年姣憨女子，不常過來的，今既入了這園，再遇見湘雲、香菱、芳、蕊一干女子，所謂「方以類聚，物以群分」二語不錯，只見他們說笑不了，也不管尤氏在那裏，只憑丫鬟們去伏侍，且同衆人一一的遊頑。一時到了怡紅院，忽聽寶玉叫「耶律雄奴」，把佩鳳、偕鸞、香菱三個人笑在一處，問是什麼話，大家也學着叫這名字，又叫錯了音韻，或忘了字眼，甚至於叫出「野驢子」來，引的合園中人凡聽見者無不笑倒。寶玉又見人人取笑，恐作踐了他，忙又說：「海西福朗思牙，聞有金星玻璃寶石，他本國番語以金星玻璃名爲『温都里納』。如今將你比作他，就改名喚叫

『温都里納』可好？」芳官聽了更喜，說：「就是這樣罷。」因此又喚了這名。衆人嫌拗口，仍翻漢名，就喚「玻璃」。

閒言少述，且說當下衆人都在榆蔭堂中以酒爲名，大家頑笑，命女先兒擊鼓。平兒採了一枝芍藥，大家約二十來人傳花爲令，熱鬧了一回。因人回說：「甄家有兩個女人送東西來了。」探春和李紈尤氏三人出去議事廳相見，這裏衆人且出來散一散。佩鳳、偕鸞兩個去打鞦韆頑耍，〔己〕大家千金不令作此戲，故寫不及探春等人也。寶玉便說：「你兩個上去，讓我送。」慌的佩鳳說：「罷了，别替我們鬧亂子，倒是叫『野驢子』來送送使得。」寶玉忙笑說：「好姐姐們别頑了，没的叫人跟着你們學着駡他。」偕鸞又說：「笑軟了，怎麽打呢。掉下來栽出你的黄子來。」佩鳳便趕着他打。

正頑笑不絶，忽見東府中幾個人慌慌張張跑來說：「老爺賓天了。」衆人聽了，唬了一大跳，忙都說：「好好的並無疾病，怎麽就没了？」家下人說：「老爺天天修煉，定是功行圓滿，昇仙去了。」尤氏一聞此言，又見賈珍父子並賈璉等皆不在家，一時竟沒個着己的男子來，未免忙了。只得忙卸了妝飾，命人先到玄真觀將所有的道士都鎖了起來，等大爺來家審問。一面忙忙坐車帶了賴昇一干家人媳婦出城。又請太醫看視到底係何病。

大夫們見人已死，何處診脉來，素知賈敬導氣之術總屬虛誕，更至參星禮斗，守庚申，服靈砂，妄作虛爲，過於勞神費力，反因此傷了性命的。如今雖死，肚中堅硬似鐵，面皮嘴唇燒的紫絳皺裂。便向媳婦回說：「係玄教中吞金服砂，燒脹而殁。」衆道士慌的回說：「原是老爺秘法新製的丹砂吃壞事，小道們也曾勸說『功行未到且服不得』，不承望老爺於今夜守庚申時悄悄的服了下去，便昇仙了。這恐是虔心得道，已出苦海，脱去皮囊，自了去也。」尤氏也不聽，只命鎖着，等賈珍來發放，且命人去飛馬報信。一面看視這裏窄狹，不能停放，横竪也不能進城的，忙裝裹好了，用軟轎抬至鐵檻寺來停放。掐指算來，至早也得半月的工夫，賈珍方能來到。目今天氣炎熱，實不得相待，遂自行主持，命天文生擇了日期入殮。壽木已係早年備下寄在此廟的，甚是便宜。三日後便開喪破孝。一面且做起道場來等賈珍。

榮府中鳳姐兒出不來，李紈又照顧姊妹，寶玉不識事體，只得將外頭之事暫託了幾個家中二等管事人。賈㻞、賈珖、賈珩、賈瓔、賈菖、賈菱等各有執事。尤氏不能回家，便將他繼母接來在寧府看家。他這繼母只得將兩個未出嫁的小女帶來，一併起居纔放心。

己 原爲放心而來，終是放心而去，妙甚！

且說賈珍聞了此信，即忙告假，並賈蓉是有職之人。禮部見當今隆敦孝弟，不敢自專，具本請旨。原來天子極是仁孝過天的，且更隆重功臣之裔，一見此本，便詔問賈敬何職。禮部代奏：「係進士出身，祖職已蔭其子賈珍。賈敬因年邁多疾，常養靜於都城之外玄真觀。今因疾歿於寺中，其子珍，其孫蓉，現因國喪隨駕在此，故乞假歸殮。」天子聽了，忙下額外恩旨曰：「賈敬雖白衣無功於國，念彼祖父之功，追賜五品之職。令其子孫扶柩由北下之門進都，入彼私第殯殮。任子孫盡喪禮畢扶柩回籍外，着光禄寺按上例賜祭。朝中由王公以下准其祭弔。欽此。」此旨一下，不但賈府中人謝恩，連朝中所有大臣皆嵩呼稱頌不絕。

賈珍父子星夜馳回，半路中又見賈㻞賈珖二人領家丁飛騎而來，看見賈珍，一齊滾鞍下馬請安。賈珍忙問：「作什麽？」賈琯回說：「嫂子恐哥哥和侄兒來了，老太太路上無人，叫我們兩個來護送老太太的。」賈珍聽了，讚稱不絶，又問家中如何料理。賈琯等便將如何拿了道士，如何挪至家廟，怕家内無人接了親家母和兩個姨娘在上房住着。賈蓉當下也下了馬，聽見兩個姨娘來了，便和賈珍一笑。賈珍忙説了幾聲「妥當」，加鞭便走，店也不投，連夜換馬飛馳。一日到了都門，先奔入鐵檻寺。那天已是四更天氣，坐更的聞知，忙喝起衆人來。賈珍下了馬，和賈蓉放聲大哭，從大門外便跪爬進來，至棺前稽顙泣血，直哭到天亮喉嚨都啞了方住。尤氏等都一齊見過。賈珍父子忙按禮換了凶服，在棺前俯伏，無奈自要理事，竟不能目不視物，耳不聞聲，少不得減些悲戚，好指揮衆人。因將恩旨備述與衆親友聽了。一面先打發賈蓉家中料理停靈之事。

賈蓉得不得一聲兒，先騎馬飛來至家，忙命前廳收桌椅，下槅扇，掛孝幔子，門前起鼓手棚、牌樓等事。又忙着進來看外祖母兩個姨娘。原來尤老安人年高喜睡，常歪着，他二姨娘三姨娘都和丫頭們作活計，他來了都道煩惱。賈蓉且嘻嘻的望他二姨娘笑説：「二姨娘，你又來了，我們父親正想你呢。」尤二姐便紅了臉，罵道：「蓉小子，我過兩日不罵你幾句，你就過不得了。越發連個體統都没了。還虧你是大家公子哥兒，每日念書學禮的，越發連那小家子瓢坎〔五〕的也跟不上。」説着順手拿起一個熨斗來，摟頭就打，嚇的賈蓉抱着頭滾到懷裏告饒。尤三姐便上來撕嘴，又説：「等姐姐來家，咱們告訴他。」

賈蓉忙笑着跪在炕上求饒，他兩個又笑了。賈蓉又和二姨搶砂仁吃，尤二姐嚼了一嘴渣子，吐了他一臉。賈蓉用舌頭都舔着吃了。衆丫頭看不過，都笑説：「熱孝在身上，老娘纔睡了覺，他兩個雖小，到底是姨娘家，你太眼裏没有奶奶了。回來告訴爺，你吃不了兜着走。」賈蓉撇下他姨娘，便抱着丫頭們親嘴：「我的心肝，你説的是，咱們饞他兩個。」丫頭們忙推他，恨的罵：「短命鬼兒，你一般有老婆丫頭，只和我們鬧。知道的説是頑；（己）妙極之「頑」，天下有是之頑亦有趣甚，此語余亦親聞者，非編有也。不知道的人，再遇見那髒心爛肺的愛多管閒事嚼舌頭的人，吵嚷的那府裏誰不知道，誰不背地裏嚼舌説咱們這邊亂賬。」賈蓉笑道：「各門另户，誰管誰的事。都够使的了。從古至今，連漢朝和唐朝，人還説髒唐臭漢，何況咱們這宗人家。誰家没風流事，别討我説出來。連那邊大老爺這麽利害，璉叔還和那小姨娘不乾净呢。鳳姑娘那樣剛强，瑞叔還想他的賬。那一件瞞了我！」

賈蓉只管信口開合胡言亂道之間，只見他老娘醒了，請安問好，又説：「難爲老祖宗勞心，又難爲兩位姨娘受委屈，我們爺兒們感戴不盡。惟有等事完了，我們合家大小，登門去磕頭。」尤老安人點頭道：「我的兒，倒是你們會説話。親戚們原是該的。」又問：「你父親好？幾時得了信趕到的？」賈蓉笑道：「纔剛趕到的，先打發我瞧你老人家來了。好歹求你老人家事完了再去。」説着，又和他二姨擠眼，那尤二姐便悄悄咬牙含笑駡：「很會嚼舌頭的猴兒崽子，留下我們給你爹作娘不成！」賈蓉又戲他老娘道：「放心罷，我父親每日爲兩位姨娘操心，要尋兩個又有根基又富貴又年青又俏皮的兩位姨爹，好聘嫁這二位姨娘的。這幾年總没揀得，可巧前日路上纔相準了一個。」尤老只當真話，忙問是誰家的，二姊妹丢了活計，一頭笑，一頭趕着打。説：「媽别信這雷打的。」連丫頭們都説：「天老爺有眼，仔細雷要緊！」又值人來回話：「事已完了，請哥兒出去看了，回爺的話去。」那賈蓉方笑嘻嘻的去了。不知如何，且聽下回分解。

戚 總評：寶玉品高性雅，其終日花圍翠繞，用力維持其間，淫蕩之至，而能使旁人不覺，被人不厭。賈蓉不分長幼微賤，縱意馳騁於中，惡習可恨。二人之形景天淵，而終歸於邪，其濫一也，所謂五十步之間耳。持家有意於子弟者，揣此以照察之可也！

〔一〕「駝絨」，底本及列本作「酡絨」，己本作「酡紱」，據諸本改。按：「駝絨」也作「駝茸」，原指駱駝的絨毛，亦用於指一種顏色。清呂熊《女仙外史》第二十九回：「……駝絨色、藕合色、東方亮色，色色鮮妍。」又，清李斗《揚州畫舫録》卷一：「深黃赤色曰駝茸。」另，「酡紱」，紅樓夢研究所本注釋謂爲「微帶赭色的淡紅。」如然，亦通。

〔二〕「得不了一聲」，好不容易聽了一句話。比喻正中下懷。後文也作「得不得一聲兒」「得不的一聲兒」。

〔三〕出明湯顯祖《邯鄲夢記》第三齣「度世」。此曲底本文字存在明顯錯訛，據己、戚、蒙諸本並參原劇訂正，列、楊、甲辰等本則僅引首兩句且「踏天門」三字不誤。按：曲詞第二句與原劇不同（原作「閒踏天門掃落花」），並非偶然。據蔡義江先生考證，曹寅《楝亭詩鈔》卷一「些山有詩謝夢奉和二首」詩後小注引李白詩句，即作「閒爲仙人掃落花」，而李白《寄王屋山人孟大融》詩中，「爲」作「與」，曹寅誤引一字。顯然，雪芹此語既非出自湯劇，也非來自唐詩，而是源自對乃祖詩集的熟記。

〔四〕此侍妾的名字，諸本在本回及第七十四、七十五回均作「佩鳳」，在第七十一回則作「配鳳」，現統一爲「佩鳳」。

〔五〕「瓢坎」，除戚本作「刨坎」，楊本作「瓢子」，餘本同底本。按：二字疑爲「瓢飲」或「瓢簞」之誤。語本《論語·雍也》「一簞食，一瓢飲」，指貧困人家的簡樸生活。

第六十四回　幽淑女悲題五美吟　浪蕩子情遺九龍珮

戚 此一回緊接賈敬靈柩進城，原當鋪叙寧府喪儀之盛，但上回秦氏病故，鳳姐理喪，已描寫殆盡，若仍極力寫去，不過加倍熱鬧而已。故書中於迎靈送殯極忙亂處，却只閒閒數筆帶過。忽插入叙玉評詩、璉尤贈珮一段閒雅「風流」文字來，正所謂「急脉緩受」也。

題曰：

深閨有奇女，絶世空珠翠。情痴苦淚多，未惜顏憔悴。
哀哉千秋魂，薄命無二致。嗟彼桑間人，好醜非其類。

話說賈蓉見家中諸事已妥，連忙趕至寺中，回明賈珍。於是連夜分派各項執事人役，並預備一切應用幡杠等物。擇於初四日卯時請靈柩進城，一面使人知會諸位親友。

是日，喪儀炫耀，賓客如雲，自鐵檻寺至寧府，夾路而觀者，何啻萬數。也有羨慕的，也有嗟嘆的。又有一等半瓶醋的讀書人，說是「喪禮與其奢易莫若儉戚」的，一路紛紛議論不一。至未申時方到，將靈柩停放正室之内。供奠舉哀已畢，親友漸次散回，只剩族中人分理迎賓送客等事。近親只有邢大舅等未去。賈珍賈蓉此時爲禮法所拘，不免在靈旁藉草枕苫〔一〕，恨苦居喪。人散後，仍乘空尋他小姨廝混。寶玉亦每日在寧府穿孝，至晚人散，方回園裹。鳳姐身體未愈，雖不能時常在此，或遇開壇誦經、親友上祭之日，亦扎掙過來，相幫尤氏料理料理。

一日，供畢早飯，因此時天氣尚長，賈珍等連日勞倦，不免在靈旁假寐。寶玉見無客至，遂欲回家看視黛玉，因先回至怡紅院中。進入門來，只見院中寂静，悄無人聲，有幾個老婆子與小丫頭們在迴廊下取便乘凉，也有睡卧的，也有坐着打盹的。寶玉也不去驚動。只有四兒看見，連忙上前來打簾子。將掀起時，只見芳官自内帶笑跑出，幾乎與寶玉撞個滿懷。一見寶玉，方含笑站住，説道：「你怎麽來了？你快與我攔住晴雯，他要打我呢。」一語未了，只聽得屋内咭溜咕嚕的亂響，不知是何物撒了一地。隨後晴雯趕來駡道：「我看你這小蹄子往那裏去！輸了不叫打。寶玉又不在家，我看誰來救你！」寶玉連忙攔住，笑道：「你妹子小，不知怎麽得罪了你，看我的分上饒他罷。」晴雯也不想寶玉此時回來，乍一見，不覺好笑，遂笑説道：「芳官竟是狐狸精變的，就是會拘神遣將的，符咒也没有這樣快。」又笑道：「就是你真請了神來，我也不怕。」遂奪手仍要捉拿芳官。芳官早已藏在寶玉身後。

寶玉遂一手拖了晴雯，一手携了芳官，進入屋内。看時，只見西邊炕上麝月、秋紋、碧痕、紫綃等正在那裏抓子兒贏瓜子呢。却是芳官輸與晴雯，芳官不肯叫打，跑了出去。晴雯因趕芳官，將懷内的子兒撒了一地。寶玉歡喜道：「如此長天，我不在家，正恐你們寂寞，吃了飯睡覺，睡出病來，大家尋件事頑笑消遣甚好。」因不見襲人，又問道：「你襲人姐姐呢？」晴雯道：「襲人麽？越發道學了，獨自一個在屋裏面壁呢。這好一會我們没進去，不知他作什麽呢，一些聲氣也聽不見。你快瞧瞧去罷，或者此時參悟了也未可定。」

寶玉聽説，一面笑，一面走至裏間。只見襲人坐在近窗的床上，手中拿着一根灰色縧子，正在那裏打結子呢。見寶玉進來，連忙站起，笑道：「晴雯這東西編派我什麽呢？我因要趕着打完這結子，没工夫和他們瞎鬧，因哄他們道：『你們玩去罷，趁着二爺不在家，我要在這裏静坐一坐，養一養神。』他就編派了許多混話，什麽『面壁了』『參禪了』的，等一會我不撕他那嘴！」

寶玉笑着挨近襲人坐下，瞧他打結子，問道：「這麽長天，你也該歇息歇息，或和他們玩去，要不，瞧瞧林妹妹去也好。怪熱的，打這個那裏使？」襲人道：「我見你帶的扇套還是那年東府裏蓉大奶奶的事情上做的。那個青東西除族中或親友家夏天有喪事方帶得着，一年遇着帶一兩遭，平常又不犯做。如今那府裏有事，這是要過去天天帶的，所以我趕着另作一個。等打完了結子，給你換下那舊的來。你雖然不講究這個，若叫老太太回來看見，又該説我們躲懶，連你穿帶之物都不經心了。」寶玉笑道：「這真難爲你想得到。只是也不可過於趕，熱着了，倒是大事。」説着，芳官早托了一杯凉水内新湃的茶來。因寶玉素昔秉賦柔脆，雖暑月不敢用冰，只以新汲井水將茶連壺浸在盆内，不時更換，取其凉意而已。寶玉就芳官手内吃了半盞，遂向襲人道：「我來時已吩咐了茗煙，若珍大哥那邊有要緊人客來時，令彼即來通稟；若無甚要事，我就不過去了。」説畢，遂出了房門，又回頭向碧痕等道：「如有事，往林姑娘處來找我。」於是一逕往瀟湘館來看黛玉。

將走過沁芳橋，只見雪雁領着兩個老婆子，手中都拿着菱藕瓜果之類。寶玉忙問雪雁道：「你們姑娘從來不大吃這些凉東西的，拿這些瓜果何用？莫非是要請那位姑娘、奶奶麽？」雪雁笑道：「我告訴你，可不許你對姑娘説去。」寶玉點頭應允。雪雁便命兩個婆子：「先將瓜果送去交與紫鵑姐姐。他要問我，你就説我做什麽呢，就來。」那婆子答應着去了。雪雁方説道：「我們姑娘這兩日方覺身上好些了。今日飯後，三姑娘來，會着要瞧二奶奶去，姑娘也没去。又不知想起甚麽來，自己傷感了一會，題筆寫了好些，不知是詩啊詞啊。叫我傳瓜果去時，又聽叫紫鵑將屋内擺着的小琴桌上的陳設搬下來，將桌子挪在外間當地，又叫將那龍文鼒〔戚〕子之切，小鼎也。放在桌上，等瓜果來時聽用。若説是請人呢，不犯先忙着把個爐擺出來；若説點香呢，我們姑娘素日屋内除擺新鮮花兒、木瓜、佛手之類，又不大喜熏香；就是點香，亦當點在常坐卧之處。難道是老婆子們把屋子熏臭了，要拿香熏熏不成？究竟連我也不知何故。」説畢，便連忙去了。

寶玉這裏，不由得低頭細想，心内道：「據雪雁説來，必有原故。若是同那一位姊妹們閒坐，亦不必如此先設饌具。或者是姑爹、姑媽的忌辰，但我記得每年到此日期，老太太都吩咐另外整理餚饌，送去與林妹妹私祭，此時已過。大約是因七月爲瓜果之節，家家都上秋祭的墳，林妹妹有感於心，所以在私室自己奠祭，取《禮記》『春秋薦其時食』之意，也未可定。但我此刻走去，見林妹妹傷感，必極力勸解，又怕他煩惱鬱結於心；若竟不去，又恐他過於傷感，無人勸止；兩件皆足致疾。莫若先到鳳姐姐處一看，在彼稍坐即回。如若見林妹妹傷感，再設法開解，既不至使其過悲，哀痛稍申，亦不至抑鬱致病。」想畢，遂出了園門，一逕到鳳姐處來。

正有許多執事婆子們回事畢，紛紛散出。鳳姐兒正倚着門和平兒説話呢。一見了寶玉，笑道：「你回來了麽？我纔吩咐了林之孝家的，叫他使人告訴跟你的小厮，若没什麽事，趁便請你回來歇息歇息。再者那裏人多，你那裏禁得住那些氣味。不想恰好你倒來了。」寶玉笑道：「多謝姐姐記掛。我也因今日没事，又見姐姐這兩日没往那府裏去，不知身上可大愈否，所以回來看視看視。」鳳姐道：「左右也不過是這樣，三日好兩日不好的。老太太、太太不在家，這些大娘們，噯，那一個是安分的！每日不是打架，就拌嘴，連賭博偷盗的事情都鬧出來了兩三件了。雖説有三姑娘幫着辦理，他又是個没出閣的姑娘。也有好叫他知道的，也有對他説不得的事，也只好强扎掙着罷了。總不得心静一會。别説想病好，求其不添也就罷了。」寶玉道：「雖如此説，姐姐還要保重身體，少操些心纔是。」説畢，又説了些閒話，别過鳳姐，一直往園中走來。

進了瀟湘舘的院門看時，只見爐裊殘煙，奠餘玉醴。紫鵑正看着人往裏搬桌子，收陳設呢。寶玉便知已經祭完了，走入屋内，只見黛玉面向裏歪着，病體懨懨，大有不勝之態。紫鵑連忙説道：「寶二爺來了。」黛玉方慢慢的起來，含笑讓坐。寶玉道：「妹妹這兩天可大好些了？氣色倒覺静些，只是爲何又傷心了？」黛玉道：「可是你没的説了，好好的我多早晚又傷心了？」寶玉笑道：「妹妹臉上現有哭泣之狀，如何還哄我呢。只是我想妹妹素日本來多病，凡事當各自寬解，不可過作無益之悲。若作踐壞了身子，將來使我……」説到這裏，覺得以下的話有些難説，連忙咽住。只因他雖説和黛玉自小一處長大，情投意合，又願同生死，却只是心中領會，從來未曾當面説出。况兼黛玉心重，每每因説話造次，得罪了他，致彼哭泣。今日原爲的是來勸解黛玉，不想把話來説造次了，接不下去，心中一急，又怕黛玉惱他。又想一想自己的心實在是爲好，因而轉急爲悲，早已滚下淚來。黛玉起先原惱寶玉説話不論輕重，如今見此光景，心有所感，本來素昔愛哭，此時亦不免無言對泣。

却説紫鵑端了茶來，打量他二人不知又爲何事角口，因説道：「姑娘纔身上好些，寶二爺又來慪氣來了，到底是怎麽樣？」寶玉一面拭淚，笑道：「誰敢慪妹妹了！」一面搭訕着起來閒步。只見硯臺底下微露一紙角，不禁伸手拿起。黛玉忙要起身來奪，已被寶玉揣在懷內，笑央道：「好妹妹！賞我看看罷。」黛玉道：「不管什麼，來了就混翻。」

一語未了，只見寶釵走來，笑道：「寶兄弟要看什麼？」寶玉因未見上面是何言詞，又不知黛玉心中如何，未敢造次回答，却望着黛玉笑。黛玉一面讓寶釵坐，一面笑說道：「我曾見古史中有才色的女子，終身遭際，令人可喜、可羡、可悲、可嘆者甚多。今日飯後無事，因擇出數人，胡亂凑幾首詩，以寄感慨。可巧探丫頭來會我瞧鳳姐姐去，我因身上懶懶的，没同他去。適纔做了五首，一時睏倦起來，撂在那裏，不想二爺來了，就瞧見了。其實給他看也倒没有什麼，但只我嫌他是不是的寫了給人看去。」寶玉忙道：「我多早晚給人看來呢？昨日那把扇子，原是我愛那幾首白海棠的詩，所以我自己用小楷寫了，不過爲的是拿在手中看着便易。我豈不知閨閣中詩詞字跡是輕易往外傳誦不得的？自從你說了，我總没拿出園子去。」寶釵道：「林妹妹這慮得也是。你既寫在扇子上，偶然忘記了，拿在書房裏去，被相公們看見了，豈有不問是誰做的呢。倘或傳揚開了，反爲不美。自古道『女子無才便是德』，總以貞静爲主，女工還是第二件。其餘詩詞之類，不過是閨中遊戲，原可以會，可以不會。咱們這樣人家的姑娘，倒不要這些才華的名譽。」因又笑向黛玉道：「拿出來給我看看無妨，只不叫寶兄弟拿出去就是了。」黛玉笑道：「既如此説，連你也可以不必看了。」又指着寶玉笑道：「他早已搶了去了。」寶玉聽了，方自懷内取出，凑至寶釵身旁，一同細看。只見寫道：

西　施

一代傾城逐浪花，吴宫空自憶兒家。
效顰莫笑東村女，頭白溪邊尚浣紗。

虞　姬

腸斷烏騅夜嘯風，虞兮幽恨對重瞳。
黥彭甘受他年醢，飲劍何如楚帳中！

昭　君〔二〕

絶艷驚人出漢宫，紅顔薄命古今同。

君王縱使輕顏色，予奪權何畀畫工？

緑　珠

瓦礫明珠一例抛，何曾石尉重嬌嬈！
都緣頑福前生造，更有同歸慰寂寥。

紅　拂

長揖雄談態自殊，美人巨眼識窮途。
尸居餘氣楊公幕，豈得羈縻女丈夫！

寶玉看了，讚不絶口，又説道：「妹妹這詩，恰好只做了五首，何不就命名曰《五美吟》。」於是不容分説，便提筆寫在後面。〔戚〕《五美吟》與後《十獨吟》對照。寶釵亦説道：「做詩不論何題，只要善翻古人之意。若要隨人脚踪走去，縱使字句精工，已落第二義，究竟算不得好詩。即如前人所咏昭君之詩甚多，有悲輓昭君的，有怨恨延壽的，又有譏漢帝不能使畫工圖貌賢臣而畫美人的，紛紛不一。後來王荊公復有『意態由來畫不成，當時枉殺毛延壽』；永叔有『耳目所見尚如此，萬里安能制夷狄』。二詩俱能各出己見，不襲前人。今日林妹妹這五首詩，亦可謂命意新奇，别開生面了。」

仍欲往下説時，只見有人回道：「璉二爺回來了。適纔外間傳説，往東府裏去了好一會了，想必就回來的。」寶玉聽了，連忙起身，迎至大門以内等待。恰好賈璉自外下馬進來。於是寶玉先迎着賈璉跪下，口中給賈母、王夫人等請了安，又給賈璉請了安。二人携手走了進來。只見李紈、鳳姐、寶釵、黛玉、迎、探、惜等早在中堂等候，一一相見已畢。因聽賈璉説道：「老太太明日一早到家，一路身體甚好。今日先打發了我來回家看視，明日五更，仍要出城迎接。」説畢，衆人又問了些路途的景况。因賈璉是遠路適歸，遂大家别過，讓賈璉回房歇息。一宿晚景，不必細述。

至次日飯時前後，果見賈母、王夫人等到來。衆人接見已畢，略坐了一坐，吃了一杯茶，便領了王夫人等人過寧府中來。只聽見裏面哭聲震天，却是賈赦、賈政〔三〕送賈母到家，即過這邊來了。當下賈母進入裏面，早有賈赦、賈政率領族中人哭着迎了出來。赦、政一邊一個挽了賈母，走至靈前，又有賈珍、賈蓉跪着，撲入賈母懷中痛哭。賈母暮年人，見此光景，亦摟了珍、蓉等痛哭不已。賈赦、賈政在旁苦勸，方略略止住。又轉至靈右，見了尤氏婆媳，不免又相持大痛一場。哭畢，衆人方上前一一請安問好。賈珍因賈母纔回家來，未得歇息，坐在此間看着，未免要傷心，遂再三求賈母回家，王夫人等亦再三相勸。賈母不得已，方回來了。

果然，年邁的人禁不住風霜傷感，至夜間，便覺頭悶身酸，鼻塞聲重。連忙請了醫生來診脉下藥，足足的忙亂了半夜一日。幸而發散得快，未曾傳經，至三更天，些須發了點汗，脉静身凉，大家方放了心。至次日仍服藥調理。又過了數日，乃賈敬送殯之期，賈母猶未大愈，遂留寶玉在家侍奉。鳳姐因未曾甚好，亦未去。其餘賈赦、賈政、邢夫人、王夫人等率領家人僕婦，都送至鐵檻寺，至晚方回。賈珍、尤氏並賈蓉仍在寺中守靈，等過百日後，方扶柩回籍。家中仍託尤老娘並二姐、三姐照管。

却說賈璉素日既聞尤氏姐妹之名，恨無緣得見。近因賈敬停靈在家，每日與二姐、三姐相識已熟，不禁動了垂涎之意。况知與賈珍、賈蓉等素有聚麀之誚，因而乘機百般撩撥，眉目傳情。那三姐却只是淡淡相對，只有二姐也十分有意，但只是眼目衆多，無從下手。賈璉又怕賈珍吃醋，不敢輕動，只好二人心領神會而已。此時出殯以後，賈珍家下人少，除尤老娘帶領二姐、三姐並幾個粗使的丫鬟、老婆子在正室居住外，其餘婢妾都隨在寺中。外面僕婦，不過晚間巡更，日間看守門户，白日無事，亦不進裏面去。所以賈璉便欲趁此下手，遂託相伴賈珍爲名，亦在寺中住宿，又時常藉着替賈珍料理家務，不時至寧府中來勾搭二姐。

一日，有小管家俞禄來回賈珍道：「前者所用棚杠孝布並請杠人青衣，共使銀一千兩，除給銀五百兩外，仍欠五百兩。昨日兩處買賣人俱來催討，奴才特來討爺的示下。」賈珍道：「你向庫上去領就是了，這又何必來問我。」俞禄道：「昨日已曾向庫上去領，但只是老爺賓天以後，各處支領甚多，所剩還要預備百日道場及廟寺中用度，此時竟不能發給。所以奴才今日特來回爺，或者爺内庫裏暫且發給，或者挪借何項，吩咐了奴才好辦。」賈珍笑道：「你還當是先呢，有銀子放着不使。你無論那裏暫且借了給他罷。」俞禄笑回道：「若説一二百，還可以巴結，這四五百兩，一時那裏辦得來！」賈珍想了一想，向賈蓉道：「你問你娘去，昨日出殯以後，有江南甄家送來打祭銀五百兩，未曾交到庫上去，你先要了來，給他去罷。」賈蓉答應了，連忙過這邊來，回了尤氏，復轉來回他父親道：「昨日那項銀子已使了二百兩，下剩的三百兩，令人送至家中，交與老娘收了。」賈珍道：「既然如此，你就帶了他去，向你老娘要了出來交給他。再也瞧瞧家中有事無事，問你兩個姨娘好。下剩的，俞禄先借了添上罷。」

賈蓉與俞禄答應了，方欲退出，只見賈璉走了進來。俞禄忙上前請了安。賈璉便問何事，賈珍一一告訴了。賈璉心中想道：「趁此機會，正可至寧府尋二姐。」一面遂説道：「這有多大事，何必向人借去。昨日我方得了一項銀子，還没有使呢，莫若給他添上，豈不省事？」賈珍道：「如此甚好。你就吩咐了蓉兒，一併令他取去。」賈璉忙道：「這必得我親身取去。再我這幾日没回家了，還要給老太太、老爺、太太們請請安去。再到阿哥那邊查查家人們有無生事，也給親家太太請請安。」賈珍笑道：「只是又勞動你老二，我心不安。」賈璉也笑道：「自家兄弟，這又何妨。」賈珍又吩咐賈蓉道：「你跟了你叔叔去，也到那邊給老太太、老爺、太太們請安，説我和你娘都請安，打聽打聽老太太身上可大安了，還服藥呢没有？」賈蓉一一答應了，跟隨賈璉出來，帶了幾個小廝，騎上馬，一同進城。

在路叔侄閒話。賈璉有心，便提到尤二姐，因誇説如何標緻，如何做人好，舉止大方，言語温柔，無一處不令人可敬可愛：「人人都説你嬸子好，據我看那裏及你二姨一零兒呢。」賈蓉揣知其意，便笑道：「叔叔既這麼愛他，我給叔叔作媒，説了做二房何如？」賈璉笑道：「敢是好呢。只怕你嬸子不依，再也怕你老娘不願意。况且我聽見説，你二姨已有了人家了。」賈蓉道：「這都無妨。我二姨、三姨都不是我老爺養的，原是我老娘帶了來的。聽見説我老娘在那一家時，就把我二姨許給皇莊張家，指腹爲婚。後來張家遭了官司，敗落了，我老娘又自那家嫁了出來，如今這十數年，兩家音信不通。我老娘時常抱怨，要與他家退婚，我父親也要將二姨轉聘。只等有了好人家，不過令人找着張家，給他數兩銀子，寫上一張退婚的字兒。想張家窮極了的人，見了銀子，有什麽不依的。再他也知道咱們這樣的人家，也不怕他不依。又是叔叔這樣人說了做二房，我管保我老娘和我父親都願意。倒只是嬸子那裏却難。」

賈璉聽到這裏，心花都開了，那裏還有什麽話說，只是一味獃笑而已。賈蓉又想了一想，笑道：「叔叔若有膽量，依我的主意行去，管保無妨，不過多花上幾個錢。」賈璉忙道：「有何主意，快些說來，我没有不依的。」賈蓉道：「叔叔回家，一點聲色也別露。等我回明了我父親，向我老娘說妥，然後在咱府後方近左右，買上一所房子及應用傢伙什物，再撥兩窩子家下人過去伏侍。擇了日子，人不知，鬼不覺，娶了過去，囑咐家人不許走漏風聲。嬸子在裏面住着，深宅大院，那裏就得知道了。叔叔兩下裏住着，過個一年半載，即或鬧出來，不過挨上老爺一頓罵。叔叔只說嬸子總不生育，原是爲子嗣起見，所以私自在外面作成此事。就是嬸子，見生米做成熟飯，也只得罷了。再求一求老太太，没有不完的事。」

自古道「慾令智昏」，賈璉只顧貪圖二姐美色，聽了賈蓉一篇話，遂爲計出萬全，將現今身上有服，並停妻再娶，嚴父妒妻種種不妥之處，皆置之度外了。却不知賈蓉亦非好意，素日因同他兩個姨娘有情，只因賈珍在內，不能暢意。如今若是賈璉娶了，少不得在外居住，趁賈璉不在時，好去鬼混之意。賈璉那裏意想及此，遂向賈蓉致謝道：「好侄兒，你果然能够説成了，我買兩個絶色的丫頭謝你。」説着，已至寧府門首。賈蓉説道：「叔叔進去，向我老娘要出銀子來，就交給俞禄罷。我先給老太太請安去。」賈璉含笑點頭道：「老太太跟前，別提我和你一同來的。」賈蓉道：「知道。」又附耳向賈璉道：「今日要遇見二姨，可別性急了，鬧出事來，往後倒難辦了。」賈璉笑道：「少胡説！你快去罷。我在這裏等你。」於是賈蓉自去給賈母請安。

賈璉進入寧府，早有家人頭兒率領家人等請安，一路圍隨至廳上。賈璉一一的問了些話，不過塞責而已，便命家人散去，獨自往裏面走來。

原來賈璉、賈珍素日親密，又是弟兄，本無可避忌之人，自來是不等通報的。於是走至上房，早有廊下伺候的老婆子打起簾子，讓賈璉進去。賈璉進入房中一看，只見南邊炕上只有尤二姐帶着兩個丫鬟一處做活，却不見尤老娘與三姐。賈璉忙上前問好相見。尤二姐亦含笑讓坐，賈璉便靠東邊板壁坐了，仍將上首讓與二姐，寒温畢，賈璉笑問道：「親家太太和三妹妹那裏去了。怎麽不見？」尤二姐笑道：「纔有事往後頭去了，也就來的。」此時，伺候的丫鬟因倒茶去，無人在跟前，賈璉便睨視二姐一笑。二姐亦低了頭，只含笑不理。賈璉又不敢造次動手動脚，因見二姐手中拿着一條拴着荷包的手巾擺弄，便搭訕着往腰内摸了摸，説道：「檳榔荷包也忘記帶了來，妹妹有檳榔，賞我一口吃。」二姐道：「檳榔倒有，只是我的檳榔從來不給人吃。」

賈璉便笑着，欲近身來拿。二姐怕人看見不雅，便連忙一笑，撂了過來。賈璉接在手中，都倒了出來，揀了半塊吃剩下的，撂在口中吃了，又將剩下的都揣了起來。剛要把荷包親身送過去，只見兩個丫鬟倒了茶來。賈璉一面接了茶吃茶，一面暗將自己帶的一個漢玉九龍珮解了下來，拴在手絹上，趁丫鬟回頭時，仍撂了過去。二姐亦不去拿，只裝看不見，仍坐着吃茶。只聽後面一陣簾子響，却是尤老娘、三姐帶着兩個小丫頭自後面走來。賈璉送目與二姐，令其拾取，這尤二姐亦只是不理。賈璉不知二姐何意，甚是着急，只得迎上來與尤老娘、三姐相見。一面又回頭看二姐時，只見二姐笑着，没事人似的，再又看一看手巾，已不知那裏去了，賈璉方放了心。

於是大家歸坐後，叙了些閒話。賈璉説道：「大嫂子説，前日有一包銀子交給親家太太收起來了，今日因要還人，大哥令我來取。再也看看家裏有事無事。」尤老娘聽了，連忙使二姐拿鑰匙去取銀子。這裏賈璉又説道：「我也要給親家太太請請安，瞧瞧二位妹妹。親家太太臉面倒好，只是二位妹妹在我們家裏受委屈。」尤老娘笑道：「咱們都是至親骨肉，説那裏的話。在家裏也是住着，在這裏也是住着。不瞞二爺説，我們家裏自從先夫去世，家計也着實艱難了，全虧了這裏姑爺幫助。如今姑爺家裏有了這樣大事，我們不能别的出力，白看一看家還有什麽委屈了的呢。」正説着，二姐已取了銀子來，交與尤老娘。尤老娘便遞與賈璉。賈璉叫一個小丫頭叫了一個老婆子來，吩咐他道：「你把這個交給俞禄，叫他拿過那邊去等我。」老婆子答應了出去。

只聽得院内是賈蓉的聲音説話。須臾進來，給他老娘、姨娘請了安，又向賈璉笑道：「纔剛老爺還問叔叔呢，説是有什麼事情要使喚。原要使人到寺裏去叫，我回老爺説，叔叔就來。老爺還吩咐我，路上遇着叔叔叫快去呢。」賈璉聽了，忙要起身，又聽賈蓉和他老娘説道：「那一次我和老太太説的，我父親要給二姨説的姨爹，就和我這叔叔的面貌身量差不多兒。老太太説好不好？」一面説着，又悄悄的用手指着賈璉，和他二姨努嘴。二姐倒不好意思説什麼，只見三姐笑駡道：「壞透了的小猴兒崽子！没了你娘的説了，等我撕他那嘴！」一面説着，便趕了過來。賈蓉早笑着跑了出去，賈璉也笑着辭了出來。走至廳上，又吩咐了家人們不可耍錢吃酒等話；又悄悄的央賈蓉，回去急速和他父親説。一面便帶了俞禄過來，將銀子添足，交給他拿去；一面自己見他父親，給賈母去請安，不提。

却説賈蓉見俞禄跟了賈璉去取銀子，自己無事，便仍回至裏面，和他兩個姨娘嘲戲一回，方起身。至晚到寺，見了賈珍，回道：「銀子已經交給俞禄了。老太太已大愈了，如今已經不服藥了。」説畢，又趁便將路上賈璉要娶尤二姐做二房之意説了。又説如何在外面置房子住，不使鳳姐知道：「此時總不過爲的是子嗣艱難起見，爲的是二姨是見過的，親上做親，比别處不知道的人家説了來的好。所以二叔再三央我對父親説。」只不説是他自己的主意。

賈珍想了想，笑道：「其實倒也罷了。只不知你二姨心中願意不願意。明日你先去和你老娘商量，叫你老娘問準了你二姨，再作定奪。」於是又教了賈蓉一篇話，便走過來，將此事告訴了尤氏。尤氏却知此事不妥，因而極力勸止。無奈賈珍主意已定，素日又是順從慣了的，况且他與二姐本非一母，不便深管，因而也只得由他們鬧去了。

至次日一早，果然賈蓉復進城來見他老娘，將他父親之意説了，又添上許多話，説賈璉做人如何好，目今鳳姐身子有病，已是不能好的了，暫且買了房子，在外住着，過個一年半載，只等鳳姐一死，便接了二姨進去做正室。又説他父親此時如何聘，賈璉那邊如何娶，如何接了你老人家養老，往後三姨也是那邊應了替聘，説得天花亂墜，不由得尤老娘不肯。况且素日全虧賈珍週濟，此時又是賈珍作主替聘，一切妝奩不用自己置買，賈璉又是年輕公子，比張華勝强十倍，遂連忙過來合二姐商議。二姐又是水性的人，在先已合姐夫不妥，又時常怨恨當時錯許張華，使後來終身失所，今見賈璉有情，况且是姐夫將他聘嫁，有何不肯，亦便點頭應允。當下回復了賈蓉，賈蓉回了他父親。

次日，便請了賈璉到寺中來，賈珍當面告訴了他尤老娘應允之事。賈璉自是喜出望外，又感謝賈珍、賈蓉父子不盡。於是三人商議，使人看房子、打首飾，給二姐置買妝奩及新房中應用床帳等物。不多幾日，早將諸事辦妥。已於寧榮街後二里遠近小花枝巷内買定一所房子，共二十餘間。又買了幾個小丫頭。賈珍又給了一房家人，叫鮑二夫妻兩口，以備二姐過去時伏侍。又使人將張華父子找來，逼着與尤老娘寫了退婚書。

且説張華之祖，原當皇莊，後來死了。至張華父親時，仍充此役，因與尤老娘前夫相好，所以將張華與二姐指腹爲婚。後來不料遭了官司，敗落家産，弄得衣食不周，那裏還娶得媳婦。尤老娘又自那家嫁了出來，兩家有十數年音信不通。今被賈府家人唤來，逼他與二姐退婚，心中雖不願意，無奈懼怕賈珍等勢力，不敢不依，只得寫了一張退婚文約。尤老娘與銀十兩家去，不提。

這裏賈璉見諸事已妥，遂擇了初三黄道吉日，娶二姐過門。未知如何，下回分解。

正是：

只爲同枝貪色慾，致教連理起戈矛。

戚 總評：五首新詩何所居，颦兒應自日欷歔。柔腸一段千般結，豈是尋常望雁魚。五百年風流債，一見了偏作怪。你貪我愛自難休，天巧姻緣渾無奈。父母者於子女間，莫失教訓説前緣。防微之處休弛縱，嚴厲纔能真愛憐。

〔一〕「藉草枕苫」，各本皆同。按：《儀禮·既夕禮》賈公彦疏有「寢以苫，以塊枕頭」語，故程本改「苫」爲「塊」。

〔二〕「昭君」，除底本外，餘本均作「明妃」。

〔三〕賈政之名本回共出現五次（蒙、楊、甲辰本，列本因一句錯奪少了一次）。按：因列、楊本没有第三十七回賈政點學差的情節，此時賈政出現在理喪現場並不矛盾。而諸本是有賈政點學差的情節的，故戚本對人名作了改易，但不徹底，只改了前面四處。到了程本纔全部改掉。